JULIA CORBIN

NADELHERZ

JULIA CORBIN

NADEL HERZ

EIN FALL FÜR HALL & HELLSTERN

DIANA

Von Julia Corbin sind im Diana Verlag erschienen:
Die Bestimmung des Bösen
Das Gift der Wahrheit
Nadelherz

MIX
Papier aus verantwortungsvollen Quellen
FSC® C014496
FSC
www.fsc.org

Verlagsgruppe Random House FSC® N001967

Originalausgabe 07/2019

Dieses Werk wurde vermittelt durch die Literarische Agentur Thomas Schlück GmbH, 30827 Garbsen
Redaktion: Cathérine Fischer
Umschlaggestaltung: t.mutzenbach design, München
Umschlagmotive: © Trevillion/Peter Hatter; Shutterstock Ruslan Grechka/arigato/Archiwiz
Satz: Leingärtner, Nabburg
Druck und Bindung: GGP Media GmbH, Pößneck
Printed in Germany

ISBN 978-3-453-35988-8

www.diana-verlag.de
Dieses Buch ist auch als E-Book lieferbar

Deep into that darkness peering,
long I stood there,
wondering, fearing,
doubting,
dreaming dreams no mortal
ever dared to dream before.

EDGAR ALLAN POE, THE RAVEN

Die Mannheimer Kripo

Alexis Hall

Sie schreckt nicht davor zurück, die Leitung der härtesten Mordfälle zu übernehmen. Anders, als man bei ihr vermuten könnte: Sie ist klein, blond und erklärte Katzenliebhaberin. Die Vergangenheit ihrer Eltern wurde ihr schon einmal zum Verhängnis, es wird nicht das letzte Mal gewesen sein …

Karen Hellstern

Halls beste Freundin: Quirlig, trägt ihr Herz auf der Zunge und ist dennoch eine knallharte Wissenschaftlerin. Die Kriminalbiologin taucht in die düstere Welt der leichenzersetzenden Organismen ein. Ihr Markenzeichen: der himmelblaue Bulli, der sie zu jedem Tatort bringt.

Oliver Zagorny

Die gute Seele des Teams, immer dabei, die Welt zu verbessern. Liebt seine Teenie-Tochter abgöttisch, auch wenn sie ihn manchmal zur Verzweiflung bringt. Gibt auf seinem Hof den Haustieren von Mordopfern ein Zuhause.

Martina Dolce

Alexis' Chefin: Ihr Nachname ist das einzig Süße an ihr. Die Frau hat Biss, und selbst die Staatsanwaltschaft tanzt nach ihrer Pfeife. Ihre Angst, abgehört zu werden, verschlägt das Team an die seltsamsten Orte.

Stephan Landeaux
Polizeibeamter im Dienste von Europol. Sexy – daran können auch seine steifen Anzüge nichts ändern. Graue Augen, die Frauenherzen schmelzen lassen – Alexis' eingeschlossen. Steht auf scharfes Essen und Whiskey.

Polizist Bauwart
Der Riese mit den Augenringen. Seine neugeborenen Töchter halten ihn ordentlich auf Trab. Bei seinem Anblick wechselt Omi die Straßenseite, dabei ist der Bodybuilder sanft wie ein Lamm.

Polizist Matt Volkers
Das Arschloch im Team. Rassistisch, frauenfeindlich und spießig, dennoch hält etwas sein Herz auf dem rechten Fleck. Genialer Ermittler, der seinem Beruf alles geopfert hat. Seine größte Angst: die anstehende Pensionierung.

Linda Landgraf
Staatsanwältin, die im Kampf für Gerechtigkeit auch mal die Krallen ausfährt. Finanzierte ihr Studium mit Modeljobs. Liebt Süßigkeiten, High Heels und Frauen. Vor ihrer täglichen Joggingrunde ist der Morgenmuffel nicht zu gebrauchen.

1

Vor 44 Tagen

Das Knarren der Bäume erinnerte an ein schmerzerfülltes Klagen, während sie vom Sturm gebeutelt wurden. Hatte ihre Blätterkrone die ersten Regentropfen noch abgehalten, so war Thimo inzwischen bis auf die Haut durchnässt. Zweige prasselten auf den Weg, und er wartete nur auf den ersten größeren Ast, der ihn und seine Frau erschlagen würde. Sie mussten dringend raus aus dem Wald und einen Unterschlupf finden.

Beim nächsten Donnergrollen fasste er ihre eiskalte Hand. Melanie war so schmal und winzig, ihr Gesicht fahl, auch wenn die Kälte ihre zuvor bleichen Wangen rosig färbte.

Ein lautes Krachen ertönte, als ein Blitz nicht weit von ihnen entfernt einschlug. Melanie schrie auf. »Ich gehe keinen Schritt weiter!«

Er strich ihr durch die haselnussbraunen Haare. »Du musst. Wir müssen raus aus dem Wald.«

»Draußen erwischt uns ein Blitz.«

Thimo spürte, wie sie am ganzen Leib zitterte. »Hier drinnen ist es noch gefährlicher. Vertrau mir. Es wird alles gut.«

In dem Moment, in dem er die Worte aussprach, kamen sie ihm hohl vor, und er liebte Melanie dafür, dass sie ihm deswegen keine Vorwürfe machte. Das letzte Mal, als er ihr das versprochen hatte, waren sie auf dem Weg ins Krankenhaus gewesen, nachdem bei Melanie in der achtzehnten Schwangerschaftswoche Unterleibskrämpfe aufgetreten waren. Nach mehreren fehlgeschlagenen künstlichen Befruchtungen war dies ihr letzter Versuch gewesen, ein Kind zu bekommen. Mehr gaben weder ihr Bankkonto noch ihre Nerven her.

Jetzt waren sie im Urlaub auf der Schwäbischen Alb, um Erholung zu finden, eine neue Perspektive und vor allem: wieder zueinander. Er liebte Melanie wie am ersten Tag, war sich aber nicht sicher, ob es noch auf Gegenseitigkeit beruhte. Es war Wochen her, dass sie von sich aus seine Nähe gesucht hatte.

Zärtlich strich er ihr durch die Haare. »Ich passe auf dich auf. Es ist nur ein Unwetter. Das ist bald vorbei.«

Er hoffte nur, dass er damit recht hatte. Immerhin hatte er darauf bestanden, die geplante Wanderung trotz der Regenwarnung zu unternehmen. Melanie brauchte nur etwas Abstand, dann würde alles in Ordnung kommen.

Er packte ihre Hand und zog sie mit sich. Kein Problem für ihn, wog er mittlerweile gut das Doppelte von seiner Frau. Der Saum seiner Hose war schlammdurchtränkt und klatschte mit jedem Schritt in nervtötender Regelmäßigkeit an seine Wade. In seinen Schuhen schwappte das Wasser, und der Geruch von nassen Nadeln und feuchtem Holz stach ihm in die Nase.

Endlich wurde es zwischen den Bäumen etwas heller. Er beschleunigte seinen Schritt – nur raus aus der Todesfalle. Kurz darauf fanden sie sich tatsächlich am Rand einer Wiese wieder, die sich bis ins Tal erstreckte, wo die Donau sich gleich einer silbrigen Schlange ihren Weg suchte.

»Lass uns hierbleiben«, bat Melanie. »Mit den Blitzen ist das zu gefährlich.«

Wie um ihre Worte zu bekräftigen, zuckte ein greller Blitz über den Himmel, die Luft stank nach Ozon. Doch auch der Sturm nahm zu, und nach dem milden Sommer krachten nun die ganzen toten Äste links und rechts von ihnen auf den Boden.

»Scheiße«, fluchte Thimo. Sie saßen fest. Dann kniff er die Augen zusammen. Durch den dichten Regenvorhang glaubte er, etwas zu sehen. Ein paar Hundert Meter weiter, halb verdeckt von einer Reihe Bäume, standen Gebäude. Ein Hof! Er lachte, zeigte ihn seiner Frau. »Da können wir Unterschlupf suchen. Vielleicht ist es sogar eine Wandergaststätte.«

Der Weg über das freie Gelände brachte sie an ihre Grenze. Der Wind peitschte ihnen entgegen, rauschte so laut, dass ihre gesamte Welt von dem Dröhnen eingenommen wurde und das Atmen schwerfiel. Der Regen prasselte schmerzhaft in ihre Gesichter und zwang sie, die Augen zuzukneifen.

Es war tatsächlich ein Hof, aber nicht so wie erhofft. Keine Wandergaststätte, keine heimelige Atmosphäre mit Kühen, die im weichen Stroh im Trockenen standen, oder hellen Lichtern, die aus den Stuben schienen. Nein, es war eine heruntergekommene Bruchbude. Zwischen den Pflastersteinen wucherte das Unkraut, ein alter Traktor rostete ungeschützt im Regen vor sich hin, und die Scheune fiel halb auseinander.

Das Haupthaus machte auch nicht viel her. Der Putz bröckelte, und aus den Regenrinnen floss das Wasser nicht ab, sondern ergoss sich in dichtem Schwall auf den Boden.

Melanie sah ihn verunsichert an. Er zuckte mit den Schultern. »Besser als nichts.«

Sie gingen zur Tür und suchten vergeblich eine Klingel. Hoffentlich war das Gebäude nicht verlassen, dachte Thimo. Nirgendwo war ein Licht zu sehen, keine Stimmen oder Geräusche von einem Fernseher.

Melanie schlotterte neben ihm. Vor Sorge verkrampfte sich Thimos Unterkiefer. Was hatte er sich nur dabei gedacht, sie mitzuschleppen? Sie hätten in der Pension bleiben sollen. Eingekuschelt ins Bett mit heißer Schokolade und sich durch das Fernsehprogramm zappen. Morgen würde er es wiedergutmachen. Ein tolles Abendessen bei dem kleinen Italiener im Ort und anschließend eine Stunde Massage mit dem Duftöl, das sie so liebte. Aber jetzt mussten sie erst mal raus aus dem Sturm. Verdammt, warum öffnete denn niemand?

Schließlich reichte es ihm, und er drückte die Klinke. Zu seiner Überraschung flog die Tür mit dem nächsten Windstoß auf. »Das können wir doch nicht machen«, raunte Melanie.

»Wir setzen uns direkt in den Eingang. Der Besitzer wird das sicher verstehen. Hier draußen leben sie mit der Natur. Wir sind garantiert nicht die ersten Wanderer, die Schutz suchen.«

Melanie schob eine Unterlippe vor, erinnerte einen Moment an ein schmollendes Kind, dann folgte sie ihm in das muffige Dunkel des Hauses. Vor ihnen lag ein schmaler Gang, an dessen verblichener Tapete Landschaftsbilder in Holzrahmen hingen. »Ist hier jemand?«, rief er. »Wir wurden von dem Unwetter überrascht und brauchen Hilfe.«

Sie lauschten einen Moment. Da! War da eine Stimme? Ein Donnerschlag übertönte alles. Danach herrschte Stille.

»Hallo?«

Melanie packte ihn am Arm. »Lass uns rausgehen. Unter dem Vordach ist es auch gut.«

»Hörst du das nicht?« Thimo ging einen Schritt weiter in den Gang hinein. Er war sich sicher, dass da jemand war.

»Nein, und nun lass uns von hier verschwinden. Es ist unheimlich, und es stinkt.«

»Sieh dich doch mal um.« Mit einer weit ausgreifenden Armbewegung umfasste er den Raum. »Hier lebt vielleicht ein alter Mensch, der Hilfe braucht.« Thimo dachte an seine Großmutter, die zu stur gewesen war, in ein Altenheim zu ziehen. Ständig war sie gestürzt, einmal hatte sie sogar eine Nacht auf dem Boden gelegen, bis man sie fand. Trotzdem hatte sie sich geweigert, Hilfe anzunehmen oder zu jemandem aus der Familie zu ziehen. So war sie direkt von ihrem Haus ins Hospiz und schließlich ins Grab gekommen.

Thimo lief ein paar Schritte in das Haus hinein, drehte sich zu Melanie um, doch sie blieb im Eingang stehen, schüttelte den Kopf. »Ich bleibe hier.«

Er zögerte, dann ging er weiter. Das würde nicht lange dauern. Er sah sich um, aber es war niemand zu sehen. »Da läuft ein Laptop«, rief Thimo mit einem Blick in die Wohnstube. »Der Besitzer muss gleich wieder da sein. Vielleich fährt er uns zur Pension.«

Er hörte Melanie leise fluchen, als sie widerstrebend zu ihm kam. »Oder er bringt uns um«, sagte sie halb im Scherz.

Als Thimo den Tisch umrundet hatte und die Videoaufnahme sah, die ihm der Bildschirm zeigte, wurde ihm klar, dass dieser Kommentar nur zu schnell wahr werden könnte. In was für einen Wahnsinn waren sie nur geraten?

Dort waren zwei junge Frauen in erbärmlichem Zustand zu sehen, in Käfigen eingesperrt. Sein Blick erfasste die Details, begriff, dass sie sich nicht erst seit ein paar Stunden dort befanden. Er griff nach Melanies Hand, wollte sie wegziehen, aber es war zu spät. Sie hatte bereits einen Blick auf das Video geworfen. Ein Schrei entrang sich ihrer

Kehle. Im selben Moment ruckten die Köpfe der Frauen herum, sahen zur Decke empor.

Thimo durchflutete eine Welle von Übelkeit. Das war live! Hätte er nur auf Melanie gehört. »Wir müssen hier weg«, sagte er tonlos.

Doch da war es schon zu spät.

2

Frankfurt, heute

Kaum war der Airbus A319 in Frankfurt gelandet, schaltete Alexis den Flugmodus ihres Handys aus und wartete ungeduldig, dass es sich im Netz registrierte.

»Muss das sein?«, fragte Stephan mit gerunzelter Stirn, während das Flugzeug zu seinem Halteplatz rollte. »Wir haben doch nur einen Tag Verspätung.«

Schlimm genug, dachte Alexis und verfluchte den Idioten, der sich einen Scherz daraus gemacht hatte, den Londoner Flughafen mit einer anonymen Bombendrohung lahmzulegen. »Wir haben seit gestern eine neue Mitarbeiterin. Ich sollte zumindest kurz vorbeischauen.«

Ihr Kollege Matt Volkers ging in großen Schritten aufs Pensionsalter zu. Die Neue, Saskia Lange, sollte ihn eines Tages ersetzen. Alexis wusste das. Volkers wusste das. Niemand sprach es aus. Der geschiedene Mann lebte nur für die Arbeit. Erschwerend kam hinzu, dass es sich bei seiner Nachfolgerin um eine Frau handelte. Und nun hatte sie Oliver mit diesem Wespennest alleine gelassen.

»Dein Partner ist kein kleines Kind. Du solltest ihm etwas mehr zutrauen.«

»Du hast recht, aber …«

»… es fällt dir schwer«, beendete Stephan ihren Satz. Er kratzte seinen Dreitagebart. Sie mochte den neuen Look. Zusammen mit den dunklen Haaren betonte der Bart seine hellgrauen Augen, die aus dem Gesicht hervorstachen. »Ich versteh das«, fuhr er fort. »Aber wir wollten weniger Stress und mehr Zeit für uns. Heute ist unser letzter Urlaubstag.«

Sie biss sich auf die Unterlippe und steckte das Handy in ihre Tasche. Inzwischen war das Flugzeug ohnehin zum Stehen gekommen, und die anderen Passagiere standen auf, redeten lautstark und suchten ihr Gepäck. Alexis ergriff Stephans Hand, beugte sich vor und gab ihm einen Kuss.

Eine gute Stunde später saßen sie im überfüllten ICE, der sie nach Mannheim bringen sollte. Alexis rutschte unruhig auf ihrem Sitz hin und her und starrte dabei in ihre Urlaubslektüre – ein Handbuch über Verhörtechniken –, ohne eine Zeile zu lesen. Es fehlten nur noch fünfzig Seiten, aber jetzt hatte sie keine Nerven dafür.

»Nun ruf schon an«, sagte Stephan und lächelte. »Kalter Entzug ist nichts für dich.«

Sie boxte ihn leicht in die Seite und kramte ihr Handy hervor. Bis sie mit Stephan zusammengekommen war, hatte sie nur auf Anweisung ihrer Chefin Urlaub genommen. Sie liebte ihre Arbeit. Sie gab ihr das Gefühl, etwas Wichtiges zu tun, und wenn sie abends ins Bett fiel, war sie zu müde, um über ihr Privatleben nachzudenken. So war es all die Jahre gewesen. Jetzt mit Stephan an ihrer Seite begann sich das langsam zu ändern.

Oliver Zagorny nahm nach dem zweiten Klingeln ab. »Hattet ihr Verspätung?«

»Nein, alles planmäßig. Ich bin im Zug.«

»Oh …«

Sie sah regelrecht vor sich, wie ihr Partner überrascht die Augenbrauen hob, weil sie nicht bereits im Flughafen angerufen hatte. Er kannte sie zu gut. Immerhin überspielte er seine Überraschung schnell.

»Wann kommt ihr in Mannheim an? Holt euch jemand ab?« Ihr sonst so fröhlicher Kollege klang angespannt.

»Gibt es einen neuen Fall?«

»Möglicherweise.«

Die Auskunft war ungewöhnlich. Üblicherweise wurden sie erst verständigt, wenn mit hoher Wahrscheinlichkeit feststand, dass ein Kapitalverbrechen vorlag. Zweifel gab es selten. »Undeutlicher geht es nicht?«

»Sag das nicht mir. Die in der Zentrale wissen lediglich, dass wir angefordert wurden.«

»Wir sind in fünfzehn Minuten am Bahnhof. Holst du mich ab?«

»Fahr doch erst mal nach Hause. Sollte es etwas Interessantes sein, rufe ich dich an.«

»Ich bin eh in Mannheim, da kann ich kurz mitkommen.« Der Urlaub war schön gewesen, aber sie hatte diesen Adrenalinschub vermisst, den allein die Erwähnung eines möglichen Falls bei ihr auslöste. »Wenn es nichts ist, kann ich immer noch nach Hause fahren.«

»Ich kann dich nicht umstimmen, oder?«

»Muss ich dazu etwas sagen?«

Er seufzte. »Na gut. Ich warte am Eingang. Richte Stephan aus, dass ich es versucht habe.«

Sie rollte mit den Augen und legte auf.

»Ein weiterer Tag Ruhe wäre auch zu viel verlangt gewesen«, murmelte Stephan.

»Deswegen liebst du mich doch.«

»Eine Tatsache, die ich nicht immer verstehe.«

Sie gab ihm einen Kuss. »Solange sich daran nichts ändert, soll es mir recht sein. Ich rufe dich an, sobald ich weiß, wie lange es dauert.«

»Mach du nur. Ich fahre dann heute Nachmittag einfach zu Chloé.«

Alexis gab sich Mühe, keine Miene zu verziehen. Nicht wegen Chloé, seiner kleinen Tochter, die er abgöttisch liebte, sondern wegen seiner Ex-Frau, die aus Frankreich in seine Nähe gezogen war. Am Anfang hatte Alexis noch gehofft, dass sie sich arrangieren, womöglich sogar anfreunden könnten, doch diese Illusion hatte sich schnell zerschlagen. Margret hatte sie von der ersten Begegnung an nicht leiden können, und daran hatte sich nichts geändert. Alexis hegte die Befürchtung, dass Margret nur nach Deutschland gekommen war, um Stephan zurückzugewinnen. Ständig erinnerte sie ihn an die gemeinsame Vergangenheit, während sie sich zugleich bemühte, Alexis möglichst geistlos dastehen zu lassen.

Und dann war da nach wie vor die Unsicherheit, die Alexis befiel, wann immer sich Stephan mit ihr traf. Die beiden hatten ein Kind und sich nur getrennt, weil sie den tragischen Tod ihrer Erstgeborenen nicht verwunden hatten. So sehr Alexis darauf hoffte, dass das mit ihr und Stephan gut gehen würde, befürchtete sie doch, er würde irgendwann zu Margret zurückkehren. Für Chloé wäre es zwar das Beste, dennoch würde es Alexis' Herz zerreißen.

Sie drückte Stephans Hand und schob die Gedanken beiseite. Jetzt war nicht der Zeitpunkt, um darüber nachzudenken. Eigentlich war es das nie.

Sie musste ihm vertrauen. Eine Übung, die ihr nicht gerade leichtfiel.

3

Kurze Zeit später verabschiedete sie sich auf dem Bahnsteig hastig von Stephan. Gemeinsam mit Oliver verließ sie die Eingangshalle durch den riesigen, komplett verglasten Rundbogen.

»Saskia wartet im Auto.«

»Ihr seid schon per Du?« Es war bei ihnen im Dezernat nichts Außergewöhnliches, sich zu duzen. Wenn man immer wieder das Leben füreinander riskierte, rückte man zwangsweise enger zusammen. Direkt am zweiten Tag war es jedoch selten vorgekommen.

»Sie ist unkompliziert.«

»Ist es nicht zu früh, sie heute schon zu einem Einsatz mitzunehmen?«

»Es ist ja nichts Großes, und so können wir sie besser kennenlernen.«

»Volkers hat Ärger gemacht?«, schlussfolgerte Alexis.

Oliver blieb stehen und sah verlegen zu Boden. »Du kennst ja sein Temperament. Ich wollte ein erneutes Aufeinandertreffen ein wenig aufschieben.«

Alexis grinste.

»Nein, ich wollte es nicht dir überlassen. Ich kann das auch ohne dich regeln«, empörte er sich.

»Klar doch.« Alexis' Grinsen wurde breiter. »Lass uns gehen.«

Ihr Partner schüttelte den Kopf. »Du bist unmöglich.«

Während Oliver ihren Koffer in das Heck des Hybridfahrzeugs lud, begrüßte sie die neue Beamtin. Eine sportliche Frau in den Dreißigern mit braunen Haaren und einem frechen, offenen Lachen. Alexis erinnerte sich gut an ihre freimütige, etwas burschikose Art von dem Vorstellungsgespräch. Jetzt gerade wirkte Saskia jedoch fast verlegen, als sie ihr die Hand reichte. »Danke, dass ich bei Ihnen im Team sein darf. Das ist mir eine große Ehre.«

Alexis fühlte sich in solchen Situationen oft überfordert und tat sich schwer, die passenden Worte zu finden. Mit Ablehnung war es für sie einfacher umzugehen als mit Freundlichkeit.

Die Frauen sahen sich einen Moment an, dann mussten sie beide lachen, und die Anspannung fiel von ihnen ab.

»Herzlich willkommen. Ich hoffe, Sie werden sich gut einleben.«

Die Fahrt nach Feudenheim, einem im Osten gelegenen Stadtteil von Mannheim, dauerte nicht lang. Oliver klärte Alexis in der Zwischenzeit über neue Fälle auf und welche von den alten sie in ihrer Abwesenheit abgeschlossen hatten. Die vergangenen zehn Tage waren vergleichsweise ruhig gewesen.

Vielleicht war es wirklich nicht schlecht, dass Saskia mit dabei war, dachte Alexis. So bekam die Neue mit ihr zusammen eine Übersicht über den aktuellen Stand ihrer Arbeit.

Sie hielten vor einem Mehrfamilienhaus mit drei Wohneinheiten, deren Besitzer sich bemühten, mit nachträglich angebrachten Balkonen und bunten Rollladenkästen den trostlosen Baustil der Siebzigerjahre aufzuwerten. Nur eine Straße weiter ragte der weiße Glockenturm der Epiphaniaskirche in den Himmel, die 1965 eingeweiht worden war und eines der beiden evangelischen Zentren Feudenheims darstellte.

»Zu wem müssen wir eigentlich?«

»Tessa Maerten. Mehr weiß ich nicht. Es war eine seltsame Meldung. In der Zentrale wissen sie nur, dass niemand verletzt ist und auch kein Diebstahl oder Einbruch vorliegt.«

Alexis musterte Saskia aus den Augenwinkeln. Bei dem Vorstellungsgespräch war es ihr damals nicht aufgefallen, jetzt bemerkte sie allerdings, dass die Frau größer als sie selbst war. Das war grundsätzlich nichts Außergewöhnliches, da Alexis eher klein geraten war. Saskia überragte sie jedoch um mehr als einen Kopf und wirkte in diesem Moment eigentümlich aufgewühlt. Die Beamtin trat unruhig von einem Fuß auf den anderen. War es Nervosität vor ihrem ersten Einsatz, Ungeduld oder etwas anderes?

Alexis beschloss, auf eine Nachfrage zu verzichten. Sie kannte die Kollegin nicht, und es fühlte sich falsch an, direkt am ersten Tag in sie zu dringen. Stattdessen drückte sie gegen die Haustür. Verriegelt, registrierte Alexis zufrieden. Manchmal erschütterte es sie, wie leichtfertig die Menschen mit ihrer Sicherheit umgingen und selbst die einfachsten Sicherheitsvorkehrungen außer Acht ließen. Alexis suchte auf den Namensschildern, bis sie den richtigen Namen gefunden hatte, und betätigte die Klingel.

In der Türsprechanlage knackte es, und eine Frau forderte sie auf, sich vorzustellen. Erst nachdem sie ihre Dienstausweise in die Kamera über dem Eingang gehalten hatten, erklang der Türsummer, und sie konnten hineingehen. Im zweiten Stock erwartete sie bereits die nächste Überraschung. Zuerst wurden sie durch den Türspion begutachtet, dann wurden mehrere Riegel zur Seite geschoben. Halb rechnete Alexis damit, in einen waffengespickten Bunker zu treten, stattdessen fand sie sich in einer hellen, aber spartanisch eingerichteten Wohnung wieder. Nur die überdimensionierte schwarze Fußmatte passte nicht zur restlichen Einrichtung.

Alexis sah genauer hin und erkannte das Modell von einer Sicherheitsschulung, die sie besucht hatte. Die Matte war eine unauffällige Alarmanlage und mit Drucksensoren und Technik ausgestattet. Im scharfen Modus baute sie eine Telefonverbindung zu einer zuvor festgelegten Nummer auf, sobald jemand die Wohnung betrat. Obendrein ließ sich eine Alarmsirene aktivieren. Alexis hatte selbst darüber nachgedacht, sich eine zu kaufen, nachdem sie vor einiger Zeit gestalkt worden war. Was mochte der Person zugestoßen sein, die hier lebte, dass sie zu so einer Maßnahme griff?

Eine junge Streifenbeamtin mit aschblonden Haaren, muskulösem Körperbau und einer von einem schlecht verheilten Bruch leicht verkrümmten Nase nahm sie in Empfang. Wie Alexis übertraf sie die Mindestgröße für den Polizeidienst nur um wenige Zentimeter. »Anja Stein«, stellte sie sich vor und führte sie in das Wohnzimmer.

»Haben Sie uns über die Zentrale verständigen lassen?«

Die Beamtin schüttelte sichtbar unzufrieden den Kopf. »Das war Ulrich Freeh, mein Partner.«

»Hätten Sie anders gehandelt?«

Sie zuckte mit den Schultern. »Wenn es nach mir gegangen wäre, gäbe es schon längst das volle Programm mit Spurensicherung und Staatsanwaltschaft.«

Nun war Alexis' Neugierde endgültig geweckt. »Worum geht es denn?«

»Schauen Sie es sich besser selbst an.« Anja Stein ging ihnen voraus ins Wohnzimmer.

Alexis wechselte einen genervten Blick mit Oliver, verkniff sich aber jeden Kommentar, als sie die ebenfalls noch sehr junge Frau auf der Couch erblickte. Mit ihrer dünnen, dennoch durchtrainierten Figur, den großen hellbraunen Augen hatte sie auf der einen Seite etwas Zerbrechliches an sich. Auf der anderen strahlte sie eine Intensität aus, die Alexis sonst nur von deutlich älteren Menschen kannte.

Die Frau erhob sich und reichte ihnen die Hand. »Tessa Maerten. Gut, dass Sie gekommen sind.« Ihr Händedruck war fest, kein Zittern war zu spüren.

»Wo ist Ihr Partner?«, fragte Alexis die Streifenbeamtin, nachdem sie sich vorgestellt hatte. Unterdessen sah sie sich unauffällig im Raum um. Links von ihnen befand sich eine kleine Küche, auf der rechten Seite führte ein weiterer Gang vermutlich zu Bad und Schlafzimmer. Keine Vorhänge, dafür eine versteckte Kamera in einem Bücherregal, das an der Wand lehnte. Nichts, hinter dem man sich verstecken konnte. Alexis kannte diese Art zu leben. Nachdem sie in ihrem eigenen Haus überfallen worden war, hatte sie ebenfalls auf solche Dinge geachtet, Vorsichtsmaßnahmen ergriffen. Es zeugte von einem Leben in Angst.

»Im Bad mit Meike Harms, einer Bekannten vom Opfer. Ihr geht es nicht so gut.«

Alexis biss sich ungeduldig auf die Lippen und ging in die Richtung, in der sie das Bad vermutete. *Muss man denen alles aus der Nase ziehen?* »Klären Sie uns bitte auf. Warum sind wir hier? Wem gehört die Wohnung?«

»Frau Maerten ist die Mieterin«, erklang die raue Stimme eines älteren Beamten, der in diesem Moment aus dem auf der linken Seite befindlichen Raum trat. Mit einem Kopfnicken bedeutete er Anja Stein, sich um die auf dem Badewannenrand sitzende Meike Harms zu kümmern.

Im Gegensatz zu der überraschend gefassten Tessa war diese ein Nervenbündel, bei deren zarten Körperbau Alexis sich Sorgen machte, dass sie vor lauter Zittern auseinanderbrechen könnte. »Braucht sie einen Arzt?«

»Es geht ihr bereits besser.« Ulrich Freeh wartete, bis sich die Tür hinter seiner Kollegin geschlossen hatte, bevor er fortfuhr. »Das Ganze ist wahrscheinlich nur ein dummer Scherz, aber wenn Sie schon mal hier sind, können Sie es sich auch anschauen.«

»Dann informieren Sie mich.«

Es war das erste Mal, dass Tessa Maerten zeigte, dass sie ihnen zugehört hatte. Sie deutete auf eine weiße Kommode mit Glasoberfläche, auf der sich neben einer Obstschale eine schlichte Holzschatulle befand. »Ich habe heute ein Päckchen erhalten ...« Sie stockte, wirkte irgendwie schuldbewusst. »Meike hat es aufgemacht und dann ... Sie hat sich sofort übergeben müssen.«

Oliver wirkte ebenso entnervt, wie Alexis sich fühlte, weil sie ständig nur Andeutungen zu hören bekamen und niemand aussprach, was genau vorgefallen war. Trotzdem mussten sie mit einem Opfer vorsichtig umgehen.

Sie sah zu Saskia hinüber, wunderte sich, dass diese sich bisher im Hintergrund hielt. Zu ihrer Überraschung wirkte die Kollegin eigentümlich erschüttert. Zudem konzentrierte sie sich ausschließlich auf Frau Maerten.

Alexis schüttelte den Kopf, zog ein paar Einweghandschuhe über und nahm die Schatulle. Sie fühlte sich erstaunlich schwer an und musste aus echtem Massivholz gefertigt sein. Die grobe Machart ohne Schloss, nur einem Gummiband, um den Deckel zuzuhalten, sprach für eine Eigenanfertigung. Sie öffnete sie und brauchte einen Moment, um zu verarbeiten, was darin lag.

4

Der scharfe Geruch von Blut stach ihr in die Nase. Sie blinzelte. Tatsächlich. In dem Kästchen lag ein Herz. Nicht zum ersten Mal überraschte es sie, wie groß dieses Organ war. Es war noch relativ frisch, und der Holzboden der Schatulle war von getrocknetem Blut schwarz gefärbt. Im Kontrast dazu standen die unzähligen Metallnadeln, die aus ihm herausragten.

Da hat jemand zu viel Hellraiser gesehen, schoss es Alexis durch den Kopf. Doch nein, die Nadeln waren zwar ebenfalls sehr lang, aber feiner als die im Schädel von der Filmfigur Pinhead.

»Ist es von einem Menschen?«, fragte Saskia leise, die ihr aufgrund ihrer Größe problemlos über die Schulter blicken konnte.

»Keine Ahnung.« Alexis nahm eine Pinzette und hob das Herz leicht an. Es sah menschlich aus, aber die Herzen von Schweinen sahen denen von Menschen zum Verwechseln ähnlich. Hoffentlich war es von einem Schwein, dachte sie. Sie wollte sich nicht ausmalen, mit was für einem Monster sie es sonst zu tun hätten, das Menschen das Herz aus der Brust schnitt, um es einer jungen Frau zu schicken. »Das wurde mit der Post zugestellt?«

Die Streifenbeamtin nickte erneut. »Wir haben den Paketboten bereits befragt. Der Paketdienst hat ihn nach unserem Anruf umgehend zurückgeschickt. Er hat nichts Verdächtiges bemerkt. Kein Geruch, keine Flüssigkeit, die herausgetropft ist. Die Absenderadresse ist falsch. Es gibt keinen Heiko Müller in einer Wiesengasse.«

»Wer auch immer das war, er ist sehr umsichtig vorgegangen«, stellte Alexis leise fest und musterte Tessa Maerten dieses Mal genauer. Ihre schwarzen Haare trug sie in einem praktischen Kurzhaarschnitt, der seltsam fehl am Platz wirkte. Die Hände, die immer wieder ins Leere griffen, wenn sie mit einer nicht vorhandenen Locke spielen wollten, verrieten Alexis, dass die Frau zuvor längere Haare gehabt und sich noch nicht an deren Fehlen gewöhnt hatte. Warum hatte ausgerechnet sie so ein grausames Geschenk erhalten?

Sie wandte sich an Ulrich Freeh und forderten ihn auf, ein paar Meter mit ihr den Gang hinunterzugehen. »Haben Sie die Spurensicherung verständigt?«

»Wegen eines Streichs?« Er zog verächtlich die Augenbraue hoch. »Frau Maerten hat garantiert ihren Ex verärgert, und der jagt ihr aus Rache einen Schreck ein.«

»Es könnte ein menschliches Herz sein.«

»Jetzt machen Sie sich nicht lächerlich. Nur weil Ihre Eltern Killer waren und Sie ein paar spektakuläre Fälle gelöst haben, bedeutet das noch lange nicht, dass hinter jedem Busch ein Mörder lauert.« Er trat einen Schritt näher an sie heran, zwang sie so, zu ihm aufzusehen. Eine Einschüchterungsmasche, die sie aggressiv machte. Ebenso wie dieser bewusste Tiefschlag.

»Hören Sie zu«, fuhr er fort. »Fahren Sie zurück in Ihr schickes Büro und lassen Sie mich das machen.«

»Oder wir machen es ganz anders.« Alexis sprach ruhig, aber mit einer Schärfe in ihrer Stimme, die den Polizisten zusammenzucken ließ. »Sie gehen auf der Stelle ins Bad und kümmern sich um die Frau. Bringen Sie sie in die Küche und kochen Sie ihr eine Tasse Tee. Ihre Kollegin beauftragen Sie, die Spurensicherung zu verständigen, anschließend soll sie sich bei mir melden.«

Der Mann wollte protestieren, aber Alexis unterbrach

ihn strikt. »Sollten Sie sich meinen Anordnungen widersetzen, werden Sie die Konsequenzen zu spüren bekommen.«

Ohne seine Erwiderung abzuwarten, drehte sie sich um und ging ins Wohnzimmer zurück. Sie wartete, bis Ulrich Freeh die inzwischen etwas stabiler wirkende Meike Harms in die Küche führte, dann nahm sie einen Stuhl und setzte sich zu Tessa Maerten. Die hatte wieder auf der Couch Platz genommen und umklammerte eine Tasse, aus der kein Dampf mehr aufstieg. »Frau Maerten, darf ich Ihnen einige Fragen stellen?« Alexis holte ihr Tablet heraus und lehnte sich zurück.

»Nennen Sie mich Tessa. Ich habe bereits mit Anja gesprochen.«

»Sie kennen sich?« Alexis sah zu der jungen Streifenbeamtin hinüber, die ihnen gelauscht haben musste.

»Ich kenne Tessa aus Schulzeiten«, antwortete Anja Stein. »Wir haben uns anschließend aus den Augen verloren. Umso schockierter war ich, als ich hier ankam.«

»Sie hätte uns informieren müssen«, rügte Alexis sie, verzichtete dabei allerdings auf einen scharfen Ton. Sie wusste nur zu gut, wie schwer es war, rational zu agieren, wenn man persönlich in einen Fall hineingezogen wurde. Dann wandte sie sich erneut an Tessa. »Ich müsste Sie dennoch bitten, mir zu schildern, was vorgefallen ist.«

Die Frau zuckte mit den Schultern. Sie strahlte eine Härte aus, die so gar nicht zu ihren weichen Zügen und dem jungen Alter passen wollten. »Wissen Sie, ob es ein menschliches Herz ist?«

Ihr sachlicher Tonfall überraschte Alexis noch mehr als ihr bisheriges ruhiges Verhalten. Die Frau musste eiserne Nerven haben.

»Das wird erst in der Rechtsmedizin geklärt werden.

Berichten Sie mir bitte, was heute Vormittag geschehen ist.«

»Meike war zu Besuch.«

»In welcher Beziehung stehen Sie zu Frau Harms?«

»Sie ist eine Freundin. Wir saßen in der Küche und haben Tee getrunken. Dann habe ich uns etwas zu essen gemacht, als es an der Tür klingelte. Da ich gerade das Gemüse geschnitten habe, ist Meike an die Tür gegangen. Es war ein Paketbote, der das Päckchen für mich hatte.«

Alexis notierte auf ihrem Tablet, dass Tessa das Paket nicht persönlich angenommen hatte, erinnerte sich daran, dass sie irgendwie schuldbewusst gewirkt hatte. Machte Tessa sich Vorwürfe, weil ihre Freundin mit hineingezogen worden war? Aber weshalb blieb sie so ruhig? Alexis stellte sich einen Moment vor, wie es ihr ginge, wenn sie in der Post ein mit Nadeln gespicktes Herz finden würde. Ihr würde der Arsch so was von auf Grundeis gehen. Sie sah zu Saskia hinüber, die ihr ständig unsichere Blicke zuwarf. Was war hier los? Was übersah sie?

»Wo befindet sich der Karton, in dem das Kästchen war?« Die Spurensicherung würde ihn sicher untersuchen wollen.

»Der müsste noch in der Küche liegen.«

Alexis wies Saskia an, ihn einzutüten, bevor sie sich erneut der Befragung zuwandte.

»Sie sagten, Sie haben Essen zubereitet. Was haben Sie gekocht?« Es war eine überflüssige Frage, aber Alexis wollte Tessa Maertens Reaktion sehen. Feststellen, ob eine Veränderung in ihrem Verhalten erfolgte, wenn sie sich mit etwas so Belanglosem befasste.

»Kräuterpfannkuchen mit gebratenen Pilzen und Tomaten.« Die Stimme der Frau nahm einen helleren Klang an, ansonsten sprach sie unverändert.

»Warum hat Frau Harms das Päckchen geöffnet?«

»Meike war neugierig.« Tessa umklammerte ihre Teetasse. Die erste aufrichtige, emotionale Reaktion notierte sich Alexis in Gedanken. Ebenso wie die Tatsache, dass die Frau nicht daran interessiert gewesen war, was es mit dem Päckchen auf sich hatte.

»Die Schatulle war darin und …« Sie schüttelte sich. »Das Herz.«

»Haben Sie eine Vermutung, wer es Ihnen geschickt haben könnte? Ein ehemaliger Partner, abgewiesener Verehrer?« Sollte es sich nur um einen üblen Scherz handeln, waren dies die naheliegenden Verdächtigen.

»Da draußen gibt es so viele kranke Menschen. Das wissen Sie sicher genauso gut wie ich.« Tessa sah auf ihre Armbanduhr, eine hochmoderne Smartwatch, dann fuhr sie sich unruhig durch die Haare. »Hören Sie, ich habe noch einen Termin und brauche etwas Ruhe. Können wir das bitte beenden?«

Alexis sah sie verdutzt an. Tessa Maerten setzte neue Maßstäbe, was ungewöhnliches Verhalten von Opfern anging.

»Sie sollten das ernst nehmen«, bemühte Alexis sich, die Frau zur Zusammenarbeit zu bewegen, wobei es ihr nicht völlig gelang, ihren Ärger zu verbergen. »Die Spurensicherung sollte bald eintreffen, danach sehen wir weiter.«

In dem Moment legte sich eine Hand auf ihre Schulter. »Darf ich Sie einen Moment sprechen?«, fragte Saskia.

»Kann das nicht warten?«

»Bitte.« Es klang nachdrücklich.

Verärgert stand Alexis auf und folgte ihr vor die Haustür. Oliver blieb oben, um die Befragung von Frau Harms durchzuführen.

5

»Was gibt es so Wichtiges, dass Sie mich mitten aus dem Gespräch reißen?«, blaffte Alexis. Sie in so einer heiklen Situation zu stören ging in ihren Augen gar nicht.

»Wissen Sie, wer Tessa Maerten ist?«

Alexis hob eine Augenbraue. »Die Frau, mit der wir gerade gesprochen haben?«

»Kommt sie Ihnen nicht bekannt vor?«

Jetzt, wo Saskia es sagte, überkam Alexis das Gefühl, dass sie Tessa tatsächlich kennen sollte. Sie hob fragend die Schultern. »Müsste sie?«

»Sie ist die Überlebende vom Mühlsteinhof.«

Schlagartig erkannte Alexis die Zusammenhänge, als die Erinnerungen an den in den Medien äußerst präsenten Fall zurückkehrten. Sie war zu der Zeit zu sehr in eigene Ermittlungen verstrickt gewesen, um der Geschichte aufmerksam zu folgen. »Ich erinnere mich vage daran. Was wissen Sie darüber?«

Offensichtlich viel, wie der folgende Vortrag bewies. »Sie ist eine von zwei Studentinnen, die bei einer Wanderung auf der Schwäbischen Alb entführt und erst vierhundertsiebenundsiebzig Tage später befreit wurden. Ihre Freundin starb, sie überlebte. Der Kerl hat sie wie Tiere in Käfigen gehalten.«

»Wie kam es zu der Rettung?«

»Reiner Zufall. Ein Ehepaar war wandern und suchte Zuflucht vor einem Unwetter. Dabei gerieten sie auf den Mühlsteinhof. Der Entführer tötete die Ehefrau und Jasmin Harms, bevor die Polizei auf den Hilferuf des Ehemannes hin eintraf.«

Bei dem Nachnamen merkte Alexis auf. »Ist Meike

Harms mit der getöteten Freundin von Tessa Maerten verwandt?«

»Sie sind Schwestern«, bestätigte Saskia ihre Vermutung.

Alexis versuchte, die neuen Erkenntnisse zu verarbeiten. Das rückte den Fall in ein ganz anderes Licht, machte alles viel komplizierter. Warum hatte Tessa das nicht erwähnt? War sie davon ausgegangen, dass sie es bereits wussten?

»Tessa wurde gerettet, ebenso wie der Mann Thimo irgendwas. Ich habe mir seinen Nachnamen nicht gemerkt.« Saskia war deutlich anzumerken, dass sie Tessa bewunderte. Alexis erinnerte sich, dass die Frau von den Medien gefeiert worden war, obwohl sie nur selten öffentlich auftrat. Eine Überlebende, hübsch, jung und mit einer dramatischen Geschichte.

»Sie hat das Schlimmste erlebt, was man einem Menschen antun kann, und schaut trotzdem nach vorne.«

Alexis verkniff sich ihren spontanen Kommentar, dass Saskia vermutlich keine Ahnung hatte, zu was manche Menschen fähig waren. Aber Tessa Maerten hatte Schreckliches durchgemacht. Erklärte dieses Trauma ihre seltsame Reaktion? War es Zufall, dass Tessa erneut in den Fokus eines Wahnsinnigen geraten war? Kaum vorstellbar, aber ausschließen ließ es sich nicht.

Sie musste jedenfalls sehr vorsichtig vorgehen. Wenn die Medien erst Wind davon bekamen, würde die Hölle losbrechen.

Fürs Erste beschloss sie, davon auszugehen, dass es sich um ein menschliches Herz handelte. Bei Tessas Geschichte war es nicht unwahrscheinlich, dass sie das Interesse eines Irren geweckt hatte. »Lassen Sie uns wieder reingehen.«

Vor der Wohnung wurden sie von Oliver in Empfang genommen. »Ich konnte Tessa davon überzeugen, ein paar weitere Fragen zu beantworten. Sie wartet drinnen auf dich.«

Inzwischen hatten sich alle im Wohnzimmer versammelt, weshalb es deutlich beengter als zuvor wirkte. Alexis bemerkte, dass Meike nicht auf der Couch neben Tessa saß, sondern auf einem Stuhl, den sie noch dazu von ihrer Freundin abgerückt hatte. Ihre Beine hatte sie so übereinandergeschlagen, dass sie leicht von Tessa abgewandt saß. Offensichtlich herrschten Spannungen zwischen den Frauen. Die blonden Haare von Meike Harms waren an den vorderen Spitzen nass. Ein untrügliches Indiz dafür, dass sie sich erst vor Kurzem übergeben hatte. Ebenso wie ihre rot geränderten Augen, die wunden Lippen und das hektische Kauen auf einem Kaugummi. Davon abgesehen hatte sie fast etwas Ätherisches an sich. Sie war hochgewachsen, aber so dünn, dass sie nahezu durchscheinend wirkte. Ihre Haare waren sehr fein, schulterlang und in derselben hellen Farbe wie ihre Augenbrauen und Wimpern, an denen nur noch Reste von Mascara klebten. Diese Frau war ernsthaft erschüttert – ganz im Gegensatz zu Tessa.

Oliver reichte Alexis seine Notizen. Tessa schwieg sich offenbar über mögliche Verdächtige aus. Auch Meike Harms konnte nicht viel beitragen. Mehr Informationen waren im Moment nicht zu holen. Nun kam es vor allem darauf an, was die Rechtsmedizin sagen würde.

»Können Sie zu Ihrer Sicherheit vorübergehend zu einem Familienmitglied oder einer Freundin ziehen?«, wandte sich Alexis an Tessa.

»Das werde ich nicht tun«, erwiderte sie mit fester Stimme. »Ich lasse mich nicht von einem kranken Irren aus meinen eigenen vier Wänden vertreiben.«

Alexis konnte die junge Frau zwar sehr gut verstehen,

hatte sich in einer ähnlichen Situation ebenso entschieden, aber das änderte nichts an der Gefahr, in die sie sich möglicherweise brachte. Sie dachte an die Sicherheitsmatte und die anderen Vorsichtsmaßnahmen, die Tessa ergriffen hatte. Vermutlich glaubte sie, dass sie nirgends so sicher war wie in ihrem eigenen Zuhause. Alexis hoffte, dass sie mit der Annahme richtiglag. »Überlegen Sie sich das bitte. Momentan wissen wir nicht, woran wir sind.«

»Denk an deine Mutter und deinen Bruder«, mischte sich Meike Harms ein. »Wenn sie davon erfahren, werden sie keine ruhige Minute mehr haben.«

Interessiert registrierte Alexis, dass Meike trotz ihres eindringlichen Hinweises kein Angebot machte, Tessa bei sich wohnen zu lassen.

»Von mir erfahren sie nichts. Und von dir?« Die junge Frau sah ihre Freundin provozierend an.

Meike senkte stumm den Blick, und eine unangenehme Stille legte sich über den Raum.

Kurz darauf traf die Spurensicherung ein, woraufhin sich Alexis und ihre Kollegen nach einer kurzen Unterweisung verabschiedeten.

»Mit dieser Tessa stimmt etwas nicht«, sagte Oliver auf dem Weg nach draußen. »Wer bleibt so gelassen, wenn ihm ein Herz zugestellt wird?«

»Dann weißt du auch nicht, wer sie ist?«

»Sollte ich es?«

Alexis überließ es Saskia, ihn aufzuklären.

»Das erklärt ihr ungewöhnliches Verhalten«, sagte Oliver nachdenklich. »Bei dem, was sie durchmachen musste, kann sie vermutlich nichts mehr erschrecken.«

»Was, wenn sie ihre wahren Gefühle nur verbirgt?« Saskia stand die Sorge um die Frau ins Gesicht geschrieben.

»Ihre Wohnung gleicht einer Festung. Sie kann nicht so stabil sein, wie sie vorgibt. Durch so ein Erlebnis könnte ihr ganzes Trauma wieder hochkommen.«

»Daran werden wir nichts ändern können.« Trotz seiner abgeklärten Worte sah man Oliver an, dass er sich wünschte, er könnte mehr tun. »Es ist an Frau Harms und ihrer Familie, sie in diesen Zeiten zu unterstützen. Wir können nur alles dransetzen, den Spinner zu fangen.«

Alexis nickte. »Dann tun wir das. Also, warum schickt ihr jemand ein Herz? Wurde sie gezielt ausgewählt? Oder kann eine Frau so viel Pech haben, zufällig die Aufmerksamkeit von gleich zwei Irren auf sich zu ziehen?«

»Ich finde es bewundernswert, wie sie sich wieder ins Leben zurückgekämpft hat«, sagte Oliver leise. »Wer weiß, ob sie es übersteht, wenn man ihr erneut etwas antut. Ein Mensch kann nur eine bestimmte Menge Leid ertragen.«

6

Zurück im Präsidium ging Alexis zuerst zu ihrer Chefin Martina Dolce, einer resoluten Frau in den Fünfzigern, deren Büro trotz Bergen von Akten, Büchern und Papieren fast schon erschreckend durchorganisiert wirkte. Alles hatte seinen Platz und war mit farbigen, selbstklebenden Punkten und Zetteln bestimmten Bereichen zugeordnet. Ob sie zu Hause ebenso pedantisch und organisiert war?

Bei Alexis' Adoptiveltern war auch viel Wert auf Ordnung und Sauberkeit gelegt worden. Ihre leiblichen Eltern hingegen hatten sich nicht um Ordnung geschert, bei ihnen war es nur um die Liebe zueinander gegangen.

Sie waren Serienkiller gewesen, die im Kugelhagel der Polizei gestorben waren. Zu ihr waren sie jedoch immer liebevoll gewesen, aber irgendwelche Anzeichen musste es gegeben haben, dass etwas nicht mit ihnen stimmte. Die Monster, zu denen die Medien und ihre Taten sie gemacht hatten, und die fürsorglichen Eltern, die Alexis erlebt hatte, passten in ihrem Kopf nicht zusammen.

»Haben Sie nicht eigentlich noch Urlaub?«, fragte Dolce und unterbrach ihre Gedanken.

»Soll ich wieder gehen?«

»Ach, seien Sie ruhig. Ich bin ja auch froh, dass Sie zurück sind.«

Nachdem sie Dolce die Situation knapp dargelegt hatte, runzelte diese die Stirn. »Das ist eine heikle Konstellation. In Anbetracht von Frau Maertens Vergangenheit müssen wir mit besonderer Vorsicht an den Fall herangehen.«

»Sie scheint kein Interesse zu haben, die Medien zu involvieren.«

»Das ist ein Vorteil. Es wird dennoch nicht lange dauern, bis die Presse davon erfährt. Wir müssen sie schützen.«

»Sie verhält sich unkooperativ und weigert sich, zu ihrer Sicherheit für die nächsten Tage bei Freunden oder Familie zu wohnen.«

Dolce musterte Alexis von oben bis unten und zeigte ein grimmiges Lächeln. »Unter anderen Umständen würde es mich freuen, dass Sie es mit jemandem zu tun haben, der ebenso stur und uneinsichtig ist wie Sie.« Sie holte tief Luft. »Fahren Sie zur Rechtsmedizin und machen Sie Naumann Druck, damit er sich das Herz sofort ansieht. Wir brauchen vorerst nur die Info, ob es menschlich ist oder nicht.«

»Kann ich Bauwart und Volkers zur Unterstützung haben? Die Hintergründe des Falls sind so umfangreich, dass wir Hilfe benötigen.«

»Das ist kein Problem. Wie stellt sich die Neue an?«

»Sie ist nicht auf den Kopf gefallen. Volkers ist anscheinend wie zu erwarten nicht glücklich.«

»Das ist er mit keiner Veränderung. Er wird sich daran gewöhnen. Jetzt finden Sie heraus, ob wir es mit einem Mord zu tun haben. War Landgraf bereits da?«

Linda Landgraf war die Erste Staatsanwältin, mit der ihre Abteilung regelmäßig zusammenarbeitete. Alexis und sie hatten ungefähr zur gleichen Zeit angefangen, und im Lauf der Jahre hatte sich zwischen ihnen eine Freundschaft entwickelt.

»Ich wollte erst die rechtsmedizinische Untersuchung abwarten.«

»Gut, dann sorgen Sie dafür, dass der Fall so schnell wie möglich aufgeklärt wird. Wir können keine neuerliche negative Publicity gebrauchen.«

Zurück in ihrem Büro fand sie Oliver am Drucker vor. Er zog einen Stapel Papiere heraus und heftete diese in einen frischen Aktendeckel. »Ich habe Informationen zu dem Fall auf dem Mühlsteinhof. Eine wirklich üble Sache. Erstaunlich, dass Tessa nicht komplett wahnsinnig ist. Willst du selbst lesen, oder soll ich dir eine Zusammenfassung geben?«

»Ich lese, du fährst. Wir müssen zu Chris in die Rechtsmedizin, um eine Info zum Herzen zu erhalten.«

»Was ist mit Saskia?«

Alexis rieb sich die müden Augen. »Sie muss mit – wir dürfen keine Zeit mit Volkers' Rumgezicke verschwenden. Wo steckt sie überhaupt?«

»Kaffee holen.«

»Ernsthaft? Sie ist keine Assistentin, die dich bedient.«

»Reg dich ab. Es war ihre Idee.«

»Hol sie. Wir treffen uns am Auto.«

Er nickte und warf ihr den Autoschlüssel zu. »Warum fragen wir nicht einfach Karen, anstatt Naumann zu nerven? Sie kann mit Sicherheit mit einem Blick sagen, ob es ein menschliches Herz ist.«

Karen Hellstern war Kriminalbiologin und beriet die Polizei regelmäßig als öffentlich bestellte und vereidigte Sachverständige bei Mordfällen. Zugleich war sie seit der Schulzeit Alexis' engste Freundin. Dennoch wollte Alexis sie bei dem Fall nicht dabeihaben. »Hier gibt es keine Krabbeltiere, da brauchen wir keine Biologin.«

Karen untersuchte sowohl sterbliche Überreste als auch die Tat- und Fundorte auf biologische Spuren, egal ob Fliegenmade, Käfer oder Blatt. Durch bestimmte Insektenarten ließ sich dann beispielsweise feststellen, ob Todes- und Fundort voneinander abwichen.

Oliver wollte zum Protest ansetzen, doch sie unterbrach ihn. »Sie will mit Merle in drei Wochen in den Urlaub. Wenn wir sie hinzuziehen und es ist tatsächlich ein menschliches Herz, wird sie niemals fliegen, sollte der Fall bis dahin nicht aufgeklärt sein. Dabei wissen wir beide, wie dringend sie die Auszeit braucht.«

Merle war ein traumatisiertes sechzehnjähriges Mädchen, das Karen nach Abschluss ihres letzten großen Falles bei sich aufgenommen hatte. Damals war es ihr nicht gelungen, ausreichend Distanz zu halten. Ein weiterer Grund, warum Alexis sie momentan nicht einbeziehen wollte. Noch einer war, dass das Zusammenleben der beiden sich schwierig gestaltete. Karen hatte jahrelang alleine gelebt und nie Verantwortung für jemand anderes getragen. Jetzt war sie plötzlich

Pflegemutter. Eine Rolle, die sie sich einfacher vorgestellt hatte. Merle hatte in ihrem jungen Leben viel zu viele schreckliche Dinge erlebt und wachte nachts immer wieder schreiend auf. Dabei weigerte sie sich eine Therapie zu machen, wodurch Karen manchmal der Verzweiflung nahe war.

Nein, Karen würde sie nicht mit einem neuen Fall belasten. Sie hatte genug private Probleme. Da sollte sie sich lieber auf die Forschung an ihren Käfern konzentrieren und ihrer Tätigkeit als Dozentin nachgehen.

7

Bis sie in der Rechtsmedizin ankamen, hatte Alexis sich einen ersten Überblick über das Geschehen auf dem Mühlsteinhof verschafft und musste Oliver recht geben. Dass Tessa Maerten noch lebte und nicht als vollkommen verstörter Mensch geendet war, grenzte an ein Wunder. Alexis' ursprünglicher Argwohn wandelte sich in Respekt. Tessa musste eine unglaublich starke Frau sein, um diese Misshandlungen überstanden zu haben. Umso schrecklicher, dass sie nun die Zielscheibe des nächsten Verrückten geworden war.

Alexis rief Bauwart auf dem Handy an, der sich mit seiner dunklen Stimme meldete, die perfekt zu seinem hünenhaften Äußeren passte.

»Oliver hat euch ja bereits informiert«, kam sie direkt zur Sache, da sie nur noch wenige Straßen von der Rechtsmedizin entfernt waren. »Die Akte mit den Hintergrundinfos ist in der Cloud. Arbeitet euch ein und findet so viel wie möglich über diesen David Kunze heraus, der Tessa und ihre Freundin entführt hatte. Überprüft ebenfalls seine

Freunde und Familie. Vor allem aber brauche ich Informationen über Tessa.« Bisher hatten sie kaum offizielle Infos über die Frau. Da der Täter tot war, hatte sie nie im Fokus der Ermittlungen gestanden. Das musste sich nun ändern. »Ich will vor allem wissen, ob es irgendjemanden gibt, der ihr etwas Böses will. So bekannt, wie sie ist, hat sie garantiert eine Menge Briefe bekommen. Lasst sie euch aushändigen und untersucht sie auf verdächtige Nachrichten.«

Nachdem sie Bauwart und Volkers mit den umfangreichen Rechercheaufgaben eingedeckt hatte, stieg sie aus dem inzwischen geparkten Auto. Saskia stand mit Oliver ein paar Meter weiter und rauchte eine Zigarette. Als sie Alexis sah, warf sie diese auf den Boden, trat sie aus, hob den Stummel auf und brachte ihn zu einem nahe gelegenen Mülleimer.

Oliver sah ihr erfreut nach.

Nicht noch ein Ökofreak, dachte Alexis und stellte sich unwillkürlich vor, wie die beiden ihr in Zukunft Vorträge über eine umweltbewusste Lebensführung hielten. Dann musste sie grinsen. Das würde Volkers' Problem werden, und mit einem Mal freute sie sich fast darauf, die beiden zusammenzubringen.

Sie betraten die Rechtsmedizin und gingen in den hinteren Teil des Gebäudes, in dem die Obduktionssäle lagen. Durch die hohen Fensterfronten mangelte es in den Räumen selten an Licht. Schon oft hatte Alexis im hellen Sonnenschein an den Obduktionstischen gestanden und auf eine Leiche hinabgesehen. An diesem wolkigen Tag brannten jedoch die Lichtleisten an der Decke und spendeten ein fahles Licht, in dem selbst Chris Naumann blass aussah. Trotzdem behielt er seinen jungenhaften Surfercharme, der durch die blonden Haare und seine hochgewachsene, muskulöse Statur noch unterstrichen wurde. »Ihr wollt eine vorläufige Einschätzung zu dem Herz.«

»Genau. Wir müssen vor allem wissen, ob es menschlich ist.«

»Leider ja. Auf den ersten Blick würde ich sagen, dass es post mortem herausgeschnitten wurde. Das Opfer muss relativ jung gewesen sein. Maximal dreißig Jahre.« Chris ging zu einem Monitor, der an der Wand befestigt war. Dort war vor schwarzem Hintergrund ein ovaler, in unterschiedlichen Nuancen von Grau gefärbter Fleck zu sehen.

Hätte man Alexis gesagt, dass die Aufnahme eine weit entfernte Galaxie zeigte, hätte sie das ebenso hingenommen wie die nun folgende Erklärung von Chris. »Ihr habt Glück gehabt. Ich hatte alle Reagenzien für einen Barr-Test da, da wir das gerade bei einem Praktikum mit den Studenten durchgenommen haben.«

Alexis sah ihn fragend an. »Soll mir das etwas sagen?«

Chris grinste. »Also von vorne. Männer haben ein X- und ein Y-Chromosom, Frauen zwei X, wovon eines allerdings inaktiv und verdichtet ist. Man nennt es auch Barr-Körperchen. Man kann es zum Beispiel durch eine sogenannte DAPI-Färbung sichtbar machen.«

»Und genau das hast du gemacht?«

»Richtig. Ich habe etwas Blut aus dem Herz entnommen und kann euch verraten, dass das Opfer eine Frau ist.« Er deutete auf einen hellen Fleck in dem Oval. »Das ist ein Barr-Körperchen.«

Alexis nickte zufrieden. Chris bewies immer wieder, warum sie ihn so schätzte.

In dem Moment betrat der rechtmedizinische Assistent Konradis den Raum, öffnete eine der Kühlkammern und holte eine kleine Box hervor, in der sich das Herz befand. Chris zog Handschuhe an und ergriff das nadelgespickte Gebilde vorsichtig mit einer breiten Zange. »Das Folgende ist nur eine erste Einschätzung, auf die ich mich später nicht festnageln lasse.«

»Schon klar. Raus mit der Sprache.«

»Ich vermute, dass die Frau vor zwei bis drei Tagen gestorben ist, dabei muss das Herz einen Teil der Zeit gekühlt worden sein. Das erschwert natürlich die Abschätzung des Todeszeitraums.«

Alexis hoffte, dass die DNA-Analyse eine Identifizierung des Opfers ermöglichen würde, damit sie den Täter schnell fassen konnten. Wer schnitt einem Menschen das Herz heraus, spickte es mit Nadeln und schickte es an eine Frau? Ihr blieb nur zu wünschen, dass es keine Ankündigung war, dass Tessa Maerten das nächste Opfer sein würde. Sie musste unbedingt Personenschutz für Tessa organisieren. Notfalls auch gegen den Willen der Frau. Das war nun definitiv kein kranker Scherz mehr, sondern eine ernsthafte Bedrohung einer ohnehin labilen Person.

»Woran erkennen Sie, dass das Herz gekühlt wurde?«, fragte Saskia und beugte sich interessiert über den gräulichen Klumpen Gewebe.

»Sehen Sie die Verfärbungen an dieser Seite?« Chris deutete einen Kreis an. »Im Grunde ist das Gefrierbrand. Da der Rest des Gewebes allerdings keine Schäden aufweist, war das Herz nicht komplett gefroren. Ich tippe auf einen alten, zu kalt eingestellten Kühlschrank.«

Oliver verzog das Gesicht. »Der Ire legt ein Herz in seinen Kühlschrank? Am besten gleich neben die Milch?«

Chris zuckte mit den Schultern. »Dazu wird möglicherweise die mikrobiologische Untersuchung etwas ergeben.«

Oliver rollte mit den Augen. »Wissenschaftler und ihr Drang, alles wörtlich zu nehmen.«

»Können Sie uns sonst noch etwas sagen?«, lenkte Alexis das Gespräch wieder auf den Fall.

»Ein interessantes Detail habe ich noch.« Er platzierte das Herz unter einem Binokular, das an einen großen Monitor angeschlossen war. Nachdem er es ausgerichtet hatte, vergrößerte er einen Bereich auf der Oberseite.

»Hier scheint eine Klinge eingedrungen zu sein. Ich kann allerdings nicht sagen, ob es peri – also kurz vor oder während sie gestorben ist – oder post mortem passiert ist.«

Alexis trat dichter an den Bildschirm heran. Dann erkannte sie einen feinen Einschnitt quer durch die Nadeln verlaufend. »Er wurde jedenfalls beigebracht, bevor die Nadeln hineingesteckt wurden.«

»Das stimmt.«

»Kann das Opfer daran gestorben sein?«, fragte Oliver.

»Gebt mir einen Moment.« Chris nahm eine Pinzette, zog damit die Nadeln aus dem Herz und sammelte sie in einem sterilen Behälter. Anschließend untersuchte er die Wunde genauer. »Es ist unwahrscheinlich, dass dies den Tod verursacht hat, da es sich um einen kleinen Schnitt in den Herzbeutel handelt. Die Ränder sind nicht weiter ausgefranst, was darauf hindeutet, dass das Herz nicht mehr lange nach dem Stich geschlagen hat, wenn überhaupt.«

»Vielleicht war es ein Versehen vom Täter«, warf Saskia ein. »Um das Herz aus dem Brustkorb zu schneiden, benötigt er ein scharfes Messer.«

»Und im Regelfall eine Zange, um die Rippen zu entfernen oder zu spreizen, damit das Herz freiliegt«, ergänzte

Alexis. »Dabei könnte die Verletzung ebenfalls passiert sein.«

Chris nickte. »Durchaus möglich. Momentan kann ich nicht mehr sagen. Ich rufe aber im Labor an und mache Druck wegen der DNA-Analyse.«

»Das wäre super.«

Kurze Zeit später verabschiedeten sie sich. Alexis bekam immer mehr das Gefühl, dass ihre Hoffnungen enttäuscht werden würden. Das war kein einfacher Fall. Sie hatten ein unkooperatives, populäres Opfer und einen Wahnsinnigen, der Frauen die Herzen rausschnitt.

8

Vor 477 Tagen

»Wenn das mal keine Schnapsidee war«, murmelte Tessa und sah ihr windschiefes Zelt von der Seite an.

»Schnaps haben wir keinen, aber Wodka und Erdbeersirup.«

»Uh.« Tessa imitierte ein Würgegeräusch. »Mir wird jetzt schon schlecht.«

»Jetzt komm.« Jasmin, seit der Schulzeit ihre beste Freundin, groß, üppig gebaut und mit einer langen Flut nussbrauner Haare gesegnet, legte einen Arm um ihre Schulter. »Ein Abend nur für uns beide, damit du diesen Typen vergisst.«

»Und wenn uns jemand erwischt?«

»Du bist immer so ängstlich. Lass mich dir zeigen, was wir dann machen.« Jasmin klimperte übertrieben mit den Wimpern und riss die Augen auf. »Hier darf man nicht campen?«, intonierte sie mit naiver Stimme. »Das wussten wir nicht. Wir werden doch keinen Ärger bekommen?«

»Und als Nächstes ziehst du ihn ins Zelt und überzeugst ihn, schon klar.« Tessa konnte sich ein Lachen nicht verkneifen. Das erste echte Lachen, seit sich Karsten von ihr getrennt hatte.

»Oder sie. Ich bin da nicht so.«

Sie befanden sich auf einem Felsvorsprung an einem Steilhang, der gefühlt unendlich weit nach unten ging, bevor sich unterhalb das Tal öffnete, durch das die Donau floss. Zugegebenermaßen ein atemberaubender Ausblick und nach dem mühsamen Anstieg ganz sicher kein Platz, an dem sie sich Sorgen machen mussten, von anderen Wanderern überrascht zu werden. Vor allem nicht um diese Jahreszeit. Es war noch früh im Jahr, und die Nächte wurden empfindlich kalt. Für sie kein Hinderungsgrund, um nicht mit dicken Schlafsäcken im Zelt zu übernachten. Seit einer dreimonatigen Backpacker-Tour durch Skandinavien betrachteten sie sich als abgehärtet.

Tessa streckte sich. Trotzdem, ein warmes Bett, Brownies mit Sprühsahne und jede Menge Vanillelikör wären in diesem Augenblick mehr nach ihrem Geschmack.

Sie holte ihren Campingkocher heraus, dessen winzige Gasflamme gerade ausreichte, um ein paar Dosenravioli aufzuwärmen. Dazu gab es Brötchen, um die Soße aufzusaugen, und als Dessert Müsliriegel. Ein kärgliches Mahl, aber der Blick auf die langsam hinter den Baumwipfeln verschwindende Sonne war Entschädigung genug.

Mit einem Mal war Tessa froh, nicht auf ihrer Couch in Selbstmitleid zu versinken. Was für ein Idiot dieser Kerl war. Hatte ihr ernsthaft Blumen zur Trennung geschenkt! Wie kamen Männer nur auf solche hirnrissigen Ideen?

»Danke«, sagte sie leise zu Jasmin und lehnte sich an sie. »Du bist die beste Freundin, die man sich wünschen kann.«

»Ich bin immer für dich da. Das weißt du doch. Gemeinsam überstehen wir alles.«

Sie sahen zu, wie in der Ferne die Lichter auf den vereinzelt liegenden Höfen angingen, weit entfernt am Horizont befand sich ein kleines Dorf. Auch im Tal zu ihren Füßen brannte ein einsames Licht in einer Baumgruppe. Noch ein Hof? Tessa wunderte sich, dass er ihr bei Tageslicht gar nicht aufgefallen war.

Wie seltsam, dachte sie. In dem Glauben, das Tal ganz für sich zu haben, hatte sie sich sicherer gefühlt als mit dem Wissen, dass da unten noch ein Mensch war.

Ein paar Stunden und Promille später lagen sie kichernd in ihren Schlafsäcken und sahen sich eine Reihe dämlicher Bildchen an, die sie irgendwann über WhatsApp erhalten hatten. Handyempfang gab es keinen, womit ihr Plan, Videos zu streamen, ins Wasser fiel.

Ein Kauz ließ seinen klagenden Ruf hören, dann war das Schlagen von Flügeln zu vernehmen. Tessa mochte diese unheimliche und doch eigentümlich wohltuende Atmosphäre des nächtlichen Waldes. Plötzlich legte sich die Hand ihrer Freundin auf ihren Arm. »Psst, hörst du das?«

»Was?«

Jasmin drückte leicht zu und gab ihr so zu verstehen, leise zu sein. In der folgenden Stille hörte Tessa, wie sich ihr Herzschlag beschleunigte. War das einer von Jasmins Scherzen? Falls ja, würde sie gleich was erleben. Tessa hatte inzwischen wirklich Angst. Sie war immer die Vorsichtige und fast Ängstliche gewesen. Nie im Leben wäre sie von alleine auf die Idee gekommen, durch Skandinavien zu trampen.

»Hmm«, brummte Jasmin. »Ich dachte, ich hätte Schritte gehört.«

»Vielleicht nur ein Fuchs, der nach Fressbarem sucht.«

Jasmin zuckte mit den Schultern, nahm ihr Handy wieder in die Hand und wischte zum nächsten Bild, doch Tessa konnte sich nicht mehr richtig konzentrieren. Sie sah sich in dem Zelt um, das von einer kleinen batteriebetriebenen Lampe und dem Handy erleuchtet wurde. Von draußen würde man jede ihrer Bewegungen erkennen können. Was, wenn da wirklich jemand war?

Jetzt hör auf rumzuspinnen. Wer sollte sich die Mühe machen, nachts auf den Berg zu klettern?

Und wenn die Person euch verfolgt hat?

Tessa fröstelte, zog sich den Schlafsack enger um die Schultern.

»Du hast doch nicht wieder Angst?«, fragte Jasmin mit leicht genervtem Unterton.

Tessa schwieg.

»Ach, komm schon. Das Thema hatten wir so oft. Wir sind zu zweit, weit ab von jeder Stadt. Ein Perverser, der sich hier rumtreibt, hätte eine ziemlich schlechte Ausbeute bei den wenigen Menschen, die sich hierher verirren.«

Zweige knackten. Es klang sehr nah. Nur ein Tier, redete sich Tessa ein und konzentrierte sich auf Jasmin, deren Ruhe und Selbstbewusstsein selbst über ihre Gereiztheit hinweg beruhigend auf sie wirkten.

»In einer Disco ist es viel gefährlicher. Da passt du eine Sekunde nicht auf, und schon kippt dir einer …«

Sie sollte den Satz nicht beenden. Etwas schlug mit voller Wucht gegen die Außenwand des Zelts und erwischte Jasmin am Kopf. Es kam noch ein überraschtes »Oh« über ihre Lippen, dann brach sie zusammen.

Tessa bemerkte erst, dass sie schrie, als ihr die Luft ausging. *Du musst weg*, dachte sie. Aber was war mit Jasmin? Und wohin? Raus? Zu was auch immer dort lauerte?

Die Gedanken rasten, während sie sich instinktiv von der Zeltwand wegbewegte und sich klein machte. Keine Sekunde zu früh. Erneut knallte etwas dagegen. Statt ihres Kopfes traf es nur ihren Rücken. Die Wucht des Aufpralls genügte dennoch, um ihr die Luft aus der Lunge zu pressen, und ein scharfer Schmerz jagte durch ihren Körper.

Licht aus, schoss es ihr durch den Kopf, als ihr Verstand wieder seine Arbeit aufnahm. So saß sie auf dem Präsentierteller.

Sie warf sich flach auf den Boden, robbte zu der Lampe und machte sie aus. Für einige Sekunden umgab sie absolute Dunkelheit, und die Panik kochte in ihr. Sie tastete nach Jasmin, fasste ihre Hand, aber sie regte sich nicht. Immerhin spürte sie ihren Puls kräftig am Handgelenk schlagen.

Als sich ihre Augen an die Finsternis gewöhnten, begann Tessa die Konturen ihrer Sachen im Inneren zu sehen, und gegen das helle Mondlicht zeichneten sich draußen die Umrisse eines einzeln stehenden Baumes am Rand der Klippe ab.

Sie suchte in ihrer Tasche nach etwas, was sie als Waffe verwenden konnte, aber außer einem kleinen Taschenmesser war da nichts. Trotzdem umklammerte sie es. Besser als nichts. Außerhalb herrschte inzwischen Stille.

Was sollte sie nur machen? Ausharren und hoffen, dass Jasmin wieder zu Bewusstsein kam?

Sie schluchzte leise. Welche andere Möglichkeit hatte sie? Sie konnte ihre Freundin nicht zurücklassen.

Selbst wenn sie entkommen könnte und sich nicht im Dunkeln in dem weitläufigen Waldgebiet verlaufen würde, würde es Stunden dauern, bis sie zum nächsten Ort kam. Sie wollte sich nicht ausmalen, was Jasmin in dieser Zeit zustoßen könnte.

Die Entscheidung wurde ihr abgenommen, als draußen das Stapfen schwerer Schritte zu hören war. Zuerst hoffte sie, dass jemand gekommen war, um ihnen zu helfen. Der Angreifer zuvor war nahezu lautlos gewesen. Dann hörte sie eine eigentümlich helle, aber zweifellos männliche Stimme. »Kriech aus dem Zelt, und du wirst diese Nacht vielleicht überleben.«

Der Umriss eines Mannes zeichnete sich vor dem Eingang ab. Zu weit weg, um ihn mit dem Messer zu erreichen. Sie sah zu Jasmin. Wenn sie sich dem Kerl auslieferte, hatte keine von ihnen eine Chance. Sie musste rennen. Ihr blieb keine Wahl. Erst jetzt fiel ihr auf, dass sie keine Schuhe anhatte. Auf Socken käme sie nicht weit, doch ihre Wanderschuhe standen draußen.

»Einen Moment. Meine Freundin … Ich muss ihre Wunde verbinden«, stammelte sie, während sie in ihrem Rucksack kramte und eine Rolle Klebeband herausholte. Dann zog sie sich ihr Paar Reservesocken über, ebenso wie die von Jasmin.

Er lachte. Ein von jedem Humor befreites Geräusch. »Verarsch mich nicht, komm sofort raus, oder du wirst es bereuen.«

Etwas Zeit hatte sie noch. Wenn er reinkam, war er für einen Moment schutzlos, und er hatte offensichtlich keine Ahnung, ob sie eine Waffe hatte.

Nun nahm sie das Klebeband und umwickelte ihre Füße so lautlos wie möglich damit. Zusammen mit den Socken würde es ihr immerhin ein wenig Schutz bieten. Nur wohin sollte sie laufen? Den Weg zurück, den sie gekommen waren? Wenn der Mann sich auskannte, wäre sie für ihn leicht zu finden, und die nächste Ortschaft war mehrere Kilometer entfernt. In die andere Richtung? Dem

Pfad folgen, den sie sich für morgen ausgesucht hatten? Was, wenn sie sich verlief? Auf diesem Weg läge der nächste Ort allerdings deutlich näher. Oder sich querfeldein durchschlagen und hoffen, dass sie ein Versteck fand?

»Wird's bald?«

»Schon gut«, rief sie. Zumindest wollte sie das rufen, stattdessen kam eher ein Krächzen über ihre Lippen. Ihr wurde schlecht vor Angst. Sie konnte das nicht. Wollte aufwachen. Wollte, dass dieser Albtraum aufhörte. Sie sah erneut zu Jasmin. Sie musste es tun.

Sie umklammerte das Messer, ging ihren Plan noch einmal in Gedanken durch. Anschließend krabbelte sie zum Eingang und nestelte mit zitternden Fingern am Reißverschluss. »Ich komme.«

Der Schatten trat einen Schritt nach hinten.

Auf diesen Moment hatte sie gewartet. Sie hechtete zurück ins Zelt, stieß die Klinge in die Rückwand und schnitt mit einem heftigen Ruck ein Loch hinein. Sie schlüpfte hindurch, und dann rannte sie. Er fluchte lautstark, doch das blendete sie aus.

Sie versuchte sich zu orientieren, aber es war nicht einfach. Sie spürte schon jetzt, dass sie nicht mehr die Kondition von früher hatte. Zu viel gelernt und gefeiert, zu wenig Sport.

Hinter sich hörte sie die Schritte näher kommen.

Sie würde ihm nie davonlaufen. Die Erkenntnis traf sie, raubte ihr beinahe allen Mut. Sie war noch nie eine Kämpferin gewesen. Wie hatte sie glauben können, heute wäre es anders? Jasmin. Sie dachte an ihre wehrlose Freundin. Sie musste es versuchen. Vielleicht wachte Jasmin in der Zwischenzeit auf und konnte sich retten, während sie den Irren ablenkte.

Da erklang ein Schuss in ihrem Rücken. Schrotkugeln schlugen in einen Baum neben ihr. Das Holz barst. Einer der Splitter flog vor ihre Füße, sie trat darauf, und er bohrte sich durch einen Spalt im Klebeband tief in ihre Ferse.

Sie schrie auf, humpelte einige Schritte weiter, bis sie die Schmerzen nicht mehr aushalten konnte. Weinend und fluchend blieb sie stehen.

»Braves Mädchen. Keine Bewegung, sonst trifft die nächste Ladung.«

Der breite Kegel einer Taschenlampe leuchtete auf, blendete sie, als sie sich umdrehte.

Immerhin wollte er sie lebend. *Um was mit dir zu tun?* Sie schob den Gedanken zur Seite. Sollte sie sich wehren? Irgendwann würde er sich ihr nähern müssen, und sie hatte noch immer das Messer.

»Wirf das Messer weg.«

So viel dazu. Sie gehorchte, während ihr Verstand raste. Was sollte sie machen? Er hatte ein Gewehr. Wenn sie ihn angriff und scheiterte, würde es böse enden.

Er kam näher. Geblendet durch die Taschenlampe konnte sie ihn nicht sehen. Sie sah zu Boden, damit sie nicht ganz orientierungslos war und ihre Augen sich erneut auf die Dunkelheit einstellen konnten. Der Schweiß auf ihrer Haut kühlte sie in der Nachtluft rasch aus. Dann ging alles furchtbar schnell.

Er war nur wenige Schritte von ihr entfernt, als er zwei Sätze nach vorne machte und ihr den Lauf des Gewehrs gegen die Brust donnerte, genau auf den Solarplexus.

Der Schmerz explodierte in ihrem Schädel. Ihr wurde schwindelig, sie sackte zu Boden und verlor jede Orientierung. Sie spürte, wie er sich an ihr zu schaffen machte, und als sie wieder klar wurde, lag sie auf dem Bauch, die Hände mit Kabelbindern auf den Rücken gefesselt, die Beine mit Klebeband umwickelt.

Er stopfte ihr ein Stück Stoff in den Mund, wickelte ein Tuch um ihren Kopf und befestigte es mit Klebeband.

Sie war noch immer zu umnebelt, um wirklich zu erfassen, was mit ihr geschah. *Das darf nicht wahr sein. Das kann nicht wahr sein.* Dieser Sermon wiederholte sich in ihren Gedanken, auch als sie hochgehoben und wie ein Paket verschnürt über die Schulter des Mannes geworfen wurde. Sie spürte seine kräftigen Schultermuskeln unter sich arbeiten, während er sie durch den Wald trug.

Jeder Schritt drückte ihr die Luft aus den Lungen, und so geknebelt konnte sie nicht ausreichend einatmen. Sie fürchtete zu ersticken, wand sich in ihren Fesseln. Panik umnachtete ihren Verstand, bevor sie in Ohnmacht fiel.

Als sie wieder zu sich kam, lag sie auf der Ladefläche eines fahrenden Autos. Eine Plane war über sie ausgebreitet, und sie holperten über eine unebene Straße.

Was war mit Jasmin? Sie versuchte sich zur Seite zu drehen, das Tuch abzustreifen, aber ihre Bewegungen waren zu sehr eingeschränkt, und mit jeder Regung schnitten die Kabelbinder tiefer in ihr Fleisch.

Irgendwann gab ihr Körper auf. Jedes Schlagloch presste ihr erneut die Luft aus der Lunge, und die Schmerzen wurden unerträglich. Fast schon dankbar registrierte sie, wie die Ohnmacht sich ihr abermals näherte. Und da war noch ein Gedanke: Vielleicht wäre es besser, wenn sie nie mehr aufwachte.

9

Nach einem kurzen Treffen mit Stephan fuhr Alexis wie jeden Dienstag zu Karen, um Merle Gesellschaft zu leisten, während die Biologin ein Abendseminar an der Uni leitete.

Natürlich war Merle eigentlich alt genug, um unbeaufsichtigt zu bleiben. Nach den schrecklichen Dingen, die sie in ihrem Leben bereits erleiden musste, wollte Karen sie jedoch nicht alleine lassen, und auch Merle freute sich über Alexis' Besuch.

»Und was machen wir heute?« Das Mädchen grinste sie breit an, als sie die Tür öffnete. Karens Wohnung war im Grunde genommen zu klein für die beiden, aber bisher hatte die Biologin noch keine passende neue gefunden. Alexis hatte den Verdacht, dass sie sich auch nicht wirklich mit der Suche beeilte. Ebenso wenig wie Merle, für die es zu einer Zufluchtsstätte geworden war.

»Playstation und Pizza?«

Zwei Stunden später saßen sie tief in die Couch eingekuschelt nebeneinander und tranken selbst gemischte, alkoholfreie Cocktails zu ihrer Pizza.

»Wie läuft es in der Schule?«

»Die Lehrer sind ganz okay.«

»Und die anderen Schüler?«

Nachdem Karen das Mädchen aufgenommen hatte, hatte Merle die Schule gewechselt, um einen frischen Start zu haben. In den Zeiten von Social Media hatte sich das jedoch als utopisch erwiesen. Es hatte nicht lange gedauert, bis ihre Verwicklung in Alexis' letzten Fall die Runde gemacht hatte und sie von allen Seiten komisch angesehen wurde.

»Sie sind in Ordnung. Nicht so schlimm wie …« Sie brach ab.

»Wenn du nicht reden willst, ist das okay.«

»Wie machst du das? Von dir wissen alle, dass deine Eltern Mörder waren. Trotzdem hast du Freunde.«

»Sie waren bereits meine Freunde, bevor meine Herkunft öffentlich wurde. Dennoch war es nicht einfach, sie zu finden, und ich habe meine Vergangenheit lange geheim gehalten.«

»Das würde ich auch so gern.«

»Geheimnisse sind nie gut. Das musste ich auf die harte Tour lernen.«

Merle lehnte sich zurück, verknotete die Hände ineinander. »Wenn ich dir etwas verrate, sagst du es Karen nicht?«

»Du kannst ihr vertrauen.«

»Ich weiß, aber ich will sie nicht verletzen.«

»Versprochen. Es bleibt unter uns.«

»Ich vermisse meine Mutter. Sie war nicht immer gut zu mir, aber … Sie ist doch meine Mama.« Tränen standen Merle in den Augen. »Hin und wieder träume ich von ihr.«

Alexis zog sie in die Arme. Sie wünschte, sie könnte dem Mädchen versprechen, dass irgendwann alles gut werden würde, aber das wäre eine Lüge. Selbst sie hatte ihre Vergangenheit nicht ganz hinter sich lassen können. »Ich liebe meine Mutter auch, dabei war sie sogar eine Serienmörderin. Eine, die ihren Opfern Eisennägel in die Schädel schlug. Das kann auch niemand verstehen.«

»War sie gut zu dir?«

»Ich habe nur schöne Erinnerungen, aber ich war klein, und es sind nur Bruchstücke vorhanden.«

»Wie kann es sein, dass Menschen auf der einen Seite so schreckliche Sachen machen und auf der anderen so lieb sind? Wieso vermisse ich selbst meinen Vater? Er war ein Monster.«

»Kein Mensch ist nur böse. Manche sind einfach krank und hätten viel früher im Leben Hilfe benötigt. Meine Eltern haben furchtbare Dinge getan, aber auch gute. Eine Nachbarin hat erzählt, dass sie eine Zeit lang bettlägerig war und ihre Arbeit verloren hat. Da hat meine Mutter ihr jeden Tag einen Topf Suppe vorbeigebracht. Zu diesem Zeitpunkt hatten meine Eltern bereits die erste Frau ermordet.« Um aus diesen Bildern irgendwie ein einziges zu machen, war Alexis vor zehn Tagen zusammen mit Stephan nach London geflogen. Nach all den Jahren wollte sie jemanden treffen, der ihre Mutter gekannt hatte.

»Dann hast du die Nachbarin in London also gefunden?«, fragte Merle.

Sie hatten sich vor Alexis' Abreise darüber unterhalten. Ebenso wie über die Tatsache, dass Alexis sich nicht sicher war, ob sie wirklich mehr über ihre leibliche Familie erfahren wollte. »Ja, sie ist inzwischen alt und hat sich gefreut, mich zu sehen.«

»Hast du noch das Bild von deiner Mutter?«

Alexis ergriff ihr Handy. »Besser. Frau Conway hat mir gestattet, ein paar Fotos von ihr abzufotografieren.«

Sarah Fannon war eine eher unscheinbare, aber hellwach wirkende schlanke Frau gewesen. Auf keinem der Bilder sah man sie lachen, außer auf einem, das sie mit Alexis als Kleinkind zeigte.

»Sie sieht so normal aus«, sagte Merle leise.

»Ich weiß. Die Nachbarin konnte mir auch nicht sagen, was Sarah dazu bewogen hat, all diese Frauen zu töten.« Alexis zögerte. Es fühlte sich falsch an, mit dem Mädchen über so grausige Dinge zu sprechen, aber als sie Merle betrachtete, die gedankenverloren die Fotos durchblätterte, erkannte sie, dass sie genau das brauchte. Ein anderer Mensch, der ebenso wie sie versuchte zu verstehen, was in Vater oder Mutter vorgegangen war. Also fuhr sie fort. »Sarah hatte anscheinend schon immer zur Eifersucht geneigt und nur Frauen in der Nähe von meinem Vater geduldet, die keine Konkurrenz für sie waren.«

»Ich dachte, er hat den Ton angegeben.«

»Laut der Nachbarin war das eine Erfindung der Medien und dem damaligen Zeitgeist geschuldet, der sich nicht vorstellen konnte, dass eine Frau in so einer Beziehung das Sagen hat. Er muss alles für sie getan haben. Nur nach außen wirkte es manchmal anders, weil er so groß und polternd war.« Den letzten Satz von Frau Conway sprach sie nicht aus. *Es gab nur einen Menschen, den er mehr als Sarah geliebt hat, und das warst du.*

Für einen Augenblick schwiegen sie, dann gab ihr Merle das Handy zurück.

In dem Moment öffnete sich die Haustür. Karen war zurück.

Ihr Blick schweifte über das Wohnzimmer, blieb an der Playstation hängen. »Ihr habt doch nicht wieder ein Ballerspiel gezockt?« Sie strich sich eine ihrer unbändigen rotblonden Locken aus dem Gesicht, dann schüttelte sie den Kopf. »Mann, ich klinge schon wie meine Mutter.«

Alexis stand auf. »Ich fahr dann mal. Ich muss morgen früh raus.«

»Ein neuer Fall?«

»Nichts Besonderes«, erwiderte Alexis. *Wenn man ein per Post verschicktes Menschenherz als alltäglich betrachtet.* Noch fehlte ihnen jedoch die passende Leiche dazu, was ihr die perfekte Ausrede bot, Karen nicht einzuweihen.

Sie umarmte Merle, die wie immer ein Shirt mit langen Ärmeln trug, um die Narben an ihren Armen zu verbergen. Körper und Seele waren bei ihr gleichermaßen gezeichnet.

Karen brachte sie zur Tür, blieb im Flur außer Hörweite des Mädchens stehen. »Lüg mich nicht an«, sagte sie leise. »Ich weiß, dass du mich nirgends mehr mit reinziehen willst, aber sei wenigstens ehrlich. Im Übrigen bist du eine beschissene Lügnerin.«

Scheiße. Karen kannte sie zu gut. »So ist das nicht.«

»Süße, wir wissen beide, dass du Unsinn redest, und bevor du zu einem umständlichen Vortrag ansetzt: Mir ist klar, dass du nicht an meinen Fähigkeiten zweifelst, aber du hast Angst, dass ich keine Distanz zu unseren Fällen mehr wahren kann, und willst mich beschützen.«

»Ist das so verwerflich? Du hast Merle, um die du dich kümmern musst.«

»Genau, deshalb werde ich in Zukunft vorsichtiger sein.«

Einen Moment herrschte Stille. Alexis wusste nicht, was sie sagen sollte. Sie konnte ihre Sorgen nicht einfach abstellen. Auf der anderen Seite war die Kriminalbiologie Karens Beruf und Leidenschaft. Es stand ihr nicht zu, diese Entscheidung für ihre Freundin zu treffen.

»Du hast recht. Momentan brauchen wir dich aber wirklich nicht. Fahr erst mal in Urlaub und gönn dir Ruhe.« Sie umarmten sich, dann eilte sie die Treppe hinunter und zu ihrem Auto.

Zurück in ihrem alten und von außen wenig einladend wirkenden kastenförmigen Haus, das außerhalb Heidelbergs in Peterstal lag, begrüßte sie ihre beiden Katzen Cookie und Coffee. Die eine braun-weiß gescheckt und die andere ein kleiner schwarzer Teufel. Aufgrund ihrer mehrtägigen Abwesenheit waren sie etwas beleidigt, doch nach ein paar Leckerchen hatten die Wirbelwinde ihr verziehen und umschmeichelten schnurrend ihre Füße, während Alexis sich auf einem Zettel notierte, was sie am folgenden Tag alles in Erfahrung bringen wollte. Die Liste war erschreckend lang.

Sie nahm einen Apfel und ging rauf in ihr Schlafzimmer. Jetzt rächte es sich, dass sie vor dem Urlaub mit dem Haushalt geschludert hatte. Die Wäsche stapelte sich, und die Kleidung ging ihr aus. Sie hatte schon darüber nachgedacht, eine Putzkraft einzustellen, aber der Gedanke, dass jemand Fremdes in ihre Privatsphäre eindrang, schreckte sie ab.

Während sie die Wäsche in vier Waschladungen sortierte, wirbelte sie dabei im Schlafzimmer so viel Staub und Katzenhaare auf, dass sie es sich fast anders überlegte. Die Tiere waren zwar gut versorgt worden, doch die beiden Fellnasen befanden sich ausgerechnet jetzt im Fellwechsel, und der Katzensitter hatte natürlich nicht gesaugt.

Nachdem sie die Waschmaschine angestellt hatte, ging sie in den Garten, um Holz reinzuholen. Sobald sie den Lichtschalter betätigte, schaltete sich eine Reihe von Flutern ein und erhellte ihr gesamtes Grundstück. Etwas raschelte im Gebüsch. Vermutlich ein kleines Tier, das von dem plötzlichen Licht geblendet wurde. Trotzdem verkrampfte sie sich unwillkürlich, zählte bis zehn, während sie auf weitere Geräusche lauschte. Nichts. Erst jetzt wagte sie es, sich ihrer Arbeit zuzuwenden. Am Ende betrachtete sie missmutig den schrumpfenden Holzvorrat. Sie würde ihren Nachbarn Fi bitten müssen, ihn aufzufüllen.

Bewaffnet mit einem schweren Korb voll Holz stapfte sie ins Haus zurück. Der Gedanke an das Herz und Tessa

Maerten ließen sie nicht los, gaben ihr selbst in ihren eigenen vier Wänden ein ungutes Gefühl. Auch wenn sie sich ihr ganzes Leben lang mit den Gräueltaten anderer Menschen beschäftigt hatte, so erschütterte es sie doch immer wieder, zu was manche fähig waren.

Sie hatte es sich gerade mit ihren beiden Katzen auf der Couch gemütlich gemacht – sie erwischte sich immer häufiger dabei, nicht in ihrem Bett zu schlafen, wenn Stephan nicht bei ihr war –, da klingelte das Telefon. Sie sah auf die Uhr. Wer rief um die Uhrzeit noch an? Die Zentrale? Hatte man die Leiche gefunden?

Zu ihrer Verwunderung entdeckte sie, dass jemand sie schon mehrfach versucht hatte anzurufen. Unterdrückte Rufnummer.

Sie nahm ab. »Alexis Hall.«

»Ich …«, sagte eine Frauenstimme, brach mitten im Satz ab.

»Wer ist da?«

Atemgeräusche, dann wurde aufgelegt.

Alexis verdrängte die unangenehmen Erinnerungen an eine Zeit, in der sich häufiger seltsame Dinge in ihrem Haus ereignet hatten. Das lag in der Vergangenheit, und wie sie es Merle schon oft gesagt hatte, musste man diese irgendwann loslassen.

Sie streckte sich müde auf der Couch aus und legte einen Arm über die Augen. Ihr Leben und ihr Job waren schon kompliziert genug. Da brauchte sie keine befremdlichen Anrufe. Ihre Gedanken ratterten allerdings auf Hochtouren. Die Stimme hatte jung geklungen, und sie hatte einen starken Akzent gehabt, den Alexis nach den wenigen Worten nicht hatte einordnen können. Keine romanische Sprache – da war sie sich ziemlich sicher. Russisch? Schwedisch? Sie kam einfach nicht drauf und zwang sich, an etwas anderes zu denken. Sie widerstand sogar der Versuchung, sich ihr Tablet zu nehmen und durch die Informationen zu wischen, die sie bisher über den Fall hatten. Sie musste lernen kürzerzutreten. In diesem Punkt hatte Stephans Ex vermutlich recht. Bei ihrer letzten unerfreulichen Begegnung hatte Margret ihr gesagt, dass Alexis ihre Prioritäten würde anders setzen müssen, wenn sie in Chloés Leben eine Rolle spielen wollte. Also schaltete sie den Fernseher ein und schaute eine Doku über Elvis, die sie schon lange hatte sehen wollen.

Schließlich raffte sie sich auf, machte sich ein leichtes Essen aus Tiefkühlgemüse und etwas Reis, dann ging sie nach oben, um nach der Wäsche zu sehen. »So ein verfluchter Mist.« Sie schlug frustriert gegen die Wand, als sie die rote Warnleuchte für die Pumpe und das Wasser in der Waschtrommel sah.

Das hatte ihr heute noch gefehlt. Bei der Wartezeit auf Servicemitarbeiter würde sie morgen nackt in die Arbeit gehen müssen, und bei ihren Arbeitszeiten würde es an ein Wunder grenzen, wenn sie überhaupt einen Termin bekam. Sie fluchte erneut, bevor sie seufzte und in die Abstellkammer stiefelte, um ihren Werkzeugkoffer zu holen. Diese Fehlermeldung der Waschmaschine war ihr nicht unbekannt. Anschließend ließ sie das Wasser ab und nahm die triefend nasse Wäsche heraus. Natürlich flutete sie dabei das halbe Bad. Danach begann sie, die Verkleidung der Waschmaschine abzumontieren. Sie war keine begeisterte Handwerkerin, aber ab und zu machte sie gern etwas selbst. Zudem hatte es sie schon immer gereizt zu verstehen, wie Dinge funktionierten. Ähnlich wie in ihrem Beruf, wo sie auch die Motive hinter den Taten zu ergründen suchte.

Nachdem Tür und Waschmittelklappe abmontiert waren, machte sie sich an die Reinigung der Schläuche und des Flusensiebes. Am Ende baute sie alles zusammen und ließ die Maschine testweise laufen.

Sie arbeitete tadellos. Wie immer verschaffte es Alexis eine große Befriedigung, etwas repariert zu haben. In ihrem Beruf wurde sie nur mit den Scherben konfrontiert, die Verbrechen im Leben der Opfer zurückließen. Selten konnte sie die Situation für jemanden verbessern. Nur der Gedanke an die verhinderten Straftaten half ein wenig. Wie simpel war es da doch mit einer Waschmaschine. Einfaches Problem, einfache Lösung.

10

Eigentlich lautete ihr Name Jutta, Jutta Amsberg, aber auf der Straße nannte sie sich TB9 – Terror Bitch. Die Neun stammte von ihrem Geburtstag, dem 09.09. Eine Tatsache, die sie allerdings für sich behielt. Es klang viel cooler, wenn sie vorgab, Mitglied einer Mädchengang zu sein.

Sie überprüfte im Schaufenster den Sitz ihrer hochgegelten Haare, bevor sie sich auf den Weg zu ihrem Unterschlupf in einer verlassenen Fabrikhalle machte.

In Gedanken freute sie sich schon darauf, Lazie wiederzusehen, der ihnen mit Sicherheit etwas Gras besorgt hatte, damit sie die Kälte der Nacht nicht so sehr spürten.

Sie wanderte durch die leer gefegten Straßen. Das war eines der wenigen Dinge, die sie daran liebte, als Ausreißer zu leben: die Gelegenheit, nachts durch die Stadt zu streifen. Die einsamen Gassen, die dunklen Bürogebäude oder die Häuser, deren Fenster hell erleuchtet waren. Sie alle gaben ihr das Gefühl, zugleich der letzte Mensch auf Erden zu sein, aber auch irgendwie dazuzugehören. Sie war ein Teil der Stadt, ein Teil dieses riesigen Kollektivs, das niemals ruhte.

Jutta hing ihren Gedanken nach, über die sich ihr Stiefvater lustig gemacht hätte. Wenn er seine Finger nicht unter ihrem Rock hatte, zeigte er nichts als Verachtung für sie. Ihre Mutter hatte Jutta natürlich nicht geglaubt, als sie ihr von dem Missbrauch erzählt hatte. Jutta trat heftig einen Stein zur Seite. Blöde Schlampe.

Sie holte tief Luft. Warum fehlte sie ihr bloß dennoch? Was musste diese Frau ihr noch alles antun, damit sie sie nicht mehr liebte? Jutta wusste, dass sie ohne zu zögern mit ihrer Mutter gehen würde, sollte sie auftauchen, sie um Verzeihung bitten und ihr sagen, dass sie ihren Stiefvater zum Teufel gejagt hatte. Sie hoffte nur, dass der Kerl ihre kleine Schwester in Ruhe ließ. Nur wegen ihr hatte sie ihrer Mutter von den nächtlichen Besuchen des Stiefvaters berichtet. Als Dank dafür hatte sie sie rausgeworfen.

Lazie wartete bereits auf sie, doch er stand nicht in ihrem Unterschlupf in der alten Fabrikhalle, sondern ein Haus weiter, direkt am Flussufer. »Hey«, rief er leise.

»Was geht denn ab? Warum stehst du hier rum?«

»Da waren Bullen und haben uns rausgeschmissen. Wir müssen uns was anderes suchen.«

»Aber da sind noch meine Sachen drin.«

»Die können wir auch morgen holen.«

Sie wussten beide, dass sie am nächsten Tag vermutlich schon jemand anderes aus ihrem Versteck geklaut hätte. *Nicht mit mir*, dachte sie. Sie ließ sich nicht mehr rumschubsen und ausnehmen. »Warte hier.«

»Was, wenn sie dich erwischen?«

»Dann erzähl ich ihnen eine rührselige Geschichte.« Sie grinste. »Du weißt, dass ich da gut drin bin.«

Trotz ihrer zuversichtlichen Worte hätte sie sich gewünscht, dass Lazie sie nicht einfach ziehen ließ. Als er sich allerdings keinen Meter rührte, musste sie einsehen, dass sie entweder einen Rückzieher machen oder das allein durchziehen musste. Wie ein Feigling dazustehen kam nicht infrage, also ging sie in das hoch in der Dunkelheit aufragende Gebäude hinein. Noch nie hatte es so unheimlich auf sie gewirkt. Sie erinnerte sich an einen Horrorfilm, den sie als Kind heimlich gesehen hatte. Von einem Haus, das von einem Dämonen befallen wurde und von da an all seine Bewohner tötete. Sie schauderte, sah die Kellertreppe hinab. Fast wünschte sie sich, die Bullen würden auftauchen.

Sie hätten sich wirklich ein Versteck etwas weiter oben suchen sollen, aber da kamen so oft irgendwelche Penner hin.

Schritt um Schritt stieg sie die Treppen hinunter, hastete unten direkt auf den großen Raum zu und fing dort an zu schreien. Ein Schrei, der niemals zu enden schien und Lazie auf der Straße dazu veranlasste, sich umzudrehen und davonzurennen.

11

Das Handy klingelte in den frühen Morgenstunden. Ein Blick aufs Display verriet Alexis, dass die Nacht für sie zu Ende war. Nur mit viel Glück würde die Zeit für einen Kaffee reichen. Der Regen prasselte gegen die Scheiben ihres Wohnzimmers, in dem sie mal wieder die Nacht verbracht hatte. »Wo muss ich hin?« Sie wusste nicht, wie Oliver es angestellt hatte, dass die Zentrale zuerst ihn anrief, aber das war im Lauf der Jahre so zur Normalität geworden, dass sie es sich gar nicht mehr anders vorstellen konnte.

»Dir auch einen guten Morgen«, brummte Oliver in ihr Ohr, bevor er ihr die Adresse nannte. »Wir treffen uns dort. Ich … ähm … bin nicht zu Hause.«

Wäre Alexis nicht zu müde gewesen, hätte sie an dieser Stelle nachgehakt, aber das verschob sie auf später. Sonst beschwerte sie sich darüber, dass Oliver aus Umweltgründen meistens darauf bestand, sie abzuholen. Er wohnte nur wenige Kilometer entfernt auf einem alten Hof, auf dem er sein eigenes Gemüse züchtete und eine Schar Haustiere hielt. Überbleibsel von Verbrechen, mit deren Aufklärung er betraut gewesen war.

An diesem Morgen wäre es ihr sogar recht gewesen, auf ihren Partner zu warten, um wenigstens während der Fahrt ein paar Minuten Schlaf zu gewinnen.

»Worum geht es?«

»Weibliche Leiche. Ob das Herz fehlt, konnte man mir nicht sagen. Die Umstände müssen allerdings außergewöhnlich sein.«

»Ich beeile mich«, murmelte Alexis und legte auf. Sie hatte schlecht geschlafen. Der Nachteil, wenn man mit sich und seiner Vergangenheit nicht im Reinen war. Schon Kleinigkeiten wie der gestrige seltsame Anruf konnten sie aus dem Konzept bringen.

Dafür hatte die folgende Routine etwas Beruhigendes. Sie verzichtete auf eine Dusche, putzte sich nur die Zähne und schlüpfte in frisch gewaschene Jeans und eine Bluse, dazu festes Schuhwerk. Den dringend benötigten Kaffee kippte sie in einen Coffee-to-go-Becher aus Porzellan. In der Zwischenzeit ratterten ihre Gedanken. Mit dem Leichenfund war möglicherweise das eingetreten, womit Alexis die ganze Zeit gerechnet hatte. Die Leiche, zu der das Herz gehörte, war aufgetaucht. Jagdfieber breitete sich in ihr aus. Sie konnten endlich richtig mit den Ermittlungen anfangen.

Nachdem sie Cookie und Coffee frisches Wasser hingestellt und ihnen etwas Trockenfutter in eine Schüssel gegeben hatte, schloss sie hinter sich ab und eilte zu ihrem Auto. Sie stellte den Kaffeebecher in die dafür vorgesehene Halterung in ihrem MiTo und brauste kurz darauf über die leere Autobahn zum Mannheimer Industriehafen, der zum Neckar durch eine Kammerschleuse und zum Altrhein von der Diffenébrücke begrenzt wird. Sie bog von der Industriestraße auf die kleine Landzunge ab, die zwischen Industrie- und Kaiser-Wilhelm-Hafen lag. Ab und an erhaschte sie einen Blick auf das gegenüberliegende Ufer, auf dem die Türme des pfälzischen Mühlenwerks in die Höhe ragten, dessen roter Backstein im Dämmerlicht des frühen Morgens an getrocknetes Blut erinnerte.

Das Blaulicht wies ihr bereits aus einiger Entfernung den Weg. Vorbei an Recyclinganlagen und Logistikzentren fuhr sie bis fast an die Spitze der Landzunge. Sie stellte ihr Auto ein Stück von der Absperrung entfernt ab, schnappte sich ihren Dienstausweis und ihre Tatort-Handtasche, in der sie Handschuhe, Pinzette, Taschenlampe, Beweismitteltüten und andere nützliche Dinge aufbewahrte – ein Geschenk von Karen –, und stieg aus. Der Regen hatte nicht nachgelassen, und trotz der noch immer herrschenden Dunkelheit bestimmte ein faszinierendes Lichterspiel die Szenerie. Die dicken Regentropfen verzerrten die Spiegelbilder von Blaulichtern und Laternen im Hafenbecken und den unzähligen Pfützen auf der Straße.

Alexis hatte dafür jedoch keinen Blick, sondern verfluchte sich, keinen Schirm eingepackt zu haben. Bis sie ihr Ziel erreicht hatte, klebten ihre Haare auf dem Kopf, und ihre Zehenspitzen waren nass.

Zwei uniformierte Beamte hielten die wenigen Gaffer, die sich bei dem Wetter nach draußen verirrt hatten, auf Abstand. Nach einem Blick auf ihren Ausweis ließen sie sie durch. Vor dem Eingang standen weitere Polizisten und unterhielten sich leise. Ein älterer Mann deutete auf ihren Becher. »Ich weiß, dass Sie einiges gewohnt sind, aber den Kaffee würde ich nicht mitnehmen. Das … Dieser Keller … Es ist anders. Krass.« Er schüttelte den Kopf.

Alexis nickte ihm zu. »Danke.« Ob es wirklich so schlimm war? Oder war das nur wieder ein Mann, der einer Frau nichts zutraute?

In dem Moment fuhr Olivers Hybridauto vorbei und parkte in nur wenigen Metern Entfernung. Sie wartete auf ihn, kippte in der Zwischenzeit den restlichen Kaffee hinunter und stellte die Tasse schließlich neben die Eingangstreppe. Das kastenförmige Gebäude musste Anfang des zwanzigsten Jahrhunderts gebaut worden sein und strahlte mit seinen fünf Stockwerken eine unheimliche Strenge aus, an der auch die Bogenfenster und einzelnen Verzierungen an den Backsteinwänden nichts änderten.

»Keine Zeit gehabt, neue Klamotten anzuziehen?«, fragte sie mit einem Blick auf Olivers zerknittertes T-Shirt.

»Man muss Prioritäten setzen.« Er grinste.

Nachdem seine Ex mit der Tochter nach Frankfurt gezogen war, hatte er sein Leben umgestellt. Früher hatte er wie ein Einsiedler gelebt, immer bereit für seine Tochter da zu sein. Seit er sie nur noch an den Wochenenden und in den Ferien sah, wusste er das Leben besser zu genießen. Wenn auch manchmal etwas zu sehr die weibliche Gesellschaft. Er wusste seine Attraktivität erstaunlich gut einzusetzen.

Sie gingen in den Flur, von dem aus eine marode Treppe nach oben führte und eine weitere in den Keller. »Ich habe ein paar Infos zu dem Haus rausgesucht«, sagte Oliver und tippte auf seinem Smartphone. »Seit Jahren gibt es einen Rechtsstreit innerhalb einer Erbgemeinschaft. Obwohl die Stadt mehrfach den baufälligen Zustand angemahnt hat, kommt keine Bewegung in die Sache. Die Polizei kennt es, weil hier immer wieder Obdachlose übernachten und Jugendliche Partys feiern.«

»Wer hat die Leiche gefunden?«

»Ein Mädchen, das hier ab und an übernachtet.«

»Wir müssen mit ihr sprechen.« Alexis machte sich in Gedanken eine Notiz. Je nach Verfassung des Teenies war sie entweder ins Krankenhaus oder auf die Wache gefahren worden.

Sie sammelte sich. Der Keller wartete auf sie und was auch immer die Beamten so aus dem Konzept gebracht hatte. Insgeheim glaubte sie jedoch nicht, dass sie noch etwas schockieren konnte. Dazu hatte sie in den vergangenen Jahren zu viel gesehen.

Wenige Minuten später wurde sie eines Besseren belehrt. Alexis hatte schon zahlreiche Leichen gesehen, aber auf diesen Anblick war sie nicht vorbereitet. Von den gemauerten Wänden rann das Wasser herab und bildete zu Füßen der Frau eine Pfütze, in der sich das Flutlicht spiegelte. Ihr Körper war auf ein eigentümliches Gestell aus mehreren Dutzend langen Metallstäben und Dornen gespießt worden, sodass es aus der Distanz wirkte, als schwebte sie wie ein gefallener Engel in der Luft. Ein Stab ging durch ihre Kehle, hielt dadurch den Kopf in Position.

Die Leibesmitte war durchbohrt, obendrein Schenkel, Wade und Brustkorb. Blut war aus den Wunden geronnen und zeichnete ein abstraktes Muster auf der Haut, das sich an manchen Stellen bereits grünlich verfärbt hatte. In den Nasenlöchern und Ohren krochen frisch geschlüpfte Maden, ebenso wie in dem aufgebrochenen Brustkorb, wo man ihr das Herz herausgerissen hatte.

Es war jedoch nicht nur die Art, wie die Frau positioniert worden war, die Alexis schockierte, dabei war der Anblick schrecklich genug. Das wahre Grauen offenbarte sich, als ein Mann der Spurensicherung mit einer dramatischen Geste die Anweisung gab, die Flutlichter auszuschalten. Was man zuvor nur hatte erahnen können, wurde nun ganz deutlich.

Die gesamte Leiche leuchtete in einem schwachen Grün, war überzogen von einem fluoreszierenden Schimmer. Wenn es nicht so grausam gewesen wäre, hätte es etwas von einer eigenartigen makabren Schönheit gehabt.

»Radioaktivität?«, fragte Oliver in die Finsternis hinein.

»Wurde gemessen. Negativ«, kam die Antwort zurück.

Nachdem sich Alexis' Augen an die Dunkelheit gewöhnt hatten, nahm sie noch einmal den Anblick in sich auf. Bei dem Opfer handelte es sich um eine schlanke junge Frau mit langen, dunklen Haaren, die kunstvoll über das Gestänge drapiert worden waren. Die Augen geschlossen, sodass man erst auf den zweiten Blick bemerkte, dass ein Lid leicht eingesunken war, weil das darunter liegende Auge zerstört worden war. Alexis ging ein paar Schritte zurück. Aus der Distanz war die Ähnlichkeit mit dem Nadelherz nicht zu übersehen. Die Metallstangen erinnerten an Nadeln, nur dass sie kein Herz durchbohrten, sondern den Leib einer Frau.

Das Erschreckendste war für Alexis jedoch noch immer das Leuchten. Sie trat wieder näher heran. Roch den typischen süßlichen Geruch von Verwesung und berührte die Haut vorsichtig mit behandschuhten Fingern. Sie zog sie zurück. Keine Farbe.

Die folgenden Worte fielen ihr schwer, brachen sie doch mit allem, was sie sich vorgenommen hatte, aber jetzt hatte sie keine andere Wahl mehr.

»Wir brauchen Karen«, sagte sie leise.

12

Karen wusste, dass es schlimm sein musste, wenn Alexis sie um diese Uhrzeit zu einem Fall rief. Wenn sie sie überhaupt benachrichtigte, dachte sie mit einem Anflug von Bitterkeit, für den sie sich sofort schalt. An Alexis' Stelle würde sie nicht anders handeln. Sie hatte beim letzten Fall eine Grenze überschritten, trug nun Verantwortung und musste ihre gesamte Lebensweise umstellen. Obwohl sie ihre Entscheidung, Merle bei sich aufzunehmen, nicht bereute, war es doch eine völlig neue Art zu leben. Bisher hatte sie sich um niemanden kümmern müssen. Sie war morgens aufgestanden und hatte sich den Tag so eingeteilt wie sie wollte. Üblicherweise mit einem Haufen Arbeit und hin und wieder einem netten Zwischenspiel mit einem Mann. Ihr letztes Date war Monate her, und den einzigen Mann, der sie seit Jahren wirklich interessiert hatte, hatte sie abblitzen lassen. Stattdessen standen Elternabende, das Suchen nach einem geeigneten Therapeuten für Merle und jede Menge Fahrdienste auf dem Programm.

In den frühen Morgenstunden hatte sie die schlaftrunkene,

vor sich hin mosernde Merle geweckt, sie ins Auto gepackt und zu ihrer Schwester gebracht, die sie später zur Schule bringen würde.

Louise hatte sich mit sorgenvollem Gesicht von Karen verabschiedet. »Pass auf dich auf.« Ihre Schwester hielt weiterhin nicht viel von ihrer Arbeit.

Karen setzte sich in ihren geliebten alten VW-Bus und fluchte, als die Halterung samt Navi von der Frontscheibe abfiel, während sie die Adresse eingab. Die Luft war so feucht, dass der Gummisaugnapf nicht hielt. Also legte sie das Gerät neben sich auf den Beifahrersitz und fuhr los. Den Weg zum Industriehafen fand sie auch so, nur für die letzten drei Abzweigungen brauchte sie die Hilfe des Navis.

Sie fröstelte und unterdrückte ein Gähnen. Dann lenkte sie den Bus, das hektische Winken von ein paar uniformierten Beamten ignorierend, direkt zur Absperrung und parkte am Bordstein.

»Hey!« Ein junger Polizist, ganz Testosteron mit kurz geschorenen Haaren und platter Nase, hämmerte gegen ihre Scheibe. »Sind Sie blind? Sie können hier nicht stehen! Verschwinden Sie, oder ich nehme Sie fest.«

Sie fuhr das Fenster hinunter. Die Kurbel quietschte, und im Zeitalter von elektrischen Fensterhebern schien es eine Ewigkeit zu dauern. Karen beobachtete belustigt, wie der Kerl langsam rot anlief. Wann er wohl endgültig explodieren würde?

Leider rief die Pflicht, weshalb sie es nicht darauf ankommen ließ, sondern ihm ihren Ausweis unter die Nase hielt. »Karen Hellstern, Kriminalbiologin und vereidigte Sachverständige. Kriminalkommissarin Hall hat mich angefordert.«

Der Beamte zuckte sichtlich zusammen, war aber noch nicht bereit, einfach so aufzugeben. »Sie können trotzdem nicht hier parken.«

Sie öffnete die Tür, zwang ihn dabei, einen Schritt zurückzutreten, und stieg aus. »Was ist mit den Autos der Spurensicherung?« Sie deutete auf eine Gruppe von Fahrzeugen, die auf der anderen Seite der Absperrung parkten.

»Sie haben eine Sondererlaubnis wegen ihrer Ausrüstung.«

Karen schob sich an ihm vorbei, zog die Schiebetür auf und begann ihre Sachen auszuladen.

»Na sehen Sie.« Karen grinste. »Ich auch. Sie können das gern mit Alexis Hall ausdiskutieren, aber auf dem Weg dahin können Sie gleich etwas mitnehmen.«

Der Polizist starrte sie fassungslos an.

»Na, wird's bald?«, blaffte Karen ihn an. Manchmal hatte es auch Vorteile, Pflegemutter eines Teenies zu sein. Anweisungen zu geben und sich bei Streitereien durchzusetzen gehörten mittlerweile zu ihrem Alltag.

Mit dem Polizisten im Schlepptau betrat sie schließlich das Gebäude. Sobald ihr die feuchte, kalte Luft entgegenschlug, in der der Geruch von Fäkalien und Schimmel hing, vergaß sie die Diskussion. Es war, als wäre die Atmosphäre in diesem Gemäuer von etwas Bösem gebrandmarkt, das für alle Zeiten sein Zeichen gesetzt hatte. Sie schüttelte sich.

Alexis stand im Kellerflur und unterhielt sich leise mit einem Beamten der Spurensicherung. Bei Karens Anblick legte sie ihrem Gegenüber kurz die Hand auf die Schulter und nickte ihm zu, bevor sie ihr entgegenkam.

Der Polizist, der Karens Kiste trug, setzte diese geräuschvoll ab. »Frau Hall …«

Alexis ignorierte ihn, umarmte Karen flüchtig zur Begrüßung. »Gut, dass du da bist. Dieser Fall ist speziell.«

Dann wandte sie sich an den jungen Mann. »Was gibt es?«

Sein Blick wanderte von Alexis zu Karen und zurück. »Nicht so wichtig«, murmelte er schließlich.

Karen grinste. »Moment.« Sie bedeutete ihm, ihre Sachen an die Wand zu stellen. Anschließend warf sie ihm ihren Autoschlüssel zu. »Im Heck stehen noch zwei blaue Plastikboxen. Holen Sie mir die bitte.«

Seine Finger verkrampften sich, und die Adern an seinem Hals traten pochend hervor. Er nickte kurz, bevor er sich abwandte und die Treppen hochstieg.

»Wie ich sehe, hast du einen neuen Fan.«

Karen zuckte mit den Schultern. »Lass uns zu der Leiche gehen. Das ist im Moment das Einzige, was mich interessiert.«

»Nicht so schnell. Ein paar Details sollte ich dir vorher geben.«

Karen hob eine Augenbraue. Das klang nicht gut, wenn Alexis sie auf den Anblick vorbereiten wollte.

»Es handelt sich um ein weibliches Opfer. Ich tippe auf Mitte zwanzig. Sie wurde auf schreckliche Weise verstümmelt. Zudem wurde ihr Herz entfernt. Es wurde gestern einer jungen Frau per Post zugestellt.«

Das ist also der Fall, aus dem Alexis mich raushalten wollte. Sie war sich ihrer Gefühle nicht sicher. Überwog die Kränkung oder das Verständnis?

Jedenfalls war das heftig, ein ganz neues Level. Ein Mörder, der nicht nur sein Opfer quälte, sondern gleich noch einen anderen Menschen psychisch terrorisierte? »Stehen sie in einer Beziehung zueinander?«

»Das wissen wir nicht. Ihre Fingerabdrücke wurden bereits überprüft, befinden sich aber in keiner Datenbank.

Wenn sie allerdings zum Beispiel eine Studentin ist und erst seit wenigen Tagen verschwunden, kann es sein, dass es noch niemandem aufgefallen ist.«

Karen runzelte die Stirn. »Wenn die Leiche so frisch ist, was mache ich hier?« Eine Kriminalbiologin wurde üblicherweise dann um Hilfe gebeten, wenn eine Leiche sich im fortgeschrittenen Verwesungsstadium befand. Zu dem Zeitpunkt wurde es für einen Rechtsmediziner schwierig, den Todeszeitpunkt zu bestimmen. Anhand des Entwicklungsstadiums von Fliegenlarven und diversen Käferarten konnte Karen die Todeszeit zuverlässig ermitteln.

»Sieh es dir an. Die Spurensicherung ist überfordert, ebenso wie Oliver. Der stellt allerdings schon die absonderlichsten Theorien auf.«

»Wann macht er das nicht?« Karen streifte sich zwei Paar Handschuhe über, einen weißen Einweg-Overall und Überzieher für die Schuhe, um den Fundort nicht zu verunreinigen.

»Ich meinte, selbst für seine Verhältnisse.« Alexis grinste, und Karen spürte mit einem Mal, wie sehr sie die gemeinsame Arbeit mit ihrer Freundin vermisst hatte.

Sie folgte Alexis in den Raum, um sogleich abrupt stehen zu bleiben. Ein weiblicher, nackter Körper, aufgespießt auf Stahlstangen, übersät mit unzähligen Schnittwunden, und dazu der weit aufklaffende Brustkorb. Am liebsten wäre Karen wieder aus dem Keller gestolpert.

Aber sie beherrschte sich, fühlte Alexis' warme Hand auf ihrem Arm. »Moment.« Ihre Freundin gab einem Mann von der Spurensicherung ein Signal. »Licht aus.«

13

Schlagartig wurde es dunkel. Es dauerte, bis Karen begriff, was sie da sah. Mit einem Mal blendete sie das Grauen aus. Stattdessen gewann die wissenschaftliche Neugierde die Oberhand, und in ihrem Kopf begannen sich die ersten Theorien zu formen.

Es war ein gespenstischer Anblick. Die Leiche leuchtete in einem schwachen Grün. Es ging vom ganzen Körper aus, aber in den Schnittwunden war es am stärksten. Dadurch sah die Tote wie eine moderne Installation aus. Pervers, und doch hatte es eine gewisse Ästhetik.

Wie hat der Killer das hinbekommen? Karen rief sich in Erinnerung, wodurch so ein Leuchten verursacht werden könnte. »Habt ihr die Radioaktivität gemessen?«

»Ja«, erwiderte Alexis. »Es wurde keine erhöhte Aktivität festgestellt.«

Damit blieben eigentlich nur noch zwei Möglichkeiten: Man hatte die Frau bemalt, oder aber das Leuchten hatte biologische Ursachen. Da man sie gerufen hatte, ging sie von Letzterem aus. Sie vergewisserte sich dennoch, indem sie an die Leiche trat und diese mit der Taschenlampe anleuchtete. Kein Hinweis auf Farbe.

Also eine biologische Option.

Sie berührte vorsichtig die Haut.

»Hast du eine Idee, was das sein könnte?« Oliver gesellte sich zu ihnen.

Es hätte Karen auch gewundert, wenn er sich die Gelegenheit hätte entgehen lassen, etwas über ein außergewöhnliches biologisches Phänomen zu erfahren. Im Gegensatz zu Alexis war er an ihren wissenschaftlichen Abhandlungen wirklich interessiert und akzeptierte sie nicht nur als unausweichliche Begleiterscheinung ihrer erfolgreichen kriminalbiologischen Analysen. »Eine erste Vermutung wäre, dass es sich um Biolumineszenz handelt.«

»Den Begriff habe ich schon mal gehört«, sagte Oliver.

»Es ist ein weitverbreitetes Phänomen«, erläuterte Karen und nahm in der Zwischenzeit mit sterilen Tupfern Proben von der Haut und den Wunden. »Als Biolumineszenz bezeichnet man es, wenn Lebewesen Licht erzeugen, entweder, weil sie selbst das Licht produzieren oder ihre Symbionten. Das uns bekannteste Tier dürfte das Glühwürmchen sein, am häufigsten findet man es jedoch bei Meerestieren.«

»Ich sehe hier weder Käfer, noch sind wir im Ozean.« Alexis tappte angespannt mit ihrer Schuhspitze auf den Boden.

»Ich gehe in diesem Fall von Bakterien aus. Um was für eine Art es sich handelt oder wie sie auf die Leiche gekommen sind, kann ich noch nicht sagen.« In Gedanken überlegte sie bereits, wen sie vom mikrobiologischen Institut anrufen könnte. Lumineszierende Bakterien waren nicht ihr Spezialgebiet, und die Anzahl der infrage kommenden Organismen war so unüberschaubar, dass sie Unterstützung benötigen würde.

»Wie entsteht das Leuchten überhaupt?«, erkundigte sich Oliver und stellte Alexis' Nerven damit auf eine neuerliche Probe.

»Da gibt es verschiedene Varianten. Am häufigsten werden Luciferine verwendet. Das ist eine Gruppe von Naturstoffen, die im Körper mit Sauerstoff reagieren und dabei das Licht freisetzen. So vermutlich auch bei dem Bakterium, das das Leuchten der Leiche verursacht. Die Qualle *Aequorea victoria* benutzt allerdings ein anderes System und greift auf ein Protein, das sogenannte Aequorin, zurück. Im Gegensatz zu den Luciferinen wird es nicht verbraucht, sondern kehrt am Ende der Reaktion in seinen Ausgangszustand zurück. Dadurch ist es wiederverwendbar und für die Forschung besonders interessant.«

»Genug Fachsimpelei für mich«, sagte Alexis. »Sag mir Bescheid, wenn du irgendwelche neuen Erkenntnisse hast. Ich informiere inzwischen Dolce. Linda sollte auch gleich eintreffen.«

Während seine Partnerin die Treppe nach oben stieg, blieb Oliver bei Karen stehen, die weitere Proben von der Haut und den Wunden nahm, bevor sie sich den Maden zuwandte. Fliegen waren stets die Ersten am Tatort. Innerhalb von fünfzehn Minuten fanden sie zuverlässig jede Leiche und legten ihre Eier ab, aus denen bei guten Bedingungen innerhalb von zwölf Stunden Maden schlüpften.

»Klingt ziemlich cool.«

»Das ist es. Vor allem die Forschung daran ist sehr spannend. Man hat erste genetisch veränderte Pflanzen erzeugt, die leuchten. Ziel ist es, irgendwann zum Beispiel Straßenlaternen durch Bäume zu ersetzen. Stell dir das vor – die Städte würden dadurch grüner, und wir bräuchten keinen Strom. Man versucht ebenfalls, eine neue Art von Glühbirnen zu erzeugen, die mit leuchtenden Bakterien gefüllt sind. Momentan ist vor allem die Dauer des Leuchtens noch problematisch, und die Helligkeit.«

Olivers Augen hatten bei ihren Zukunftsvisionen aufgeleuchtet. Der Mann würde vermutlich schon jetzt am liebsten in dieser utopischen Welt leben. Karen hingegen half das Gespräch, um sich zu konzentrieren. Nachdem sich die erste Aufregung über das außergewöhnliche biologische Phänomen gelegt hatte, fiel es ihr immer schwerer zu ignorieren, woraus sie gerade eine Made zog. Man sollte glauben, dass man sich irgendwann daran gewöhnen würde, aber bei Karen war das nicht der Fall. Sie ekelte sich nicht vor Verwesung, Fäulnis oder Verstümmelungen. Was ihr so zusetzte, war die brutale Gewalt, der das Opfer vor seinem Tod ausgesetzt gewesen war.

»Den Todeszeitpunkt dürfte Chris bestimmen können, so gut erhalten, wie die Leiche ist. Ich werde aber natürlich dennoch die Fliegenmaden analysieren, damit wir ganz sicher sein können. Ich gehe aber davon aus, dass sie keine drei Tage tot ist.«

»Untersuche die Maden bitte auf Rückstände von Betäubungsmitteln«, sagte Oliver.

Das hätte sie ohnehin getan. Manchmal konnte man in Maden eine Konzentration von Drogen nachweisen, die in der Leiche längst abgebaut worden war. »Selbstverständlich. Da die Leiche noch sehr frisch ist, sollte ich allerdings keine abweichenden Ergebnisse zur Pathologie erhalten. Das Leuchten hingegen steht auf einem anderen Blatt.«

14

Es war kurz vor Mittag, als Alexis zurück nach Mannheim fuhr. Nach einer Nacht wie dieser waren die vereinzelten Sonnenstrahlen, die sich durch die Wolkenberge kämpften, ein schöner Kontrast. Ebenso war es gut, die Studenten zu sehen, lebendig und fröhlich, die aus dem barocken Gebäude des Schlosses Mannheim strömten. Mit seinen vierhundertfünfzig Metern Länge gehörte es zu den größten Schlössern Europas und diente inzwischen als Universität.

Während sie an der Ampel die lachenden, jungen Menschen beobachtete, plante sie in Gedanken den weiteren Tagesablauf. Die Spurensicherung würde noch einige Stunden am Fundort beschäftigt sein. Karen war auf dem Weg in ihr Labor, um die Proben zu sortieren und zu katalogisieren. Sie würde erst später zur Besprechung dazustoßen, für deren Vorbereitung Alexis eine knappe Stunde blieb.

Sie fuhr in die Tiefgarage, dicht gefolgt von Oliver und Saskia, die kurz nach Karen zum Leichenfundort gekommen war. Beim Anblick der leuchtenden Leiche hatte Volkers auf jede Beschwerde über seine neue Kollegin verzichtet und sich ganz von seiner professionellen Seite gezeigt.

Saskia parkte direkt neben Alexis' MiTo und stieg ungewohnt langsam aus ihrem silbernen VW. Seit dem Leichenfund war sie auffällig ruhig gewesen.

Alexis ging voraus, drückte die schwere Tür zum Gebäude auf und ließ Oliver und Saskia den Vortritt. »Wir müssen die Tote identifizieren. Ruft bei den zuständigen Leuten für Vermisstenfälle an und hakt nach, ob irgendwelche Daten noch nicht eingegeben wurden. Vielleicht wurde ihr Verschwinden erst heute gemeldet.«

»Inzwischen sollten die Akten von dem Folterhof da sein. Ich werde sie gleich mal durchsehen«, erwiderte Oliver.

»Gut. Wir brauchen so viele Informationen wie möglich. Momentan habe ich keine Vorstellung davon, mit was für einem Täter wir es zu tun haben.«

»Eine wandelnde Luftverschwendung, absoluter Abschaum«, sagte Saskia so leise, dass Alexis es gerade noch hören konnte.

»Achten Sie darauf, Distanz zu wahren und professionell zu bleiben.«

Saskia schüttelte den Kopf. »Wie schafft man das? Ich dachte, dass ich in meiner Zeit bei der Polizei schon einiges gesehen haben aber das …«

»Man gewöhnt sich an alles. Leider. Bis dahin versuchen Sie, wenigstens nach außen die Fassung zu wahren.«

»Und wenn Sie reden wollen, kommen Sie zu mir«, warf Oliver ein, bevor sie in den Flur einbogen, in dem ihr Büro lag.

»Ich sehe noch kurz bei Bauwart und Volkers vorbei«, verabschiedete sich Alexis. »Fangt ihr schon mit der Arbeit an.« Auch wenn sie die neue Beamtin durchaus mochte, ärgerte es sie insgeheim, dass sie sich nun statt Volkers um die Neue kümmerte. Es machte zwar keinen Sinn, sie ihm direkt in den ersten Tagen aufzuzwingen, dann müsste die Frau ihre internen Differenzen ausbaden, aber auf Dauer musste er sich einfach damit abfinden.

Sie fand die Männer mit Donuts in der Hand in der Kaffeeküche. Wann war eigentlich dieser Trend von Cops und Donuts nach Deutschland rübergeschwappt? Oder hatte ihr Kantinenchef schlicht zu viele US-Krimiserien gesehen?

»Kaum bist du zurück, stapeln sich die Leichen«, begrüßte sie der hünenhafte Bauwart mit einem spöttischen Grinsen.

»Und damit das nicht ausartet, benötige ich die Hilfe von euch Helden.«

»Oje, wenn du so anfängst, wird es übel.«

»Ort und Zeit für die Besprechung habe ich euch geschickt.« Sie nahm sich einen Kaffee, süßte ihn mit Stevia, bevor sie einen kleinen Schluck trank. »Außerdem brauche ich eure Unterstützung bei der Neuen.«

»Nie im Leben«, sagte Volkers bestimmt. »Um die kannst du dich selbst kümmern.«

Sie stellte die Tasse ab, richtete sich unbewusst auf. Sie war zwar ranghöher, aber das half ihr an dieser Stelle nicht weiter. So kurz vor der Pension fürchtete Volkers keine Disziplinarmaßnahmen mehr, und er kannte sie. Er wusste, dass sie ihm wegen seiner gelegentlichen Sturheit keine ernsten Probleme bereiten würde. Der Mann hatte alles für die Arbeit geopfert, viele Menschenleben gerettet und verfügte immer noch über einen scharfen Verstand.

»Es war nicht meine Entscheidung. Nichts von dem ist es«, sagte sie schließlich wahrheitsgemäß. In ihren Augen konnte Volkers im Dienst bleiben, bis er tot umfiel. Aber ihre Chefin sah das anders. »Hör zu. Ich habe da keinen Einfluss drauf. Sie wurde uns zugeteilt, hat ausgezeichnete Referenzen und einen guten Ruf. Sie braucht nur jemanden mit Erfahrung, und wer könnte da besser geeignet sein als du?« Alexis machte eine kleine Pause, nickte dann Bauwart zu, der seit Jahren mit Volkers zusammenarbeitete. »Ihr beide werdet aus ihr eine brauchbare Kriminalbeamtin machen. Ich verlasse mich auf euch.«

Bauwart schenkte ihr ein gezwungenes Lächeln. Er wusste ebenfalls, dass Saskia Lange seine neue Partnerin werden sollte, und das behagte ihm kein bisschen. Nicht, weil sie eine Frau war oder wegen ihres Alters, sondern schlicht und ergreifend, weil dieser Mann jede Art von Veränderung verabscheute. Umso überraschter war Alexis gewesen, dass er sich so schnell auf das Leben als Familienvater eingestellt hatte und seine kleinen Töchter vergötterte.

Nachdem das geklärt war, ließ sie die Männer in der Kaffeeküche zurück und nutzte die verbleibende Zeit, um die Besprechung vorzubereiten.

Dieses Mal trafen sie sich im Hinterzimmer eines vorwiegend von Studenten genutzten Waschsalons. Das

Wummern des Schleudergangs von einem halben Dutzend Maschinen dröhnte bis in den Raum, in dessen Regalen Putzmittel und Werkzeug lagerten. Seit einer ihrer Fälle geplatzt war, weil sie illegal abgehört worden war, bestand Dolce darauf, die wichtigsten Treffen an den unterschiedlichsten Orten abzuhalten. So kam es, dass selbst die piekfein gekleidete Erste Staatsanwältin, Linda Landgraf, auf einem Schemel saß. Dr. Norden, ihr beratender Psychologe, kippte seinen Stuhl nach hinten und lehnte sich gegen die einzige freie Wand. In seinem Anzug bot das ein geradezu groteskes Bild.

»Wir haben es mit einem außergewöhnlichen Fall zu tun«, begann Alexis. »Im Grunde haben wir zwei Opfer. Zum einen die Tote und dann die Frau, der das Herz geschickt wurde.«

»Uns war es inzwischen möglich, die Leiche zu identifizieren«, sagte Oliver. »Bea Krause, dreiundzwanzig Jahre, Studentin der Wirtschaftsinformatik, keine Vorstrafen. Zwei gemeldete Wohnsitze. Zum einen in ihrer alten Heimat Sinsheim und zum anderen hier in Mannheim.« Er öffnete ein Foto von Bea Krause auf seinem Tablet und zeigte es herum.

»Na, da scheiß doch einer die Wand an«, entfuhr es Saskia.

»Ich möchte doch stark bitten«, protestierte Dolce. »Sie sind Polizeibeamtin und haben auf Ihre Ausdrucksweise zu achten.«

»Entschuldigung«, erwiderte die Frau, ohne dabei sonderlich schuldbewusst zu wirken. Es hatte vielmehr etwas Routiniertes, als käme sie ständig in diese Situation. »Ich habe das Foto bisher nur in klein gesehen, aber so …« Sie sah sich um. »Fällt es denn sonst niemandem auf?«

15

Alexis hatte inzwischen erkannt, worauf sie hinauswollte. Durch die erschlafften Gesichtszüge, die Verletzungen und das ganze Blut war es vorher nicht so augenfällig gewesen, aber das Opfer sah Tessa Maerten zum Verwechseln ähnlich.

Damit war ihre vage Hoffnung, dass es sich bei der Auswahl von Tessa um Zufall gehalten hatte, ein weiteres Stück geschrumpft. Die angeblichen Zufälligkeiten begannen sich zu häufen.

Doch sie wollte der Neuen nicht die Show stehlen und sehen, ob es ihr gelang, Bauwart und Volkers zu beeindrucken, deshalb hielt sie den Mund und beobachtete das Szenario.

Saskia griff nach dem Tablet, nahm ein paar Einstellungen vor und platzierte das Foto von Bea Krause neben einem alten von Tessa Maerten, das sie noch mit langen, dunklen Haaren zeigte, die ihrem Gesicht eine Weichheit verliehen, die ihr heute fehlte.

»Sie könnten Schwestern sein«, entfuhr es Oliver.

»Was bedeutet das für uns?«, fragte Dolce. »Wird Frau Maerten das nächste Opfer? Was meinen Sie, Norden?«

Alle sahen den Mann fragend an, doch der schüttelte nur den Kopf. »Das lässt sich momentan nicht abschätzen. Ich müsste raten. Üblicherweise würde ich die Wahrscheinlichkeit als hoch einschätzen. Unter diesen besonderen Umständen könnte aber eine Art Fixierung auf Frau Maerten vorliegen. Ich würde dringend empfehlen, nach Verbindungen zwischen den beiden Personen zu suchen. Vielleicht glaubt der Täter auch nur, sie zu beschützen.«

»Was für besondere Umstände?«, hakte Karen nach.

Alexis biss sich auf die Unterlippe. Sie hatte vergessen, dass sie Karen ursprünglich aus dem Fall hatte raushalten wollen, weshalb sie von den Geschehnissen auf dem Mühlsteinhof nichts wusste. »Tessa Maerten war zuvor bereits das Opfer eines Verbrechens. Auf dem Mühlsteinhof auf der Schwäbischen Alb«, erläuterte sie.

Bei der Erwähnung des Hofs wurde Karen blass. Kannte sie ihn aus den Medien, oder steckte mehr dahinter? Alexis sah sie erwartungsvoll an, doch die Biologin schwieg.

»Sie wurde mit einer Freundin gefangen gehalten. Du hast sicher davon gehört.«

Karen nickte bedächtig. Alexis sah ihr an, dass sie etwas verheimlichte. *Nicht schon wieder Geheimnisse.*

»Gibt es eine Verbindung zwischen den Frauen?«, fragte Karen.

»Keine, die auf der Hand liegt«, erwiderte Alexis. »Tessa hat in Heidelberg studiert, dort gelebt, und ihre Eltern kommen aus Hockenheim.«

»Im Grunde wissen wir also nur, dass wir keine Ahnung haben, was gerade passiert«, bemerkte Linda. Jetzt, da sie die Gelegenheit hatte, ihre Freundin genauer zu betrachten, fiel Alexis auf, dass deren Bluse verknittert und ihre teuren High Heels im Gegensatz zu sonst nicht frisch geputzt waren.

»Ist zumindest gesichert, dass das Herz zu der Toten gehört?«

»Naumann ist sich ziemlich sicher«, antwortete Alexis. Chris hatte nicht zum Fundort kommen können, aber sie hatte ihm Fotos geschickt, anhand derer er eine erste Beurteilung abgegeben hatte. »Alter, Geschlecht und Körpergröße passen. Eine endgültige Bestätigung wird natürlich erst ein Gentest liefern.«

»Das ist nicht viel, mit dem wir arbeiten können, aber wir werden eine Soko gründen, die in beiden Vorkommnissen ermittelt.«

»Für den Anfang können wir sie kleinhalten«, stimmte Alexis ihr zu. Je weniger Beamte sie zu beaufsichtigen hatte, desto mehr konnte sie selbst den Ermittlungen nachgehen. »Dieses Mal kann ich sogar ein geeignetes Gebäude anbieten. Ralf Austerlitz hat mir von einer Feuerwache in Schwetzingerstadt erzählt, die nicht mehr in Betrieb ist. Die können wir nehmen.« Ebenso wie bei den Besprechungen legte Dolce auch bei den Räumlichkeiten der Sokos, die aus Platzgründen nicht im Präsidium untergebracht wurden, auf Abwechslung wert.

»Hast du noch Kontakt zu dem alten Knochen?«, fragte Volkers.

Rainer Austerlitz war Alexis' erster Partner gewesen und für sie zum Mentor geworden, dem sie viel von ihrem Wissen und damit ihrer recht steilen Karriere verdankte. Vor einigen Jahren war er in Pension gegangen, aber sie versuchten, sich wenigstens einmal im Monat zu treffen. Alexis hatte ihm sogar ein Smartphone besorgt und WhatsApp darauf installiert, damit sie besser in Kontakt bleiben konnten. »Ich sehe ihn ab und an.« Sie wandte sich an Linda. »Bist du mit dem Ort einverstanden?«

»Wenn du die Genehmigung erhältst. Gibt es Einwände, dass Hall die Soko leitet?«

»Von meiner Seite aus nicht«, erwiderte Dolce. »Ich erwarte wie üblich regelmäßig Berichte.«

Alexis sah sich im Raum um, bemerkte die kindliche Freude in Olivers Gesicht, weil sie in einer Feuerwache ihr Lager aufschlagen würden, und das gelangweilte und arrogante Gesicht des Psychologen. »Bevor wir das Treffen beenden, hätte ich noch eine Frage an Sie, Dr. Norden. Tessa Maerten wirkte erstaunlich gefasst. Müsste sie nicht in Panik geraten, weil sie wieder die Aufmerksamkeit eines Irren erregt hat?«

»Irrer ist mit Sicherheit nicht die richtige Bezeichnung für das Individuum, das Sie suchen«, rügte Norden sie prompt. »Ferndiagnosen sind in meiner Branche verpönt. Wir stützen uns auf Fakten und nicht auf wilde Theorien, wie Sie sie gern aufstellen. Es wäre aber nicht zu erstaunlich, dass sie gewissermaßen abgehärtet ist, nach alldem, was sie erlebt hat. Sie muss Strategien entwickelt haben, um mit dem Grauen umzugehen. Von daher nein, auf den ersten Blick finde ich ihre Reaktion nicht zu ungewöhnlich.«

Sie stellte ihm noch ein paar Fragen, aber viel mehr konnte oder wollte er ihr nicht sagen. Immerhin erklärte er sich bereit, mit Tessa Maerten zu sprechen, sollte Alexis diese dazu bekommen, einen Termin bei ihm auszumachen. Wie sie das bewerkstelligen sollte, war Alexis allerdings schleierhaft. *Eins nach dem anderen*, sagte sie sich. Zuerst musste sie die Frau unter Polizeischutz stellen, wenn sie sich schon weigerte unterzutauchen.

»Ich muss mit dir reden«, sagte Karen am Ende der Besprechung, packte sie am Arm und führte sie in den Waschsalon. Sie lehnten sich gegen einen dröhnenden Trockner, der ihre Stimmen übertönte.

Alexis spürte eine tiefe Erleichterung, dass sich ihre Freundin ihr offenbar doch anvertrauen wollte. »Was gibt es? Kennst du Frau Maerten?«

»Sie nicht.« Karen schüttelte den Kopf. »Aber ihre Mutter. Jetzt tick nicht gleich aus.« Sie stockte. »Ich gebe dienstags, wenn du auf Merle aufpasst, kein Seminar an der Uni, sondern besuche einen Selbsthilfekurs, und sie ist auch da.«

»Einen was?« Alexis' Gedanken überschlugen sich. Das durfte nicht wahr sein. Wieder wurde Karen persönlich in den Fall verwickelt. Zudem hatte sie ihr nichts von der Selbsthilfegruppe erzählt. Was war aus dem Vertrauen zwischen ihnen geworden?

»Schau nicht so. Ich wollte nicht, dass du dir Sorgen machst. Ich weiß doch, dass du mir nicht mehr vertraust.«

»Das stimmt nicht.«

»Natürlich ist das so.« Karen stieß sich vom Trockner ab und ging ein paar Schritte, bevor sie sich zu ihr umdrehte. »Du hast ja noch nicht einmal gewagt, mit mir über aktuelle Fälle zu sprechen.«

»Deshalb verheimlichst du mir etwas so Wichtiges?« Ihr Ärger wurde dadurch verstärkt, dass sie sich ertappt fühlte. So schwer es Alexis auch fiel, es einzugestehen, aber sie vertraute Karen bei der Arbeit wirklich nicht mehr bedingungslos.

»Jetzt stell dich nicht so an. Es ist eine Selbsthilfegruppe für Opfer von Gewaltverbrechen und deren Angehörige. Ich bin dir keine Rechenschaft schuldig.«

Das tat weh. Mit einem Mal war der ganze Zorn verraucht. Alexis sank mit dem Rücken gegen den Trockner gelehnt zu Boden. »Ich hatte gehofft, wir hätten das hinter uns gelassen«, sagte sie gerade so laut, dass es die Maschine übertönte.

Karen setzte sich neben sie. »Offenbar nicht. Wir sind beide stur und nachtragend.«

»Stephan würde dir da aus vollem Herzen zustimmen.« Alexis lachte. »Ich meine es nicht böse, aber ich sehe doch, wie schwer es dir mit Merle fällt. Du hast dir da eine gewaltige Aufgabe aufgehalst.«

»Willst du etwa sagen, dass es ein Fehler war?«

»Du weißt, dass das Unsinn ist. Ich freue mich, dass Merle eine Chance bei dir bekommt, aber es hat vieles verändert.«

Die Biologin seufzte. »Wem sagst du das? Mir fehlt die Arbeit als Kriminalbiologin. Manchmal habe ich das Gefühl, ich verschwinde und bin nur noch Pflegemutter. Selbst meine Forschung leidet darunter. Ich brauche diesen Fall, ansonsten drehe ich durch.«

»Was hat es mit der Mutter von Tessa Maerten auf sich?«

»Sie ist in meiner Gruppe. Ich habe es für Zufall gehalten, dass sie denselben Nachnamen wie die Frau mit dem Herzen hat.«

»Kennst du sie gut?«

»Wir haben uns einige Male unterhalten, weil wir die einzigen Angehörigen sind und nicht selbst Opfer. Es ist schwierig, mit einem traumatisierten Menschen umzugehen, vor allem da sich sowohl Tessa als auch Merle weigern, zu einem Therapeuten zu gehen.«

»Tessa lässt sich nicht therapieren?«

»Nein, sie vertraut sich nur Meike Harms an. Die ist zwar Psychologin, aber Angelika hält das für ungesund, da sie immerhin die Schwester der toten Freundin, Jasmin Harms, ist.«

Alexis runzelte die Stirn. Das rückte den Fall erneut in ein anderes Licht. Meike Harms hatte das Päckchen geöffnet. War das doch kein Zufall gewesen?

»Ich sehe dir an, was du sagen willst«, unterbrach Karen ihren Gedankengang. »Vergiss es. Ich werde mich nicht aus dem Fall zurückziehen. Ihr braucht mich, und ich werde nicht Däumchen drehen, während der nächste Psychopath die Jagdsaison eröffnet. Ich werde professionell bleiben, versprochen.«

Und wenn nicht?, fragte sich Alexis. Das letzte Mal hatte

Karen stark gelitten und sich in Gefahr gebracht. Das wollte sie nicht noch einmal erleben.

»Sieh es so«, fuhr Karen fort. »Wir können die Situation zu unserem Vorteil nutzen. Angelika vertraut mir. Wie es aussieht, kannst du mit Tessa jede Hilfe gebrauchen. Vielleicht kann ich über die Mutter Einfluss nehmen.«

Dieser Argumentation konnte sich Alexis nicht entziehen. »Zwei Bedingungen: Wenn du Zweifel bekommst, ziehst du dich freiwillig zurück, und wenn ich mir Sorgen mache, tust du das ebenfalls.«

Karen wollte widersprechen, doch Alexis hob die Hand. »Du bist nicht mehr alleine. Davor habe ich dich gewarnt, als du Merle aufgenommen hast. Du hast die Verantwortung für sie und bist nicht mehr nur für dich selbst zuständig. Nach allem, was sie durchgemacht hat, braucht sie eine stabile Pflegemutter, und erst recht darf dir nichts zustoßen.«

»Das würde sie endgültig zerbrechen«, sagte Karen leise. »Du hast recht. Die Konditionen sind akzeptiert, aber du wirst sehen, dass deine Befürchtungen unbegründet sind.«

16

Es war das erste Mal seit Wochen, dass Karen Chris Naumann, den Rechtsmediziner, wiedersah. Er hatte sie vor einigen Monaten um ein Date gebeten, und sie war nicht abgeneigt gewesen, doch dann hatte sie Merle bei sich aufgenommen. Das war zugleich das Ende ihrer niemals wirklich begonnenen Romanze, da Karen beschlossen hatte, sich vorerst auf ihre neue Rolle als Pflegemutter zu konzentrieren.

Chris lächelte sie an, als sie den Raum betrat. Entgegen

ihrer sonstigen Vereinbarung kam sie nur zehn Minuten vor den anderen, da es dieses Mal kaum Insekten zum Einsammeln gab. »Lange nicht gesehen. Wie geht es Merle?«

»Den Umständen entsprechend gut. Sie lebt sich allmählich ein. Und wie ist es dir ergangen?«

»Derselbe alte Trott. Jeden Tag ein Stapel Leichen und dazwischen ein paar lebende Opfer, die ich untersuchen muss.« Er wandte sich dem Leichnam zu, der in dem geöffneten Leichensack lag.

Karen musterte Chris, registrierte neue Fältchen um seine Augen und den müden Ausdruck darin. War es nur ein Zeichen von Überarbeitung, oder steckte mehr dahinter? Er lebte erst seit wenigen Monaten in Mannheim. Hatte er inzwischen neue Freunde gefunden, oder fraß seine Arbeit das Privatleben auf?

Bei der Erwähnung von Merle sah Karen unwillkürlich auf die Uhr. Das Mädchen hatte in zwei Stunden Schulschluss. Eigentlich hatte sie gehofft, mit ihr den Nachmittag zu verbringen. Sie hatte zwar noch einigen Papierkram zu erledigen und musste die neuen Ergebnisse aus ihrem Laborjournal digitalisieren, aber das konnte sie später von zu Hause aus machen. Nun ja, die Obduktion sollte nicht zu lange dauern. Die Todesursache schien eindeutig zu sein. Sie ging zu dem geöffneten Leichensack, über den Chris ein feinmaschiges Netz gespannt hatte. Auf diese Weise konnten keine Insekten entkommen und so ihre Untersuchungsergebnisse verfälschen. Die Fliegeneier, die sie am Fundort aus der Leiche geholt hatte, lagerten in ihrem Labor in Brutkammern. Einen Teil würde sie schlüpfen lassen, um sie anschließend zu bestimmen, bei einem anderen Teil würde sie die DNA analysieren und sie mit einer Datenbank abgleichen. Durch diese moderne Methode konnte sie schnell und zuverlässig eine Artenbestimmung vornehmen und dadurch den Todeszeitpunkt festlegen, ohne dass sie Tage damit verschwendete, darauf zu warten, dass die Tiere zu adulten Fliegen herangewachsen waren. Als Maden waren sie nahezu unmöglich zu bestimmen.

Trotzdem traute sie der Technik nicht zu hundert Prozent und ließ ein paar auswachsen, um ihre Ergebnisse zu überprüfen. Obwohl Karen selbst in einem sehr theoretischen Feld der Biologie arbeitete, bevorzugte sie es noch immer, etwas mit eigenen Augen zu sehen.

Nachdem sie einen einzelnen Totengräberkäfer aus dem Netz gefischt und ihn in einem Sack verstaut hatte, kamen auch schon Alexis und Oliver, um der Obduktion beizuwohnen. Linda hatte sich entschuldigen lassen. Wie so oft hatte sie einen anderen Termin.

Karen sah den beiden Beamten an, dass sie es eilig hatten. Kein Wunder, der Fall würde zur Hölle werden, sollte die Presse davon Wind bekommen. Sie mussten den Mörder so schnell wie möglich fassen. Erst recht durften sie nicht zulassen, dass Tessa etwas geschah. Ihre Mutter Angelika würde das endgültig zerbrechen. An ihrem ersten Tag in der Selbsthilfegruppe hatten sie sich nebeneinandergesetzt und waren so ins Gespräch gekommen. Karen hatte lange mit sich gerungen, ob sie dieses Hilfsangebot in Anspruch nehmen sollte. Es kam ihr an manchen Abenden noch immer verkehrt vor. In ihren Augen hatte sie doch nichts Schlimmes erlebt. Es war Merle gewesen. Und im Gegensatz zu anderen Teilnehmern der Gruppe war auch kein enges Familienmitglied Opfer von Gewalt geworden. Sie hatte nicht erleben müssen, wie sich der geliebte Mensch teilweise innerhalb weniger Stunden oder gar Minuten in Nichts auflöste und eine neue, zuweilen gebrochene Persönlichkeit an dessen Stelle trat. Karen hatte Merle erst kennengelernt, als deren Leben bereits die Hölle war. Bei ihrem ersten Besuch der Gruppe war Karen dann jedoch bewusst geworden, wie falsch sie lag. Ihre Schwester und sie waren vor einiger Zeit entführt worden, und mit einem Mal merkte sie, dass ihr die Gespräche nicht nur wegen Merle guttaten. Das Mädchen zu verstehen und sich selbst zu verzeihen war dennoch ihr Hauptanliegen. Manchmal verfluchte sie sich dafür, damals nicht vehementer für Merle gekämpft zu haben. Ja, es hätte sie womöglich ins Gefängnis gebracht, aber wenn sie in die traurigen Augen des Mädchens sah und ihre Schreie in der Nacht hörte, wusste sie, dass es das wert gewesen wäre.

Angelika war dagegen ein spezieller Fall. Ein halbes Jahr nach Tessas und Jasmins Verschwinden wurde in den sozialen Medien und in der Presse von den jungen Frauen nur noch in der Vergangenheitsform gesprochen. Alle hielten sie für tot. So hatte auch Angelika zuerst Hilfe bei einer Gruppe von Menschen gesucht, die den Verlust des eigenen Kindes erleiden mussten. Dort hatte sie sich jedoch nie zugehörig gefühlt. Sie hatte Tessa nie aufgegeben und war so zu Karens Selbsthilfegruppe gekommen. Dann die erleichternde Nachricht, dass ihre Tochter gerettet wurde. Karen erinnerte sich noch zu gut daran, wie Angelika sich freudestrahlend von ihnen verabschiedet hatte, nur um vor drei Wochen mit der Erkenntnis zurückzukehren, dass die Welt nicht wieder in Ordnung war. Der Körper ihrer Tochter war zurückgekehrt – ihre Seele jedoch war von etwas Dunklerem ersetzt worden.

Karen zwang ihre Gedanken zurück zu dem vor ihr liegenden Leichnam. Der Assistent hatte ihn in der Zwischenzeit aus dem Leichensack geholt und von den Finger- und Fußnägeln, der Haut und allen Auffälligkeiten Proben genommen.

»Ich habe bisher keine Ahnung, was das Leuchten verursacht«, sagte sie. »Können wir den Raum bitte verdunkeln? Ich möchte etwas überprüfen.«

Sie ließen die Rollläden an den Fenstern runter, dann schalteten sie das Licht aus, bis der Raum in absoluter Dunkelheit vor ihnen lag. Nur am Türrahmen und zwischen den einzelnen Lamellen der Jalousien flirrten schmale Schlitze. Obwohl sie als Kriminalbiologin so schnell nichts aus der Ruhe bringen konnte, bildete sich auf Karens Armen Gänsehaut. Hier in der Rechtsmedizin war der Anblick des leuchtenden Körpers noch unheimlicher. Er befand sich aufgebahrt in ihrer Mitte und schimmerte in schwachem Grün, die Schnitte deutlich intensiver. Insgesamt hatte das Leuchten allerdings nachgelassen.

»Hilft dir das weiter?«, fragte Oliver.

»Möglicherweise.« Karen schaltete das Licht an. Die Rollläden ließ sie unten, da sie beabsichtigte, den Raum später erneut zu verdunkeln. »Das Verblassen deutet auf biologische Ursachen hin. Bei der Phosphoreszenz, die ihr zum Beispiel von den Ziffernblättern von Uhren kennt, tritt das in dieser Form nicht auf.«

»Was ist es dann?«

»Ich möchte erst abwarten, wie die inneren Organe aussehen, bevor ich dazu etwas sage.«

Chris begann inzwischen mit der äußeren Leichenschau. Zuerst untersuchte er die Wunden. »Sie sind zu unterschiedlichen Zeitpunkten entstanden.«

»Die Verletzungen?«, fragte Alexis.

Chris nickte. Karen ahnte bereits, was er als Nächstes sagen würde, und sollte recht behalten.

»Die kleineren Schnittwunden sind peri mortem entstanden. Die Durchbohrungen mit den Metallstangen wurden ihr jedoch post mortem zugefügt.«

»Ist sie verblutet?«

»Das ist eine gute Frage. Momentan erscheinen mir die Läsionen zu oberflächlich, um das abschließend beantworten zu können. Vielleicht wird uns das zerstörte Auge mehr verraten.«

Er öffnete das eingesunkene Lid. Darunter kam ein durchstochener Augapfel zum Vorschein, in dem sich Maden wanden.

Während Alexis und Oliver ein Würgen unterdrückten, beugte sich Karen vor, um ein Dutzend Exemplare zu sichern. Erst dann überließ sie erneut Chris das Feld.

Er untersuchte die Augenhöhle sorgfältig. »Das war mit Sicherheit unglaublich schmerzhaft«, sagte er schließlich. »Sie muss noch gelebt haben, als ihr die Verletzung beigebracht wurde, aber sie kann nicht zum Tod geführt haben. Der Schaden reicht nicht bis ins Gehirn, und es wurde keine Arterie verletzt.« Er hielt kurz inne. »Wollen wir mal sehen, was sie noch für Überraschungen bereithält.« Er nahm ein Skalpell und begann den altbekannten Y-Schnitt zu setzen, anschließend wurden die Rippen durchtrennt, um das Brustbein herauszunehmen, damit er an die darunterliegenden Organe kam.

Karen legte Chris eine Hand auf den Arm. »Moment. Ich will mir das im Dunkeln ansehen.« Sie schaltete das Licht aus, ging zum Obduktionstisch zurück und stieß einen leisen Pfiff aus. Auch das Innere des Körpers leuchtete an manchen Stellen. Sie beugte sich vor. Tatsächlich. Es sah so aus, als würde das Blut leuchten. Das erklärte, warum das Leuchten an den Schnitten am intensivsten war. Sie richtete sich auf.

»Das schlägt jeden Horrorfilm«, flüsterte Alexis.

»Das reicht«, sagte Karen. »Ziehen wir die Rollläden hoch.«

»Hilft dir das weiter?«

Karen wiegte den Kopf hin und her. »Ich tippe auf ein Bakterium, das mit den Temperaturen in der Kühlkammer nicht glücklich war. Allerdings kann ich nicht ausschließen, dass es sich um einen Einzeller oder möglicherweise sogar einen Pilz handelt.«

»Ist es natürlichen Ursprungs?«

»Spontan würde ich sagen: nein. Es gibt zwar leuchtende Lebewesen in der Natur, aber das Phänomen der leuchtenden Leiche ist mir bisher noch nicht untergekommen. Dementsprechend kann es gut sein, dass wir es mit einem künstlich hergestellten Bakterium zu tun haben.«

Alexis rollte entnervt mit den Augen. »Ich ziehe in eine andere Gegend, in der es nicht von durchgeknallten Biologen wimmelt.« Karen wusste, dass sie sich in diesem Moment nicht nur auf die Tatsache bezog, dass das Gebiet von Heidelberg und Mannheim mit der Universität, dem DKFZ, EMBL und unzähligen privaten Instituten einer der größten Anzugspunkte für Biologen und Mediziner darstellte, sondern dass sie zudem an ihren Adoptivvater dachte. In den Augen vieler Menschen, zu denen sich auch Karen zählte, würde er als berechnender und verdrehter Wissenschaftler angesehen werden. Er hatte Alexis damals aus zwei Gründen adoptiert: zum einen, weil seine inzwischen verstorbene Frau ein Kind wollte. Sein Hauptgrund lag jedoch in Alexis' Herkunft: Ihre Eltern, die berüchtigten

Serienkiller, hatten sich ihrer Verhaftung widersetzt und wurden daraufhin erschossen. Kaspars Forschung konzentrierte sich vor allem auf die Genetik des Bösen, und er glaubte, ein Gen, das *kill:gen*, ausgemacht zu haben, das das menschliche Verhalten beeinflusste und bei einem großen Teil verurteilter Mörder zu finden ist, während es bei der Normalbevölkerung vergleichsweise selten vorkommt. Alexis war für ihn das ideale Forschungsobjekt: Immer verfügbar, und er konnte ihre Entwicklung direkt beeinflussen. Von daher war es kein Wunder, dass Alexis Karens biologischen Abhandlungen stets so wenig abgewinnen konnte. Karen fand Kaspars Verhalten kaputt, aber sie wusste auch, dass Alexis ihren Adoptivvater liebte und er sie ebenfalls.

»Dazu muss man Spezialist sein, um so ein Bakterium zu erschaffen, oder?«, fragte Oliver.

Karen schüttelte den Kopf. »Nicht wirklich. Die Grundlagen lernen Studenten bereits in den ersten Semestern. Man verwendet sogenannte Marker, die das Leuchten verursachen, häufig in der Forschung, um zu überprüfen, ob das Einfügen eines bestimmten Gens in die DNA des Zielorganismus funktioniert hat. Dazu wird einfach das gewünschte Gen mit einem kombiniert, das ein Leuchten verursacht. Leuchtet das Bakterium oder sogar die Maus später, weiß man, dass es geklappt hat. Ich arbeite damit auch in der Entwicklungsbiologie, um zu sehen, wann welches Gen in der Entwicklung aktiv ist.«

»Kannst du herausfinden, um was es sich handelt?«

»Ich werde es versuchen, aber ich kann nichts versprechen.«

Bevor Chris mit der Obduktion fortfuhr und das Loch in der Brust untersuchte, in dem sich einst das Herz befunden hatte, nahm Karen einige Proben von Blut und Gewebe.

Als Chris zur Lunge kam, stockte er überrascht. »Das ist mal interessant.«

17

»Was denn?« Alexis trat näher an den Tisch. Sie hatte die letzten Minuten nur mit halbem Ohr gelauscht und stattdessen auf dem Tablet die Soko koordiniert und die neuen Informationen, die im Minutentakt eingingen, studiert. Dabei hatte sie die anderen stets auf dem Laufenden gehalten, wodurch auch Karen auf dem aktuellen Stand der Ermittlungen war.

»Sie ist ertrunken.«

»Soll das ein Witz sein?«

Chris wirkte fast etwas gekränkt. »Das ist eine junge Frau, die viel zu früh auf äußerst brutale Weise aus dem Leben gerissen wurde. Darüber scherze ich nicht. Nach all dem, was man ihr angetan hat, ist sie auch noch ertrunken.«

»Und gleichzeitig hat man sie mit Messern gefoltert?«

»Es scheint so.«

Für einige Minuten herrschte Schweigen in dem Raum mit den riesigen Fenstern, durch die das fahle Tageslicht flutete. Selten war Karen sich so bewusst wie jetzt, wie klein und unbedeutend sie doch war. Vor ihr lagen die sterblichen Überreste einer Frau, die auf schreckliche Weise zu Tode gekommen war. Trotzdem schien die Sonne, ein Spatz zwitscherte am Fenster, und die Welt drehte sich weiter. Der Gedanke ließ sie mit einem Mal die Erschöpfung spüren, die sich die letzten Wochen in ihr angestaut hatte. Die doppelte Belastung mit Merle und ihrer Arbeit machte sich bemerkbar. Sie presste die Lippen aufeinander und konzentrierte sich erneut auf die Frau. Jetzt war der unpassendste Moment für Schwäche.

Der Tod von Bea Krause mochte die Welt nicht zum Stillstand gebracht haben, aber für ihre Angehörigen würde eine Welt untergehen, und sie wollte verhindern, dass es Angelika ebenso erging. Sie verstand Tessas Gründe, ihre Mutter vorerst nicht über die Vorgänge zu informieren. An der Entführung ihrer Tochter wäre Angelika beinahe zerbrochen. Mehr als ein Jahr hatte sie gehofft, dass sie am Leben sei, und gerade als sie anfing, die Hoffnung aufzugeben, war Tessa wiedergekommen. Sie würde das Wissen nicht ertragen, dass ihre Tochter erneut in Gefahr schwebte, und Karen hatte keinen Zweifel daran, dass Tessas Tod auch das Ende von Angelika bedeuten würde.

»Seht ihr hier?« Chris deutete auf den geöffneten Brustkorb. »Die Lunge ist aufgebläht.«

»Ist darin Wasser?«, fragte Alexis.

»Ganz im Gegenteil.« Er nahm ein Skalpell. »Hört hin.« Beim Einschnitt der Klinge in das Gewebe war ein leises Knistern zu hören. »Was ihr gehört habt, war das Entweichen der Luft aus den Alveolen, also den Lungenbläschen. Die Lunge selbst ist trocken.«

»Wie kommst du dann auf die Idee, dass sie ertrunken ist?«

»Dieses Phänomen nennt man Emphysema aquosum. Es entsteht durch den Abstrom des aspirierten Wassers aus den Alveolen in das Blut entsprechend dem osmotischen Gradienten.«

»Ah ja«, erwiderte Oliver mit einem Kopfschütteln.

»Stellt euch das so vor«, sprang Karen ein. »Die Natur ist immer auf ein Gleichgewicht aus, selbst auf der molekularen Ebene. In Süßwasser, das beim Ertrinken in die Lunge dringt, schwimmen ziemlich wenige Moleküle rum. Im Blut dagegen, das sich in den Lungenbläschen befindet, sind sehr viele. Die Zellen des Lungengewebes lassen Wasser durch, während andere Stoffe wie bei einem Filter draußen gehalten werden. Um einen Ausgleich zwischen den unterschiedlichen Konzentrationen an Molekülen herzustellen, strömt nun reines Wasser in das Lungengewebe hinein und verdünnt das dortige Blut. Das führt dazu, dass in der Lunge selbst am Ende kein Wasser mehr zu finden ist. Dafür ist das Lungengewebe aber aufgebläht, und die Blutkörperchen sind geplatzt. Beim Ertrinken in Salzwasser tritt das gegenteilige Phänomen auf. Das Meerwasser enthält mehr Moleküle als das Blut, weshalb Wasser aus dem Blut in die Lunge strömt und diese daraufhin prall gefüllt mit Flüssigkeit ist, während das Blut eingedickt wird.«

»Kurzum, sie ist nicht im Meer ertrunken. Wer hätte das gedacht«, unterbrach Alexis in ihrer typischen Ungeduld Karens Ausführungen. »Ist der Befund des Ertrinkens gesichert?«

»Die Milz ist verkleinert, und an den hinteren Atemhilfsmuskeln sehe ich Zerreißungen und Einblutungen. Ich muss es zwar alles noch genauer unter dem Mikroskop untersuchen und die Kollegen aus der Pathologie ihren Job erledigen lassen, aber vorläufig kann man davon ausgehen.«

»Wir haben also eine leuchtende Leiche, durchbohrt von Metallstangen, übersät von Schnitten, aber die haben nicht zum Tod geführt, sondern das Opfer ist ertrunken. Anschließend wurde ihr Herz herausgeschnitten, mit Nadeln gespickt und an ein ehemaliges Entführungsopfer geschickt«, fasste Oliver zusammen.

»Gibt es am Fundort ein Gewässer?«, fragte Chris.

»Sie wurde in einem Gebäude im Industriehafen gefunden«, erwiderte Alexis. »An Wasser mangelt es also nicht.« Eine Tatsache, die sie nicht gerade glücklich stimmte. Es erschwerte die Ermittlungen immens, wenn Ablage- und Tatort nicht übereinstimmten.

»Womöglich hat er sie in einer Badewanne ertränkt«, sagte Oliver. »Das Risiko, gestört zu werden, ist ungleich kleiner, es wäre relativ einfach umzusetzen und könnte für eine spontane Tat sprechen.«

»Wir reden immer noch von demselben Täter, der die Frau zur Präsentation auf einem Metallgestell aufgespießt hat?«

»Falls es seine erste Tat war, hat er vielleicht erst im Affekt gehandelt und anschließend mit dem Experimentieren angefangen.«

Chris deutete auf die Verletzungen. »Bisher spricht nichts dafür, dass der Mörder gezögert hat. Es gibt keine Probeschnitte. Das spricht nicht für einen Anfänger.«

Als Chris im Bauchraum ankam, kehrte Karen von der Rückwand des Raumes, wo sie ihre Proben beschriftet und katalogisiert hatte, zurück an den Obduktionstisch. »Ich brauche ein wenig von dem Mageninhalt und ein Mikroskop«, sagte Karen. »Eventuell kann ich dann schon etwas mehr sagen.«

Fünf Minuten später hielt sie einen Becher mit einer gelbbraunen Flüssigkeit in der Hand, deren Geruch in Alexis Brechreiz auslöste. Manchmal fiel es ihr schwer nachzuvollziehen, warum Karen sich nicht ausschließlich auf ihre Karriere an der Uni konzentrierte. Ihrem Leben und Merle würde es guttun. Auf der anderen Seite war sie selbst nicht anders. Sie ordnete ihr Leben auch dem Bedürfnis unter, anderen Menschen zu helfen und das Böse zu jagen.

Karen verdünnte etwas von dem Mageninhalt und gab einige Tropfen auf einen Objektträger, den sie anschließend unter das Mikroskop legte. Handschuhe, Maske und Brille behinderten sie zwar, aber nach ein paar Sekunden hatte sie gefunden, wonach sie gesucht hatte. »Scheiße«, murmelte sie. »Das war es mit meinem Nachmittag mit Merle. Sie ist in keiner Badewanne gestorben. Beim Ertrinken schluckt man zwangsweise Wasser, und in diesem Fall war es kein Trinkwasser.«

»Woran erkennst du das?«

»Es enthält jede Menge Diatomeen, und ich weiß inzwischen zu gut, welche Arten bei uns im Leitungswasser vorkommen. Die Zusammensetzung hier passt nicht dazu.«

Oliver kicherte unwillkürlich, auch wenn es an diesem Ort unpassend wirkte. Die anderen grinsten ebenfalls. Sie wussten, wie sehr Karen die nun vor ihr liegende Arbeit verabscheute, und erinnerten sich daran, wie oft sie bei ihrem letzten gemeinsamen Fall über die Diatomeen geflucht hatte.

Bei Diatomeen, auch Kieselalgen genannt, handelt es sich um Einzeller. Sie kommen in praktisch allen natürlichen Gewässern vor, und die Artenzusammensetzung, erkennbar an der unterschiedlichen Ausgestaltung ihrer Schalen, kann bereits innerhalb weniger Meter starken Schwankungen unterliegen. Dadurch ist es Biologen möglich, durch vergleichende Gewässerproben herauszufinden, wo und teilweise sogar wann jemand ertrunken ist. Der Mageninhalt ist dazu allerdings eine eher unzuverlässige Quelle, besser geeignet ist das Knochenmark, da beim Ertrinken ein Teil des Wassers und damit die Diatomeen direkt in die Blutbahn gelangen und sich dann im Knochenmark ablagern.

So hilfreich es auch sein mochte – es war eine äußerst langwierige und langweilige Arbeit, die größte Konzentration erforderte – und die Karen verabscheute wie die Pest.

Alexis stupste sie an. »Ich höre dich zwar jetzt schon wieder wie ein Rohrspatz schimpfen, aber ich freue mich dennoch. Zumindest haben wir einen Ansatzpunkt.«

»Freu dich nicht zu früh«, beschwichtigte Karen sie. »Wenn das passende Gewässer nicht in einer Datenbank ist oder in einem Paper erwähnt wurde, kann ich nicht herausfinden, wo sie starb. Ich kann wohl kaum den gesamten Rhein, Neckar und sämtliche Seen untersuchen.«

»Dann hoffe ich, dass wir Glück haben. Diese Tessa hat sich bisher nicht sehr kooperativ gezeigt, und es deutet immer mehr darauf hin, dass sie im Fokus des Täters steht. Wenn wir den Killer nicht fassen …«

Sie sprach das Offensichtliche nicht aus. Die Betroffenheit der anderen zeigte jedoch, dass sie ihnen den Ernst der Lage wieder ins Gedächtnis gerufen hatte. Es war zu einfach zu vergessen, dass es hier um reale Menschenleben ging und nicht um rein wissenschaftliche Rätsel.

18

Sie machten einen Abstecher zum Präsidium, bei dem Alexis die nötigsten Sachen in eine Kiste packte, die zur alten Feuerwache gebracht werden würde. Kurz bevor sie fertig war, betrat die junge Beamtin Anja Stein, die als Erstes bei Tessa gewesen war, nach einem zögerlichen Klopfen ihr Büro. »Haben Sie einen Moment Zeit für mich?«

»Kommen Sie rein. Möchten Sie einen Kaffee?«

»Nein danke, ich will auch nicht lange stören.«

Wo Saskia manchmal zu forsch war, war diese Frau eindeutig zu schüchtern. »Wie kann ich Ihnen helfen?«

Anja holte tief Luft. »Ich möchte gern an dem Fall mitarbeiten, Teil der Soko sein.« Bevor Alexis etwas sagen konnte, hob sie eine Hand und fuhr sogleich fort. Das erste Aufblitzen von Selbstbewusstsein. »Ich weiß, dass mir die Erfahrung fehlt, aber ich kenne Tessa. Sie wird auf mich hören, zumindest eher als auf Sie. Ich arbeite hart, schrecke nicht vor Papierkram zurück und bin höchst motiviert, da ich meine ehemalige Klassenkameradin beschützen will.«

Trotz dieser kleinen Rede wollte Alexis das Gesuch ablehnen. Sie konnte niemanden gebrauchen, der persönliche Beziehungen zum Opfer oder einer Verwandten hatte. Dann jedoch zögerte sie. Anja hatte recht. Tessa war stur, kompliziert, und sie mussten sie nicht nur wegen der Medien mit Samthandschuhen anpacken, obwohl sie sich nicht gerade kooperativ zeigte. Sie benötigten bei ihr jede Hilfe, die sie bekommen konnten. »Also gut. Ich sehe mir noch Ihre Akte an, aber betrachten Sie sich bis dahin als bereits an Bord. Melden Sie sich bei Saskia Lange, sie ist ebenfalls neu. Sie werden mit ihr unter der Anleitung von Matt Volkers zusammenarbeiten.«

Nachdem sich Anja mit einem gestammelten Dankeschön verabschiedet hatte, sah Oliver sie ernst an. »Hältst du das für eine gute Idee? Der alte Knochen wird durchdrehen, wenn er noch einen Jungspund einlernen muss.«

Alexis grinste. »Ich halte es sogar für eine ausgezeichnete Idee. Jetzt muss er seinen Ärger auf beide aufteilen, und Saskia hat ein wenig Unterstützung. Da Anja nicht als sein

Ersatz geplant ist, merkt er so möglicherweise, dass es Spaß machen kann, anderen etwas beizubringen.«

»Volkers und Spaß?« Oliver schüttelte den Kopf. »Aber gut, du wirst schon wissen, was du tust. Mit etwas Glück färbt ein wenig von Saskias Selbstbewusstsein auf diese Anja ab, ansonsten wird sie in diesem Beruf nicht glücklich.«

Kurz darauf fuhr Alexis mit Oliver zu der Adresse von Bea Krauses Familie. Im Auto herrschte bedrücktes Schweigen. Das, was ihnen nun bevorstand, gehörte zu den schlimmsten Aspekten ihrer Arbeit: Angehörige darüber zu informieren, dass ein geliebter Mensch nie zurückkommen würde.

Das Opfer war nicht verheiratet gewesen, und ihre Eltern lebten in einem Dorf bei Sinsheim. Die Fahrt verzögerte sich durch den unvermeidlichen Stau am Walldorfer Kreuz und später noch einmal durch stockenden Verkehr, als es von drei auf zwei Spuren runterging.

Sie ließen das Radio laufen, und Alexis studierte die Akten, die sie sich auf das Tablet gezogen hatte. In Bea Krauses Leben hatte es bisher keine besonderen Vorkommnisse gegeben. Ebenso unauffällig wirkte ihre Familie. Der Vater war Schreiner, die Mutter arbeitete als Bürokraft. Nur die ältere Schwester fiel etwas aus der Reihe, sie machte in den USA ihren Master.

Endlich verließen sie die Autobahn und fuhren an Feldern und Waldstücken vorbei zu einem Ort, der auf einer kleinen Kuppe lag. Es war eine beschauliche Ortschaft, in der schmucke Häuschen mit gepflegten Vorgärten die Hauptstraße säumten. Das Haus der Krauses lag in einer Seitenstraße, direkt am Feldrand. Ein Trecker hatte Dreckklumpen auf dem Asphalt verteilt, daneben lagen ein paar Pferdeäpfel. Das Haus war schon älter. Ein turmähnlicher

Anbau verlieh ihm einen märchenhaften Charme, der durch die davor rankenden Rosen verstärkt wurde. Sie parkten an der Straße vor der Haustür. Alexis bemerkte, dass auf der gegenüberliegenden Straßenseite der Vorhang von einem Fenster ein Stück zur Seite geschoben wurde. In einer Stunde würde der Dorfklatsch toben. Sie hoffte für die Familie, dass sie ein gutes Ansehen genoss, ansonsten würden sich einige das Maul über die tote Tochter zerreißen. Noch immer gaben die Menschen den Opfern von Verbrechen die Schuld. Es machte die eigene Welt sicherer, wenn man sich einreden konnte, dass es für so etwas einen Grund gab und man durch ein anständiges Leben so ein Unglück verhindern konnte.

Sie stiegen aus und klingelten. Alexis spähte durch das Fenster der angrenzenden Doppelgarage. Ein Auto fehlte.

Zu ihrer Überraschung öffnete ein bärtiger, weißhaariger Mann mit einem breiten Mund und leichtem Bauchansatz die Tür. Sein blau kariertes Hemd war verknittert und an einer Stelle falsch zugeknöpft.

»Herr Krause?«, fragte Alexis.

Der Mann nickte und sah sie ahnungsvoll an. Die Eltern hatten ihre Tochter gestern als vermisst gemeldet, und seither kreisten seine Gedanken vermutlich um sie.

Alexis und Oliver zeigten ihre Dienstausweise und stellten sich vor, wobei sie bewusst nicht erwähnten, dass sie im Dezernat für Kriminalfälle arbeiteten, um den Mann nicht zu erschrecken. »Ist Ihre Frau auch zu Hause?«, erkundigte sich Alexis.

»Sie ist bei einer Freundin, die ihr helfen wollte, eine Suche für Bea einzurichten bei so einem Social Media-Dings.«

»Können Sie sie bitte anrufen, damit sie herkommt? Wir müssen mit Ihnen beiden sprechen.«

»Sie sind also wegen meiner Tochter da.«

Alexis nickte. »Wir haben einige Fragen.« Es war zwar gemein, ihm nicht gleich die Wahrheit zu sagen, aber sie wollte, dass seine Frau in der Nähe war, damit sie sich gegenseitig unterstützen konnten. Ebenso wollte sie nicht riskieren, dass seine Frau unüberlegt handeln könnte, wenn er ihr die Nachricht telefonisch überbrachte. In dieser Verfassung sollte niemand Auto fahren.

Sie warteten, während der Mann sein Handy herausholte und ein kurzes Gespräch mit seiner Frau führte. Dann wandte er sich ihnen erneut zu. »Entschuldigen Sie meine Manieren. Kommen Sie doch herein. Darf ich Ihnen etwas zu trinken anbieten?«

Alexis lehnte ab, Oliver nahm ein Glas Wasser.

Herr Krause führte sie in das gemütlich eingerichtete Haus, das von hellen Holzmöbeln und farbenfrohen Stoffen dominiert wurde. Im Wohnzimmer nahmen sie auf einer lachsfarbenen Couch Platz.

»Wann haben Sie Ihre Tochter das letzte Mal gesehen?«

Der Mann runzelte unwillig die Stirn, seine Unterlippe zuckte. »Das habe ich doch alles schon auf der Wache gesagt, nachdem man mich endlich angehört hat.«

Alexis hatte genug Erfahrung mit Vermisstenfällen, um die Ungeduld des Mannes nachvollziehen zu können. Da erwachsene Menschen selbst darüber bestimmen dürfen, mit wem sie sprechen und wo sie sich aufhalten, sind die Bedingungen nicht einfach zu erfüllen, damit die Polizei jemanden als vermisst registriert und erst recht, damit es als mögliches Verbrechen eingestuft wird. »Tun Sie mir den Gefallen«, sagte sie sanft. »Wir wurden mit dem Fall Ihrer Tochter betraut, und es hilft uns weiter, es direkt von Ihnen zu hören.«

»Gesehen haben wir sie vergangenen Donnerstag. Da hatte sie keine Vorlesungen. Normalerweise ruft sie ihre Mutter jeden Tag abends an oder schickt eine WhatsApp, am Samstag jedoch nicht. Als wir am Sonntag immer noch nichts von ihr gehört haben, haben wir versucht sie anzurufen, aber niemanden erreicht. Auch in ihrer WG hat sie keiner gesehen.«

»Dann kam sie nach dem Besuch bei Ihnen nicht wieder in ihrer Wohnung an?«

Er zuckte mit den Schultern. »So genau weiß das keiner. Sie war recht frisch in der WG, nachdem sie vor ihrem letzten Mitbewohner die Flucht ergriffen hat. Er war so ein durchgeknallter Musiktherapeut, der irgendwelche Trommelsessions mit ihr abhalten wollte, um die gegenseitigen Schwingungen wahrzunehmen.«

»Wie nahm der Mann das auf?«

»Keine Ahnung. Sie hat ihn nie wieder erwähnt.«

Alexis machte sich eine Notiz, ihn dennoch überprüfen zu lassen. »Hat sie mit irgendwelchen Leuten Schwierigkeiten?«

»Nein, sie ist bei allen beliebt – sie ist schon immer ein Sonnenschein gewesen.«

»Auch kein verschmähter Ex-Freund, der einen Groll gegen sie hegen könnte?«

»Vielleicht weiß meine Frau da mehr.« Er strich sich über die Augen. »Sie hatte jemanden, aber seit sie ausgezogen ist, haben wir nicht mehr viel mitbekommen. Es hat wohl nie lange gehalten.« Er zuckte mit den Schultern. »Uns ist das egal. Sie ist jung und soll sich austoben.«

»Und da gab es nie Konflikte?« Alexis war sich sicher, dass es welche gegeben hatte. War nur die Frage, ob die Eltern das bemerkt hatten und ob sie das weiterbrachte.

»Ich habe mal gehört, dass sie sich über einen Jungen aufgeregt hat, der ihr hinterhergelaufen war, obwohl sie längst einen Neuen hatte.«

»Wann war das?«

»Schon ewig her. Sicherlich mehr als ein Jahr.«

Alexis biss sich auf die Unterlippe. Das brachte sie vermutlich nicht weiter. Ausschließen konnte sie es dennoch nicht. Manchmal wurden Menschen gekränkt, und erst viel später löste eine weitere Zurückweisung eine regelrechte Explosion von Gewalt aus.

»Warum diese Fragen?« Seine Stimme zitterte. Er begann zu ahnen, weshalb sie wirklich da waren. »Glauben Sie, dass einer ihrer Ex-Freunde sie entführt hat?«

»Wir gehen verschiedenen Spuren nach«, erwiderte Alexis und war froh, als sie draußen ein Auto vorfahren hörte.

»Das muss meine Frau sein«, sagte er, stand auf und ging leicht schwankend zur Tür.

Alexis sah sich in der Zwischenzeit in dem Raum um. Unauffällig, aber geschmackvoll eingerichtet. Kein Staubkorn fand sich auf den hellen Holzoberflächen, und selbst die Pflanzen waren akkurat in Form gebracht worden. Ob es die Frau war, die ihre Zuflucht im Putzen suchte? Oder war er es?

Herr Krause betrat in Begleitung einer kleinen, dunkelhaarigen und molligen Frau, um deren Augen zahlreiche Lachfältchen prangten, den Raum.

»Gibt es etwas Neues von meiner Tochter?«

»Nehmen Sie doch bitte erst Platz«, übernahm Alexis die Führung des Gesprächs. Oliver hielt sich bei solchen Gelegenheiten lieber im Hintergrund. Er brachte es nicht fertig, den Menschen schlechte Nachrichten zu überbringen, und noch viel weniger, sie ihnen vorzuenthalten.

»Wir sind mit Ihrem Fall betraut und haben ein paar Fragen«, fuhr Alexis fort, nachdem die beiden sich ihr gegenüber auf die Couch gesetzt hatten. »Wissen Sie, ob Ihre Tochter Schwierigkeiten mit jemandem hat?«

»Nein, alle lieben sie. Sie kann sehr gut mit Menschen.«

»Und hat sie eine Beziehung?«

Die Frau zuckte mit den Schultern. »So genau weiß ich das nicht. Da ist immer jemand, aber bisher war es nie was Ernstes.«

»Gab es deshalb schon mal Probleme?«

Alexis sah, wie Frau Krause zum Verneinen ansetzte, dann runzelte sie die Stirn, wodurch sich eine steile, senkrechte Falte in ihrem rundlichen Gesicht bildete. »Das ist eine Weile her. Da hat sie sich von so einem Kerl getrennt und mit einem anderen etwas angefangen. Der hatte aber wohl auch eine Freundin, und das gab Ärger.«

»Haben Sie Namen?«

»Das ist ewig her, über ein Jahr, und es hat nicht lange gehalten.«

»Denk nach, das ist wichtig«, sagte ihr Mann.

»Glaubst du, das weiß ich nicht?«, blaffte sie ihn an.

Er sah sie verletzt an, schluckte dann jedoch den bösen Kommentar hinunter, der ihm auf der Zunge gelegen haben musste. Ob dieses Paar den Tod ihrer Tochter verkraften würde? Oft trennten sich Eheleute nach einer Tragödie, andere fanden noch enger zusammen, vereint in ihrer Trauer.

»Sebastian«, sagte sie schließlich. »Das war der Kerl, der sie nicht in Ruhe lassen wollte.«

»Haben Sie einen Nachnamen?«

»Nein, aber ich weiß, dass er in Mannheim im Lager der Firma Selkers gearbeitet hat. Vielleicht schauen Sie da mal vorbei.«

»Von einem aktuellen Freund wissen Sie nichts?«

»Sie hat mir zumindest nichts erzählt.«

Das musste nicht viel heißen, dachte Alexis. Dann wappnete sie sich für das, was sie nun tun musste.

»Vielen Dank für Ihre Hilfe. Das wird uns in unseren Ermittlungen weiterbringen.« Sie machte eine Pause, vergewisserte sich, dass beide gut saßen und nichts in Händen hielten. »Leider muss ich Ihnen mitteilen, dass heute Morgen die Leiche Ihrer Tochter gefunden wurde.«

Alexis sah in den Augen der Eltern, wie ihre Welt zerbrach, und musste sich bei den daraufhin auf sie einstürzenden Fragen zusammenreißen, um nicht gemeinsam mit ihnen in Tränen auszubrechen. *So viel zum Thema Distanz*, dachte sie.

Als sie das Ehepaar eine Viertelstunde später verließ, wusste sie, dass deren Ehe die Tragödie nicht überstehen würde. Ein weiteres Opfer, das der Killer gefordert hatte.

19

Auf dem Weg zu Merles Schule versuchte Karen, Tessas Mutter zu erreichen, wurde aber direkt an die Mailbox weitergeleitet. Sie legte auf. Was sollte sie auch sagen? Außerhalb der Treffen hatten sie wenig Kontakt und riefen einander nur an, wenn ihnen das Dach auf den Kopf zu fallen schien. Karen bezweifelte ohnehin, dass Angelika inzwischen von dem Nadelherz wusste. An Tessas Stelle hätte sie es ihr auch nicht verraten, doch sie brauchten jemanden, der auf die junge Frau aufpasste und gesprächsbereiter war als diese. Dabei konnte Karen es Tessa nicht verübeln, wie sie war. Durch ihre Mutter hatte sie von den Albträumen gehört, die noch schlimmer waren als die, die Merle verfolgten. Zudem hatte Tessa nach der langen Zeit Schwierigkeiten, sich in ihrem Leben zurechtzufinden. In ihr altes Studienfach wollte sie nicht zurückkehren. Kein Wunder. Die Universität dürfte sie an ihre tote Freundin erinnern, mit der sie zusammen studiert hatte, auch wenn sie nicht dasselbe Fach belegt hatten.

Endlich erreichte sie trotz des nachmittäglichen Staus die Schule und schickte Merle eine WhatsApp-Nachricht, dass sie draußen auf sie wartete.

Das dunkelhaarige Mädchen kam keine zwei Minuten später. Wie immer mit hängenden Schultern, die ihre hochgewachsene, schlanke Figur versteckten. Während alle anderen Schüler in Gruppen aus dem Gebäude strömten, war Merle allein. Auch daran hatte sich leider nichts geändert. Merle hielt sich selbst für einen Freak, und entsprechend wurde sie von den anderen wahrgenommen. Aber vielleicht waren zwei Wochen auch noch zu kurz, um neue Freunde zu finden. Eventuell würde in ein paar Monaten alles ganz anders aussehen. Karen wünschte es Merle so sehr.

Merle öffnete die Beifahrertür, warf ihre Tasche auf den Rücksitz und ließ sich auf den Sitz fallen. Karen startete den Motor, steuerte in Schrittgeschwindigkeit an den Schülern und Eltern vorbei.

»Unser Canastaspiel fällt aus«, stellte Merle nach einem Blick auf Karens Gesicht fest. Das Mädchen kannte sie inzwischen zu gut.

»Ich kann bei dir bleiben, aber …«

»… es ist ein wichtiger Fall«, vervollständigte Merle den Satz. »Glaubst du, ich verstehe das nicht?«

Natürlich verstand Merle das. Sie hatte für alles Verständnis, nahm sich immer zurück, als hätte sie kein Glück verdient.

Erneut dachte Karen daran, sich nur noch auf die universitäre Laufbahn zu konzentrieren. Sie ließ die verspannten Schultern rollen. Wer rechnete auch damit, dass sie es gleich mit dem nächsten irren Mörder zu tun bekamen? Mannheim sparte in den letzten Jahren nicht gerade mit den Psychopathen. »Ich weiß, dass du Verständnis hast, aber was möchtest du?«

»Dass du diesen Mörder fasst. Du hast mich gerettet, nun musst du dich um andere kümmern. Das finde ich klasse. Irgendwann will ich auch Verbrecher fangen.«

Merles offene Begeisterung für ihre Arbeit versetzte Karen einen Stich. Sie verdiente so viel Rücksichtnahme nicht. »Wenn du möchtest, verbringe ich trotzdem den Nachmittag mit dir. Wir hatten doch unsere Vereinbarung.«

»Geh ruhig. Ich kann dann wenigstens ungestört Hasch rauchen und eine Party schmeißen.«

»Sehr witzig«, erwiderte Karen. »Ich bringe dich zu Louise.«

»Ernsthaft? Ich bin kein kleines Kind mehr, das rund um die Uhr beaufsichtigt werden muss.«

»Ich weiß, aber mir geht es besser, wenn ich weiß, dass jemand für dich da ist.«

Merle seufzte überdramatisch. »Na gut.«

Die Tatsache, dass Louise ein Auge auf Merle hatte, war nicht der einzige Grund, warum Karen sie gern dorthin brachte. Louise zog Menschen magnetisch an und wurde von allen gemocht. Karen hoffte, dass etwas davon auf Merle abfärbte, und wenn das nicht geschah, dass sie wenigstens unter andere Leute kam.

»Wie war die Schule?«

Karen erinnerte sich zu gut daran, wie sie diese Frage gehasst hatte. Heute wünschte sie, ihre Mutter wäre noch am Leben und nicht zu früh an Krebs gestorben, um sie mit Fragen zu ihrer Arbeit und ihrem Leben zu nerven.

»Nächste Woche müssen wir ein Referat über ein Buch unserer Wahl halten.«

Karen lächelte sie an. »Hat man dich heute in Englisch abgefragt? Wie lief es?« Merles Noten waren vergangenes Jahr nicht sehr gut gewesen. Sie hatte viel nachzuholen, wollte aber auch nicht in eine niedrigere Klasse zurückgestuft werden. Sie wollte die Schulzeit so schnell wie möglich hinter sich bringen. In den Sommerferien hatte sie sich regelrecht in ihre Bücher vergraben.

»Geht so. Mathe ist mir lieber.«

»Und welches Buch hast du dir für die Präsentation ausgesucht?«

»Sartre, *Die Fliegen*.«

Karen unterdrückte einen Seufzer. Das sah Merle ähnlich, sich so ein düsteres und kompliziertes Buch auszusuchen. Das würde es nicht leichter machen, Freunde zu finden. Sie erinnerte sich an ihre eigene Schulzeit. Sie war ähnlich gewesen. Voller Begeisterung für alles, was es an Wissen aufzusaugen gab. Aber im Gegensatz zu Merle hatte sie Menschen schon immer gemocht, und das hatte es ihr etwas einfacher gemacht. Merle hingegen misstraute aus guten Gründen allen fremden Personen.

Louises kleines Café befand sich in einer schmalen Gasse am Rand der Quadrate der historischen Innenstadt Mannheims, die als Planstadt in Häuserblocks statt in Straßenzügen angelegt worden war. Dabei ist kaum eines dieser einhundertvierundvierzig *Quadrate* ein Quadrat im Sinne der Geometrie – vielmehr handelt es sich um unterschiedliche Varianten von Vierecken.

Durch seine Lage war Louises Café zumindest theoretisch

verhältnismäßig gut mit dem Auto zu erreichen. In der Praxis sah es jedoch so aus, dass man entweder eine halbe Stunde in der Hoffnung kreiste, dass sich ein Parkplatz auftat, oder man fuhr gleich in eine Tiefgarage. Mit einem VW-Bus war das keine Option, aber Karen hatte vor Kurzem einen geheimen Parkplatz in einem Hinterhof entdeckt, den sie direkt ansteuerte.

Karen sah mit Genugtuung, dass die Tische fast alle besetzt waren. Zwei Kunden standen an der Theke, um sich von einer der beiden Frauen, die Louise angestellt hatte, Gebäck einpacken zu lassen. In dem Café gab es ausschließlich vegane Produkte, und nachdem es am Anfang auf große Skepsis gestoßen war, hatte sie inzwischen eine begeisterte Kundschaft, die nicht nur aus Vegetariern und Veganern bestand. Es erfüllte Karen mit Stolz zu sehen, was ihre kleine Schwester erreicht hatte. Aus der ehemaligen Partymaus war eine richtige Geschäftsfrau geworden, die trotzdem noch an ihren Idealen festhielt.

Die Angestellte nickte ihnen zu. »Sie ist in der Backstube«, rief sie, woraufhin sich auf Merles Gesicht eines ihrer seltenen Lächeln zeigte, das aus ihr einen ganz anderen Menschen zu machen schien. Mit einem Mal wirkte sie offen und ein wenig verschmitzt. »War vielleicht doch keine so schlechte Idee hierherzukommen«, sagte sie zu Karen.

Merle liebte es, Louise beim Backen zu helfen, und war inzwischen eine Meisterin im Formen von Figuren aus Fondant.

Die Küche war in der Tat klein – sie bot gerade ausreichend Platz für zwei Personen. Der Rest des Raumes wurde von zwei großen Arbeitsflächen, einer Spüle, einem Herd und einem Backofen mit mehreren Kammern beherrscht.

Louise stand über violette Macaron-Hälften gebeugt, die sie mit einer weiß-rot-marmorierten Creme füllte. »Du kommst wie gerufen«, rief sie Merle mit einem Grinsen entgegen. »Ich habe heute eine kurzfristige Bestellung für einen Geburtstag morgen bekommen. Normalerweise hätte ich dem Kerl ja einen Vogel gezeigt, aber seine Frau leitet eine Galerie und hat ziemlich reiche Freunde.«

Karen sah zufrieden, wie sich Merle die Haare zurückband und ein Haarnetz drüberzog, bevor sie sich eine Schürze nahm. Ihr wäre es zwar lieber gewesen, wenn Merle gleichaltrige Freunde hätte und den üblichen Unsinn anstellte, den Teenager so machten, aber das war besser als gar nichts. Es musste nicht alles von heute auf morgen passieren. »Dann kann ich euch alleine lassen?«, fragte sie.

Louise sah sie nun zum ersten Mal direkt an. »Ein neuer Fall?«

Vor ihrer Schwester konnte Karen kaum etwas verbergen. »Ja, es ist übel …«

Louise presste die Lippen aufeinander. Wäre Merle nicht gewesen, hätte sie ihr vermutlich wieder ein paar Worte zu der in ihren Augen schrecklichen Arbeit gesagt, der sie nachging. »Ich nehme Merle zu mir nach Hause. Du kannst sie dann ja da abholen.«

»Vielleicht schaffe ich es, bevor du zumachst.«

»Wir wissen beide, dass das nicht passieren wird.«

Ein Punkt für Louise. Allein die Vorbereitung der Kieselalgen und der Bakterienkulturen, für die sie erst noch das Kultursubstrat gießen oder aus der Mikrobiologie besorgen musste, würde mehrere Stunden dauern. Erneut spürte sie das schlechte Gewissen.

Louise musste ihr auch das angesehen haben, denn ihr Gesichtsausdruck wurde milder. »Geh nur. Wir kommen klar.«

20

Auf der Rückfahrt von Familie Krause lenkte sich Alexis ab, indem sie recherchierte, wer dieser Ex-Freund war, mit dem Bea Probleme gehabt hatte. Es stellte sich als leichter heraus, als sie erwartet hatte, da in den vergangenen Jahren nur ein Sebastian im Lager der Firma Selkers gearbeitet hatte und dort noch immer tätig war. Laut Auskunft der Firma übernahm er die Frühschicht und leitete den Versand. Sie lieferten Fenster und Türen in die gesamte Bundesrepublik.

Alexis mochte diese klassische Polizeiarbeit, sodass sie Oliver darum bat, direkt zu dem Firmengelände zu fahren. Es war früher Nachmittag, und mit etwas Glück würde sie diesen Sebastian Grossl am Ende seiner Arbeitszeit erwischen. Das Logistikzentrum befand sich unweit des Industriehafens, in dem sie die Leiche von Bea Krause gefunden hatten. Zufall? Alexis wusste es nicht zu sagen.

Sie suchte auf Facebook und anderen Social Media-Plattformen nach einem jungen Mann mit diesem Namen und wurde schnell fündig. Wie so viele seiner Generation kümmerte er sich nicht um die Online-Privatsphäre, sodass sie nun wusste, wie er aussah, welche Interessen er hatte, und dass er rauchte. Schmächtig, dunkle Haare, breite Nase und ein auffälliges Muttermal auf der Wange. Sein Profil bestand vornehmlich aus Bildern, die ihn beim Feiern zeigten. Einige sicherlich vom Oktoberfest oder den Stuttgarter Wasen, andere auf Mallorca und Ibiza.

Sie stiegen aus dem Auto, warteten aber an die Motorhaube gelehnt und beobachteten die Leute, die aus dem Gebäude kamen. Es war einfacher, wenn sie den Mann alleine sprachen und nicht vor seinen Kollegen.

»Wie geht es mit Lene?«, fragte sie Oliver, damit sie durch ihr untätiges Herumstehen nicht zu sehr auffielen.

»Gut, sie verbringt dieses Wochenende bei mir, und in den Herbstferien fahren wir für ein paar Tage nach Paris ins Disneyland.«

Olivers Ex-Frau Fiona war vor wenigen Monaten nach Frankfurt gezogen und hatte die gemeinsame Tochter mitgenommen. Nachdem Oliver zunächst vehement dagegen gewesen war und seine Ex-Frau ihm ebenso das Leben schwer gemacht hatte, hatten sie nun doch Lene zuliebe eine Lösung gefunden, mit der sie beide leben konnten.

Endlich kam Sebastian Grossl aus dem Gebäude. Mit seiner schlaksigen Figur und dem auffälligen Muttermal war er leicht zu erkennen. Eine Hand in der Tasche seiner abgewetzten Jeans steuerte er den angrenzenden Firmenparkplatz an.

Alexis stieß sich vom Auto ab und folgte dem Mann zusammen mit Oliver. Sebastian Grossl war gerade dabei, sein Auto aufzuschließen, einen alten Panda, als sie ihn erreichten. »Herr Grossl?«, fragte Oliver nach einem raschen Blickkontakt mit Alexis. Sie wechselten sich bei Befragungen gern ab. Einer beobachtete, der andere konzentrierte sich auf die Fragen.

Der Mann blickte auf. Sein Mund war argwöhnisch verzogen. »Ja?« Er musterte sie von oben bis unten.

Alexis spannte sich unwillkürlich an. Mit dem Mann stimmte etwas nicht. »Wir sind vom …« Noch während sie ihre Dienstausweise hervorholten, rannte der Mann los, weg von der Straße.

»Was zum Teufel?«, entfuhr es Oliver, dann spurtete auch er los.

Alexis war ihm wenige Meter voraus. Wo wollte der

Kerl hin? Er war schnell, aber soweit Alexis es überblicken konnte, war der gesamte Parkplatz von einem Zaun umgeben, der an zwei Seiten von einer hohen Hecke gesäumt wurde.

Sie verfluchte die enge Jeans, die sie heute angezogen hatte und sie in ihren Bewegungen behinderte. Trotzdem war sie schneller als der Mann und kämpfte sich langsam an ihn ran. Den Zaun erreichte er dennoch vor ihr und sprang mit einem gewaltigen Satz ab, hielt sich oben fest und schwang sich darüber. *Scheiße*, dachte Alexis. Der Typ hatte Kraft. Drei Schritte später erreichte auch sie den Zaun, sprang ab und kam nicht hoch genug, um sich an der oberen Kante festhalten zu können. Eine Reihe unflätiger Ausdrücke kamen ihr über die Lippen. Manchmal war ihre geringe Größe echt beschissen. Oliver ließ sich von ihrem Scheitern nicht aufhalten und tat es dem Flüchtigen gleich. Nachdem er jedoch oben auf dem Zaun hing, beugte er sich keuchend runter und hielt ihr den Arm hin. »Auf, Kleine, ich zieh dich hoch.«

Sie wollte ihm zuerst widersprechen. Sebastian Grossl hatte inzwischen einen beachtlichen Vorsprung, aber eine Diskussion würde nur noch mehr Zeit kosten. Also sprang sie erneut und bekam Olivers Hand zu fassen. Er nutzte ihren Schwung aus, riss sie so weit empor, dass sie sich festhalten konnte, und sprang sogleich selbst hinunter.

Das Gitter drückte sich schmerzhaft in ihre Handfläche, und die Jeans quetschte das Fleisch an ihrem Oberschenkel, als sie die Beine über den Zaun schwang. Doch von hier oben sah Alexis sofort, wohin der Mann wollte. Nicht weit entfernt befand sich eine Straßenbahnhaltestelle. Sie prägte sich die Lage der Gebäude ein, dann sprang sie hinunter. Natürlich schrammte sie dabei an der Hecke entlang und schürfte sich den rechten Oberarm auf. Der Schmerz trieb ihr Tränen in die Augen. Sie ignorierte ihn. Er würde sowieso gleich abebben. »Ich schneide ihm den Weg ab«, rief sie Oliver hinterher, der ihr gute zehn Schritte voraus gerade an einem Baum vorbeirannte und zwischen zwei Gebäuden verschwand.

Sie hoffte, dass sie sich nicht verkalkuliert hatte, als sie auf die Gasse zurannte, aus der Sebastian Grossl kommen musste. Lange konnte es nicht mehr dauern. Sie konnte nicht so viel schneller gewesen sein als er. In Gedanken malte sie sich aus, wie sie Dolce erklären musste, dass ihnen ein Verdächtiger entkommen war. Oder Olivers dumme Sprüche, wenn er ihn alleine verhaftete, während sie an der falschen Stelle wartete. Was aber, wenn es einen ganz anderen Grund dafür gab, dass Sebastian Grossl bisher nicht wieder aufgetaucht war? Die Angst um ihren Partner ließ das Adrenalin in ihre Adern schießen.

Da! Sie war nur noch zwei Meter von der Ecke entfernt, als der Flüchtige herausrannte und auf die Menschenmenge an der frisch einlaufenden Straßenbahn zusteuerte. Ihr blieb keine Zeit. Sie mobilisierte ihre letzten Kraftreserven, machte drei große Sätze und warf sich auf den Mann. In diesem Gedränge war es viel zu gefährlich, ihre Schusswaffe zu ziehen.

Überrascht von dem Aufprall stürzte der Verdächtige auf den Boden und stöhnte auf, als seine Handflächen auf dem Asphalt aufgeschürft wurden und seine Kniescheibe vernehmlich auf den Weg knallte. Sie stellte ein Knie auf seinen Rücken, packte seine Arme und bog sie nach hinten. Wenige Sekunden später war Oliver keuchend an ihrer Seite und kramte ein Paar Handschellen hervor, die Alexis dem Verdächtigen anlegte. »Sie sind vorläufig festgenommen.«

Der Mann war klug genug, sich jetzt nicht mehr zu wehren. Sie half ihm auf die Beine, während sie ihm die rechtliche Situation erklärte, dann durchsuchte sie seine Taschen. Bereits in der Innenseite seiner Jacke wurde sie fündig. Ein kleines Plastikpäckchen, das auffällig nach Hasch roch.

»Was haben wir denn da?«, fragte Oliver noch immer außer Atem mit feuerrot leuchtenden Wangen.

Alexis grinste verstohlen. Sie wusste, dass er die nächsten zwei Wochen voller Elan ein intensives Sportprogramm absolvieren würde, damit ihn nicht noch mal ein Verdächtiger abhängte. Wie immer würde es nicht lange anhalten, bis seine Aversion gegen Training gewann und die Joggingrunde am Sonntag und der gelegentliche Besuch im Fitnessstudio zum Höhepunkt seiner sportlichen Tätigkeit werden würden.

21

Eine Dreiviertelstunde später saß ihr Verdächtiger im Verhörraum des Präsidiums. Normalerweise hätten sie ihn in ihrem Büro befragt, aber nach der Flucht und den gefundenen Drogen wollten sie ihn etwas unter Druck setzen.

Sie nahmen ihm gegenüber Platz. Dieses Mal würde Alexis die Führung des Gesprächs übernehmen, während Oliver und Bauwart neben ihr saßen. In Deutschland gab es strenge Vorschriften über den Ablauf von Verhören, aber ein wenig Einschüchterung in Form eines Riesen von Polizisten, der nichts anderes machte, als den Mann finster anzusehen, schadete nie.

Nachdem sie ihn über den Ablauf aufgeklärt, über seine Rechte informiert und die Genehmigung eingeholt hatten, die Vernehmung auf Video aufzuzeichnen, waren sie bereit für die erste Frage.

Alexis legte das Päckchen mit Hasch, das in einer Beweismitteltüte steckte, auf den Tisch. »Das sind 6,7 Gramm Cannabis. In Baden-Württemberg liegt die Maximalgrenze, bei der die Staatsanwaltschaft von einer Anklage absieht, bei sechs Gramm.«

»Wer hat mich verpfiffen?«

Alexis musterte den Kerl. Er wirkte erstaunlich entspannt, was bei seiner Akte kein Wunder war. Eine Reihe kleinerer Drogendelikte und eine Anzeige wegen Körperverletzung, die eingestellt worden war. Er hatte reichlich Erfahrung mit der Polizei.

»Sagt Ihnen Bea Krause etwas?«

»Das hat die Bitch nicht gewagt!«, rief er aus und wollte aufspringen, besann sich jedoch im letzten Moment. »Als wenn ich wegen der Tussi nicht schon genug Ärger gehabt habe.«

»Was hat sie denn getan?« Alexis beobachtete die Reaktionen von Grossl genau, aber entweder war er ein herausragender Schauspieler, oder er hatte tatsächlich keine Ahnung, dass sie ermordet worden war.

»Das wissen Sie genau.«

»Tun Sie mir den Gefallen.«

Er zog geräuschvoll die Nase hoch. Alexis widerstand dem Impuls, ihm ein Taschentuch zu reichen.

»Ich war mit ihr zusammen, dann hat sie mich wegen eines anderen Kerls verlassen.«

»Und das hat Sie wütend gemacht?«

»Wen würde das nicht?« Er fuhr sich mit dem Handrücken über die Nase. »Aber das war es nicht. Sie hat sich geweigert, meine von Michael Breitkopf handsignierte

Gitarre rauszurücken. Da musste ich etwas nachhelfen. Ihr Neuer ist daraufhin ausgerastet und dessen Ex noch viel mehr. Die hatte ja mal gar keinen Stolz. Erst vögelt er mit einer anderen, und dann kriegt sie einen Hysterischen, nur weil ich ihn ein wenig grob angefasst habe.«

Alexis schlug die Akte des Mannes auf, konnte aber über den geschilderten Vorfall keine Eintragung finden. Offenbar hatten die Beteiligten von einer Anzeige abgesehen. »Und wie ging es weiter?«

Er zuckte mit den Schultern. »Das war's. Die Polizei hat mir ein paar Fragen gestellt, mein Arbeitgeber hat das mitbekommen und mir ordentlich Ärger gemacht.«

Damit hatte er zwar ein Motiv, Bea Krause umzubringen, aber irgendwie fiel es Alexis schwer, diesen Kiffer mit einer derart brutalen Tat in Verbindung zu bringen. Oft genug täuschte allerdings der erste Eindruck, und manche Psychopathen waren perfekt an die Gesellschaft angepasst und spielten allen etwas vor. »Wie lautet der Name dieses Mannes?«

»Karsten Feuerstein.« Der Mann fing an zu kichern. »Ich hab Bea gefragt, ob sie jetzt Wilma heißt.«

Alexis verkniff sich eine scharfe Bemerkung. Sollte er doch dumme Witze reißen. Solange er dafür mit ihnen redete, würde sie ihn gewähren lassen. »Und die Ex von diesem Karsten? Hat sie einen Namen?«

»Ja klar.« Er lachte.

Alexis verlor allmählich die Geduld. »Wie lautet er?«

»Ich merk mir doch nicht den Namen von jedem Weibsbild, auch wenn sie nicht schlecht aussah. Dieses Weichei hat denselben Geschmack wie ich, das muss man ihm lassen.«

Alexis beugte sich vor. »Hören Sie zu. Das ist ernst.«

»Mensch, das weiß ich doch nicht.« Er schlug mit der Hand auf den Tisch und lehnte sich zurück.

»Denken Sie nach.«

»Irgendwas mit T, glaube ich.«

»Tessa Maerten?«, fragte Alexis einer Eingebung folgend.

»Kann sein. Wieso, was ist mit der?«

Sie holte ein Foto von Tessa hervor und zeigte es ihm.

»Möglich, aber das ist so lange her.«

Bauwart nutzte den Augenblick der Stille, um seinen Stuhl geräuschvoll ein wenig vorzurücken, wobei er darauf achtete, die vorgeschriebene Distanz nicht zu unterschreiten. Dennoch genügte seine schiere Masse, um den Mann einzuschüchtern.

»Na schön«, murmelte der Kerl. »Ich weiß den Namen echt nicht mehr. Wenn Sie mir mein Handy geben, kann ich nachschauen. Die einzige Nummer, die ich je geblockt habe.«

Alexis nickte Bauwart zu, der bedächtig aufstand und nach draußen ging, um es zu holen.

»Sollten Sie uns verarschen, sind Sie wegen Strafvereitelung dran.« Es fiel Alexis schwer, ihre Aufregung zu verbergen. Hatten sie eine Verbindung zwischen den beiden Frauen gefunden?

»Worum geht es eigentlich? Ich dachte, Sie wären wegen dem Hasch hinter mir her. Warum interessiert Sie jetzt diese durchgeknallte Schnepfe? Hat sie was ausgefressen? Will Bea ihr eins auswischen?«

Alexis war froh, dass sie um eine Antwort herumkam, da in diesem Moment Bauwart bereits mit dem durch Fingerabdruckscanner gesicherten Handy zurückkam. Er legte es auf den Tisch und sah Sebastian Grossl erwartungsvoll an.

»Ich geb Ihnen gar nichts, wenn Sie mir nicht sagen, was hier los ist.« Der Mann verschränkte die Arme vor der Brust.

»Wie Sie wollen.« Alexis klappte die Akte zu. »Auf das

Gespräch mit der Staatsanwältin freue ich mich. Sie liebt es, Wiederholungstäter in den Knast zu bringen.«

»Mann, schon gut.« Er kippte auf dem Stuhl wieder nach vorne. Die Stuhlbeine kamen mit einem lauten Klacken auf dem Boden auf.

Eine Minute später hatten sie die Bestätigung, dass es sich um Tessa Maerten handelte. Alexis hatte es schon geahnt, dennoch versetzte es ihr einen kleinen Schock.

Zwischen den beiden Frauen gab es eine Verbindung. Tessa war mit Karsten Feuerstein in einer Beziehung gewesen, doch dieser hatte sie für Bea Krause, dem zweiten Opfer, verlassen. Diese wiederum hatte ihren damaligen Partner Sebastian Grossl für Karsten verlassen. Die Trennung von Karsten war für Tessa der Anlass gewesen, zusammen mit ihrer besten Freundin die verhängnisvolle Wanderung zu unternehmen, von der Jasmin niemals zurückkehren sollte.

»Wann kam es zu Ihrer Auseinandersetzung mit Karsten Feuerstein?«

»Mensch, Sie stellen Fragen. Das muss irgendwann im April vor einem Jahr gewesen sein. War kurz nach dem Geburtstag meiner Mutter. Wäre wegen dem Mist beinahe zu spät zu der Feier gekommen. Sagen Sie mir jetzt, worum es eigentlich geht?«

»Bea Krause wurde ermordet.«

Für einen Moment war der Mann sprachlos, und die Maske aus Coolness fiel von ihm ab. »Wie?« Er schwieg einen Augenblick, als es ihm dämmerte. »Sie glauben, dass ich es getan habe?«

»Wo waren Sie am Samstag?«

»Da habe ich ein paar Bierchen mit Kumpels gekippt.«

»Können die das bestätigen?«

»Ich denke schon.« Man sah ihm die Verunsicherung an.

Er wusste, dass seine Freunde vermutlich ebenso wenig bereit sein würden, mit der Polizei zu sprechen, wie er. Zudem würde er nicht gerade in deren Beliebtheit steigen, wenn er ihnen die Bullen auf den Hals hetzte.

»Wir werden das überprüfen. Bis dahin bleiben Sie in Haft.«

»Ich habe doch nichts getan.«

»Sie stehen unter Mordverdacht, und dann ist da noch die Sache mit dem Hasch.«

Das stimmte zwar nicht ganz – sie hatten keinerlei Beweise wegen des Mordes gegen ihn vorliegen, aber fürs Erste würde das gefundene Hasch ausreichen, um ihn einzusperren, bis sie seine Aussagen überprüft hatten.

Alexis glaubte noch immer nicht, dass sie hier den Mörder vor sich sitzen hatte. Der Killer hatte alles sorgfältig geplant und inszeniert. Sie konnte sich nicht vorstellen, dass sie ihn so einfach überführen würden. Aber wer wusste das schon? Vielleicht waren sie nur Spielbälle in einem größeren Spiel und tanzten bereits nach der Pfeife des Mörders, ohne es zu merken. Sie betrachtete erneut den jungen Mann mit der geröteten Nase und den glasigen Augen. Nein, beschloss sie. Das war er nicht.

Im angrenzenden Raum griff sie ihr Tablet und wischte durch die Informationen, die ihnen bisher vorlagen. »Wo sind die Akten aus der Schwäbischen Alb?«, fragte sie Oliver.

»Immer noch nicht eingetroffen. Angeblich gibt es technische Schwierigkeiten.«

Alexis fluchte. Das hatte ihr gerade noch gefehlt. »Wo sind Saskia und Anja? Ich muss mit ihnen sprechen.«

»In der Feuerwache. Sie erstellen eine Zeitleiste, um das Verschwinden von Bea am Samstag zu bestätigen.«

Sie gingen ein letztes Mal in ihr Büro, räumten die verbliebenen Dinge in die Kisten und schlossen hinter sich ab. In ihrer Abwesenheit würden ihre Sachen in die ehemalige Feuerwache gebracht werden. Nur eine kleine Kiste nahm Alexis direkt mit. Da waren vertrauliche Akten und persönliche Dinge drin, die sie lieber nicht aus der Hand gab.

Sie nahm ihre Jacke und die Kiste und warf einen letzten Blick auf ihr Büro. Es erfüllte sie mit einer gewissen Wehmut, dass sie es auf unbestimmte Zeit verlassen musste. Statt der Ruhe und Abgeschiedenheit hier in dem oberen Stockwerk erwarteten sie nun der Trubel und die Aufmerksamkeit, die die Leitung einer Soko immer mit sich brachte.

Die Feuerwache lag in der Schwetzingerstadt, einem Stadtteil Mannheims, an dessen Stelle bereits im dreizehnten Jahrhundert die Zollburg Rheinhausen gestanden hatte. Das Gebäude war in den 1920er-Jahren errichtet worden, bestand aus einem Hauptflügel und zwei Seitenflügeln, die hufeisenförmig angeordnet waren, sodass ein großer Innenhof entstand. Wilder Wein überwucherte den Südflügel und verbarg den hellen Backstein unter sich.

Einen Moment blieb Alexis trotz des schweren Aktenstapels in ihren Armen stehen und bewunderte die kunstvolle Architektur mit den breiten Bogenfenstern, Sockelgesims und Pilastern.

Der Innenraum war weniger pompös – Alter und Verwahrlosung zeigten sich. Ein Reinigungstrupp war dabei, Schmutz und Staub zu beseitigen. Es roch nach Seife und Desinfektionsmittel. Sie verabschiedete sich von Oliver und machte sich auf die Suche nach Saskia und Anja. Sie fand die Frauen in einem leer geräumten, weitläufigen Raum, an dessen Wand sie mehrere Whiteboards angebracht hatten. Sie erkannte einen Zeitstrahl darauf, der von den Beamtinnen mit Daten gefüttert wurde.

»Gibt es Neuigkeiten?«, fragte sie.

»Wir haben die Aufnahmen aus der Überwachungskamera eines Supermarktes, die bestätigen, dass Bea Krause am Samstagvormittag um 10:46 Uhr noch am Leben war«, antwortete Saskia und nahm ihre Unterlagen zur Hand. »Die Entführung muss zu einem späteren Zeitpunkt stattgefunden haben.«

»Was ist mit dem anderen Ex-Freund, Karsten Feuerstein?«

»Laut Familie und Universität befindet er sich für ein Praktikum in den USA. Wir überprüfen das noch, aber fürs Erste können wir ihn als Täter ausschließen.«

Alexis ließ sich ihre Enttäuschung darüber nicht anmerken, dass sie in dem Mann nicht den nächsten Verdächtigen hatten. Stattdessen lobte sie die beiden für ihre Arbeit. »Ich habe eine Frage zu Tessa«, kam sie anschließend auf den eigentlichen Grund für das Gespräch. »Weiß eine von Ihnen, warum sie damals mit Jasmin zum Wandern gegangen ist? Es war doch noch recht früh im Jahr.«

Anja zuckte mit den Schultern. »Sie war schon immer viel in der Natur unterwegs. Das überrascht mich nicht.«

Saskia nickte. »Stimmt. Das wurde mal in einem Bericht erwähnt, dass die beiden im Jahr davor eine Rucksacktour durch irgendein skandinavisches Land gemacht haben. Allerdings meine ich, dass ihre Mutter etwas davon gesagt hat, dass es eine spontane Aktion war, damit Tessa auf andere Gedanken kommt. Es ging wohl um irgendwelchen Beziehungsstress.«

Das bestätigte Alexis' Theorie. Für Bea hatte Karsten Tessa verlassen. Wegen dem dadurch entstandenen Liebeskummer waren Tessa und Jasmin an diesem entscheidenden

Tag auf der Schwäbischen Alb wandern gegangen. Nur wegen Bea und Karsten waren sie entführt worden. War der Mord Rache, weil man Tessa wehgetan hatte? Ein irrer Anhänger von Tessa, der sie beschützen wollte? Oder lag es an der verblüffenden Ähnlichkeit der Frauen? Zumindest vor ihrer Entführung, bevor sie sich die Haare geschnitten hatte, hätten Tessa und Bea Schwestern sein können. Die Medien bevorzugten ebenfalls das Bild der langhaarigen, unschuldigen Tessa. Nicht das der kurzhaarigen, harten Frau, die zurückgekommen war.

Alexis verabschiedete sich von den Beamtinnen und stieg die Treppen zu ihrem neuen Büro hinauf, das sie sich mit Oliver teilen würde. Theoretisch hätte sie Anspruch auf einen eigenen Raum gehabt, aber sie war bei der Arbeit nicht gern allein, brauchte jemanden, mit dem sie sich schnell und unkompliziert über Ideen austauschen konnte. Gerade als Alexis das Büro betrat, klingelte ihr Handy. Sie fluchte und wollte die Akten ablegen, aber Oliver kam ihr zu Hilfe und nahm sie ihr ab.

»Hall«, meldete sie sich.

»Alexis Hall?«, erwiderte eine für ihren Geschmack zu helle und irgendwie emotionslose Stimme, obwohl die Worte eigentlich freundlich klangen. Es wirkte aufgesetzt, so als spräche sie mit einer Hülle, der die menschlichen Emotionen fehlten.

»Genau die.«

»Ich bin von der Legendary Truth Produktionsfirma. Hätten Sie einen Augenblick Zeit für mich?«

Alexis' Herz schien einen Moment auszusetzen. Diese Firma war für Scripted Reality Formate bekannt, die auf den Privaten von morgens bis abends liefen. Was wollten die von ihr? »Ich wüsste nicht, was wir zu bereden hätten.«

»Ich habe ein unschlagbares Angebot für Sie. Wir drehen eine Dokumentation über Ihre Eltern und würden Sie dazu gern interviewen.«

»Das kommt unter gar keinen Umständen infrage.«

»Überlegen Sie es sich. Die Bezahlung ist gut, und es ist Ihre Gelegenheit, Ihre Version der Geschichte an die Öffentlichkeit zu bringen.«

»Die Öffentlichkeit hatte schon genug Anteil an meinem Privatleben und der Tragödie, die dieses überschattet.«

»Darf ich Sie zitieren?«

Alexis legte kommentarlos auf.

»Was war das denn?«, fragte Oliver, der auf einem von zwei ramponierten Schreibtischen saß.

Sie fragte gar nicht erst, woher er jetzt schon wieder die Topfpflanze hatte, die neben einer alten Schreibtischlampe stand. »Die wollen eine von diesen True Crime Serien über meine Eltern drehen, und ich soll etwas dazu sagen.«

»Haben die nicht mehr alle Tassen im Schrank? Wissen die nicht, was das für dich bedeutet?«

»Ich vermute eher, dass es ihnen egal ist.« Alexis atmete tief ein. Das hatte ihr noch gefehlt, dass im deutschen Fernsehen ausführlich über ihre Eltern berichtet wurde. Da sie in London gewütet hatten, waren sie in Deutschland weitgehend unbekannt, und nur durch Alexis hatten sie etwas Aufmerksamkeit bekommen. Sie wollte sich nicht ausmalen, was es für ihr Leben, den Umgang mit den Kollegen für Konsequenzen haben würde, wenn all die grausigen Details überregional ausgeschlachtet werden würden.

22

Am Nachmittag holte Oliver ihnen in einer nahe gelegenen Bäckerei Sandwiches. Sie machte sich in der Zwischenzeit auf die Suche nach Kaffee. Es würde noch eine Weile dauern, bis alles eingerichtet und sie vertraut mit den neuen Räumen sein würde. Sie liefen sich im Eingangsbereich über den Weg und vollzogen einen Tauschhandel. Kaffee gegen Sandwich. Sie nahm ihres mit, während Oliver sich in den provisorischen Aufenthaltsraum setzte. Mühsam stiefelte sie die Treppen nach oben. Sie spürte die vorherige Verfolgungsjagd bei jedem Schritt, und die Prellungen, die sie sich zugezogen hatte, schmerzten. Sie wurde auch nicht jünger, dachte sie und empfand eine neue Art Respekt für den griesgrämigen Volkers, der in seinem Alter weiterhin seinen Dienst versah.

Sie ließ die Tür offen stehen, legte das Sandwich auf den Tisch und rief Linda an. Nachdem sie der nicht gerade erfreuten Staatsanwältin die aktuellen Ereignisse erklärt hatte, wählte sie Stephans Nummer. Sie wollte einfach seine Stimme hören und schloss die Bürotür hinter sich, bevor sie sich in ihren Stuhl fallen ließ.

»Alles okay?«, meldete er sich mit seinem unnachahmlichen französischen Akzent.

Es war das erste Mal, dass sie an diesem Tag Kontakt hatten. Er kannte sie, und die paar Monate, die sie zusammen waren, hatten ihn gelehrt, dass sie keinen Wert auf stetige WhatsApp-Nachrichten und Telefonate legte. Nach ihrer komplizierten Kindheit und einigen schrecklichen Erlebnissen in den letzten Jahren hegte Alexis jeder Beziehung gegenüber eine große Skepsis. Nur Stephans unendlicher Geduld war es zu verdanken, dass sie noch ein Paar waren.

»Es …« Ihr fehlten die Worte.

»Wieder einer von *diesen* Fällen?« Stephan hatte früher für die französische Polizei gearbeitet, bevor er zu Europol gegangen war. Er hatte viel Erfahrung mit Morden und den übelsten Verbrechern.

»Schlimmer. So etwas habe ich seit …« Sie schluckte, als die Erinnerungen an zwei der abscheulichsten Serienkiller, die jemals in Deutschland ihr Unwesen getrieben hatten, sie übermannten. Die Fälle hatten sie an die Grenze ihrer Belastungsfähigkeit und ein Stück darüber hinaus gebracht.

»Soll ich heute zu dir kommen?«

Sie liebte ihn für diese Frage. Üblicherweise spielte er an diesem Abend mit einem Kollegen Tennis. Eine der wenigen Freizeitbeschäftigungen, die er sich neben der Zeit mit seiner Tochter gönnte.

»Zu gern, aber ich muss einen Stapel Akten durcharbeiten.« Sie machte sich eine Notiz, dass sie kontrollieren musste, ob endlich die Unterlagen aus der Schwäbischen Alb eingetroffen waren. »Genieß dein Tennismatch. Vielleicht können wir es morgen einrichten.«

Sie unterhielten sich noch eine Weile, wobei sie das Thema des bevorstehenden Treffens mit seiner Tochter Chloé ausließen. Er wollte, dass sie das Mädchen kennenlernte. Seine Ex-Frau war entschieden dagegen. »Du kannst nicht jede deiner kleinen Liebeleien in ihr Leben lassen«, hatte Margret gesagt. Auch wenn Alexis die Worte verletzten, musste sie ihr in gewisser Weise recht geben. Sie hatte keine besonders brillante Beziehungsbilanz. Genau genommen war sie mit noch keinem Mann so lange zusammen gewesen wie mit Stephan. Dann war da noch die Tatsache, dass sie bei ihren unregelmäßigen Arbeitszeiten, den spontanen Überstunden und dem Fakt, dass ihr Job extrem risikoreich war und bereits Menschen, die sie liebte, in Gefahr gebracht hatte, keine gute Bezugsperson für das Mädchen wäre. Dennoch wünschte sie es sich insgeheim. Seit dem Tod ihrer Adoptivmutter hatte sie praktisch keine Familie mehr. Mit Chloé könnte sich das ändern.

Schließlich verabschiedeten sie sich voneinander, als Oliver das Büro betrat. Er klaubte das Sandwich von ihrem Schreibtisch und hielt es ihr fordernd vor die Nase. Dann setzte er sich mit aufgesetzten Kopfhörern an seinen Platz. Sie lauschte den gedämpften Tönen, die ihr verdächtig bekannt vorkamen. »Bob Marley? Ernsthaft?«, entfuhr es ihr.

»Sagt der Elvis-Fan«, erwiderte er und schaltete die Musik aus. »Was steht nun an, Chefin?«

»Wenn ich das wüsste. Was hältst du von diesem Sebastian?«

»Ein Vollidiot, aber ihm fehlt die Weitsicht und Sorgfalt für so eine Tat. In seinem benebelten Zustand dürfte er keiner Fliege etwas zuleide tun.«

»Er hat bereits eine Anzeige wegen Körperverletzung.«

»Die wurde eingestellt. Wer weiß, was da dran ist. Ich glaube nicht, dass er es war.«

»Ich auch nicht, aber wo setzen wir dann an? Tessas Ex, dieser Karsten, scheidet ebenfalls aus.« Alexis knabberte an ihrem vegetarischen Sandwich mit Salat und Avocado. Inzwischen färbte Louise als überzeugte Veganerin auch auf sie ab.

»Wir müssen das Umfeld der Frauen weiter in Augenschein nehmen. Die Verbindung zwischen ihnen kann kein Zufall sein.«

»Ich denke auch, dass wir davon ausgehen können, dass unser Täter es auf Tessa abgesehen hat.«

»Wir müssen Freunde, Angehörige ebenso wie die Mitbewohner der WG und die Nachbarn befragen. Irgendjemand muss doch etwas gesehen haben.«

Alexis sah die Unterlagen auf dem Tablet durch, fand die Information, die sie suchte, jedoch nicht. »Laut Zulassung hatte die Krause doch ein Auto. Ist es irgendwo aufgetaucht?«

Oliver schüttelte den Kopf. »Bisher nicht.«

»Ich werde Bauwart und Volkers bitten, eine Suche zu organisieren. Jeder Streifenpolizist und sämtliche Politessen sollen die Augen offen halten. Dieser Fall macht mir Sorgen.«

»Nicht nur dir.«

Nachdem sie aufgegessen hatte, holte sie die wichtigsten Arbeitsmaterialien aus den Kartons, die man vor ihre Tür gestellt hatte.

»Wir sollten noch mal mit Tessa reden. Vielleicht ist sie jetzt bereit, Polizeischutz anzunehmen. Dolce macht mir die Hölle heiß, wenn ihr etwas zustößt.«

»Gute Idee. Ich will ihre Seite der Geschichte von diesem Beziehungsdrama hören, aber lass uns das auf morgen verschieben. Heute erreichen wir ohnehin nichts mehr, und bis dahin haben wir gegebenenfalls neue Informationen, mit denen wir sie konfrontieren können. Ich denke nicht, dass sie einen täglichen Besuch von uns zu schätzen wüsste.«

»Wer weiß.« Alexis grinste. »Du hast inzwischen eine beachtliche Erfolgsquote bei Frauen.«

23

Als Alexis nach Hause kam, stand das Auto von ihrem Adoptivvater Kaspar Hall vor der Tür. Entnervt rollte sie mit den Augen, wäre am liebsten vorbeigefahren. Ihr Verhältnis war schwierig, und der Tag war so anstrengend gewesen, dass sie sich nur eine Badewanne und viel Ruhe wünschte. So wie sie ihn kannte, erwartete sie stattdessen eine langwierige Diskussion. Hoffentlich hatte die Produktionsfirma nicht auch bei ihm angerufen.

Sie parkte ein und nahm einen letzten Schluck von ihrem inzwischen kalten Kaffee, der während der Fahrt in der dafür vorgesehenen Halterung gestanden hatte. Dann knüllte sie die Verpackung eines Schokoriegels zusammen, stieg aus und warf ihn in ihre Mülltonne, die seit zwei Tagen vergeblich darauf hoffte, abgeholt zu werden. Ab und an vergaßen die Müllmänner ihre schmale Seitenstraße. Ob mit Absicht wegen der komplizierten Lage oder weil sie sie tatsächlich übersahen, konnte Alexis nicht beurteilen.

Kaspar Hall war eine Respekt einflößende Erscheinung, die sämtliche Klischees eines ehrwürdigen Harvard-Professors erfüllte, bis hin zu dem Gehstock aus Ebenholz, auf den er sich stützte, als er aus seinem Mercedes stieg.

»Hatten wir das nicht schon mal, dass es nett wäre, wenn du vorher anrufst?«, sagte Alexis statt einer Begrüßung. »Du weißt, dass ich unregelmäßige Arbeitszeiten und viel zu tun habe.«

Kaspar nickte. »Hatten wir. Das Gespräch läuft folgendermaßen ab: Du beschwerst dich, dass ich mich hätte ankündigen oder ein Treffen ausmachen sollen. Daraufhin erwidere ich, dass ich das erfolglos probiert habe und wir uns viel zu selten sehen. Darauf folgt dein übliches Ich-habe-viel-zu-tun. Ich werfe dir vor, dass du mir aus dem Weg gehst und dass Maria sicher nicht gewollt hätte, dass wir uns aus den Augen verlieren. Wir können das Ganze also abkürzen.«

»Gut, dass wir das geklärt haben«, sagte Alexis trocken. »Komm rein.«

Alexis öffnete die Haustür. Cookie und Coffee kamen ihnen sofort maunzend entgegen, als sie jedoch die angespannte Stimmung bemerkten, drehten sie um und verschwanden in Richtung Wohnzimmer. Kurz darauf hörte sie das Klappern der Katzenklappe.

»Wein, Kaffee oder Tee?«

»Ein Kaffee wäre nicht schlecht.« Er sah sich in dem Flur um, runzelte beim Anblick der etwas klapprigen Kommode die Stirn. »Ich verstehe nicht, warum du nicht zulässt, dass ich dir eine neue Einrichtung kaufe.«

»Ich verdiene mein eigenes Geld und finde es gut so, wie es ist.«

Sie gingen in die Küche, wo Alexis ihnen einen Kaffee zubereitete.

»Es war auch meine Schuld, was dir damals geschehen ist«, sagte Kaspar. »Ich möchte wenigstens versuchen, es wiedergutzumachen.«

Alexis verkrampfte sich bei dem Gedanken an den Überfall. Ein Mann war in ihr Haus eingedrungen, hatte versucht, sie zu töten. Seit ihrer Kindheit verfolgten sie Albträume, und dieses Ereignis hatte ihnen eine weitere Variante nächtlicher Heimsuchungen hinzugefügt.

Obwohl sie Kaspar viel vorzuwerfen hatte, konnte sie ihm dafür jedoch nicht die Verantwortung zuschieben. »Du hast den Irren nicht zu mir geschickt. Dich trifft keine Schuld.« *Und manche Dinge kann man einfach nicht wiedergutmachen. Erst recht nicht mit Geld*, dachte Alexis, sprach es aber nicht aus.

Dennoch standen diese Gedanken wie eine unsichtbare Mauer zwischen ihnen.

Alexis stellte Milch und Zucker auf ein leicht angestaubtes Tablett. Ihr Adoptivvater wirkte eigentümlich fehl am Platz, wie er sich gegen die Küchentheke lehnte. Als hätte sich eine Statue von Michelangelo in eine Ausstellung über Steinzeitmenschen verirrt. Sie hatte ihn in ihrem ganzen Leben niemals auch nur ein Spiegelei zubereiten sehen. Für die kleinen Dinge des Alltags war immer ihre Adoptivmutter zuständig gewesen. Sie war das glatte Gegenteil von ihrem Mann gewesen. Warmherzig, liebevoll und von allen gemocht. Sie war die Sonne in Alexis' Kindheit gewesen. Es wäre übertrieben zu sagen, dass Kaspar der Schatten war. Dafür hatten ihre leiblichen Eltern mit ihren Taten schon gesorgt. Dennoch hatten seine Strenge und wissenschaftliche Neugier ihr stets das Gefühl vermittelt, ebenso sehr Studienobjekt wie Tochter zu sein.

Sie führte ihn in eine Nische, in der ihr selten genutzter Esstisch stand. Bei diesem Gespräch wollte sie zumindest auf der körperlichen Ebene eine gewisse Distanz wahren.

»Du warst tatsächlich in London«, sagte Kaspar, kaum dass er sich gesetzt hatte.

Sie fragte gar nicht erst, woher er diese Information hatte. »Wir haben eine Rundreise gemacht und uns die Küste angeschaut. Den Exmoor-Nationalpark, Tintagel und Plymouth.« Alexis erschienen ihre eigenen Worte hohl. Sie wussten beide, dass das nicht die ganze Wahrheit war, und direkt anlügen wollte sie ihn ebenfalls nicht.

»Du hast die Nachbarin getroffen, obwohl ich dich gebeten habe, es nicht zu tun«, erwiderte er auch prompt. »Ich verstehe es nicht.« Er schüttelte den Kopf. »Ich weiß, dass es nie einfach war, aber manchmal habe ich den Eindruck, du willst unbedingt eine neue Familie. Selbst dieser Austerlitz scheint dir mehr Vater zu sein, als ich es bin. Ihr trefft euch regelmäßig, warum schaffen wir das nicht? War ich wirklich so schlimm?«

Die Verletzlichkeit in seiner Stimme war so ungewohnt, dass es sie erschütterte. Stoische Gelassenheit stand ihrem Adoptivvater besser.

»Ich weiß, dass ich dir alles zu verdanken habe«, sagte Alexis leise. »Ohne dich wäre ich in einem dieser schrecklichen Heime gelandet. Wer weiß, was aus mir geworden wäre.« Sie schluckte schwer. Einer der Mörder, die sie gefasst hatte, war in London in Heimen und Pflegefamilien groß geworden. Es hatte ihn gebrochen und das Monster aus ihm gemacht, das Alexis kennengelernt hatte. »Niemand anderes hätte die Tochter von Serienkillern adoptiert und ihr ein richtiges Zuhause gegeben.«

»Und trotzdem hasst du mich.«

»Das tue ich nicht.« Sie legte ihre Hand auf seine. »Es ist kompliziert.«

»Ich weiß, dass es Maria war, die dich umsorgt hat. Ich weiß, dass ich schwierig bin und nicht gut im Umgang mit Menschen, ebenso wie ich weiß, dass ich viele Fehler gemacht habe. Gleichwohl wünsche ich mir manchmal, dass wir neu anfangen können. Du bist meine Tochter, und ich möchte dich nicht verlieren.«

»Das wirst du nicht.« Sie sah auf die Tischplatte. Auch wenn sie genetisch nicht verwandt waren, so hatte sie doch mit ihm gemeinsam, dass es ihr schwerfiel, mit den Emotionen anderer Menschen umzugehen.

»Und dennoch bist du auf der Suche nach einer neuen Familie.«

»Keine neue Familie«, sagte Alexis. »Sie sind meine leiblichen Verwandten. Du hast es immer auf einer rein wissenschaftlichen Ebene betrachtet. Ich weiß, dass ich die Gene von meinen Eltern habe, kenne die Fakten, habe den Polizeibericht gelesen, die Artikel in den Medien, aber ich weiß nicht, wer sie wirklich waren. Ich will hinter diese ganzen Details, diese Theorien …« Ihr fehlten die richtigen Worte. Sie wollte die Herzen ihrer Eltern erkunden, wissen, was in ihnen vorgegangen war. Dabei klang das alles so furchtbar pathetisch, doch im Grunde war es genau das. »Wenn du von deinen Eltern sprichst, weißt du, wie ihre Beziehung funktioniert hat, was sie mochten, was du mit ihnen gemeinsam hattest. Ich will einfach nur dieses schwarze Loch füllen.« Vor allem ging es ihr darum zu sehen, dass sie nicht nur dieses *kill:gen*, die Veranlagung zum Bösen, von ihnen hatte, sondern auch irgendetwas Gutes.

»Du weißt nicht, in was für ein Wespennest du möglicherweise stößt. Sarah und Loyd waren Serienkiller, wer weiß, wie krank der Rest der Familie ist.«

Alexis schüttelte den Kopf. »Glaubst du, dass ich auf eine ganze Gruppe von Verbrechern stoßen werde? Sie müssen nicht alle zu Mördern werden. Ich wurde es doch auch nicht.« Da prallten erneut ihre unterschiedlichen Ansichten aufeinander. Er, der sein Leben dem Beweis der genetischen Verankerung des Bösen verschrieben hatte und Alexis nur als rühmliche Ausnahme und zugleich tickende Zeitbombe betrachtete. Sie dagegen, die allein schon aus Selbstschutz an die Selbstbestimmung glaubte.

»Dennoch haben sie dich nicht aufgenommen, als du sie am dringendsten benötigt hast.«

Das saß. Alexis umklammerte ihre Tasse und starrte auf den schwarzen Grund ihres Kaffeebechers.

Kaspar ließ sich in seinen Stuhl zurücksinken; er schien regelrecht zu schrumpfen. »Es tut mir leid, das wollte ich so nicht sagen.« Er stand auf. »Ich sollte wohl besser gehen. Ich will nur nicht, dass du dich in Gefahr bringst.«

Alexis erwog kurz, ihn aufzuhalten, doch sie war so erschöpft, dass ihr die Kraft für weitere Diskussionen fehlte. Sie ging zu ihm, gab ihm einen Kuss auf die Wange. »Das weiß ich.«

Er legte ihr eine Hand auf die Schulter. »Vergiss bitte nie, dass ich mir nichts sehnlicher wünsche, als dass du beweist, dass meine Studien Schwachsinn sind.«

Es rührte Alexis. »Ich verspreche dir, vorsichtig zu sein und nie zu vergessen, wer mich aufgezogen hat.« Sie brachte ihn zur Tür. »Lass uns nächste Woche essen gehen und uns von nun an regelmäßig treffen. Mir tut auch einiges leid. Ich hätte mich öfter melden sollen.« Sie meinte es aufrichtig. Kaspar baute körperlich ab. Mit ihm würde einst alles, was sie an Familie kannte, sterben. Sie sollte ihre Prioritäten tatsächlich neu ordnen. Er war halb aus der Tür, als ihr der Anruf der Produktionsfirma in den Sinn kam. »Hat dich jemand angerufen, der eine True Crime Doku über meine Eltern drehen will?«

Er drehte sich abrupt um. »Nein. Wie kommst du …« Er unterbrach sich. »Was für ein dreistes Pack. Sollen sie sich ruhig melden. Den werde ich ein paar Takte erzählen.«

Aus einem Reflex heraus umarmte Alexis ihn. Es bedeutete ihr viel, dass er nicht gefragt hatte, was sie ihnen geantwortet hatte. Anschließend verabschiedeten sie sich verlegen voneinander.

Während sie beobachtete, wie er in sein Auto stieg, fiel ihr ein kleines Fahrzeug auf, das am Ende der Straße parkte. Ein Mietwagen, wenn sie die Klebefolie richtig deutete. Der Wagen stand zwar unter einer Laterne, aber in der Dämmerung war er nicht gut zu erkennen. In dieser einsamen Gasse wunderte es sie, ein fremdes Auto zu sehen. Sogar die Fahrzeuge von regelmäßigen Besuchern ihrer

Nachbarn waren ihr bekannt, und unter der Woche stand üblicherweise bei niemandem ein unbekanntes Auto. Vielleicht war einfach jemand mit seinem PKW liegen geblieben. Dennoch merkte sie sich das Modell. Nach allem, was sie bisher erlebt hatte, war sie vorsichtig geworden.

Sie winkte Kaspar hinterher, wartete, bis er hinter der Kurve verschwunden war, und wollte gerade ins Haus zurückgehen, als sich die Tür des parkenden Autos öffnete. Alexis trat instinktiv einen Schritt zurück, sodass sie weitgehend vom Türrahmen verdeckt wurde.

Eine junge Frau stieg aus. Wie Alexis war sie eher klein und ausgesprochen zierlich, fast schon elfenhaft dünn. Am auffälligsten waren ihre orangerot gefärbten, schulterlangen Haare. »Sind Sie Alexis Hall?«, rief sie auf Englisch mit starkem britischen Akzent.

»Ja«, erwiderte Alexis ebenfalls auf Englisch. Jetzt noch skeptischer als zuvor. Sie beobachtete die Frau, wie diese auf sie zukam. War das der Tag der ungebetenen Besucher? Womöglich eine von dieser True Crime Sendung? »Falls Sie wegen der Fernsehshow da sind: Ich sagte schon, ich habe kein Interesse.«

»Nein … Ich …«

»Was wollen Sie dann?

Die Frau schien mit sich zu ringen. Schließlich brach es aus ihr heraus. »Ich bin Charlie. Deine Cousine.«

24

Wer bin ich?

Eine Frage, die im ersten Moment einfach zu beantworten ist. Tessa Maerten, vierundzwanzig Jahre, Tochter von Angelika und Richard Maerten, aufgewachsen in dem Kuhkaff Hanseklinge, Silberallergie, ehemalige Studentin auf Selbstfindungstrip.

Bei dem letzten Wort, auch wenn ich es nicht laut ausspreche, verziehen sich meine Lippen zu einem höhnischen Grinsen. Ich stelle mir vor, wie ich in einem langen Batikrock, behängt mit Kunstperlen und Federn, um ein Feuer hüpfe, während ich pseudoschamanistische Lieder singe.

Tja, schön wäre es. Meine Art der Selbstfindung ist deutlich essenzieller. Wenn man monatelang in der Gewalt eines Mannes verbracht hat, der es sich zur Aufgabe gemacht hat, einen zu brechen und die Identität zu nehmen, weiß man nicht mehr, wer man ist. Genauso simpel wie beschissen.

Früher hätte ich Lucy, die alte Retrieverhündin, mit der ich aufgewachsen bin, in die Arme genommen, aber die ist gestorben, als ich weg war. Weg war. Wie das klingt, als wenn ich es mir ausgesucht hätte, vierhundertsiebenundsiebzig Tage lang in einen Eimer zu pissen und zu kacken.

Nun sitze ich hier in meiner Wohnung, nachdem endlich alle verschwunden sind, und denke über mein Leben, meine Pläne und meine Ziele nach. Niemand versteht mich. Niemand weiß, was ich wirklich will. Und zeitweise frage ich mich, ob ich das eigentlich selber weiß.

Ab und an taucht da noch die sorglose Chemiestudentin auf, die mit ihrer besten Freundin Rudermeisterin geworden ist. Manchmal vermisse ich Karsten, meinen langjährigen Freund, wegen dem ich überhaupt in diesen Mist geraten bin.

Und manchmal vermisse ich sogar den Hof, Jasmin, die Stille und die Einfachheit des Lebens. Den steten Kampf, der mich auf so viele Weisen gestärkt hat. Wenn man sich einmal mit dem Leben in Gefangenschaft arrangiert hat, bietet der Mangel an Optionen einem eine neue Art von Freiheit und Entspannung. Niemand setzte Hoffnungen in mich. Es gab keine Erwartungen,

Ansprüche, bei deren Versuch, sie zu erfüllen, ich scheitern konnte. Ich existierte losgelöst von der Gesellschaft.

In den Momenten, in denen ich mich bei diesen Gedanken erwische, hasse ich mich umso mehr.

Ich stelle das Wasser ab, trete aus der Dusche und wische mit einer Hand über den beschlagenen Spiegel. Es hatte mehr als eine Woche gedauert, bis ich das Spiegelbild meines Körpers wieder ansehen konnte. Das Gesicht war einfacher. Blass, hager, von Falten gezeichnet, die ich mit Anfang zwanzig nicht haben sollte, aber im Grunde hatte sich nicht viel verändert. Das war noch immer ich.

Mein Körper dagegen. Ich zwinge meinen Blick zur rechten Brust. Jeden Tag überwinde ich mich, sie anzusehen. Meike würde sich die Haare raufen, wenn sie das wüsste, aber ich glaube immer noch, dass Konfrontation die beste Option ist. Monate mit dem Aufarbeiten verbringen? Noch mehr Lebenszeit verschenken? Nicht mit mir.

Also betrachte ich meine verstümmelte Brust und nehme jedes Detail in mich auf. David hat ganze Arbeit geleistet. Kein Schönheitschirurg würde das jemals richten können. Seine Handschrift auf meinem Körper würde mir für immer erhalten bleiben. Sollte ich einen Mann in mein Leben lassen – das bittere Lächeln kann ich bei dem Gedanken nicht unterdrücken –, dann würde auch er stets an David erinnert werden. Ich hasse dieses … Arschloch? Schwein? Monster? Was für einen Namen gibt man einem Mann, der einem das angetan hat?

25

In einem anderen Leben

Tessa hatte jedes Zeitgefühl verloren. Sie wusste nur, dass mehrere Tage vergangen sein mussten, seit sie in diesem

Käfig aufgewacht war. Die erste Stunde hatte noch das Licht gebrannt. Eine dreckige Leuchtstoffröhre, die nur nach langem Flackern anging und in deren Inneren sich die verbrannten Insekten als dunkle Flecken sammelten.

Der Käfigboden bestand aus Pressspanplatten, auf die man ihr eine Decke geworfen hatte. Obwohl Tessa nicht groß war, konnte sie sich selbst in der Diagonalen nicht ausstrecken, zum aufrechten Stehen reichte es gerade so. In der Ecke standen ein Eimer, in dem sie ihre Notdurft verrichten musste, und eine Rolle Toilettenpapier. Der Anblick hatte sie mehr erschüttert als alles andere, nachdem sie mit gelösten Kabelbindern in dem Keller erwacht war. Er war auf einen dauerhaften Aufenthalt eingerichtet. Dafür sprach auch das Sixpack Wasserflaschen, das in der anderen Ecke stand. Die Tür war doppelt verriegelt und besaß unten eine flache Aussparung, durch die ein Teller passte.

Natürlich bekam sie nur Pappteller, und sie war noch nie wach gewesen, wenn er ihr Nahrung brachte. Vorher erklang ein Zischen, und aus Öffnungen in der Decke strömte ein Gas, das sie innerhalb von Minuten bewusstlos werden ließ.

Ihr einziger Trost war Jasmin, die wie immer Zuversicht und Kampfeswillen ausstrahlte. Sie war noch vor Tessa zu Bewusstsein gekommen. Die Prellung und die kleine Platzwunde am Kopf sahen zwar schlimm aus, aber sie hatte nur leichte Kopfschmerzen.

Ihre Käfige standen so weit auseinander, dass sie sich gerade so berühren konnten.

Wann immer das Licht ausging, krochen sie zueinander, hielten sich an den Händen und flüsterten miteinander, bis die erste Panik verschwunden war.

Bis zu dem Aufenthalt in diesem Raum hatte Tessa nicht

geahnt, was wirkliche Dunkelheit war. Im Freien gab es den Mond oder zumindest Sterne, die Licht spendeten. In ihrem Schlafzimmer brannten stets die Lämpchen an ihrem Wecker, dem Handy, Pad und ihrem Fernseher. Echte Finsternis hatte sie gar nicht gekannt.

Anders hier. Wenn das Licht erlosch, war es vollkommen lichtlos. Es gab keinen Orientierungspunkt, und nur durch Tasten entlang der Gitterstäbe konnte sie die Richtung erahnen. Inzwischen erkannte sie die einzelnen Metallstangen an ihren spezifischen Unebenheiten und Einkerbungen. Dennoch hatte sie oft genug das Gefühl, in eine unendliche Schwärze zu fallen. Schrecklich, wie ihr Verstand ihr Streiche spielte.

»Wir werden hier nie rauskommen«, sagte sie leise, mehr zu sich, als für Jasmin bestimmt. Es war aber so still in dem Keller, dass sie es natürlich hörte. Nur ab und an erklangen Schritte über ihnen und erinnerten sie daran, dass sie nicht allein waren.

»Doch, das werden wir. Wir dürfen nur nicht aufgeben.«

Sie hatten dieses Gespräch schon oft geführt; in seiner Wiederholung lag jedoch eine beruhigende Kraft. Nicht isoliert sein mit den Ängsten, das war ein entscheidender Faktor.

»Warum zeigt er sich nicht? Was will er?«

»Uns mürbe machen.« Jasmin kramte offensichtlich all das Wissen heraus, das sie von ihrer älteren Schwester Meike, einer Psychologin, aufgeschnappt hatte. »Wenn er uns hier im Dunkeln sitzen lässt, werden wir uns irgendwann freuen, ihn zu sehen.«

»Niemals.« Tessa schüttelte den Kopf. »Ich werde immer Angst vor ihm haben.« Die Bilder aus der Nacht ihrer Verschleppung tauchten vor ihren Augen auf; Erinnerungen an die unglaublichen Schmerzen und die furchtbare Panik, die sie durchlitten hatte. Sie hatte zwar immer noch Angst, aber im Moment war es mehr zu einem Hintergrundrauschen verkommen, das von der zunehmenden Hoffnungslosigkeit dominiert wurde.

Wann immer sie eine Idee gehabt hatten, wie sie ausbrechen könnten, hatten sie festgestellt, dass ihr Entführer bereits daran gedacht hatte.

Die Gitterstäbe auseinanderdrücken. Zu stabil. Sich mit dem Essgeschirr ein kleines Messer oder eine Säge basteln, um den Holzboden zu schädigen. Sie bekamen kein Besteck und nur Pappteller. Die Sperrholzplatten aufweichen, um sie zu schwächen? Sie waren mit einer Art dunklem Harz beschichtet. Siebdruckplatten nannten sie sich, wenn Tessa sich an die Besuche im Baumarkt mit ihrem Vater richtig erinnerte.

Ihre Familie. Ihre Augen brannten bei dem Gedanken an sie. Ob sie schon bemerkt hatten, dass ihnen etwas zugestoßen war? Sie wusste nicht, auf was sie hoffen sollte. Ihr Vater war erst vor drei Jahren gestorben, und ihre Mutter würde wahnsinnig werden vor Angst. Nur ihr Bruder wäre da, um sie zu stützen, und sie war sich nicht sicher, wie sehr er ihr eine Hilfe sein würde. Er war schon immer labil gewesen mit einem Hang zu Depressionen. Gott, sie musste hier raus. Voller Verzweiflung rüttelte sie an den Gitterstäben, aber sie rührten sich keinen Millimeter.

In diesem Moment ging das Licht an. Die Helligkeit stach in ihre Augen, und selbst nachdem sie ihren Kopf in den Händen vergraben hatte, blendete sie das Licht. Sie kannte das bereits, und normalerweise hätte sie das nicht in Panik versetzt. Dieses Mal war es jedoch anders, denn sie hörte etwas. Die Metalltür am Ende des Raumes quietschte, als sie aufgezogen wurde. Ein warmer Lufthauch drang in den kalten Keller und brachte den Geruch von gekochtem Kohl mit sich. Ein Geruch, den sie nie gemocht hatte, aber nach einer Zeit, die ihr Magen als Ewigkeit einstufte, in der sie nur trockenes Brot bekommen hatte, roch es geradezu köstlich.

Dann kamen Schritte näher. Tessa wimmerte. So geblendet fühlte sie sich noch ausgelieferter als zuvor. Sie robbte zur Rückseite des Käfigs, so weit weg vom Gang, wie es nur ging.

Allmählich ließen die Schmerzen in den Augen nach, und sie konnte sie einen Spalt öffnen. In der Mitte des Ganges, beide Füße fest auf den dreckigen Betonboden gestemmt, stand ihr Entführer. Es war das erste Mal, dass sie ihn bei Licht sah. Zuerst verschwommen, dann wurde ihre Sicht klarer. Er war nicht groß, aber breit wie ein Ochse, und sein Shirt spannte um seine kräftigen Brustmuskeln. Das Gesicht war unauffällig. Dunkle Augen, glatt rasiert, fliehendes Kinn und eine platte Nase. Eine Narbe spaltete seine rechte Augenbraue, und ein Stück vom Mittelfinger seiner linken Hand fehlte.

»Steht auf«, herrschte er sie an.

Tessa wechselte einen Blick mit Jasmin. Diese zuckte mit den Schultern und gehorchte dem Befehl.

Der Mann musterte sie abschätzig von oben bis unten. An Jasmin blieb sein Blick länger hängen, vor allem auf ihrer ausladenden Oberweite. Offenbar war sie mehr sein Typ. Nichts Neues für Tessa. Die meisten Männer standen auf die Kurven ihrer Freundin, während sie mit ihrer fast schon filigranen Figur und dem in jeder Hinsicht durchschnittlichen Gesicht niemals auffiel. Dabei wusste sie, dass es vermutlich nicht nur an ihrem Äußeren lag. Jasmin strahlte Selbstbewusstsein und eine Freude am Leben aus, die andere Menschen einfach anzog.

»Wer bist du?«, fragte Jasmin dann auch.

Tessa sog vor lauter Schreck scharf die Luft ein.

Der Mann legte den Kopf schief, betrachtete sie abschätzig. »Nenn mich David.« Er senkte die Stimme, sodass sie sich unwillkürlich vorbeugten, um ihn besser zu verstehen. »Das nächste Mal, wenn du ohne meine Erlaubnis sprichst, hänge ich dich mit den Haaren an dem Haken hier auf.« Er deutete auf einen breiten Metallhaken, der in der Decke an der Rückseite des Raumes eingelassen war. Daneben, ebenso wie an der Wand, befanden sich weitere Haken, Ösen, Ketten und Vorrichtungen, die Tessa nicht kannte. Sie machten ihr aber allesamt Angst. Ebenso wie die dunklen Spritzer und Verfärbungen am Boden. War das Blut?

Tessa wagte einen verstohlenen Blick zu Jasmin. Sie erwiderte den Blick des Mannes und wirkte nicht im Geringsten eingeschüchtert.

»Nun zieht euch aus. Komplett.«

Tessa starrte ihn einen Moment entgeistert an. Dann sickerte die Erkenntnis langsam in ihren Verstand. Darum ging es ihrem Entführer also. Sie war nicht wirklich überrascht. Warum sonst sollte ein Unbekannter sie entführen? Entweder, um sie zu töten oder zu vergewaltigen. Oder beides.

Sie schloss die Augen, hoffte erneut, sie würde einfach aufwachen. Wieso wachte sie nicht auf? So etwas geschah doch nur im Film, und dabei mochte sie weder Krimis, Horror noch Thriller. Liebesfilme, Komödien oder Arthaus, das war ihre Welt. Keine Folterkeller, Käfige und Eimer zum Reinpinkeln.

»Macht endlich!«, bellte der Mann und schlug mit der flachen Hand gegen das Gitter.

Sie biss sich auf die Lippen, schließlich begann sie, die Knöpfe ihrer Jeans zu öffnen. Hier lohnte es sich nicht zu kämpfen. Was war schon dabei, sich nackt zu zeigen? Es war nicht viel anders, als nackt im Meer zu baden. Etwas, das sie in Skandinavien oft gemacht hatten.

Während sie sich langsam auszog, versetzte sie sich gedanklich in diese glückliche Zeit, versuchte sich an den scharfen Salzgeruch des Meeres, den feuchten Sand zwischen ihren Zehen, zu erinnern. Für einige Momente gelang es ihr, und sie entspannte sich ein wenig.

Dann stand sie entblößt vor ihm, und die Realität holte sie ein. Sie zitterte in der Kälte, sah zu Jasmin hinüber und bemerkte erst jetzt, dass ihre Freundin auf ihren Entführer einredete.

War das der erste Schritt zum Wahnsinn?, fragte sich Tessa. Dass sie sich so weit in ihre Gedankenwelt zurückzog, dass sie ihre Umgebung kaum wahrnahm?

Jasmin sah sie traurig an. Sie war noch immer angezogen.

»Letzte Chance«, sagte der Mann. »Zieh dich aus, und es wird keine Strafe folgen. Nur dieses eine Mal, weil es unser erster gemeinsamer Tag ist.«

Jasmin schüttelte den Kopf, schob trotzig die Unterlippe vor. »Komm her und bring mich dazu.«

Tessa sah ihre Freundin entsetzt an. Was dachte sie sich nur dabei? So breit und muskulös wie David war, hatte sie keine Chance gegen ihn. Sie mochte ihn verletzen, aber niemals entkommen. Zudem hatte Tessa zwar gehört, dass er die Tür abgeschlossen hatte, jedoch nicht gesehen, wo er den Schlüssel aufbewahrte. Sich jetzt mit ihm anzulegen war leichtsinnig, verschwendete nur ihre Kräfte. Sie mussten raffinierter vorgehen.

David machte wortlos kehrt, holte den Schlüssel zur Kellertür aus einer Porzellanschale, die in einem Regal neben der Tür stand. Sie hörten erneut das Klappern des Schlüsselbundes, als er hinter sich abschloss.

»Siehst du«, sagte Jasmin triumphierend. »Man muss diesen Pissern nur ordentlich Gegenwind geben. Mit Stärke kann er nichts anfangen, sonst hätte er es nicht nötig, sich Gefangene zu halten.«

»Er wird es uns büßen lassen.«

Jasmin lachte. »Das hätte er schon längst machen können. Er hat uns sogar das Licht angelassen. Ich weiß genug über solche Perverse. Pass auf, bald sind wir hier raus.«

»Du hast doch keine Ahnung von Psychologie. Du hast dich immer über Meike lustig gemacht.«

»Klar, weil man nicht jahrelang studieren muss, um zu verstehen, wie Menschen ticken.«

Jasmins Zuversicht begann sich auf Tessa zu übertragen. Sie wollte ihrer Freundin glauben. Sie konnte besser mit Menschen. Wenn sie sagte, dass sie sie hier rausbrachte, dann hatte sie vermutlich recht. Jasmin war so oft mit ihrer offenen und frechen Art durchgekommen, wusste immer die richtigen Knöpfe bei anderen Menschen zu drücken. Es gab Hoffnung.

Da kam der Mann zurück, trat die Tür heftig hinter sich zu. Das Knallen hallte von den Wänden wider. In jeder Hand hielt er einen Eimer, aus dem Dampf emporstieg.

So schnell, wie die Zuversicht gekommen war, machte sie Tessas alter Vertrauten, der Angst, Platz. Was hatte David vor?

Jasmin sah sie an, und in ihren Augen erkannte Tessa das erste Mal so etwas wie Panik. Sie hatte sich in ihrem Entführer getäuscht. Zu hoch gepokert, und nun würde sie die Zeche zahlen müssen. Was würde er mit ihr machen?

Tessa suchte fieberhaft nach einem Ausweg, sie musste ihrer Freundin helfen. Unzählige irrwitzige Pläne taten sich auf, die sie ebenso rasch wieder verwarf. Sie war seine Gefangene und ihm hilflos ausgeliefert. Sie konnte nichts tun.

Er kam jedoch nicht vor Jasmins Käfig zum Stehen, sondern vor Tessas. »Was?«, stammelte sie, presste sich an die Rückwand des winzigen Käfigs, doch es gab keine Zuflucht.

»Zeit für die erste Lektion«, sagte er leise. Die Karikatur eines Lächelns umspielte seine Lippen. Dann nahm er den ersten Eimer, holte aus und schüttete seinen Inhalt auf Tessa.

Das kochend heiße Wasser traf ihre Arme, die sie reflexartig vor das Gesicht hielt, ihre Brüste und Schenkel. Der zweite Schwall Wasser erwischte sie am Kopf, prallte auf ihre Schulter und floss in einem an Lava erinnernden Strom ihren Rücken hinunter.

Tessa glaubte, den Verstand zu verlieren, schrie und wimmerte zugleich. Nein, die Schreie kamen von Jasmin. Sie selbst lag inzwischen auf dem Boden und wünschte sich zu sterben, damit die Schmerzen ein Ende hätten.

»Hörst du mich, Schlampe?«, brüllte David sie an. Doch die Schmerzen waren zu heftig, sie konnte nicht antworten.

»Mach's Maul auf, oder ich hole den nächsten Eimer. Wie wäre es mit kochendem Wachs?«

Die Angst vor erneuten und noch schlimmeren Schmerzen gewann für einen Moment Oberhand. »Ja, ich höre zu!« Es war mehr ein Wimmern als ein Sprechen. Sie rollte sich an die Metallstäbe gedrückt ein. Das kalte Metall linderte ein wenig die Pein.

»Wenn eine von euch einen Fehler macht, mir nicht gehorcht oder sich mir auf irgendeine Weise widersetzt, wird die andere dafür büßen. Unternimmt eine von euch einen Fluchtversuch, töte ich die andere.«

David musterte sie, dann spuckte er aus, bevor er die Eimer nahm und sie alleine ließ.

Hoffnungslosigkeit war die stärkste Folter von allen, realisierte Tessa in diesem Moment. Und beim Anblick von Jasmins wutverzerrtem und verzweifeltem Gesicht wusste sie, dass sie noch viel würde leiden müssen, wenn sie das Temperament ihrer Freundin nicht in den Griff bekam.

26

»Halten Sie mich für so dämlich, dass ich darauf reinfalle?«, blaffte Alexis die Frau auf Englisch an.

»Ich verstche nicht …«

Sie sah sich um, versuchte zu erkennen, ob es versteckte Kameras oder einen Hinterhalt gab, dann erst trat sie aus dem Haus und ging zu der angeblichen Cousine. »Sie wissen, dass ich bei der Polizei bin?«, fuhr sie auf Deutsch fort.

Jetzt wurde die ohnehin schon blasse Frau kalkweiß im Gesicht.

»Ich habe es bereits gesagt: Ich mache bei Ihrer Show nicht mit, und wenn Sie noch mal versuchen, mich hereinzulegen, dann zeige ich Sie an.«

Die Antwort erfolgte erneut auf Englisch. »Mein Deutsch ist nicht gut, und ich habe keine Ahnung, wovon du sprichst.«

Erst jetzt fiel Alexis auf, dass die Muttersprache ihres Gegenübers offenbar tatsächlich Englisch war. Hatte sie die falschen Schlüsse gezogen?

Die Fremde zog einen Ausweis hervor. »Ich bin Charlie Marsh, meine Mutter war Mollie Fannon, deine Tante.«

Zumindest das stimmte. Aber das hatte nichts zu sagen. Eine gute Journalistin konnte das auch herausgefunden haben.

»Nehmen wir an, deine Geschichte stimmt. Wieso bist du hier? Solange ich lebe, hat sich niemand für mich interessiert.«

»Ich wusste nichts von dir«, entgegnete Charlie. »Milli, eure ehemalige Nachbarin, hat angerufen und erzählt, dass du nach Verwandten suchst.«

»Und da bist du spontan aufgebrochen, ohne vorher anzurufen?«

»Ich habe es ja versucht, aber es ist niemand rangegangen. Nur das eine Mal, und da hat mich der Mut verlassen. Du hast so furchtbar gereizt geklungen.«

Alexis erinnerte sich an den Anruf. Konnte die Geschichte wahr sein? Sie sah sich um, glaubte, eine Bewegung hinter einem erleuchteten Fenster des Nachbarhauses zu erkennen. »Komm rein.« Sie wollte weg von den neugierigen Blicken der Nachbarn und mehr erfahren, das zumindest hatte die Fremde erreicht.

Drinnen bot sie ihr etwas zu trinken an, schenkte ihnen zwei Gläser Wein ein und brachte sie ins Wohnzimmer. Sie nutzte die Gelegenheit, Charlie im Licht der Lampen genauer zu betrachten. Bei Helligkeit war das Karottenrot ihrer Haare noch auffälliger als draußen. Augen und Kopf wirkten fast schon überdimensioniert im Vergleich zu dem extrem zierlichen Körper. Als Charlie sich setzte, rutschte ihre graue Strickjacke von der Schulter und offenbarte die filigrane Tätowierung einer Rosenranke.

»Nun erzähl alles von vorne. Wieso bist du plötzlich hier?«

»Ich dachte, ich wäre alleine auf der Welt. Meine Eltern sind gestorben, als ich klein war, und dann kam ich in ein Waisenhaus.«

Auch ein Waisenkind? Alexis' Skepsis wuchs mit jedem Wort. Konnte es so viele Zufälle geben? Dennoch hörte sie weiter zu.

»Meine … Unsere Großmutter lebt zwar, aber sie ist dement und in einem Heim. Angeblich gibt es irgendwo einen Großonkel, doch den habe ich nie gesehen.«

»Wie hat Milli dich erreicht?«

»Sie hat die Telefonnummer von Granny Ann herausgefunden und im Heim angerufen. Ich besuche sie ab und an, deshalb hat man mir Bescheid gesagt.«

»Und dann bist du einfach nach Deutschland geflogen?«

»Gefahren, mit dem Bus. Das ist billiger. Ich bin Waise und hatte nicht das Glück, adoptiert zu werden.« Sie hob die Hände, deutete in den Raum hinein. »So einen Luxus kenne ich nicht. Die Vorstellung, dass da noch jemand ist, hat mich umgehauen. Du hast ja keine Ahnung, wie es ganz ohne Familie ist.«

Schuldbewusst senkte Alexis den Blick. Bei all ihren Beschwerden über ihr Schicksal, das Fehlen der leiblichen Eltern, hatte sie tatsächlich aus dem Auge verloren, dass es auch viel schlimmer hätte kommen können. Die Menschen in ihrer Familie neigten offenbar dazu, früh zu sterben. Sie dachte an das *kill:gen*. Falls die Geschichte stimmte, waren Charlies Eltern ebenfalls gestorben, weil sie Verbrecher waren? »Ich hatte Glück, das stimmt. Was weißt du von meinen Eltern?«

»Kaum etwas. Meine Mutter hat nie von Sarah erzählt.«

Alexis berichtete ihr von den Morden, die ihre Eltern begangen hatten. Dabei achtete sie darauf, nur Dinge zu erzählen, die ohnehin bereits in den Medien kursierten. Noch traute sie der Frau nicht.

»Schöne Scheiße«, sagte diese. »Da bin ich mir nicht sicher, ob ich es nicht doch besser erwischt habe.«

Alexis erfuhr in der folgenden halben Stunde, dass Charlie sich bisher nur mit kleinen Jobs über Wasser gehalten hatte, jetzt aber einen höheren Schulabschluss über eine Fernschule nachholen wollte. Die letzten Wochen hatte sie bei der Apfelernte geholfen und gönnte sich nun eine Pause.

Schließlich sah Alexis auf die Uhr. »Es tut mir leid, es ist schon spät, und ich habe einen wichtigen Fall. Sollen wir uns die Tage wieder treffen?«

»Gern. Hier hast du meine Handynummer. Ruf mich an. Umgekehrt war ich ja nicht so erfolgreich.«

Alexis lachte verlegen und brachte sie zur Tür. Sie sah der schmalen jungen Frau nach, bis sie in ihr Auto gestiegen und davongefahren war. Das Gefühlschaos, das sie in ihr ausgelöst hatte, ließ sie rastlos durchs Haus laufen, bis sie sich durchrang und Stephan anrief.

Obwohl es spät war, fuhr er sofort zu ihr und hörte sich die ganze Geschichte an. »Ich werde sie überprüfen«, sagte er schließlich.

»Das kannst du doch nicht einfach machen.«

»Du bist Polizeibeamtin, betraut mit einem wichtigen Fall, und dann passiert so etwas. Natürlich kann ich ihre Angaben kontrollieren.«

»Wenn es wahr ist, was hältst du davon?«

Er legte einen Arm um sie und zog sie an sich. Sie barg ihren Kopf an seiner Schulter, atmete seinen vertrauten Geruch ein und gestattete sich in der Geborgenheit seiner Arme, die Augen zu schließen.

»War es nicht das, was du wolltest? Herausfinden, wer deine Familie ist?«

»Es war eine Wunschvorstellung, aber jetzt gerade habe ich das Gefühl, dass ich es nicht ganz durchdacht habe. Ich weiß doch gar nicht, wie Familie funktioniert. Maria war die Einzige, die mich normal behandelt hat. Für Kaspar war ich ein Experiment, und mein Adoptivonkel hält mich für ein Monster.«

Stephan lachte. »Es gibt doch kein Handbuch für den Umgang mit Angehörigen. Finde es einfach raus.«

»Und was ist mit dem *kill:gen?* Meine Eltern hatten es. Ich trage es in mir. Was, wenn Charlie es ebenfalls hat? Oder diese Großmutter, der ominöse Großonkel?«

»Du bist der beste Beweis dafür, dass die Gene nicht alles bestimmen.« Er lächelte sie an, drückte ihr einen Kuss auf die Lippen.

Für einen Moment gab sie sich dem hin, genoss seine Wärme, die Hände, die sanft über ihren Rücken fuhren, um sich anschließend in ihren Haaren zu vergraben. Dann schob sie ihn energisch von sich. »Was, wenn es bei Charlie anders ist? Ich will nicht, dass dir oder Chloé etwas zustößt.«

»Um uns mach dir keine Gedanken. Es wird nichts passieren. Ich habe Margret übrigens davon überzeugen können, dass du unsere Tochter kennenlernen darfst. Am Wochenende können wir gemeinsam etwas unternehmen.«

Normalerweise hätte Alexis sich gefreut. Es hatte sie geschmerzt, dass ihr ein so wichtiger Teil von Stephans Leben vorenthalten geblieben war, doch nach Charlies Auftauchen machte sie sich Sorgen, und sie war sich nicht sicher, ob der neue Fall ihr überhaupt die Zeit für ein Treffen lassen würde.

»Ich sehe dir an, was du denkst. Du kaust wieder auf deinen Fingernägeln.«

Ihre Wangen röteten sich. Sie fühlte sich ertappt und glücklich zugleich. Er kannte sie inzwischen zu gut, aber sie vertraute ihm. Er würde dieses Wissen niemals gegen sie verwenden, ganz im Gegenteil, obwohl er sie so gut kannte, war er immer noch da.

»Du bist ein guter Mensch, und Chloé kann froh sein, wenn sie dich in ihrem Leben hat. Ich bin es bereits.«

Er zog sie erneut in seine Arme, dieses Mal energischer, und küsste sie.

27

Am nächsten Vormittag klingelten sie dreimal bei Tessa Maerten, doch niemand öffnete. »Wir hätten vorher anrufen sollen«, stellte Oliver fest.

»Laut ihren Angaben verlässt sie nur selten das Haus.«

»Nun, dann war es wohl einfach schlechtes Timing.«

In dem Moment erklang eine Stimme in ihrem Rücken. »Was wollen Sie hier?«

Als Alexis sich umdrehte, sah sie sich Tessa gegenüber, die eine schwere Einkaufstasche um die Schulter geschlungen hatte. Sie trug Jeans, einen weiten Pullover und Turnschuhe, an denen feuchte Erde klebte.

»Gibt es Neuigkeiten?«, fragte Tessa weder besonders höflich noch ablehnend. Es war, als wären sie ihr reichlich egal.

»Wir haben ein paar weitere Fragen.«

»Sie haben die Tote gefunden, zu der das Herz gehört«, erwiderte Tessa, stellte ihre Einkaufstasche ab und schloss die Tür auf.

Oliver wollte ihr behilflich sein und die Einkäufe abnehmen, aber sie nahm die Tüte rasch selbst. »Geht schon.« Sie nickte in Richtung Hausflur. »Sie kennen sich ja inzwischen aus.«

»Wie kommen Sie darauf, dass das Opfer eine Frau ist?«

»Machen das Killer nicht? Bevorzugt Frauen töten?«

Sie betraten ihre Wohnung. »Gehen Sie ruhig ins Wohnzimmer, ich packe nur ein paar Sachen in den Kühlschrank.«

Alexis sah sie verwundert ob ihrer Abgeklärtheit an. Dann erinnerte sie sich an das, was sie in den Akten über Tessa gelesen hatte. Sie sprach kaum über das, was geschehen war oder was sie bewegte. Eine Tatsache, die Alexis ihr nicht verübeln konnte. Sie hatte selbst lange Zeit Geheimnisse gehabt, und wie konnte man es jemandem verdenken, wenn er versuchte zu verdrängen, was ihm alles Schreckliches angetan worden war? Wenn die Person sich nicht mit den Narben und Wunden beschäftigen wollte, die das Vergangene in ihrer Seele hinterlassen hatte. Sie würde sich auch nicht Fremden offenbaren wollen. Erst recht nicht, wenn die Ereignisse keine zwei Monate zurücklagen. Vielleicht waren die Erinnerungen für Tessa so frisch, dass das Abblocken ihr einziger Schutz war.

Das Wenige, was Alexis bisher über die Vorkommnisse auf dem Mühlsteinhof wusste, hatte genügt, um in ihr ein Gefühl der Beklommenheit aufsteigen zu lassen. Es gab keinen Zentimeter an Tessas Haut, der in dem Jahr nicht verletzt worden war. Wie hatte sie das nur überstanden, ohne ein komplettes Wrack zu werden? Die Frau musste unglaublich stark sein, stärker als sie selbst, dachte Alexis.

Sie setzten sich in das steril wirkende Wohnzimmer. Ein paar Blumen auf dem Tisch stammten vermutlich von Tessas Mutter. Zumindest hatte Karen erzählt, dass Angelika nahezu jeden Tag nach ihrer Tochter sah. Auch deren Leben war unwiederbringlich zerstört. Alexis war sich nicht sicher, ob es für Tessas Mutter nicht besser gewesen wäre, wenn nur die Leiche ihrer Tochter gefunden worden wäre. So hatte sie zwar physisch das Mädchen zurück, das sie großgezogen hatte, die Person dahinter war jedoch verschwunden.

Nichts konnte die Veränderungen, die mit Tessa vorgegangen waren, wieder rückgängig machen. Ebenso wenig wie Alexis nach dem gewaltsamen Tod ihrer Eltern ein normales Kind geworden war. Manche Erlebnisse prägten einen, und sie erinnerte sich noch immer an die Geräusche und Gerüche, als ihre Eltern im Kugelhagel der Polizei gestorben waren. Damals hatte sie nicht richtig einordnen können, was sie wahrgenommen hatte. Inzwischen wusste sie es genau. Nachdem ihr Stephan inoffiziell den Obduktionsbericht ihrer Eltern hatte zukommen lassen, konnte sie die Geräusche, die sie gehört hatte, sogar jedem einzelnen der tödlichen Schüsse zuordnen.

Gleichermaßen wie ein Teil von ihr zu jener Zeit gestorben war, war auch ein Teil von Tessa gestorben. Ihre Mutter würde ihr kleines Mädchen nie wieder in die Arme schließen können.

Kurze Zeit später setzte sich Tessa zu ihnen. »Möchten Sie etwas trinken?«

Alexis lehnte ab. Sie wollte so schnell wie möglich ihre Fragen stellen und dann weiter. Es gab noch etliches zu tun. Gerade die Anfangszeit einer neuen Soko erforderte viel Zeit, Papierkram und Verwaltungsarbeit, bis sich alles eingespielt hatte.

»Kennen Sie eine Bea Krause?«

Alexis beobachtete Tessa. War da ein kurzes Weiten ihrer Pupillen?

»Ist sie die Tote?«

»Beantworten Sie bitte meine Frage.«

»Sie wissen es doch ohnehin schon. Ja, natürlich kenne ich sie. Sie hat mir meinen Freund ausgespannt.«

»Dann waren Sie nicht gut auf sie zu sprechen?«

»Was denken Sie denn? Wollen Sie als Nächstes mein Alibi wissen? Denken Sie, dass ich mir selbst das Herz geschickt habe?«

Alexis schüttelte den Kopf. Nicht nur, dass Dolce sauer werden würde, falls sie die Überlebende vom Mühlsteinhof als Verdächtige behandeln würde, es ergab auch wenig Sinn. In dem Fall hätte sie das Herz an jede beliebige andere Person schicken können und wäre komplett unsichtbar geblieben.

»Könnte jemand aus Ihrem Bekanntenkreis auf diese Weise Rache nehmen? Laut Ihren Angaben sind Sie nur zum Wandern aufgebrochen, weil Sie sich von der Trennung erholen wollten. Man könnte also sagen, dass Sie ohne Bea Krause niemals zum Opfer geworden wären.«

»Welche Freunde?« Sie lachte bitter. »Jasmin war diejenige, zu denen sich die Menschen hingezogen gefühlt haben.«

Das war nicht die ganze Wahrheit, das wusste Alexis. Tessa litt vermutlich wie sie selbst unter dem Problem, dass sie niemandem mehr vertraute, keinen mehr an sich heranlassen wollte. »Fällt Ihnen sonst jemand ein, dem Sie so eine Tat zutrauen würden?«

»Es gibt so viele Verrückte da draußen, und die Medien haben sich wochenlang das Maul über mich zerrissen. Was weiß ich, wen das angelockt haben könnte.«

»Wie steht es um Ihren Ex-Freund?« Solange sie nicht die Bestätigung hatte, dass sich dieser Karsten tatsächlich im Ausland aufhielt, wollte Alexis Informationen über ihn sammeln.

»Der kann keiner Fliege etwas zuleide tun. Viel zu harmlos, regelrecht handzahm und langweilig.« Die Geringschätzung in ihrer Stimme war nicht zu überhören. Und trotzdem hatte die Trennung Tessa schwer getroffen. Sprach da ihr neues Ich? Verachtete sie sich dafür, dass sie so jemanden einst geliebt hatte?

»Hat sich Bea Krause seit Ihrer Entführung bei Ihnen gemeldet?«

»Nein. Es gab Streit, bevor ich entführt wurde. Danach hatten wir nie wieder Kontakt.«

Alexis machte sich eine Notiz. Der Mörder kannte Tessa und ihre Vergangenheit also gut. Sie mussten herausfinden, in welchen Zeitungen und Berichten Bea erwähnt worden war. Irgendwie musste der Mörder auf ihre Fährte gekommen sein.

»Wo hat man sie gefunden?«

Alexis nannte ihr die Adresse. »Haben Sie einen Bezug zu diesem Ort?«

Tessa schüttelte den Kopf, aber Alexis zweifelte, dass sie ihr die Wahrheit sagte. Dafür war die Antwort zu schnell gekommen.

»Wir müssen Sie unter Polizeischutz stellen. Der Täter meint es ernst, und er könnte es als Nächstes auf Sie abgesehen haben.«

»Dann soll er kommen. Ich lasse mir nicht wieder von einem Arsch das Leben versauen.«

»Ich habe den Eindruck, Sie verstehen nicht, wie ernst die Lage ist«, sagte Oliver.

»Ich glaube, Sie verstehen nicht, wie es in meiner Situation ist«, schnappte Tessa zurück, stand auf und wanderte unruhig im Raum auf und ab. »Ich kann nicht ewig in Angst dahinvegetieren, und ich bin dieses Mal besser vorbereitet.« Sie deutete auf die zahlreichen Schlösser an ihrer Tür, die Alarmanlage und Sensoren an ihrem Fenster. »Soll er es doch versuchen. Ich bin nicht mehr die kleine Studentin, die sich so leicht einfangen lässt.«

Es war das erste Mal, dass Alexis den Eindruck hatte, dass Tessa ihnen einen Blick in ihr wahres Seelenleben gestattete. Die Trauer und Bitterkeit in der Stimme waren echt. Spielte sie wie Alexis jede Minute ihrer Vergangenheit in Gedanken durch? Durchleuchtete sie jedes Szenario auf andere Möglichkeiten zu reagieren? War sie zu dem Schluss gekommen, dass sie Jasmin hätte retten können, wenn sie nur anders gehandelt hätte? Tougher gewesen wäre? »Ich verstehe Sie«, erwiderte Alexis leise.

Als Tessa höhnisch eine Augenbraue hob, fuhr sie rasch fort. »Ich wurde in meinem Haus von einem Mann überfallen, der mich töten wollte. Es ist nicht dasselbe, was Ihnen widerfahren ist, aber es lässt es mich erahnen. Ich appelliere an Ihre Vernunft.«

»Beantworten Sie mir eines: Würden Sie sich unter Polizeischutz stellen lassen? Tag und Nacht überwacht für eine unbekannte Zeitdauer?«

Alexis zögerte. Wenn sie ehrlich zu sich war, würde sie es nicht wollen. Nein, ihre Freiheit würde sie nicht aufgeben wollen, um keinen Preis. Und erst recht würde sie nicht erneut einem Drecksack gestatten wollen, so massiv in ihr Leben einzugreifen. Trotz dieses Wissens wollte sie Tessa anlügen. Sie musste das Leben der Frau retten, egal was es kostete. Unter ihrer Aufsicht durfte kein Mensch sterben.

Doch Tessa hatte das Zögern bemerkt und ließ sie gar nicht erst zu Wort kommen. »Sehen Sie? Nein, ich will keinen Polizeischutz, aber ich verspreche Ihnen, dass ich vorsichtig sein werde.«

»Und was ist mit Ihrer Mutter?«, fragte Oliver. »Wollen Sie ihr das wirklich antun?«

»Wenn Sie ihr nichts sagen, werde ich es auch nicht. Bisher denkt sie, dass ein verrückter Spinner mir unangebrachte Briefe geschickt hat.«

»Sie haben sie angelogen?«

Sie zuckte mit den Schultern und sah sie mit einem wissenden Lächeln an. »Was tut man nicht alles, um die Menschen in seiner Umgebung zu schützen?«

Ertappt überließ Alexis Oliver die verbleibende Gesprächsführung.

»Sie brauchen Ihre Familie«, sprang er ein. »Irgendjemand, dem Sie sich anvertrauen können.«

»Ich habe Meike.«

Die Schwester der toten Jasmin, dachte Alexis. *Was für eine bizarre Freundschaft.*

Sie wechselte einen Blick mit Oliver. Hier kamen sie im Moment nicht weiter. Sie freute sich nicht gerade darauf, das Dolce zu erklären.

28

Karen saß auf ihrem Laborstuhl, eine Art Hocker auf Rädern, und ließ ihn um die eigene Achse drehen. Es tat gut, sich so durchwirbeln zu lassen. Den ganzen Ballast loswerden, der sie lähmte. Es war so viel zu erledigen, dass sie nicht wusste, wo sie anfangen sollte. Schließlich stand sie auf und begann das Knochenmark für die Untersuchung der Diatomeen vorzubereiten. Dazu waren erhöhte Vorsichtsmaßnahmen notwendig, da es sich dabei um menschliches Gewebe handelte. Viele Leute machten den Fehler und hielten menschliche Exkremente, Blut oder Spucke für harmloser als Dreck, Tierkot oder einen Schluck Wasser aus einem Bach. Dabei war das Gegenteil der Fall. Welche Krankheit auch immer ein Mensch in sich trug oder welche Erreger latent in ihm lauerten – sie konnten auf jeden anderen Menschen übertragen werden. Kurz gesagt: Hatte das Opfer an Hepatitis, HIV oder einer Grippe gelitten, konnte sich Karen jederzeit damit anstecken, wenn sie mit den Proben nicht achtsam umging. Die Wahrscheinlichkeit, dass ein nichtmenschliches Wesen dagegen einen Erreger in sich trug, der auch dem Menschen gefährlich werden konnte, war vergleichsweise gering.

Während die Probe in einem Säurebad kochte, um alle organischen Bestandteile zu vernichten, verließ sie das Labor und ging mit ihrem Laborjournal unter den Arm geklemmt in das angrenzende Büro. Dort rief sie einen Bekannten aus der Mikrobiologie an, um seinen Rat zu suchen. Hannes Seltin und sie kannten sich, seit sie im gleichen Jahr als Dozenten angefangen hatten. Heute wandte sie sich an ihn, da Bakterien nicht ihr Fachgebiet waren und sie ein derartiges Phänomen noch nie gesehen hatte.

»Hey, Hannes, ich brauche deine Hilfe«, sagte sie, nachdem er sich gemeldet hatte.

»Warum solltest du auch sonst anrufen?«, witzelte er, aber sie spürte, dass ein Funken Frustration in seinen Worten lag. Seit Merle bei ihr lebte, war sie kaum dazu gekommen, sich um ihre sozialen Kontakte zu kümmern.

»Tut mir leid«, antwortete sie. »Momentan ist einfach viel los in meinem Leben, aber lass uns doch mal wieder einen trinken gehen.«

»Klar, nächste Woche?«

»Ich …« Karen schloss kurz die Augen. Solange der Fall nicht abgeschlossen war, konnte sie unmöglich abends ausgehen. »Können wir das nicht kurzfristig entscheiden? Ich habe da gerade einen Fall …«

»Schon gut«, erwiderte er knapp. »Wie kann ich dir helfen?«

»Ich berate die Polizei bei einem Leichenfund.«

»Das dachte ich mir. Geht es um die RAPD-Analyse?«

»Nein, aber danke für deine Unterstützung dabei. Die Paper haben mich weitergebracht, und ich kann die Technik inzwischen selbst anwenden. Dieses Mal ist es etwas heikler. Ich muss dich um absolute Verschwiegenheit bitten. Diese Informationen dürfen nicht an die Öffentlichkeit dringen.«

»So ernst ist es?«

»Ja, beziehungsweise wollen wir nicht, dass die Medien darum einen Aufstand machen.«

»Okay, ich halte meine Klappe. Was liegt an?«

»Hast du Zeit vorbeizukommen? Du solltest dir die Bilder selbst ansehen. Wir haben eine leuchtende Leiche gefunden, und ich vermute, dass die Ursache bakteriellen Ursprungs ist.«

Damit hatte sie die Neugierde des Wissenschaftlers geweckt, und zehn Minuten später stand er bei ihr im Keller. Sie hatte die Bilder vorsortiert und einen Teil in einen anderen Ordner gepackt, da er weder das Gesicht des Opfers sehen sollte, noch, was der Täter genau mit der Frau gemacht hatte. Sie wollte ihm keine schlaflosen Nächte bereiten.

Zudem sollten einige Dinge unter Verschluss bleiben. Nicht nur wegen der Medien, sondern auch wegen dem Täterwissen, das sie nur überprüfen konnten, wenn sie ein paar Sachen für sich behielten.

Hannes brachte eine Kühlbox mit diversen Petrischalen mit verschiedenen Nährböden für Bakterien mit, da die jeweiligen Spezies ganz unterschiedliche Anforderungen an das Substrat stellten. Bei den Nährböden handelte es sich um eine an eine dünne Schicht Wackelpudding erinnernde Substanz, die die Nährstoffe für die Bakterien enthielt. Je nach Art benötigten sie spezielle Nahrungszusammensetzungen, und man konnte ihnen auch andere Stoffe wie Antibiotika beimischen, wodurch sich selektieren ließ, was dort wuchs und was nicht. Für Karen lag die Herausforderung darin, dass sie keine Ahnung hatte, um was für ein Bakterium es sich bei dem Leichenfund handelte, wenn es denn überhaupt eines war.

»Ich weiß nicht, ob ich das schrecklich oder faszinierend finden soll«, sagte Hannes nach einem Blick auf die Fotos von dem Opfer.

»Man kann beides zugleich empfinden, glaub mir«, erwiderte Karen. »Hast du eine Idee, was das ausgelöst haben könnte? Ich meine mich zu erinnern, dass ich schon mal von so einem Phänomen gehört habe, aber das ist alles verschwommen.«

»Ich habe auf dem Weg zu dir nachgeschaut und etwas herausgefunden«, antwortete Hannes und reichte ihr sein Tablet. »Es ist zumindest ein erster Anhaltspunkt.«

Karen studierte den geöffneten Artikel. Zuerst wollte sie es ihm mit einem Kopfschütteln zurückgeben. Es ging um Soldaten im Bürgerkrieg in den USA, bei denen angeblich die Wunden geleuchtet hatten. Man hatte es für ein

Gerücht gehalten, bis sich eine Mikrobiologin damit beschäftigt hatte. Tatsächlich hatte sie ein Bakterium gefunden, das dieses Phänomen verursacht hatte. Allerdings waren die USA nicht Deutschland, und ob dieselben Bakterien hier vorkamen, war fraglich. Zudem hatten die Soldaten noch gelebt, und das Phänomen war nie wieder aufgetreten.

Aber Hannes hatte recht. Es war immerhin ein Ansatzpunkt. Sie las weiter, bis sie die Zusammenhänge einigermaßen verstanden hatte. Es war sehr komplex, aber es gab ihr Hoffnung. Zumindest einer der darin verwickelten Organismen beziehungsweise ein enger Verwandter kam in Deutschland vor.

»Das ist tatsächlich eine Option. Was für einen Nährboden bräuchten wir für dieses Bakterium?«

Er gab ihr eine Reihe von Petrischalen, woraufhin sie gemeinsam die Proben von der Leiche vorbereiteten.

Schließlich strich sie in geübten Schwüngen mit einer Impföse über das Substrat. Eine Impföse besteht aus einem runden, länglichen Griff, an dem ein Metallstab befestigt ist. An dessen Spitze befindet sich ein hitzefester Metalldraht, der am Ende umgebogen ist und so eine Öse mit einem Durchmesser von bis zu fünf Millimetern bildet. Vor dem Ausbringen der Bakterienkultur wird die Öse kurz über eine offene Flamme gehalten, um sie zu sterilisieren.

Karen hatte das Überimpfen von Bakterienkulturen im Studium so oft machen müssen, dass sie gar nicht mehr darüber nachdachte. Beim Ausstreichen der Bakterien auf die Platten kam es vor allem auf zwei Dinge an: Sie musste schnell sein, damit die Petrischalen nicht durch die Luft kontaminiert wurden, und sie musste den Abstrich in einer flüssigen Bewegung durchziehen. Diese Methode hatte sich bewährt, da das Ziel war, am Ende einzelne Bakterienkolonien zu erhalten, die wie Punkte auf Wackelpudding aussahen. Um das zu erreichen, durfte immer nur ein einzelnes Bakterium an einer Stelle zum Liegen kommen. Bakterien vermehren sich durch Zellteilung – und das teilweise in atemberaubender Geschwindigkeit. Aus einem Bakterium konnten so innerhalb weniger Stunden Hunderttausende werden, die durch ihre schiere Menge sichtbare, runde Punkte auf dem Substrat bilden. Dadurch, dass sie alle von demselben Bakterium abstammen, sind sie genetisch identisch, was weitere Untersuchungen erleichtert.

Hatte man sehr viele Bakterien auf der zum Ausstrich verwendeten Impföse, gab es am Anfang einen dicken Strich an wuchernden Bakterien, bis genug auf dem Weg über das Substrat abgestreift wurden, sodass sich die Menge reduzierte und nur noch einzelne Bakterien zu abgegrenzten Kolonien heranwuchsen.

Nachdem sie die Arbeit beendet und protokolliert hatten, holte sie sich mit Hannes einen Kaffee aus dem Unishop. Es war ein sonniger Herbsttag, sodass sie sich auf eine Bank unter einem Baum setzten und sich eine Weile unterhielten. Zwar spürte Karen eine innere Unruhe, weil sie nicht an dem Fall arbeitete, aber auf der anderen Seite merkte sie, dass ihr der Small Talk mit dem Kollegen guttat. Schließlich siegte jedoch ihr Arbeitsdrang, und sie verabschiedete sich von ihm.

Einige Zeit später klingelte ihr Handy im Nebenraum. Sie zog Handschuhe und Laborkittel aus und ging hinüber.

»Ich werde nicht schneller mit meinen Untersuchungen, wenn du mich von der Arbeit abhältst.«

»Dann wird dir das Folgende nicht gefallen«, erwiderte Alexis. »Wir müssen mit Tessas Mutter reden, und es wäre gut, wenn du uns begleitest. Das müssen wir behutsam angehen.«

»Warum Angelika? Was hat sie damit zu tun?« Karen ließ einen Kuli auf dem Schreibtisch kreisen. Genau das hatte sie vermeiden wollen – Privates und Arbeit vermischen. Zudem basierte so eine Selbsthilfegruppe auf Vertrauen. Wie sollte ihr das noch entgegengebracht werden, wenn sie bei einem ihrer Mitglieder mit der Polizei im Schlepptau auftauchte? »Warst du nicht diejenige, die keine persönlichen Verstrickungen von meiner Seite wollte?«

Sie hörte, wie Alexis frustriert die Luft ausstieß. »Glaub mir, wenn ich eine andere Wahl hätte, würde ich dich nicht darum bitten. Tessa zeigt sich wenig kooperativ.«

»Ist es ihr zu verdenken? Angelika sagt, dass sie der Polizei nicht vertraut. Ihr habt sie damals nicht gefunden, sogar behauptet, dass sie möglicherweise einfach abgehauen ist. Und als endlich Hilfe gerufen wurde, kamt ihr zu spät, um Jasmin zu retten.«

»Sieht ihre Mutter das genauso?«

»Ähnlich, sie wirft euch vor, dass ihr nicht genug getan habt, um sie zu finden. Wie soll sie euch denn weiterhelfen?«

»Tessa steht nach aktuellem Stand tatsächlich im Fokus des Täters.«

Karen lauschte mit wachsendem Entsetzen den Erläuterungen ihrer Freundin. Da war die junge Frau gerade erst dem Albtraum auf dem Hof entkommen, und dann hatte es gleich der nächste Wahnsinnige auf sie abgesehen. Doch Angelika stellte ihre Tochter als starke Person dar, die vor ihrem Verschwinden vor Lebenslust vibriert hatte. Das war Tessa vermutlich jetzt eine Hilfe. Dennoch. Sie musste mit

Angelika reden, und wenn es nur war, um ihr Hilfe anzubieten. Es musste ihr wie ein schlechter Traum erscheinen.

»Ich komme«, sagte sie leise.

»Wir holen dich ab. Bist du in deinem Labor?«

»Ja.«

»Dreißig Minuten, dann sind wir da.«

Karen seufzte. Sie würde Merle wohl bestenfalls am nächsten Tag sehen. Sie nahm sich vor, sie zumindest morgens bei Louise abzuholen und zur Schule zu bringen.

29

Bevor Alexis mit Oliver zu Karen aufbrach, wählte sie die Telefonnummer von Sven Berger, dem Polizisten, der in der Schwäbischen Alb die Ermittlungen geleitet hatte. Saskia hatte sie auf ihren Wunsch herausgesucht. Es dauerte lange, bis er abnahm. Alexis stellte sich knapp vor und legte ihm den Grund für ihren Anruf dar.

»Und was hat das mit mir zu tun?«

Bereits jetzt war der Mann Alexis unsympathisch. Er hatte eine näselnde Stimme, die vor Überheblichkeit troff. »Es besteht die Möglichkeit, dass eine Verbindung zwischen zwei Fällen existiert.«

»Wollen Sie mir unterstellen, dass wir einen Fehler begangen haben?«

»Natürlich nicht. Wir benötigen dennoch Ihre Akten, um uns einen Überblick zu verschaffen.«

Einen Moment schwieg er. »Ich werde sehen, was sich machen lässt. Die zuständige Beamtin ist im Urlaub.«

»Es stehen Menschenleben auf dem Spiel«, sagte Alexis mittlerweile ebenfalls genervt. »Sie werden die Dokumente sicherlich digital vorliegen haben. Schicken Sie uns zu, was Sie haben, und wir kümmern uns den Rest.«

»So einfach geht das nicht.«

»Doch, das geht so einfach. Ich erwarte, bald wieder von Ihnen zu hören.« Damit legte Alexis auf und fluchte unterdrückt. Dieser Mann würde ihr das Leben schwermachen, dessen war sie sich sicher. Genauso wie der Tatsache, dass sie die angeforderten Akten nicht so schnell bekommen würde. Kurz erwog sie, Beamte in die Schwäbische Alb zu schicken, verwarf den Gedanken aber. Wenn, dann wollte sie sich das selbst ansehen und ein ernstes Wort mit diesem Berger sprechen.

Sie trank ihren Kaffee aus und suchte nach Oliver und Saskia. Die restlichen Ermittlungstätigkeiten waren koordiniert. Bauwart und Volkers kümmerten sich um die Befragung von möglichen Zeugen, weitere Beamte überprüften diverse Kameras von der Straßenüberwachung. Sie wollte Saskia heute mitnehmen, damit die Frau sich nicht wie auf dem Abstellgleis vorkam, wenn sie nur Papierkram und Recherchen für Volkers erledigte. Zudem war es gut, jemanden an der Seite zu haben, der Tessas Geschichte gut kannte. Anja schied aus, da sie neben Karen nicht noch eine Person dabeihaben wollte, die persönlich in den Fall verstrickt war.

Sie fand Saskia am neu eingerichteten Kopierer, auf dem sie die Briefe vervielfältigte, die Tessa von Fans und Feinden erhalten hatte.

»Habt ihr etwas Auffälliges entdeckt?«, fragte Alexis mit einem Kopfnicken auf den Papierstapel.

»Bisher nicht«, erwiderte Saskia. »Sie hat die meisten angeblich ungelesen in den Müll geschmissen. Wir haben es Meike Harms zu verdanken, dass sie einige zu therapeutischen Zwecken behalten hat.«

Alexis spürte einen Anflug von Sympathie für Tessa. Sie hatte mit den Briefen, die sie nach dem Medienrummel um ihre Herkunft bekommen hatte, ebenso verfahren.

»Wir fahren zu Tessa Maertens Mutter. Ich möchte, dass Sie uns begleiten. Sie hat gleich Mittagspause und wird sich mit uns im Stadtpark Ludwigshafen treffen. Sie möchte nicht, dass das Thema bei ihr auf der Arbeit wieder aufgewühlt wird.«

Wenig später parkte Oliver sein Hybridauto in der Nähe des Sportvereins. Unter dichten Laubbäumen liefen sie zum Rheinufer. Die Parkinsel war ein beliebtes Ausflugsziel mit Spielplätzen und schön angelegten Wegen. Am Wochenende tummelten sich hier die Menschen, und auch jetzt in der Mittagszeit verbrachten viele Leute hier ihre Pause.

Angelika Maerten saß auf einer Parkbank und fütterte Enten und Schwäne, die ohne Scheu auf dem schmalen Streifen Wiese am Flussufer die Leckereien aufsammelten. Sie war eine hagere Frau mit ausgemergeltem Gesicht und schulterlangen rotbraunen Haaren, die dennoch etwas sehr Mütterliches ausstrahlte.

Sie hatten sich noch im Auto eine Strategie überlegt, wie sie Tessas Mutter befragen sollten, ohne ihr von dem Nadelherz zu erzählen. Karen widerstrebte es zwar, ihr etwas zu verheimlichen, doch Alexis wollte Tessas Wünsche respektieren. Noch hatte sie die Hoffnung, dass diese irgendwann mit ihnen zusammenarbeiten würde. Das wollte sie nicht aufs Spiel setzen.

»Angelika!«, rief Karen.

Die Frau stand auf und kam ihnen ein Stück entgegen. Sie begrüßte Karen mit einem Kuss auf die Wange. »Was machst du denn hier?«

»Lasst uns ein Stück gehen«, sagte Karen, bevor sie die

anderen vorstellte. »Ich arbeite seit vielen Jahren mit Alexis und Oliver zusammen«, fügte Karen hinzu.

»Worüber möchtet ihr mit mir sprechen?«

Sie gingen langsam den Weg entlang. Zu ihrer Zufriedenheit registrierte Alexis, dass sich Saskia im Hintergrund hielt und sich darauf konzentrierte, von ihnen zu lernen. Dennoch war Angelika Maerten offensichtlich von der Anwesenheit so vieler Polizisten besorgt. Sie schlang ihr blumengemustertes Tuch enger um den Hals.

»Ist etwas mit meiner Tochter?«

»Keine Sorge«, sagte Karen. »Ihr geht es gut.«

»Was soll das dann?«

»Es besteht die Möglichkeit, dass eine Verbindung zwischen ihr und einem unserer aktuellen Fälle existiert«, sagte Alexis. »Deshalb haben wir ein paar Fragen. Lassen Sie sich davon aber nicht beunruhigen.«

»Das bedeutet doch nur, dass Sie sie wieder nicht beschützen. Sie schieben die Verantwortung so lange von sich, bis es zu spät ist, und in der Folge wird nur Schadensbegrenzung betrieben. Warum sollte ich Ihnen da helfen?«

»Du kannst ihr vertrauen«, sagte Karen. »Wenn sie könnte, würde sie alles tun, um Tessa zu schützen. Das verspreche ich dir. Sie ist ihr nicht gleichgültig.«

Angelika sah erneut zu Alexis, und sie fühlte, wie sie von oben bis unten gemustert wurde.

»Wie lange kennst du sie, dass du dich so für sie einsetzt?«

»Seit der Schulzeit. Sie war mit Louise in einer Klasse. Alexis war es, die uns beiden das Leben gerettet hat.«

Mit einem Mal weiteten sich Alexis' Augen, als sie begriff. Tessas Mutter wusste von der Entführung, als Karen mit ihrer Schwester in die Fänge eines Killers geraten war. Das lag mehr als ein Jahr zurück. Seit wann war Karen bei der Selbsthilfegruppe? Alexis war bisher davon ausgegangen, dass ihre Freundin sie ausschließlich wegen Merle besuchte, dabei hatte Louise damals nur knapp überlebt. Das war Grund genug, um sich Hilfe zu suchen.

Alexis dachte daran, dass sie sich nur selten darüber unterhalten hatten, was das mit Karen gemacht hatte. Zu sehr war Alexis auf ihre eigenen Schuldgefühle konzentriert, da sie sich zum großen Teil dafür verantwortlich fühlte, was ihren Freundinnen widerfahren war.

»Na gut«, die Ablehnung auf Angelikas Gesicht milderte sich, wurde zu einem argwöhnischen Lächeln. »Was wollen Sie wissen?«

Alexis holte ihr Tablet hervor und öffnete die Fotos von Bea Krause und Sebastian Grossl.

»Kennen Sie diese Personen?«

»Noch nie gesehen.« Tessas Mutter schüttelte energisch den Kopf. »Jetzt reden Sie schon.«

Alexis wusste, dass sie die Geduld der Frau nicht viel länger strapazieren durfte. Momentan kam ihr der Bonus durch die Freundschaft mit Karen zugute, doch der war schnell verspielt. »Eine Frage noch. Sagt Ihnen der Name Bea Krause etwas?«

»Bea ist jetzt nicht unbedingt ein seltener Name.« Sie runzelte die Stirn. »Ich meine, dass Tessa mal eine Bea erwähnt hat, aber mehr fällt mir dazu auch nicht ein. Und jetzt raus mit der Sprache.«

Alexis vergewisserte sich, dass sie tatsächlich außer Hörweite von anderen Menschen waren. »Bea Krause ist das Opfer in dem Fall, den wir untersuchen.«

Frau Maerten wurde blass. »Kannte Tessa sie?«

»Ja«, erwiderte Karen leise. »Wegen Bea hat Karsten sie verlassen.«

»Denkst du allen Ernstes …« Angelikas Augen verengten sich zu Schlitzen. »Unterstellt ihr, dass Tessa in den Mord verwickelt ist?«

Karen hob beruhigend die Hände. »Natürlich nicht. Wir gehen einfach verschiedenen Spuren nach und wollen uns vergewissern, dass wir nichts übersehen.«

»Karen hat recht«, übernahm Alexis erneut die Gesprächsführung. Sie wollte mehr über diesen Karsten Feuerstein in Erfahrung bringen. Sein Alibi schien sich zu bestätigen, aber er wäre nicht der Erste, der jemand anderen zu einem Mord anstiftete. »Wissen Sie, ob Tessa noch Kontakt zu Karsten hat? Was für ein Mensch ist er?«

»Da gibt es nicht viel zu erzählen.« Angelika rieb sich die Arme, als wenn ihr kalt wäre. »Ich habe kaum etwas mitbekommen. Bevor sie verschwunden ist, hatte ich den Eindruck, dass Tessa ihre Teeniejahre nachholen wollte. Seit sie sechzehn war, war sie mit Steffen zusammen. Ein wirklich lieber Junge. Im Studium fing es an zwischen ihnen zu kriseln, woraufhin sie ihn mit Karsten betrog. Der war allerdings ein treuloser Hund und hat sie wiederum für diese Bea verlassen. Das Einzige, was ich noch weiß, ist, dass dieses andere Mädchen ebenfalls einen ziemlich wütenden Ex hatte. Als die Kerle aneinandergerieten, ist Tessa irgendwie dazwischengeraten. Am Wochenende darauf ist sie zum Wandern gefahren und nicht zurückgekommen.«

Alexis hatte sich im Gehen auf ihrem Notizblock ein paar Stichworte notiert. Sie sah auf, betrachtete Angelika. Man sah ihr an, wie sie die Erinnerungen anstrengten und aufwühlten. »Wie geht es Ihrer Tochter? Sie wirkt sehr verschlossen.«

»Können Sie ihr das verdenken? Ich weiß selbst nicht, wie es ihr geht. Manchmal habe ich den Eindruck, dass ein anderer Mensch von dem Hof zurückgekehrt ist. Ich warte darauf, dass ich mein kleines Mädchen wiederbekomme, aber es sind nur seltene Momente, in denen ich sie wiedererkenne.«

»Gab es irgendwelche Zwischenfälle? Etwas, was wir wissen sollten? Andere Ex-Freunde, Leute, die ein Problem mit ihr hatten?«

Angelika hob die Schultern an, als fröstelte sie. »Als sie verschwunden ist, habe ich stundenlang darüber nachgedacht. Es gibt niemanden, der sie so sehr gehasst haben könnte. Und seit sie zurück ist … Ich weiß doch gar nicht, was im Leben und Kopf meiner Tochter vor sich geht.« Sie blinzelte eine Träne weg und sah auf ihre Uhr. »Ich muss zurück zur Arbeit. Entschuldigen Sie mich.«

Kurz erwog Alexis, ihr anzubieten, sie zu begleiten, sah jedoch davon ab. Angelika Maerten wollte offensichtlich nicht mehr sprechen, und solange sie im Trüben fischten, wollte sie sie nicht unnötig beunruhigen.

30

Sie setzte Oliver und Saskia an der Feuerwache ab, anschließend brachte sie Karen nach Heidelberg zurück.

»Du weißt schon, dass ich auch selber hätte fahren können oder einfach den Zug nehmen? Das ist ein Riesenumweg für dich.«

»Mag sein, aber ich fahre aus rein egoistischen Gründen. Verrate das Folgende niemals Oliver: Beim Autofahren kann ich am besten denken. Er würde mir nur wieder eine Standpauke von wegen Umweltschutz halten.«

»Ich bevorzuge immer noch die Badewanne.«

»Dann gönn dir das und verbring mehr Zeit mit Merle.«

»Mal sehen. Ich bin da etwas auf der Spur mit den leuchtenden Leichen. Dazu muss ich allerdings in die Rechtsmedizin.«

»Das kann bis morgen warten.« Alexis sah zu ihrer Freundin hinüber, die den Kopf an die Lehne gelegt nach draußen sah.

»Das sagt die Richtige.«

»Ich habe keine Tochter.«

»Du hast dafür Stephan, und du willst Chloé kennenlernen. Merle versteht das. Ihr ist meine Arbeit wichtig.«

Alexis seufzte. »Wo fange ich da jetzt an? Zum einen: Stephan ist Polizist und ein erwachsener Mann. Chloé habe ich bisher nicht getroffen. Sollte sich das ändern, werde auch ich mir überlegen müssen, welche Priorität ich der Arbeit in Zukunft einräume. Zum anderen: Natürlich versteht Merle das. Das ändert jedoch nichts daran, dass sie dich braucht.«

»Ich weiß«, erwiderte Karen. »Ich könnte mir trotzdem nie verzeihen, falls jemand stirbt, nur weil ich nicht schnell genug gearbeitet habe.«

»Das siehst du falsch. Wegen uns stirbt niemand. Daran ist ausschließlich der Mörder schuld. Wir sind diejenigen, die Leben retten. Selbst wenn wir mal langsamer sind, bekommen diese Kerle nur wegen uns ihre gerechte Strafe.«

»Ich habe es verstanden. Du kannst mit deiner Predigt aufhören.«

Auf der Autobahn schaltete Alexis den Tempomat ein und machte das Autoradio an. Leise drangen aus den Boxen die Töne von Elvis' *Blue Suede Shoes*. »Hat Merle neue Freunde gefunden?«

»Nicht, dass ich wüsste. Sie hält sich immer noch für einen Freak und die andern sie dadurch auch.«

»Sie braucht jemanden in ihrem Alter.« Die nächste Frage war etwas heikel, aber ihr war diese Idee auf ihrer Tour durch Nordengland gekommen, und sie hielt sie immer noch für gut. »Hast du mal an Olivers Tochter gedacht?«

»Was soll mit ihr sein? Sie lebt in Frankfurt, schon vergessen?«

»Sie ist an den Wochenenden hier, und Oliver hat mir erzählt, dass ihr auch oft langweilig ist. Zu den meisten ihrer ehemaligen Freundinnen hat sie keinen Kontakt mehr. Vielleicht wäre so eine lockere Bekanntschaft für beide das Richtige.«

»Ich weiß nicht.« Karen fuhr sich über den Hals, an dem sie die Narben von einer Drahtschlinge trug. »Keine schlechte Idee, aber ich bin mir nicht sicher, was Oliver davon hält.«

»Wegen ihrer Vergangenheit?«

Karen massierte sich die Schläfen. »Auch, und weil er sich bemüht, seine Familie vom Beruf zu trennen.«

»Frag ihn einfach. Ich kann mir nicht vorstellen, dass er damit ein Problem hat. Wir sind doch fast so etwas wie seine erweiterte Familie.«

Sie erreichten das Neuenheimer Feld, und Alexis steuerte auf den Parkplatz. War das Universitätsgelände vor Jahren schon voll gewesen, so wirkte es mit seinen Neubauten mittlerweile wie die Spielecke eines Riesen, der seine Bauklötze in einem wirren Muster dicht an dicht platziert hatte. Sie verabschiedeten sich, und Alexis machte sich auf den Rückweg nach Mannheim. Während der Fahrt versuchte sie noch einmal, diesen Sven Berger von der Schwäbischen Alb zu erreichen. Wie sie erwartet hatte, nahm niemand ab. Sie sah auf ihre Uhr. Noch war genug Zeit, um dem Mann einen Überraschungsbesuch abzustatten und die Akten höchstpersönlich abzuholen. Es juckte ihr in den Fingern, den Plan in die Tat umzusetzen. Dieser Beamte hatte eine Abreibung verdient, und sie brauchten wirklich die Unterlagen. Nicht auszumalen, wenn darin wichtige Informationen enthalten wären.

Sie hatte sich in Gedanken bereits eine gute Erklärung für Dolce überlegt, als ihr Handy klingelte. Eine unbekannte Rufnummer, doch als Alexis abnahm, erkannte sie sofort die Stimme. Meike Harms. Das konnte nichts Gutes bedeuten. »Wie kann ich Ihnen helfen?«

»Bitte …« Die Frau holte zitternd Luft. »Sie müssen zu Tessa kommen. Da ist wieder ein Päckchen.«

Auf dem Weg zu Tessa informierte sie Oliver und die Spurensicherung. Sie wollte sicher sein, dass dieses Mal alles von Anfang an professionell ablief. Viele Mörder wurden nur gefasst, weil sie irgendwann einen Fehler begingen. Ihre Aufgabe war es, genau diesen einen entscheidenden Fehltritt zu finden.

Sie wartete vor dem Gebäude auf Oliver, bevor sie klingelte. Dieses Mal war es Meike Harms, die öffnete. Meike brachte sie direkt ins Wohnzimmer. Auf dem Tisch stand ein Päckchen, darin erneut eine Holzschatulle.

»Ist es das?«

Die filigrane Blondine nickte stumm.

»Möchten Sie ein Glas Wasser trinken?«, erkundigte sich Oliver.

Alexis war ihm dankbar, dass er die Frau aus dem Raum führte. So, wie sie aussah, sollte sie den Inhalt des Holzkästchens nicht noch einmal sehen. Sie wartete, bis sie außer Sichtweite waren, und zog sich währenddessen Handschuhe an. Wo war Tessa? Hatte sie das neuerliche Päckchen so sehr geschockt, dass sie sich hingelegt hatte?

Sie öffnete die Schatulle. Tatsächlich. Darin befand sich ein mit Nadeln gespicktes Herz. Als Laie konnte sie keinen Unterschied zum letzten erkennen. Die Schnitte, mit denen es herausgetrennt worden war, sahen vielleicht etwas sorgfältiger aus, die Nadeln waren möglicherweise gleichmäßiger verteilt, aber an seiner schauerlichen Wirkung hatte sich nichts geändert. Sie machte das Kästchen zu. Das genügte. Es war früh genug, wenn sie es in der Rechtsmedizin wiedersehen musste. Sie sah sich den Pappkarton genauer an. War das möglich? Sie kontrollierte es erneut. In der Tat. Es hatte keinen Paketaufkleber, keine Absenderadresse, nichts. Es musste vom Mörder persönlich oder einem Kurier abgegeben worden sein. Da kam Alexis ein erschreckender Verdacht. Sie hastete in die Küche. »Wo ist Frau Maerten?«

Meike legte sich erschrocken eine Hand vor den Mund. »Sie glaubt, dass das kranke Schwein hier war. Sie ist ihm hinterher. Ich konnte sie nicht aufhalten.«

»Scheiße«, fluchte Alexis. Warum hatte ihr Meike Harms das nicht eher gesagt? War Tessa denn wahnsinnig? »Wissen Sie, in welche Richtung sie gelaufen ist?«

»Tut mir leid, sie ist einfach hinausgestürmt.«

Alexis nahm ihr Funkgerät und orderte die zuvor angeforderten Beamten an, die Augen nach der Frau offen zu halten. Noch konnte sie keine offizielle Suchmeldung veranlassen. Auf gut Glück in der Umgebung umherzuirren, ergab ebenso keinen Sinn. *So ein verdammter Mist.* Sie hatte doch eben erst Angelika versprochen, auf ihre Tochter aufzupassen. »Pfeif auf die Logik«, murmelte Alexis. Laut sagte sie: »Ich gehe sie suchen. Bleib du bei Frau Harms.«

Oliver nickte. Vermutlich wäre er selbst gern losgezogen,

aber die zitternde Frau schien inzwischen Vertrauen zu ihm gefasst zu haben. Alexis war ihm dankbar, dass er ihre Entscheidung nicht infrage stellte.

Sie eilte die Treppe hinunter, blieb vor der Haustür stehen und sah sich um. In welche Richtung konnte sie gelaufen sein? Tessa war schlau genug, um sich in den Mörder hineinzuversetzen. Also, wohin wäre sie gegangen, wenn sie hätte abtauchen wollen? Sie sah zuerst auf den Kirchturm, der nicht weit entfernt aufragte, dann auf die Uhr. Um die Zeit war nicht viel in der Kirche los. Somit eine schlechte Wahl. Rechts ging es tiefer in die Wohnsiedlung hinein, links dagegen kam man zu einem kleinen Einkaufscenter. Das musste es sein. Dort fiel man nicht auf.

Sie trabte die Straße entlang, hoffte, dass sie nicht über Tessas Leiche stolpern würde. Sie versuchte sich zu beruhigen. Der Mörder hatte bisher sehr strategisch gehandelt. Ein Mord auf offener Straße wäre viel zu riskant.

Sie musste nicht lange laufen, da kam ihr Tessa bereits entgegen. »Was haben Sie sich nur dabei gedacht?«, blaffte Alexis sie an und vergaß ihre Zurückhaltung. Die junge Frau stand dicht vor ihr, weshalb Alexis zu ihr emporsehen musste. »Sie haben sich in Gefahr gebracht.«

»Irgendjemand musste etwas machen. Von Ihnen war ja keiner da.«

»Und wessen Entscheidung war das? Hätten Sie den Polizeischutz zugelassen, dann hätten wir den Täter womöglich schon gefasst.«

»Genauso, wie Sie mich und Jasmin gefunden haben? Wie man nie die Suche nach uns aufgegeben hat? Tag um Tag, Woche um Woche habe ich auf unsere Rettung gehofft. Niemand kam. Erst ein Ehepaar hat uns durch Zufall entdeckt, und Jasmin und Melanie haben dafür mit dem

Leben bezahlt. Es mussten zwei Menschen sterben, bevor die Polizei endlich da war. Verzeihen Sie, aber ich verlasse mich lieber auf mich selbst.«

Nach diesem Ausbruch herrschte ein Moment Schweigen. »Und was ist mit Ihrer Mutter?«, fragte Alexis leise. »Sie macht sich Sorgen. Was glauben Sie, wie es ihr geht, wenn Ihnen wieder etwas zustößt?«

»Sie waren bei meiner Mutter? Dazu hatten Sie kein Recht!«

»Beruhigen Sie sich. Wir haben ihr nichts von dem Nadelherz erzählt. Es gehört zu unseren Aufgaben, ihr gesamtes Umfeld zu befragen. Ich verstehe, dass Sie bisher schlechte Erfahrungen gemacht haben, aber ich versichere Ihnen, dass ich mein Bestes gebe.«

»Dann lassen Sie uns zur Wohnung gehen.« Tessa setzte sich in Bewegung. »Meine Mutter kommt demnächst vorbei. Bis dahin müssen Sie weg sein.«

31

Karen ließ ihre Schultern kreisen. Der Nacken schmerzte, ebenso wie die Augen beim stundenlangen Starren durch das Mikroskop. Sie hatte die Frage nach dem Leuchten der Leiche vorerst hintangestellt, da es ungewiss war, ob sie überhaupt zu einem Ergebnis kommen würde und die Bakterienkulturen noch Zeit zum Wachsen benötigten. Die Untersuchung der Diatomeen war zwar eine langwierige Tätigkeit, bei der sie inzwischen auch ihre studentische Hilfskraft Tatjana eingespannt hatte, aber es war mittlerweile fast so etwas wie Routine, und sie hatte mit dieser Technik zuvor gute Erfahrungen gemacht.

Das Ergebnis überraschte sie allerdings. Die Zusammensetzung der Arten war für die Gewässer in ihrer Region außergewöhnlich. In allen natürlichen Gewässern fanden sich relativ hohe Populationen Kieselalgen, auch im Trinkwasser lebten diese Kleinstlebewesen. Das Positive daran war, dass sie schneller würde bestätigen können, dass es dasselbe Gewässer war, sobald sie eine passende Probe erhielt. Das Negative war, dass sie keine Ahnung hatte, wo sie mit der Suche beginnen sollte.

Sie zögerte einen Moment, dann zog sie Handschuhe und Laborkittel aus und ging in ihr Büro. Sie rief Chris an. »Hast du noch etwas von dem Mageninhalt? Ich brauche eine Probe.«

Wie zu erwarten, bejahte er.

Eine halbe Stunde später betrat sie das Gebäude der Rechtsmedizin. Chris winkte ihr aus seinem Büro zu, stand auf und brachte sie in den Obduktionssaal. »Gibt es neue Erkenntnisse bei den Ermittlungen?«

»Leider nicht. Darf ich das Mikroskop benutzen?«

»Klar, was erhoffst du dir denn zu finden?«

»Das weiß ich selbst noch nicht. Du bist sicher, dass sie ertrunken ist?«

»Absolut. Es ist nicht so, dass die Schnitte und Stichwunden nicht auch hätten zum Tode führen können. Früher oder später wäre sie verblutet, aber bevor es dazu kam, ist sie ertrunken. Was auch immer man ihr angetan hat, entweder der Mörder wusste genau, wie er vorgehen muss, oder es war purer Zufall.«

»Das klingt, als wäre ein Arzt zugange gewesen.«

»Falls es so geplant war, ja. Oder jemand, der im medizinischen Bereich tätig ist. Aber nun verrate mir, worum es dir geht.«

»Ich habe im Knochenmark eine seltsame Zusammensetzung von Diatomeen entdeckt und will sichergehen, dass es dieselbe wie im Mageninhalt ist.«

Sie nahm den Plastikbecher, öffnete den Deckel und gab einige Tropfen auf einen Objektträger. Diesen legte sie unter das Mikroskop und sah hindurch.

»Bedeutet das, dass man sie vielleicht doch in Trinkwasser getötet hat?«

»Derselbe Mist«, murmelte Karen. »Und nein, ich muss zwar noch überprüfen, ob es irgendein außergewöhnliches Vorkommnis im Wasserwerk gab, aber im Grunde kann man das ausschließen. Ich tippe eher auf Wasser aus einer Zisterne.«

»Regenwasser also?«

»Darauf würde ich momentan zumindest spekulieren.«

»Lass mich raten, du fährst in dein Labor, um genau das zu kontrollieren.«

Sie sah auf die Uhr. »Ausnahmsweise nicht. Ich hole Merle zuerst von Louise ab.«

Er nickte bedächtig. »Ich finde es wirklich toll, was du für dieses Mädchen machst.« Ihre Blicke trafen sich, dann sah er verlegen zu Boden.

In manchen Nächten verfluchte sich Karen dafür, dass sie damals das Date mit ihm ausgeschlagen hatte. Sie war im Gegensatz zu ihrer Schwester nie ein Party-Mensch gewesen, aber seit Merle bei ihr lebte, hatte sie ihr Sozialleben stark heruntergefahren. Ihr fehlte das Ausgehen, die Freiheit jederzeit auf Männerfang gehen zu können.

Sie lächelte Chris unverbindlich an. »Danke. Sie ist ein guter Mensch, und es freut mich, dass ich ihr helfen kann.« Irgendwann würde sie dafür wieder Zeit haben. Jetzt hatte sie andere Aufgaben.

Nach ein wenig Small Talk verabschiedete sie sich von ihm, rief auf dem Heimweg Alexis an und informierte sie über ihren Verdacht.

32

In einem anderen Leben

Tessas Finger verkrampften sich, als sie versuchte, den Juckreiz zu unterdrücken. Ihre Verbrennungen am Oberkörper und vor allem auf ihrer Brust juckten und schmerzten. Sie musste sich zwingen, sich nicht die Salbe, die sie von ihrem Entführer erhielt, von der Haut zu kratzen.

Jasmin hatte sich nach der ersten Strafe einige Zeit gefügt und klaglos alle Anweisungen befolgt, die er ihnen gab. Wann immer ihr Blick über Tessas verbrühte Haut wanderte, stand Schuldbewusstsein in ihren Augen.

David verfolgte eine perfide Taktik, um ihr Zeitgefühl durcheinanderzubringen. Er schaltete das Licht in willkürlich erscheinenden Zyklen ein und aus. Zusätzlich wurden sie in unregelmäßigen Abständen mit dem Gas betäubt und wachten anschließend auf, ohne eine Ahnung zu haben, wie viel Zeit verstrichen war.

Auch wenn Tessa kein klares Zeitempfinden mehr hatte, glaubte sie inzwischen, dass er sie täglich besuchte. Teilweise stellte er ihnen völlig unsinnige Aufgaben. Mal mussten sie sich ausziehen, ein anderes Mal sich einfach nur hinlegen oder auf einem Bein stehen. Ihre größte Angst dabei war nicht, was David vorhatte, sondern wie lange sich Jasmin würde beherrschen können. Diese Angst verfolgte sie bis in die wenigen Stunden, in denen es ihr gelang, Schlaf zu finden.

Dann kam der Tag, an dem ihr Entführer verlangte, dass sie vorne an den Käfig treten, die Augen schließen und die Hände durch die Gitterstäbe strecken sollten. Eine so simple Aufgabe und doch so schwierig. Ohne etwas zu sehen, fühlte sich Tessa schrecklich ausgeliefert. Ihr rannen die Tränen die Wangen hinunter, und ihre Arme zitterten so sehr, dass sie sie kaum oben halten konnte. Jasmin hingegen … Die Luft schien vor Spannung zu knistern. Irgendetwas ging da vor. Sollte sie nachschauen? Oder war es eine Falle? Vor Anspannung schnürte sich ihre Kehle zu, und das Jucken ihrer Brandwunden verstärkte sich. Nur rasch die Hände zurückziehen, um sich Linderung zu verschaffen. Nur ein Blick … Selbst wenn er sie erwischte, die Strafe würde Jasmin erhalten. Dann wären sie quitt. Tessa erschrak vor ihren eigenen Gedanken, kniff ihre Augenlider fest zusammen und biss sich heftig auf die Zunge, damit der Schmerz den Juckreiz überlagerte.

Tessa sah nicht, was dann geschah. Sie hörte David wutentbrannt aufschreien. Ein Scheppern, Schritte und schließlich das Quietschen der Tür.

Tessa öffnete die Augen, sah Jasmin an. »Was hast du nur getan?«

Das blanke Entsetzen in den Zügen ihrer Freundin war Antwort genug. Es musste etwas Schreckliches sein.

Sie starrte blicklos ins Nichts, als sie die Angst vor dem, was David ihr dieses Mal antun würde, übermannte.

»Es tut mir so leid«, wisperte Jasmin, doch Tessa war es in diesem Moment egal.

Eine wahre Freundin wäre nicht an dieser simplen Aufgabe gescheitert, hätte nicht erneut das eigene Leben über das der Freundin gestellt.

Tessa wusste, dass es unfair war, so zu denken. Von Meike

wusste sie genug über die Macht des Selbsterhaltungstriebes, doch die Panik verhinderte jeden rationalen Gedanken. Da waren nur Furcht, Hass, Enttäuschung.

Das Wirrwarr ihrer Gefühle beherrschte sie, als Gas in die Zellen strömte und sie in Ohnmacht fiel. Wollte sie überhaupt noch aufwachen?

Sie hatte keine Wahl. Gefesselt und geknebelt fand sie sich mit benebeltem Verstand in der Mitte ihrer Zelle wieder.

»Es tut mir leid«, wiederholte Jasmin mit belegter Stimme. Sie musste geweint haben, aber Tessa konnte sie nicht sehen. Mit den Fesseln, die ihre Hände auf den Rücken zwangen und durch ein Seil mit den Füßen verbunden waren, konnte sie sich nicht drehen.

Sie wusste nicht, wie lange sie so bereits dort gelegen haben musste. Ihre Muskeln schmerzten von der ungewohnten Haltung. Sie versuchte, eine andere Position einzunehmen, scheuerte sich dabei aber nur die Haut an den rauen Fasern auf. Für kurze Zeit fand sie Linderung, dann setzten die Schmerzen erneut ein, wurden zunehmend stärker. Ein weiteres Mal veränderte sie ihre Stellung, die Stricke schnitten tiefer in die Haut. Sie rang keuchend nach Luft, unterbrochen von trockenen Schluchzern. Wie lange würde er sie so liegen lassen?

Jasmin flüsterte immer wieder Entschuldigungen, aber Tessa fehlten die Kraft und der Wille, ihr das schlechte Gewissen zu nehmen. Es war immerhin ihre gottverdammte Schuld.

Irgendwann kam der Harndrang, dem sie schließlich nachgab. Während es warm ihre Oberschenkel entlangrann, fühlte sie sich so gedemütigt wie noch nie in ihrem Leben. Dem folgte der Durst, der nach und nach so übermächtig wurde, dass sie sich auf die Zunge biss, um durch das Blut etwas Flüssigkeit zu bekommen. Die Schmerzen in ihrem Mund waren nichts im Vergleich zu den Qualen, die ihr die Fesseln und die verkrampfte Haltung verursachten.

Jasmin hingegen bekam Essen und Trinken. Reichhaltiger denn je. Sogar heißen Kaffee, dessen intensiver Duft durch den ganzen Raum zog. Dazu Hühnersuppe und frisches Brot.

Zuerst versprach sie, dass sie nichts davon nehmen würde, solange Tessa so nah und doch unerreichbar Qualen litt. Doch niemand schafft es dem Durst zu widerstehen, wenn die Erlösung direkt vor einem steht.

Tessa wusste nicht, wen von beiden sie in diesem Moment am meisten hasste.

Sie war nur noch halb wach, als David sie endlich erlöste. In ihrem Delirium erschien er ihr wie von einem Heiligenschein bekränzt, als er ihre Fesseln löste und ihr einen Becher Wasser reichte.

33

Die Spurensicherung war in der Zwischenzeit in der Wohnung von Tessa Maerten eingetroffen, ebenso wie ein paar Streifenbeamte, denen Alexis die Aufnahme der Aussagen von Meike und Tessa überließ. Sie nutzte die Gelegenheit, um mit Oliver vor der Tür zu sprechen. »Was denkst du?«

»Du meinst, über die Tatsache, dass wieder beide Frauen anwesend waren, als das Päckchen zugestellt wurde?«

»Beim ersten Mal kann es Zufall gewesen sein, aber jetzt?«

»Unter Umständen hat es dem Täter gefallen, dass er gleich zwei Frauen geschockt hat.«

»Oder er betrachtet das als eine Art Geschenk«, überlegte Alexis. »Bea war neben diesem Karsten Feuerstein der Grund für die Wanderung in der Schwäbischen Alb. Weder Meike noch Tessa dürften gut auf sie zu sprechen sein. Wer weiß, wessen Herz der Killer heute überbracht hat. Erneut jemand, dessen Tod die beiden Frauen nicht bedauern werden?«

Oliver wiegte nachdenklich seinen Kopf hin und her. »Das könnte passen. Geschenke sind etwas Persönliches, man überbringt sie am liebsten selbst. Das würde das veränderte Verhalten erklären.«

»Das würde bedeuten, dass er Tessa beobachtet, damit er den richtigen Zeitpunkt abpassen kann.«

»Möglich, oder er hatte einfach Glück. Wir müssen die Frauen noch einmal befragen. Vielleicht gibt es eine Regelmäßigkeit in ihren Treffen, oder ihnen ist etwas aufgefallen.«

Sie gingen wieder hinein und baten die Polizeibeamten, eine kurze Pause zu machen. »Darf ich Sie alleine sprechen?«, wandte sich Alexis an Meike Harms. Oliver würde in der Zwischenzeit versuchen, mehr von Tessa zu erfahren.

Alexis hatte das Gefühl, dass es wichtig sein könnte, mit der Schwester von Jasmin Harms zu reden. Hatte der Täter es in Wirklichkeit möglicherweise auf Meike abgesehen? Sie war in beiden Fällen da gewesen und hatte zwar nicht im Fokus der Medien gestanden, aber es war immerhin ihre Schwester Jasmin gewesen, die auf dem Hof gestorben war.

»Ist es okay, wenn ich rauche?«, fragte sie mit zittrigen Händen. »Vor der Tür, natürlich«, fügte sie hinzu.

Alexis stimmte zu. »Ich muss Ihnen ein paar Fragen stellen, die Ihnen vielleicht seltsam vorkommen.«

»Ich kenne das Prozedere«, wurde sie von Meike Harms unterbrochen. »Während des Studiums habe ich bei einem Psychologen gejobbt, der mit der Polizei zusammengearbeitet hat.« Als sie draußen waren, lehnte sie sich gegen die eierschalenfarbene Hauswand und steckte sich eine Mentholzigarette an.

»Gut, dann können wir ja direkt beginnen. Sind Sie regelmäßig bei Frau Maerten zu Besuch?«

»Weil ich erneut da war, als das …« Sie schluckte schwer. »Wir treffen uns fast jeden Morgen um diese Uhrzeit.«

Alexis machte sich eine Notiz. Das würde erklären, warum es dem Täter möglich gewesen war, zu wissen, wann Meike da sein würde, ohne Tessa ständig überwachen zu müssen. Blieb nur noch die Frage, ob es von Anfang an der Plan gewesen war. »Sind Sie ihre Therapeutin?«

»Nein, das wäre unethisch. Wir kennen uns immerhin schon lange.«

»Aber sie vertraut sich Ihnen an?«

Frau Harms zog hektisch an ihrer Zigarette. »Ehrlich gesagt, weiß ich das nicht. Sie redet mit mir, ja, ob ich das jedoch anvertrauen nennen würde … Sie scheint niemandem zu vertrauen.«

»Warum schicken Sie sie nicht zu einem anderen Psychologen?«

»Das habe ich mehr als einmal versucht, doch wie gesagt, sie traut niemandem. Mir vielleicht noch am meisten, aber das will nicht viel heißen.«

Es war ihr anzusehen, dass ihr das zu schaffen machte. Alexis rief sich in Erinnerung, was sie über die Ereignisse auf dem Mühlsteinhof wusste. Es gab einige Lücken in den

Berichten von Tessa. Vor allem in ihrer Beziehung zu Jasmin, was ihnen genau angetan wurde und wie die letzten Minuten im Leben der beiden Todesopfer verlaufen waren. Thimo Sattler war da ebenfalls keine Hilfe. David Kunze hatte ihn niedergeschlagen, und die Polizei hatte ihn ohnmächtig vorgefunden. Er wusste nicht, was sich in den letzten Minuten seiner Frau zugetragen hatte. »Ist es nicht schmerzhaft für Sie, mit Tessa zu sprechen?«

Meike schmiss ihre halb aufgerauchte Zigarette auf den Boden und trat sie aus. »Was glauben Sie denn? Ich will ihr helfen, immerhin ist es mein Job, auf der anderen Seite möchte ich sie einfach schütteln und die Wahrheit aus ihr rauspressen. Irgendwo in ihrem Gehirn sind die Antworten auf die Fragen, die ich mir ständig stelle. Es ist schrecklich, nicht zu wissen, was genau mit meiner Schwester geschehen ist. Warum und wie sie gestorben ist. Wie ihr Leben auf dem Hof war, wie stark sie gelitten hat.« Sie ging mit gesenktem Kopf zur Tür. »Für mich ist das Gespräch beendet. Ich kann Ihnen nicht weiterhelfen. Ich weiß vermutlich weniger als Sie.«

Alexis nahm das für den Augenblick hin. Es brachte nichts, Menschen zu bedrängen. Erst recht nicht, wenn sich deren Leben im Ausnahmezustand befand.

Auch in den folgenden Stunden erfuhr Alexis nichts Neues. Es gab keine Fingerabdrücke, keine Faserspuren, und selbst Chris konnte nur bestätigen, dass es erneut ein menschliches Herz war. Dieses Mal vergleichsweise frisch. Irgendwo wartete also wieder eine Leiche auf sie und eine Familie vergeblich auf die Rückkehr eines geliebten Menschen.

In der zweiten Stunde begannen Alexis' Schläfen zu pochen, und sie nahm widerwillig eine Tablette, die Oliver ihr reichte. Inzwischen war auch Anja Stein eingetroffen und unterhielt sich leise mit Tessa.

Sie winkte die junge Beamtin zu sich und ging mit ihr vor die Tür, außer Hörweite der Frauen.

»Hat Tessa Ihnen etwas Neues anvertraut?«

»Nein, und falls Sie darauf hoffen, dass sie so eine Dummheit nicht erneut begeht, muss ich Sie enttäuschen. Sie war schon immer stur, und die Zeit in Gefangenschaft hat diese Eigenschaft nur noch verstärkt.«

»Was können Sie mir über die Beziehung zwischen Meike Harms und Tessa berichten?« Für Alexis war das weiterhin ein Rätsel. Auf der einen Seite schienen die Frauen sich zu mögen und dann doch wieder abzulehnen.

»Das ist nicht einfach. Tessa redet ohnehin wenig über ihre Gefühle, und Meike scheint mir zu misstrauen.«

»Warum das?«

»Vielleicht hat sie Angst, dass ich ihren Platz einnehmen könnte und sich Tessa mir anvertraut?«

»Bisher hatte ich den Eindruck, dass ihr das durchaus recht wäre. Immerhin wird sie durch Tessa stets an den Verlust ihrer Schwester erinnert.«

»Natürlich. Aber auf der anderen Seite ist sie die Einzige, die wirklich weiß, was mit Jasmin geschehen ist. Meike glaubt, dass Tessa nicht alles gesagt hat.«

»Und was denken Sie?«

Anja zuckte mit den Schultern und kräuselte ein wenig die Nase, bevor sie antwortete. »Keine Ahnung. Wenn sie etwas verschweigt, dann sicher nur, um Meike nicht zu verletzen. Ich gehe aber eher davon aus, dass sie ihre Erinnerungen verdrängt.«

Alexis bedankte sich bei Anja und schickte sie zu Tessa zurück. Sie erinnerte sich an ein Gespräch, das sie mit

Norden über Tessa geführt hatte. Verdrängung war ein wichtiges Instrument des Selbstschutzes, aber durch das neuerliche Trauma könnte der Mechanismus versagen und die Erinnerungen zurückkehren.

Sie hoffte für Tessa, dass sich Meike dessen bewusst war und es nicht ausnutzte, um ihr eigenes Ziel, mehr über den Tod ihrer Schwester zu erfahren, zu erreichen.

Kurze Zeit später fuhr Alexis zur alten Feuerwache zurück und hörte schon von draußen lautes Geschrei. Sie wechselte einen besorgten Blick mit Oliver und beschleunigte ihren Schritt.

»Sind Sie noch ganz sauber?«, hallte Saskias Stimme ihnen aus dem Aufenthaltsraum entgegen.

»Was glauben Sie eigentlich, mit wem Sie hier sprechen, junge Dame?«

War ja klar, dachte Alexis. Die neue Beamtin war mit Volkers aneinandergeraten. »Was ist denn hier los?«

Saskia fuhr herum und sah fast etwas schuldbewusst aus. Volkers hingegen schien erst jetzt richtig in Fahrt zu kommen. Alexis jedoch hob die Hand und brachte ihn zum Schweigen. Sie wandte sich an Bauwart, der sich im Hintergrund gehalten hatte. »Also?«

»Denkst du, ich verpfeife hier jemanden?«

»Nein, ich erwarte, dass du die Wahrheit sagst.« Sie wusste, dass sie ihn in eine schwierige Lage manövrierte, aber der Fall war zu wichtig, als dass sie Zeit mit einem verbohrten alten Mann oder einer neuen Beamtin verschwenden konnte. Bauwart fiel es schwer zu lügen. Mit seiner Hilfe ließe sich das Problem schnell beheben.

»Matt ist der Ansicht, dass man Tessa Maerten gegen ihren Willen in Schutzhaft nehmen sollte. Saskia sieht das offensichtlich anders.«

Alexis gab sich gar nicht erst die Mühe, ihre Genervtheit zu verbergen. »Volkers, Sie wissen ganz genau, dass wir das ohne richterliche Anordnung nicht machen dürfen und dass wir diese niemals erhalten werden. Saskia, ich erwarte, dass Sie sich nicht von dem Gerede Ihrer Kollegen ablenken lassen. Hier stehen Menschenleben auf dem Spiel.« Sie sah einen nach dem anderen ernst an. »Konzentrieren Sie sich alle auf Ihre Arbeit.«

Mit diesen Worten verließ sie die Gruppe, nahm sich einen Kaffee mit viel Stevia und ging in ihr neues Büro. Sie genoss die Aussicht auf den Innenhof, und für einen Moment stellte sie sich vor, wie früher dort unten die Feuerwehrautos gestanden haben mussten. Sie hatte die Männer und Frauen der Feuerwehr schon immer bewundert. Warum hatte sie sich für die Polizei entschieden und nicht für die Feuerwehr? Menschenleben hätte sie auch da retten können. Nicht zum ersten Mal fragte sie sich, ob nicht vielleicht doch irgendwo in ihrem Inneren etwas Machtbesessenes lauerte. Helfen konnte man auf viele Weisen – da hätte es kein Beruf mit einer Waffe sein müssen.

Den Rest des Arbeitstages verbrachte sie mit leider notwendigem Papierkram. Der einzige Lichtblick war ihre Verabredung mit Stephan. Da sie ohnehin in Mannheim war, würde sie zu ihm fahren. Abgesehen davon, dass sie in ihrem Büro so oder so immer Ersatzkleidung hatte, lagen auch in Stephans Kleiderschrank in einem eigens für sie reservierten Fach einige Kleidungsstücke. Sie musste bei dem Gedanken daran lächeln. So weit hatte sie es bisher mit keinem Mann kommen lassen.

Sie verließ die Wache an diesem Abend viel zu spät und mit einem schlechten Gefühl. Irgendwo da draußen wartete eine Leiche ohne Herz darauf gefunden zu werden.

Sie klingelte bei Stephan, der in Käfertal eine Dreizimmerwohnung gemietet hatte, deren größter Raum zu einem Kinderzimmer eingerichtet worden war. Der Rest war schlicht gehalten. Eine dunkle Ledercouch im Wohnzimmer, ein kleiner Esstisch in der Küche und ein Boxspringbett im Schlafzimmer. Er gab ihr zur Begrüßung einen Kuss. »Harten Tag gehabt?«

»Das kann man wohl sagen.«

Er reichte ihr ein Glas Weißherbst, und sie setzten sich mit dem asiatischen Essen, das sie mitgebracht hatte, auf die Couch. Er erzählte ihr von seiner Arbeit, die im Vergleich zu früher unspektakulär war. Kein monatelanges Reisen auf den Spuren von Verbrechern. Stattdessen viel Koordination der Aktivitäten der Behörden. Ihm kam es derzeit entgegen, da er sich mehr um Chloé kümmern wollte.

Nachdem sie gegessen hatten, eröffnete er das Gespräch mit der Nachricht, dass er Charlie überprüft hatte. »Sie scheint die Wahrheit zu sagen. Es war nicht einfach, ihre Vergangenheit zurückzuverfolgen, aber sie ist wirklich die Tochter deiner Tante. Die ist in relativ jungen Jahren zusammen mit ihrem Mann bei einem Unfall gestorben. Sie kam daraufhin mit ihrem Bruder …«

»Ich habe noch einen Cousin?« Die Vorstellung schockierte sie. Wie viele Verwandte mochten da noch sein? Für jemanden wie sie, die immer gedacht hatte, sie sei allein auf der Welt, war der Gedanke überwältigend.

Stephan legte ihr eine Hand auf den Oberschenkel. »Es tut mir leid. Er ist tot. Niemand wollte oder konnte die beiden aufnehmen, sodass sie in einem Waisenhaus untergebracht wurden. Da kam es zu einem Brand, bei dem er gestorben ist.«

»Wie schrecklich.« Nach all dem hatte sie die junge Frau

nicht gerade mit offenen Armen empfangen. Dabei war sie vermutlich genauso einsam wie sie.

»Du solltest mit ihr sprechen.«

»Das werde ich, aber nicht mehr heute. Ich muss mir erst klar werden, was ich mir von meiner Familie erhoffe, was ich ihr sage.«

»Triff dich einfach mit ihr. Hör auf dein Bauchgefühl. Das ist nichts, was man planen kann. Nichts, was du kontrollieren kannst. Du musst dich nur darauf einlassen.«

34

Am nächsten Morgen ging Alexis als Erstes die Berichte der Beamten durch. Das Alibi von dem Ex-Freund Karsten Feuerstein hatte sich endgültig bestätigt. Ebenso wie das von Sebastian Grossl. Natürlich bestand die Option, dass er die Aussage seiner Freunde erkauft hatte, aber ihr Bauchgefühl sagte ihr, dass er nicht ihr Mörder war. Nichts deutete auf ihn als Täter hin. Blieben also verrückte Stalker, Angehörige, Fans von David Kunze oder Menschen aus Jasmins Umfeld. Immerhin war sie gestorben. Vielleicht gab es jemanden, der Tessa die Schuld an deren Tod gab.

Insgesamt musste sie frustriert feststellen, dass alle ihre Spuren im Sand verliefen und sie weiterhin im Dunkeln tappten. Weder hatte sie eine Vorstellung von dem Motiv noch vom Tathergang oder auf wen der Mörder es wirklich abgesehen hatte. Hinzu kam die Tatsache, dass der Fall an diesem Morgen die lokalen Nachrichten dominierte. An irgendeiner Stelle war etwas durchgesickert. Es würde nicht lange dauern, bis auch die überregionalen Medien davon Wind bekamen, und dann war die Hölle los. Im Internet überschlugen sie sich schon mit Spekulationen.

Sie hatte gerade ergebnislos bei der Kriminaltechnik angerufen, da klopfte es an ihre Tür. Ein Mann betrat auf ihr »Herein« hin den Raum, den sie bereits von einem Foto aus ihren Akten kannte. Thimo Sattler. Der Ehemann der auf dem Mühlsteinhof verstorbenen Wanderin Melanie Sattler.

Er war ein großer, breiter Mann mit kurzen hellbraunen Haaren und unzähligen Lachfalten um die Augen, die an eine Zeit erinnerten, in der er glücklich gewesen sein musste. Die graue Haut und schlaffen Mundwinkel zeugten von der harten Zeit, die er aktuell durchmachte.

»Wie kann ich Ihnen helfen?«, fragte Alexis und bot ihm einen Platz an. Nach dem Zeitungsartikel und dem Lauffeuer in den Sozialen Medien war sie nur mäßig überrascht, den Mann hier zu sehen. Natürlich musste es seine Neugierde wecken, wenn die Frau, die er durch Zufall gerettet hatte, plötzlich im Zusammenhang mit anderen Verbrechen in den Medien auftauchte. Erst recht, da ihre Rettung seiner Frau das Leben gekostet hatte. Dennoch hatte es auch etwas Beunruhigendes, dass er alles stehen und liegen gelassen hatte, um von seinem Wohnort in Karlsruhe hierherzukommen, anstatt einfach anzurufen oder eine Mail zu schreiben.

»Stimmt es, was in den Zeitungen steht?«

Das war ein schwieriges Terrain für Alexis. Sie hatte noch keine Gelegenheit gehabt, ihre Strategie mit Dolce, Linda und der Pressesprecherin abzustimmen. Es lag nun an ihr abzuwägen, welche Informationen sie ihm zukommen lassen konnte.

»Von einigen Übertreibungen abgesehen, ja. Wir stellen natürlich den Schutz von Tessa Maerten sicher.«

»Und das finden Sie nicht seltsam, dass es wieder sie trifft?«

Das Gespräch entwickelte sich anders, als Alexis es erwartet hatte. »Das kommt öfter vor, als man denkt. Sie stand im Fokus der Medien. Das zieht Nachahmungstäter an.«

»Kennen Sie auch nur einen weiteren Fall, in dem ein normaler Mensch gleich zwei Wahnsinnige angezogen hat?«

»Nein, aber wir haben in Deutschland Gott sei Dank wenige Morde und erst recht Serienkiller.«

»Genau darum geht es mir. Wir leben in Deutschland, und es passiert gerade jetzt.«

Alexis stand auf. In der Ecke neben dem Aktenschrank stand ein Kasten mit Wasserflaschen. »Möchten Sie einen Schluck trinken?« Der Mann sah aus, als bräuchte er dringend etwas Stärkeres, doch vielleicht half ihm bereits die Ablenkung. Sie schenkte ihm ein Glas ein und versuchte so das Gespräch neu zu starten. »Was genau wollen Sie von mir?«

»Ich will, dass Sie sich alles genau anschauen. Die Polizisten auf der Schwäbischen Alb haben alles unter den Teppich gekehrt. Ich habe nie Antworten bekommen.«

Die Verzweiflung in seinem Gesicht ließ Alexis sich verkrampfen, und nach der bisherigen Kommunikation mit diesem Sven Berger konnte sie sich zu gut vorstellen, dass es der Wahrheit entsprach. »Welche Fragen sind denn offen?«

»Wie meine Frau gestorben ist und wieso.«

Alexis runzelte die Stirn. Sie erinnerte sich, dass der Mann ohnmächtig gewesen war, als es passiert war. Er war wieder aufgewacht und hatte die Leiche seiner Frau gesehen. »David Kunze hat sie erschossen. Dann Jasmin Harms, und zum Schluss hat er sich selbst gerichtet.«

»Den offiziellen Bericht kenne ich. Aber warum hat er das getan, und was hat Tessa in der Zwischenzeit gemacht? Sie war frei. Warum hat sie nicht eingegriffen? Als ich zu mir kam, war sie nicht da. Sie war auch nicht bei den Toten. Welcher normale Mensch lässt einen in so einer Situation allein?«

Das war in der Tat eine interessante Frage. Alexis machte sich eine Notiz, dass sie das genauer überprüfen wollte. Natürlich gab es dafür zahlreiche Erklärungen. Nach allem, was die Frauen gemeinsam durchlebt hatten, musste der Tod der engsten Freundin ein unglaublicher Schock gewesen sein. Sie waren zuvor schon laut ihren Familien unzertrennlich gewesen. Wie viel stärker musste das Band in der Gefangenschaft geworden sein?

Als Thimo Sattler mit seiner Frau auf den Hof gekommen war, war Tessas Welt ein weiteres Mal aus den Fugen geraten. Jasmin starb, und nach Monaten der Isolation war da ein fremder Mann. Es wäre nur zu menschlich gewesen, wenn Tessa sich da versteckt und auf Hilfe gewartet hätte.

»Sie dürfen nicht vergessen, was das für eine emotionale Ausnahmesituation für sie gewesen sein muss.«

»Das heißt, Sie werden nichts unternehmen?« Er ballte seine Hand zur Faust. »Wofür gibt es eigentlich die Polizei? Sie waren nicht da, um die Studentinnen zu retten oder meine Frau.«

»Beruhigen Sie sich bitte. Natürlich werde ich alles überprüfen. Ich beabsichtige sogar, heute noch zu dem Hof zu fahren, um alles zu besichtigen.« Sie trank einen Schluck von ihrem Wasser. Es war dem Mann anzusehen, dass er nichts auf ihre Versicherung gab. Sie hätte es anders angehen müssen, aber der Umgang mit Menschen war nie ihre Stärke gewesen. »Ich verspreche, Sie anzurufen, sollten wir zu neuen Erkenntnissen kommen.« Sie griff eine ihrer Visitenkarten, kritzelte ihre Handynummer darauf, um ihm so zu zeigen, dass sie es ernst meinte.

Thimo Sattler nahm die Karte nur widerstrebend an. Sie konnte nur hoffen, dass er keine Dummheiten beging. Trauer konnte Menschen zu den verrücktesten Taten treiben.

Nachdem er gegangen war, rief sie Bauwart an und bat ihn, den Mann unauffällig zu überprüfen. Thimo Sattler hatte mehr als genug Motive, Tessa Maerten etwas Böses zu wünschen und indirekt vermutlich auch Meike Harms, deren verstorbene Schwester mit zum Tod seiner Ehefrau beigetragen hatte. So absurd diese Denkweise war, manche Menschen neigten dazu, den Opfern von Verbrechen die Schuld zu geben.

Wären die jungen Frauen nicht so leichtsinnig gewesen, allein im Wald zu campen, wären sie nie gefangen genommen worden, und das Ehepaar Sattler wäre bei ihrer Rettung nicht in Gefahr geraten. Nur durch die Sorglosigkeit der beiden Studentinnen war die Kette an Ereignissen losgetreten worden. Ohne sie könnte Melanie Sattler noch leben.

Die Tatsache, dass der Entführer derjenige war, der all die schrecklichen Dinge verübt hatte, rückte dabei oft in den Hintergrund.

35

In einem anderen Leben

Wie sehr Menschen noch immer von ihren Urinstinkten beherrscht werden, war Tessa bis zu dieser Zeit im Käfig nicht bewusst gewesen. Jasmin hatte sie im Stich gelassen, und Tessa schaffte es nicht, ihr vollständig zu verzeihen.

Es hatte Tage gedauert, bis sich Tessa von der letzten Tortur erholt hatte. Ihre Freundschaft hatte jedoch einen unwiderruflichen Knacks erhalten. Jasmin fiel es schwer, ihr in die Augen zu sehen, vor allem, wenn Tessa ihre von den Fesseln aufgescheuerten Gelenke und die Brandwunden mit Salbe behandelte. Tessa hingegen fürchtete inzwischen das Temperament ihrer Freundin mehr als alles, was ihr Entführer von ihnen forderte. Er hatte ihnen noch nie ohne Grund wehgetan. Solange sie taten, was er von ihnen verlangte, ließ er sie in Ruhe. Es war so einfach zu verstehen, und dennoch schien es bei Jasmin nicht anzukommen.

Jasmin hatte sich für einige Zeit beherrscht, bis ihre Selbstkontrolle unter der steten Anspannung bröckelte. Tessa war immer diejenige, die dafür büßen musste. Seit dem letzten Vorfall waren es immerhin nur Kleinigkeiten, aber auch Zigarettenstummel, die auf einem ausgedrückt wurden, oder Messerklingen, die unter Fingernägel fuhren, ließen einen das eigene Ende herbeiwünschen.

Es gab Phasen in ihrem größten Leid, in denen Tessa Jasmin den Tod wünschte, damit die Qualen zusammen mit dieser menschlichen Schwachstelle ein Ende fanden. In den guten Zeiten erschreckten sie ihre eigenen Gedanken. Jasmin war ihre beste Freundin. Vor Kurzem hätte sie noch gedacht, dass sie ohne zu zögern für sie sterben würde.

Wie leicht sich so etwas sagte, wie schwer es in der Realität umzusetzen war.

Tessas Strategie war simpel: Sie mussten rational vorgehen, wenn sie überleben wollten. Was auch immer er verlangte, würde sie ihm geben, bis sie irgendwann eine echte Möglichkeit fanden, zu entkommen. Jasmin sah das anders. Sie spielte auf Risiko.

Wenn man nie die Zeche zahlen musste, war das einfach.

Die Aufgaben von David Kunze wurden immer perverser. Gestern, Tessa definierte die Tage inzwischen nach dem

Wechsel von Hell und Dunkel, mussten sie sich nackt mit gespreizten Beinen hinlegen. In dieser *Nacht* hatten sie sich an den Händen gehalten und in den Schlaf geweint.

»Wir müssen hier raus«, flüsterte Jasmin.

Sie saßen einander mit etwas Abstand gegenüber. Die Zeiten, in denen sie stets die Nähe der anderen gesucht hatten, waren vorbei.

»Bist du wahnsinnig? Er bringt uns um.« Unwillkürlich fuhren Tessas Finger über die tiefen Wunden an ihren Handgelenken.

»Nicht, wenn es klappt.«

»Das sagt sich so leicht, dabei …« Tessa brach ab, würgte ihren Zorn hinunter.

Flucht. So verlockend. Doch noch war sie nicht bereit, ihr Leben zu riskieren, nicht wenn die Chance so gering war. Sie mussten warten, einen Plan entwickeln.

»Wie lange willst du denn abwarten? Bis er uns …« Jasmin schluckte das schreckliche Wort hinunter. »Ich kann das nicht«, flüsterte sie.

»Du musst«, sagte Tessa eindringlich. »Wir brauchen mehr Informationen, einen richtigen Plan. Sollte das schiefgehen …«

»Dann willst du Däumchen drehen?«

Tessa zwang sich zur Ruhe. Streit brachte sie nicht weiter. Was auch immer zwischen ihnen vorging, sie mussten zusammenarbeiten. »Wir müssen sein Vertrauen gewinnen.«

»War ja klar.« Jasmin lachte. »Du willst dich einschleimen und den einfachen Weg …«

In dem Augenblick öffnete sich die Tür, und David betrat den Raum. Der unverkennbare Geruch von Nadelholz und Tabak erfüllte den Raum. »Zieht euch aus.«

Sie taten beide wie geheißen. Sie hatten es bereits so oft getan, dass sie keine Gedanken mehr an ihr Schamgefühl verschwendeten. Wenn man jemandem seinen mit Pisse und Scheiße gefüllten Eimer geben musste, verlor man ohnehin das bisschen Stolz und Scham, das einem geblieben war.

Er warf ihnen Handschellen vor die Füße. »Fesselt eine Hand an das Gitter.«

Oh bitte, Jasmin, dachte Tessa. *Mach es einfach.*

Die Angst trieb ihr die Tränen in die Augen, aber es war weniger die Furcht vor David, sondern vor Jasmin und ihrer Unberechenbarkeit.

Ihre Finger zitterten so stark, dass sie die Handschellen kaum um ihr Handgelenk schließen konnte.

Zu ihrer Erleichterung sah sie, dass Jasmin den Anweisungen folgte. Sie kniff die Augen zusammen, versuchte ihren Geist auf eine Reise zu schicken, damit er das Folgende nicht mehr mitbekam. Es wollte ihr nicht gelingen.

David musterte sie, dann spuckte er in Tessas Richtung. »Du bist widerlich.«

Eine Welle der Erleichterung durchflutete Tessa. Die krebsrote, sich schälende Haut, die dicke Schicht Salbe und blauen Flecke von seinen Schlägen mussten sie tatsächlich abstoßend machen. Jasmin hingegen …

David öffnete die Käfigtür, schloss sie hinter sich und knöpfte dann seine Hose auf. Seine Erektion war nicht zu übersehen. Er ging zu Jasmin, die sich zusammenkauerte, die Beine fest zusammengepresst.

»Wehr dich nicht«, wies er sie an.

Er packte sie an den Haaren, zwang sie in eine passende Stellung.

Tessa wandte sich ab. Sie ertrug es nicht, spähte dann aber doch wieder zu ihnen. Sie musste Jasmin helfen, aber wie?

Oh Gott. Jasmin wehrt sich! Warum wehrt sie sich? Jasmin. Oh nein! Die widerstreitenden Gefühle zerrissen Tessa. Sie heulte, schluchzte, hielt sich die Ohren zu. Warum nur hatte er nicht sie gewählt? Ganz im Hintergrund der Gedankenflut wisperte jedoch eine hämische Stimme: *Jetzt muss auch sie mal leiden.*

Tessa erbrach sich. Gefesselt, wie sie war, hatte sie keinen Bewegungsspielraum, und die Gallepfütze rann um ihre Füße. Der Gestank raubte ihr den Atem.

Endlich war David fertig. Jasmin lehnte eingerollt, leise weinend an dem Gitter. Ihre Füße waren aufgeschürft, unter der Handschelle quoll Blut hervor.

Er zog seine Hose hoch, wandte sich an Tessa. »Nun zu dir.«

Er verließ Jasmins Käfig, schloss hinter sich ab. Anschließend ging er zu einem verschlossenen Wandschrank auf der anderen Seite des Kellerraumes und holte Putzlumpen und Kabelbinder heraus.

Er quetschte alles durch die Gitterstäbe von Tessas Zelle durch. Dann warf er ihr einen Schlüssel zu. »Reinige dich. Danach setzt du dich auf der Rückseite ans Gitter, fesselst deine Füße mit den Kabelbindern und beide Hände mit den Handschellen über Kopf an eine Stange. Wenn ich zurückkomme, bist du fertig, oder …« Sein Blick wanderte zu Jasmin, die sich aufgerichtet hatte und sich mit stumpfem Blick vor- und zurückwiegte.

Aller Groll war von Tessa abgefallen. Jetzt beherrschte sie ausschließlich Mitleid für Jasmin und eine abgrundtiefe Angst vor dem, was David ihr als Strafe antun würde.

Zum ersten Mal erwog sie tatsächlich eine kopflose Flucht. Tot sein. Nur im Tod konnte er sie nicht mehr quälen. Aber sie spürte, dass sie für diesen Schritt noch nicht bereit war. Dennoch zerriss es sie regelrecht, als sie sich und den Käfig mit dem Wasser aus ihrer letzten Flasche reinigte und anschließend die Füße fesselte. Sie war das Lamm, das bereitwillig zur Schlachtbank ging. Zu all den Gefühlen, die sie beherrschten, gesellte sich nun der Selbsthass.

Ein Blick auf Jasmin zeigte ihr, dass sie keine Wahl hatte. Ihre Freundin würde heute keine Strafe mehr überstehen. Sie musste ertragen, was auch immer er mit ihr vorhatte.

Tessa hatte lange Zeit, um sich die möglichen Szenarien auszumalen, und immer wieder sagte sie sich, dass ihre Gedanken viel schlimmer sein würden als die Realität. Als David jedoch zurückkehrte, wurde sie eines Besseren belehrt.

In einer Hand hielt er ein uraltes, gusseisernes Bügeleisen, wie sie es aus dem Museum kannte. Es stammte aus Zeiten vor dem elektrischen Strom und wurde durch glühende Kohlen in seinem Inneren befeuert. Das leuchtende Orange der Unterseite und der Brandgeruch ließen keinen Zweifel daran, dass es heiß war.

Tessa fing an zu schreien. Noch immer verfolgte sie das kochend heiße Wasser in ihren Träumen, doch das war schlimmer. Sterben, sie wollte sterben.

Er setzte sich auf ihre Beine, zwang sie so zur Bewegungslosigkeit. Durch die gefesselten Arme lag sie entblößt und hilflos vor ihm. Sie spürte die Hitze des Bügeleisens. Dann näherte es sich ihrer rechten Brustwarze, und von da an verschwand alles in einer Symphonie aus Schmerzen und brennendem Fleisch.

36

Für einen Moment schloss Alexis die Augen, nachdem Thimo Sattler ihr Büro verlassen hatte. Das Leid, das er durchmachte, konnte sie nicht ausblenden. Natürlich musste sie die Distanz wahren, aber manchmal fiel es schwer. Er war ein guter Mann, der wandern gegangen war, und nun war seine Frau tot, und er würde womöglich nie die Antworten auf seine Fragen erhalten.

Sie massierte ihre Hände, die von den vielen Stunden Tipperei am PC schmerzten. Sie hatte die Wahrheit gesagt. Sie wollte zum Mühlsteinhof und vor allem der Polizei vor Ort Feuer unter dem Hintern machen. Sie hatte die Akten immer noch nicht bekommen. Nach dem Besuch von Thimo Sattler war der Wunsch noch dringlicher geworden. Sie hatte das Gefühl, dass dort ein Teil der Lösung wartete, und wenn es ihr nur half, ein besseres Verständnis für Tessa zu entwickeln.

Solange die Leiche des neuen Opfers nicht gefunden worden war, konnte sie allerdings nicht weg. Es waren ein paar Stunden Fahrt zur Schwäbischen Alb, und sie würde hier gebraucht werden. Kurz erwog sie, die Leitung in dieser Zeit an Oliver abzutreten, doch sie wollte sein erfahrenes Auge an ihrer Seite, wenn sie zum Hof fuhr.

Sie stellte Nachforschungen zu David Kunze an, fand jedoch nur eine Schwester, die in Bad Rappenau, einem Ort in der Nähe von Heilbronn, wohnte. Sie hätte ein Motiv ihren Bruder zu rächen und lebte nur eine Fahrstunde entfernt. Alexis notierte sich Namen und Adresse, um sie bei nächster Gelegenheit aufzusuchen, auch wenn es ihr schwerfiel, sich eine Mutter von zwei kleinen Kindern als Serienkillerin vorzustellen. Ausschließen konnte man es trotzdem nicht. Unweigerlich drifteten Alexis' Gedanken zu Charlie ab. Sie musste sie anrufen und ein Treffen vereinbaren. Obwohl der Kontakt zu Verwandten ihr Ziel gewesen war, als sie nach London aufgebrochen war, scheute sie nun doch davor zurück. Sie könnte vorschieben, dass es Kaspar verletzen würde, aber das war es nicht. Seine Ängste, was die Veranlagung ihrer leiblichen Verwandtschaft anging, hatten sich auf sie übertragen. Sie war in dem Glauben erzogen worden, dass die Gene das Verhalten maßgeblich beeinflussten. Charlie war die Nichte von Serienmördern. War es sinnvoll, sie in ihr Leben zu lassen?

Sie schüttelte den Kopf. Das führte zu nichts. Sie würde Charlie abends anrufen. Ihre Cousine würde nicht so einfach verschwinden, nur weil sie sie ignorierte. Unfair wäre es obendrein, nachdem sie extra wegen ihr angereist war.

Alexis zwang ihre Gedanken zurück zu Kunzes Schwester. Zumindest würde sie ihnen Auskunft über mögliche Freunde geben können. Es war nicht auszuschließen, dass sie unter diesen den Mörder finden würden.

In der Mittagszeit erreichte sie die Nachricht, die sie zugleich gefürchtet wie auch erwartet hatte. Man hatte eine Leiche ohne Herz gefunden. Dieses Mal in der Nähe vom Bonadieshafen am Fuß der Altdeponie und damit nicht weit entfernt von ihrem ersten Leichenfundort. Leichte Hoffnung keimte in Alexis auf. Kaum jemand fährt große Strecken mit einer Leiche im Kofferraum oder sucht seine Opfer in einem unbekannten Gebiet. Möglicherweise ließ sich so ein vorläufiges Bewegungsprofil erstellen, das Hinweise auf den Wohn- oder Arbeitsort vom Täter liefern könnte.

Sie stand auf und ging zu ihrem provisorischen Drucker- und Kopierraum. Sie klopfte gegen die offen stehende Tür und winkte Oliver zu sich. Sie war froh, Oliver stets an ihrer Seite zu haben. Sie hatte es noch nie gemocht, alleine an einem Arbeitsplatz zu sein. Sie bevorzugte es, sich schnell und unkompliziert mit jemand anderem über ihre Ideen austauschen zu können.

Er sah ihr an, was los war. »Sie haben dich zuerst verständigt?« Oliver wirkte fast etwas beleidigt.

»Wie auch immer du die Leute in der Zentrale bestichst, du musst in Zukunft wohl mehr auffahren.« Sie lachte, verschwieg ihm jedoch die Tatsache, dass sie den Anruf nur dem Umstand zu verdanken hatte, dass einer der ersten Beamten am Fundort ein Bekannter war, der von ihrem Fall wusste.

Während sie ihre Jacken und Taschen aus dem Büro holten, beorderte Alexis Bauwart, Volkers, Saskia und Anja ebenfalls zu dem Leichenfundort. Sie waren zwar mitten in der Organisation von Befragungen und dem Auswerten von Daten, aber sie wollte, dass sie zumindest einen Blick auf die Leiche warfen. Vielleicht fiel einem von ihnen endlich der entscheidende Hinweis auf, damit sie dem Täter näherkommen könnten. Karen und Chris würde sie von unterwegs anrufen.

Draußen auf dem Flur grinste Oliver sie wie ein kleiner Junge an. »Auch wenn der Anlass kein erfreulicher ist, aber lass uns die Rutschstange nehmen.«

Alexis lachte. In modernen Feuerwachen gab es wegen des Verletzungsrisikos praktisch keine dieser Stangen mehr. »Ich zuerst«, rief sie, als sie den Schacht erreicht hatten, umschloss das Metall mit den Füßen und hängte sich mit dem Unterarm ein. Die Hände zu nehmen wäre eine schlechte Idee, da sie sich bei der Geschwindigkeit Verbrennungen zuziehen konnte. Dabei ignorierte sie krampfhaft, dass sie mit Höhe nicht so gut klarkam, aber der Spaßfaktor überwog. Erst recht, als sie nach unten sauste. *Das ist viel schneller. Wir sparen einiges an Zeit*, versuchte sie sich ihr wenig professionell erscheinendes Verhalten schönzureden.

Sie nahmen Olivers Fahrzeug für die kurze Fahrtstrecke. Wie das letzte Mal handelte es sich um ein Industriegebiet, dieses Mal in der Nähe der Altdeponie, die inzwischen begrünt und von einem Feld Solaranlagen bedeckt war, das Strom für dreihundertfünfzig Einfamilienhäuser lieferte. Der hoch aufragende Hügel mit den spiegelnden Sonnenkollektoren war von dem Gebäudekomplex aus zu sehen, zu dem sie gerufen worden waren. Die Lagerhalle gehörte zu einer Firma, die den Betrieb eingestellt hatte, und wartete auf einen Käufer. In der Zwischenzeit kam nur ab und an ein Wachmann von einem privaten Sicherheitsdienst vorbei. Somit war es das perfekte Versteck für die Inszenierung, die sie dort erneut erwartete.

Es war wieder eine dunkelhaarige, schlanke Frau, viel mehr ließ sich nicht erkennen. Das Gesicht war von langen Schnitten bis zur Unkenntlichkeit entstellt, ebenso wie der gesamte Körper. An manchen Stellen klafften dunkle Löcher in der Haut, wo Klingen tief in sie eingedrungen waren. Alexis hegte keinen Zweifel, dass diese Frau nicht ertrunken war.

Das Arrangement auf einem Gestell aus Metallpfählen entsprach dem, was sie bei Bea Krause vorgefunden hatten.

Sie bat darum, das Licht auszuschalten. Wie sie erwartet hatte, leuchtete auch diese Leiche, vor allem die unzähligen Wunden. Sie ließ die Szenerie einen Moment auf sich wirken. Wusste der Täter von dem Leuchten? Hatte er einen verqueren Sinn für Ästhetik, oder ging es ihm mehr darum, mit dem martialischen Aufspießen ein Statement zu setzen? Sie besah sich die Stellen, an der die Frau von den Metallstäben durchbohrt worden war. Der Hals, das war unumgänglich, damit sie in Position blieb. Zwei jedoch führten durch den Unterleib, das Zentrum der Weiblichkeit. War das Zufall, oder beinhaltete es symbolischen Charakter?

Sie machte einige Aufnahmen, die sie mit der entsprechenden Frage an Dr. Norden weiterleitete.

»Ich kenne diese Frau«, sagte Oliver mit einem Mal.

»Wie das?«, fragte Alexis und deutete auf das entstellte Gesicht.

»Ich erkenne genug. Ich bin mir nur nicht mehr sicher, woher. Gib mir einen Moment.« Er zückte sein Handy und begann hastig zu tippen und zu wischen. Alexis befragte in der Zwischenzeit einen Beamten der Spurensicherung, was sie bisher wussten. Die Fingerabdrücke der Frau waren bereits überprüft worden, fanden sich aber nicht in der Datenbank vermisster Personen. Das wunderte Alexis nicht. Die Leiche sah frisch aus, und bisher hatte der Täter keine Neigung gezeigt, die Opfer lange gefangen zu halten. Sie befanden sich also vermutlich noch in einem Zeitraum, in dem der Polizei die Hände gebunden waren, wenn es um Vermisstenmeldungen von gesunden, jungen Menschen ging. Alexis machte sich gedanklich eine Notiz, dass sie Linda dazu bewegen musste, eine Ausnahmegenehmigung zu bewirken, bis der Killer gefasst war. Solange der sein Unwesen trieb, war es beim Verschwinden einer Frau durchaus naheliegend, an ein Verbrechen zu denken und die Suche unverzüglich einzuleiten.

»Wer hat die Tote gefunden?«

»Ein Mann vom Sicherheitsdienst. Er wurde bereits befragt.« Der Mann wies auf einen Streifenbeamten mittleren Alters.

Sie ging zu ihm hinüber und stellte sich vor. Das Gespräch brachte ihr allerdings auch keine neuen Erkenntnisse. Die Aussage des Mitarbeiters vom Sicherheitsdienst hatte plausibel geklungen, und ein Anruf bei seinem Arbeitgeber hatte seine Angaben bestätigt.

Oliver stieß einen Pfiff aus und winkte sie zu sich. »Ich habe sie.«

Alexis hob überrascht eine Augenbraue.

»Ich bin gestern Tessas Social Media Seiten und ihre Hashtags durchgegangen, um nach Auffälligkeiten zu suchen. Dabei bin ich über truthhurts95 gestoßen, die im realen Leben Emma Fried heißt. Sie scheint einen ziemlichen Zorn auf Tessa gehabt zu haben, beziehungsweise war sie wohl so etwas wie ein Internet-Troll. Sie hat überall ihren Hass verbreitet.«

Er zeigte ihr ein Foto von einer unscheinbaren jungen Frau. Durchaus hübsch, aber auf eine Weise, die erst auf den zweiten Blick auffiel. Erneut gab es eine große Ähnlichkeit zu Tessa Maerten. Sie könnte ihre farblose Schwester sein. Die Vorstellung, dass ausgerechnet diese Frau im Internet derart schockierende Dinge von sich gegeben hatte, wollte nicht in Alexis' Kopf. »Schau mal, was du auf die Schnelle über sie herausfinden kannst.«

37

Bevor sie den Lagerkomplex betrat, wappnete sich Karen für den Anblick der Toten. In diesem Fall war das nicht ganz so simpel. Normalerweise rief man sie, wenn die Leichen sich bereits im fortgeschrittenen Stadium der Verwesung befanden und mit Insekten und deren Larven übersät waren. Es war dann einfacher auszublenden, dass sie es mit einem Menschen zu tun hatte. Dieses Mal gab es keine Krabbeltiere, deren bloße Existenz so viele Fragen aufwarf, dass sie von den Umständen abgelenkt wurde. Hier musste sie sich der ganzen traurigen Wahrheit eines vorzeitig beendeten Lebens stellen.

»Wieder eine leuchtende Leiche?«, fragte sie Alexis statt einer Begrüßung.

»Ich habe dich aber nicht nur deswegen gerufen. Wir brauchen jeden erfahrenen Kriminalisten, jedes geschulte Auge. Wir treten auf der Stelle. Das muss sich ändern.«

»Ich verstehe.« Es besänftigte den noch immer in Karen schwelenden Groll, dass ihre Freundin sie rief, wenn es ernst wurde.

»Der Mörder geht so schnell vor, dass man schon fast an einen Amoklauf denken könnte, wenn es nicht alles so präzise geplant und ausgeführt wäre. Wer weiß, vielleicht hat er schon das nächste Opfer in den Fängen oder lauert Tessa auf? Wir müssen dem so schnell wie möglich ein Ende setzen.«

Karen biss sich auf die Unterlippe. Als wenn sie sich dieser Tatsache nicht bewusst wäre. *Ruhig noch mehr Druck, hilft ja immer.* Sie verkniff sich den sarkastischen Kommentar. Sie wusste, dass ihre Freundin es nicht so meinte, sondern nur die Anspannung, unter der sie selbst stand, mit diesem Redeschwall abbaute.

Nachdem man den Raum für sie verdunkelt hatte, nahm sie Proben von der Haut und den Wunden, suchte nach auffälligen Insekten, entdeckte aber außer den zu erwartenden Fliegenlarven und -eiern keine besonderen Spuren. Natürlich würde sie mit deren Hilfe eine Todeszeitpunktbestimmung vornehmen, um Chris' Ergebnisse abzusichern, aber bei einer so frischen Leiche waren die Rechtsmediziner im Vorteil. Vor allem, da sie als Kriminalbiologin nur sagen konnte, wie lange eine Leiche an einem Ort den Insekten ausgesetzt gewesen war. Sobald man sie bewegt hatte, wurde es komplizierter. Erst recht, wenn man sie vorher zum Beispiel in einer ausgeschalteten Gefriertruhe aufbewahrt hatte, wo keine Tiere an den Körper kamen.

Während sie ihrer Arbeit nachging, kam Alexis zu ihr. »Hast du für das Leuchten bereits eine Erklärung? Irgendetwas, was uns weiterhilft?«

Karen zögerte. Sie mochte es nicht, andere in unbestätigte Theorien einzuweihen, aber bis sie es endgültig überprüft hatte, könnte es noch Tage oder Wochen dauern. »Möglicherweise. In meinen Nachforschungen bin ich nur auf einen einzigen Fall gestoßen – aus dem Jahr 1862.«

»Wie bitte?« Oliver trat zu ihnen. »Das kann nicht dein Ernst sein. Gab es damals schon so etwas wie Kriminalbiologie?«

»Im Grunde ja, aber das ist irrelevant. Während des amerikanischen Bürgerkriegs kam es bei Shiloh, Tennessee, zu einer Schlacht mit dreitausend Toten und sechzehntausend Verletzten.«

»Und die Toten haben geleuchtet?«

»Das weiß ich nicht. Falls ja, ging es in dem Entsetzen darüber unter, dass tatsächlich die Wunden einiger der Lebenden leuchteten.«

»Wow, da wäre ich in Panik ausgebrochen.«

»Das Gegenteil geschah. Die Soldaten mit den leuchtenden Wunden hatten eine höhere Überlebensrate, weshalb sie das Phänomen *Angel's Glow* nannten und als einen Segen betrachteten.«

»War das ein Bakterium? Und gibt es dasselbe auch hier?«

»Im Grunde ja, aber das Ganze ist ziemlich komplex.«

Alexis seufzte. »Das war ja klar. Sind diese Infos für mich wichtig?«

»Möglicherweise.«

»Also gut, dann leg los.«

»Es gibt einen Käfer, den Gefurchten Dickmaulrüssler, *Otiorhynchus sulcatus*, der unter anderem von Erdbeerpflanzen, Rhododendren und Eiben lebt. Er hat allerdings natürliche Feinde, die auch zu seiner Bekämpfung eingesetzt werden, Nematoden, also Fadenwürmer der Gattung *Heterorhabditis*. Diese jagen die Larven des Käfers und nisten sich in ihm ein.«

»Und wann kommen wir zum Leuchten?«

»Gleich, denn jetzt wird es richtig kompliziert. Im Grunde kotzen diese Würmer, sobald sie im Inneren des Käfers sind, Bakterien aus, mit denen sie in Symbiose leben. Dieses Bakterium ist *Photorhabdus luminescens,* und es kann ein blaues Leuchten verursachen. Das Bakterium produziert dann Toxine, die den Käfer töten und alle anderen Mikroorganismen. Der Wurm kann dann ungestört fressen und nimmt unweigerlich auch wieder das Bakterium auf. Sobald der Käfer ausgehöhlt ist, verlassen sie ihn wieder und suchen sich das nächste Opfer, was leicht ist, da das blaue Leuchten vom Bakterium andere Insekten anlockt.«

»Deshalb sind die Soldaten schneller gesund geworden«, sagte Alexis. »Das Bakterium hat alle anderen Erreger abgetötet. Den Fadenwurm gibt es in Deutschland?«

»Ja, Wurm, Käfer und Bakterium kommen hier vor.«

»Und warum leuchten dann nicht regelmäßig unsere Wunden und Leichen?«

»*P. luminescens* kommt mit unserer Körpertemperatur nicht zurecht. Wir sind zu warm. Zur Zeit der Schlacht war es allerdings feucht und kühl, und die Soldaten waren unterversorgt. Viele von ihnen dürften an Unterkühlung gelitten haben, und gerade in den äußeren Körperpartien haben sich dann ideale Bedingungen zur Vermehrung geboten.«

»Wie bekommen wir nun die Kurve zu unseren Leichen? Wie haben die sich infiziert? Sie haben ja offensichtlich nicht tagelang herumgelegen, bevor sie gestorben sind.«

»Nein, aber eventuell ist das Wasser mit dem Bakterium verseucht. Es ist kein Trinkwasser und kein fließendes Gewässer. Bei einer Zisterne, die nicht richtig gewartet wird, könnte es sein, dass es infiziert wurde. Ein paar Käfer, die hineingefallen sind, könnten ausreichen. Oder die Frauen wurden erst an einem Ort festgehalten, an dem der Wurm vorkommt. Sie könnten wie die Soldaten ausgekühlt sein und sich mit dem Wurm beziehungsweise dem Bakterium infiziert haben. Ich würde allerdings eher auf das Wasser tippen, da das Leuchten in den Wunden und an der Lunge am stärksten ausgeprägt war, während im Blut nicht viel zu sehen ist. Das spricht nicht dafür, dass es sich noch lange in einem lebenden Menschen hat ausbreiten können.«

»Du meinst, dass sie schon so gut wie tot waren, als sie in Kontakt kamen, wodurch das Bakterium nicht mehr durch das in uns kreisende Blut zu anderen Organen transportiert wurde.«

»Genau. Es hat sich also nur an den Stellen vermehrt, die mit Wasser in Berührung kamen und gute Bedingungen zur Fortpflanzung boten. Es braucht Feuchtigkeit, die in

Wunden gegeben ist, und Temperaturen über zehn Grad, aber eben auch nicht zu warm. Die letzten Tage waren mild – damit hatte es perfekte Bedingungen.«

»Wie sicher bist du bei deiner Theorie?«

»Gar nicht. Es ist nur die einzige Erklärung, die ich momentan bieten kann. Die Untersuchung wird recht lange dauern. Ich kann diese Bedingungen nur schwer nachstellen, vor allem, da ich keine Ahnung habe, wo das Ganze geschehen ist. Ich züchte aktuell Bakterienkulturen, um zu überprüfen, ob es sich um das Bakterium handelt. Ein Kollege sammelt in der Zwischenzeit Käfer ein, um sie auf Bakterium und Nematoden zu kontrollieren. Finden wir beides, ist die Wahrscheinlichkeit hoch. Mehr kann ich ohne genauere Infos über den Tathergang allerdings nicht sagen.«

»Wir behalten es trotzdem im Hinterkopf. Das ist bisher einer der wenigen brauchbaren Hinweise auf unseren Tatort. Irgendwo muss der Täter seinen Unterschlupf haben, und der kann nicht zu klein sein. Immerhin muss er unbemerkt Frauen rein- und Leichen rausschleppen können. Niemand darf sich an Schreien stören, und er braucht den Platz, um seine ausgefallene Mordmethode umzusetzen und die Gestelle zu bauen.«

»Für deren Transport er ein größeres Fahrzeug benötigt.«

»Erdbeeren hast du gesagt?«, fragte Alexis.

Karen nickte. »Wir haben von denen allerdings sehr viele in der Region. Das grenzt es kaum ein.«

»Besser als gar nichts. Ich werde einen Beamten darauf ansetzen. Vielleicht stößt er ja auf etwas, gerade im Zusammenhang mit alten Brunnen und Zisternen.«

»Ich bin jedenfalls froh, eine wissenschaftliche Erklärung für das Leuchten zu haben«, sagte Oliver.

Karen lachte. »Hast du an Aliens gedacht?«

Oliver zuckte mit den Schultern. »Wer weiß. Es gibt genug unerklärliche Phänomene auf der Welt.«

»Für die wir früher oder später eine wissenschaftliche Erklärung finden werden. Genau wie für die leuchtenden Leichen.«

Chris' Ankunft unterbrach ihr Gekabbel. Trotz seiner ernsten Miene wirkte er mit seinen blonden, wuscheligen Haaren, der breiten Statur und braun gebrannten Haut falsch an diesem Ort.

Karen wusste dennoch, dass er einer der besten Rechtsmediziner war, mit denen sie bisher zusammengearbeitet hatte. Deshalb überließ sie ihm ohne Murren das Feld.

Er holte sein Tablet hervor und öffnete Fotos von den Herzen. »Ich gehe davon aus, dass euch vor allem die Frage interessiert, ob das Nadelherz zu diesem Opfer gehört.« Er leuchtete mit seiner Maglite in das Loch im Brustkorb, wo sich einst das Herz befunden hatte. »Ich kann euch sagen, dass dies mit hoher Wahrscheinlichkeit der Fall ist. Zur Bestätigung benötige ich natürlich die genetische Analyse. Todeszeitpunkt und Entnahme des Organs scheinen übereinzustimmen, und die Schnitte sind an denselben Stellen. Um uns auf die falsche Fährte zu locken, hätte er große Anstrengungen unternehmen müssen. Eins fällt mir jedoch auf.« Er deutete auf einen tiefen Schnitt am Oberschenkel. »Es kann gut sein, dass der hier die Oberschenkelarterie verletzt hat. Dann wäre sie innerhalb kürzester Zeit verblutet und nicht ertrunken.«

»Außer die Verletzung wurde post mortem zugefügt.«

»Das muss ich noch überprüfen, aber andere Indizien sprechen dafür, dass sie zwar im Wasser war, aber nicht ertrunken ist.«

Karen biss sich auf die Unterlippe. Bei diesem Fall kam sie sich so nutzlos vor. Bis auf ein paar Untersuchungen an Diatomeen und eine wilde Theorie zum Leuchten hatte sie noch nicht wirklich etwas beigetragen. Wenn sie wenigstens den genauen Ablauf des Mordes hätten ermitteln können. Waren es womöglich mehrere Täter? Sie sah Alexis an, dass es ihr ähnlich ging. »Danke«, sagte ihre Freundin und verabschiedete sich von ihnen. Sie musste das weitere Vorgehen der Spurensicherung, der Beamten und den Abtransport der Leiche organisieren.

Karen assistierte Chris, der für seine eigenen Unterlagen dokumentierte, wo welcher Pfahl in welchem Winkel eingedrungen war, und die exakte Position der Leiche auf dem Gestell. Als sie hinter der Leiche stand, fiel ihr etwas in der Achsel der Toten auf. Sie beugte sich vor und entdeckte eine relativ große Faser. Sofort rief sie jemanden von der Spurensicherung herbei, der sie sicherte. »Guter Blick«, lobte er Karen.

»Wissen Sie, was das sein könnte?«

Der Mann verneinte. »Nicht wirklich.«

»Informieren Sie mich bitte, wenn Sie etwas herausfinden.«

»Gern, aber ich kann Ihnen auch einen Teil der Probe zukommen lassen. Es ist ausreichend vorhanden, und auf den ersten Blick könnte ich mir vorstellen, dass es etwas Organisches ist.«

Karen nickte. »Das wäre super.«

Der Mann verabschiedete sich, sodass Chris die Gelegenheit nutzte, sie in ein Gespräch zu verwickeln. »Kommt ihr gut mit den Reisevorbereitungen voran?«

Zuerst war Karen irritiert, dass er sich an diesem Ort über so etwas Belangloses unterhalten wollte, aber dann wurde ihr klar, dass er wie sie Ablenkung suchte. Sie betrachtete ihn genauer. Die Augenringe, die ihr bereits letztes Mal aufgefallen waren, lagen noch immer unter seinen Augen, und unter der Bräune war seine Haut fahl. Sie wollte ihn danach fragen, beschloss jedoch, es auf ein anderes Mal zu verschieben. Jetzt gerade brauchten sie etwas Erfreuliches und sollten keine weiteren Probleme wälzen.

Sie erzählte ihm von ihren Plänen, der Schutzstation für Leguane auf Madagaskar und der Arbeit ihrer Freunde. Sie freute sich aufrichtig auf den Urlaub. Endlich wieder etwas erschaffen, etwas schützen und sich nicht nur mit dem beschäftigen, was andere vernichtet hatten.

»Und Merle?«, fragte Chris. »Freut sie sich auch?«

Karen zuckte mit der Schulter. »Wenn ich das wüsste. Ich hoffe es. Manchmal frage ich mich allerdings, ob sie sich überhaupt noch über etwas freuen kann. Sie scheint zu glauben, kein Glück zu verdienen.«

»Es ist hart für sie.«

»Natürlich.« *So viel zum Thema lockerer Small Talk*, dachte Karen. Dafür waren sie wohl beide nicht der Typ. »Ab und an frage ich mich, ob ich mir nicht zu viel zugemutet habe, als ich die Verantwortung für sie übernommen habe.«

»Ich schätze, das geht allen Eltern so. Ob sie die Kinder adoptieren, in Pflege nehmen oder auf natürlichem Weg bekommen. Man weiß erst, auf was man sich einlässt, wenn man bereits mittendrin steckt.« Er machte eine Pause. »Manche Verantwortung wird man nie los. Sie begleitet einen für den Rest des Lebens, und man muss sich mit ihr so gut wie möglich arrangieren.«

Sie spürte, dass er aus eigener Erfahrung sprach, wartete darauf, dass er fortfuhr, doch er schwieg. Bevor sie nachhaken konnte, trat er einen Schritt zurück. »Ich bin fertig und werde zusammenpacken. Ich muss in der Rechtsmedizin alles für die Obduktion vorbereiten.« Er lächelte sie an. »Wir sehen uns.«

38

An diesem Tag bewies Dolce, warum sie so eine großartige und von allen respektierte Chefin war. Statt die Besprechung in der Feuerwache oder an einem anderen seltsamen Ort abzuhalten, mietete sie auf eigene Kosten einen Raum in dem Lieblingscafé von Oliver und Alexis. Die Frustration im Team war inzwischen hoch. Zwei Leichen in so kurzer Zeit und keine wirklichen Anhaltspunkte, kein Gefühl, dem Täter näherzukommen. Tatsächlich half diese Geste etwas, um die Stimmung zu heben. Den restlichen Mitarbeitern der Soko ließ sie aus Louises Café, das zu klein für so ein Meeting war, Macarons und Muffins liefern.

Alexis beobachtete Oliver, der genüsslich seinen Käsekuchen zerteilte, während sie ihre Gedanken sortierte. Sie selbst hatte noch keinen großen Appetit. Sie konnte den Anblick der leuchtenden Toten nicht vergessen.

»Ich fasse zusammen«, sagte Linda, nachdem man sie und die anderen auf den aktuellen Stand gebracht hatte. »Wir wissen, dass alles mit Tessa und damit zumindest indirekt mit dem Mühlsteinhof zusammenhängt. Das erste Opfer kann man mit als Grund dafür betrachten, dass sie dort gelandet ist, und das zweite hat sie persönlich angegriffen. Damit spricht weniger dafür, dass der Täter Rache für Jasmin nehmen will. Wir konzentrieren uns also weiter auf Tessa und den Hof.«

Alexis dachte an Thimo Sattler, dessen Überprüfung bisher

nichts ergeben hatte. Er war ein unbescholtener Bürger, der erst durch die Verwicklung in die Ereignisse um Tessas Rettung in Erscheinung getreten war.

»Vielleicht will der Täter uns auch nur ablenken.«

»Du meinst, dass ihm Tessa egal ist und er es in Wirklichkeit aus anderen Gründen auf die Frauen abgesehen hat?«

»Das halte ich für unwahrscheinlich«, meldete sich Norden zu Wort. »Es gab Fälle, in denen eine Reihe von Menschen getötet wurde, um einen bestimmten Mord zu verschleiern. Da lag das Motiv gewöhnlicherweise bei Rache oder Habgier. Die Inszenierung der Leiche, die Brutalität des Vorgehens und das Versenden der Herzen spricht eher für jemanden, der Spaß am Töten hat. Zudem war es ein hohes Risiko, das Herz persönlich abzugeben. Das deutet eindeutig auf eine Fixierung auf Tessa Maerten oder Meike Harms hin.«

»Wir sollten trotzdem alle Optionen im Blick behalten«, sagte Alexis. »Bauwart, Volkers, Stein und Lange nehmen das Umfeld der Opfer unter die Lupe. Vielleicht findet sich noch eine weitere Gemeinsamkeit.«

»Gibt es passende Vermisstenfälle?«, erkundigte sich Linda und zerrupfte dabei die vor ihr liegende Nussschnecke. »Der Abstand zwischen den Leichenfunden ist so gering, dass er womöglich schon das nächste Opfer in seiner Gewalt hat.«

»Nein, aber das muss nicht viel bedeuten. Wenn junge Frauen, insbesondere Studentinnen, für eine Nacht nicht nach Hause kommen, kann die Polizei üblicherweise keine Vermisstenmeldung aufnehmen.«

Linda nickte. »Stimmt. Ich kümmere mich darum, dass sich das ändert, bis wir den Irren haben. Aktuell besteht definitiv eine mögliche Gefahr für Vermisste.«

»Wir sollten unsere Nachforschungen nach Vermisstenfällen nicht nur auf Mannheim konzentrieren, sondern auch auf die Gegend um den Hof ausweiten. Dazu deutschlandweit untersuchen, ob es Morde nach einem ähnlichen Muster gab.«

»Du glaubst, dass der Täter bereits vorher aktiv war und ihr hierher gefolgt ist?«

Zu Alexis' Überraschung mischte sich Dr. Norden ein. »Das wäre eine plausible Theorie. Tessa Maerten ist einem Mörder entkommen. Dabei ist zweitrangig, ob David Kunze sie von Anfang an hatte töten wollen. In den Medien wurde er als wahnsinniger Killer und Folterknecht beschrieben. Jagd auf die Frau zu machen, die Kunze entkommen ist, könnte den mörderischen Ehrgeiz eines anderen angefacht haben. Er will beweisen, dass er besser ist. Besser als der Mann, der so viel Aufmerksamkeit erhalten hat.«

»Warum bringt er sie dann nicht einfach um?« Volkers verzog verächtlich die Mundwinkel. Er hielt von dem ganzen psychologischen Gerede nicht viel, sondern bevorzugte klassische Indizien und Polizeiarbeit.

»Es könnte eine Art Spiel für ihn sein und eine Herausforderung. Tessa Maerten eine Warnung zukommen zu lassen erhöht die Schwierigkeit, zögert die Qual des Opfers heraus und zementiert so seine Überlegenheit, wenn er sie letztendlich tötet.«

»Es könnte ihm auch um die mediale Aufmerksamkeit gehen«, sagte Alexis. »Die Ereignisse auf dem Mühlsteinhof haben die Nachrichten dominiert, während er bisher vielleicht im Verborgenen agiert hat. Durch die Herzen und anderen Morde wird er nun auch beachtet. Stellt euch den Aufschrei vor, falls Tessa ermordet wird. Das würde kaum einer vergessen.«

»Habt ihr das Umfeld von diesem Kunze schon genauer beleuchtet? Möglicherweise hatte er wissentlich oder unwissentlich Kontakt zu unserem Mörder.«

Alexis erzählte von dessen Schwester.

»Wurde sie bereits befragt?«

»Ich habe einen Termin für übermorgen.«

Linda runzelte die Stirn. »Warum erst dann?«

»Ich möchte morgen zum Mühlsteinhof fahren und den dortigen Polizisten Feuer unterm Hintern machen. Wir haben bisher nur einen kleinen Teil der Unterlagen erhalten. In mir drängt sich immer mehr der Verdacht auf, dass dort nicht sorgfältig gearbeitet wurde, und nun versucht wird, es zu vertuschen.« Sie berichtete von Thimo Sattlers Besuch und seinen Anschuldigungen. »Falls ihnen etwas entgangen ist, könnte es unsere gesamten Ermittlungen sabotieren.«

Linda rührte nachdenklich in ihrem Kaffee. »Ich verstehe, dass wir behutsam mit Kunzes Schwester umgehen müssen, aber mir gefällt es nicht, dass wir es so weit rauszögern.«

»Mir auch nicht, aber ich würde es gern selbst übernehmen, und am Telefon würde es mir nicht genügen. Sie ist weder Zeugin noch Verdächtige. Wir sind auf ihre freiwillige Kooperation angewiesen.«

»Also gut, wenn ihr zum Hof fahrt, komme ich mit.«

»Wieso das?«, fragte Alexis überrascht.

»Du sagst selbst, dass alles seinen Anfang auf diesem Mühlsteinhof nahm, und ich bin am Ende diejenige, die die Entscheidungen treffen muss und hoffentlich auch die Anklage führt. Ich will einen Eindruck von alldem bekommen, mir ein eigenes Bild machen. Dann habe ich mehr Überzeugungskraft vor einem Richter. Und eines solltest du nicht vergessen.« Sie grinste Alexis an. »Als Staatsanwältin kann ich diesem Sven Berger die Hölle so richtig heißmachen, wenn er die Unterlagen nicht rausrückt, und ich freue mich auf die Gelegenheit, etwas Dampf abzulassen.«

Zuerst wollte Alexis protestieren. Sie konnte ihre Kämpfe durchaus alleine ausfechten, aber dann stellte sie sich vor, wie der Mann sich Linda stellen musste, und mit einem Mal gefiel ihr die Idee ausgesprochen gut. »Wir brechen morgen um sieben Uhr auf.«

Linda nickte. »Ich verschiebe meine Termine.«

Nach der Besprechung fuhr Alexis noch kurz zur Feuerwache, um Anweisungen zu hinterlassen. Sie erwartete nicht, vor morgen Abend zurück zu sein. Wie so oft führte sie auf der Fahrt ein paar Telefongespräche und war für die Technik einer Freisprecheinrichtung dankbar. Ihr ehemaliger Mentor Rainer Austerlitz hatte ihr oft von den Herausforderungen der Polizeiarbeit zu Beginn seiner Laufbahn erzählt. Kein Internet, Tablet, Handy, keine digitalen Akten und Computer. Ein Paradies für Verbrecher. Gleichzeitig hatten das Internet und Krimiserien dazu geführt, dass Täter inzwischen viel besser über die Möglichkeiten der Forensik Bescheid wussten als früher. Wer käme heute noch auf die Idee, einen Einbruch ohne Handschuhe durchzuführen? So hatte alles seine zwei Seiten.

Eines der Telefongespräche führte sie mit Charlie. Sie hatte lange mit sich gerungen, aber letztendlich eingesehen, dass Stephan recht hatte. Sie war extra nach London gereist, um mehr über ihre Familie zu erfahren, und nun bekam sie genau das und sogar mehr: ein lebendes Familienmitglied. Sie musste ihre Ängste beiseiteschieben und sich darauf einlassen. Sie würde sich mit ihr treffen, um sich ein eigenes Bild von der Frau zu machen, und verabredete sich für den Abend in einem Café in der Heidelberger

Innenstadt. Das bot ihr die Möglichkeit, schnell zu verschwinden, wenn es sich nicht so entwickelte, wie sie es sich erhoffte. Alexis zwang sich zum Optimismus, auch wenn sie Charlies Auftauchen genau dann, wenn sie es mit einer neuen Mordserie zu tun hatten, verdächtig fand. Aber welchen Bezug sollte sie zu Tessa haben, oder steckten doch die Leute von der True-Crime-Show dahinter?

39

Ich öffne die Schublade meines Nachtschränkchens, kontrolliere, ob Pfefferspray, Messer und der Wurfstern, den ich unter der Hand von einem ehemaligen Studienkollegen gekauft habe, noch an ihrem Platz liegen. Den Vorgang wiederhole ich in jedem Raum meiner Wohnung. Als ich sie gemietet habe, waren mir die Nähe zu öffentlichen Verkehrsmitteln, die Bausubstanz und der Hausmeisterservice gleichgültig gewesen. Mir war es vor allem um die Sicherheit gegangen. Nicht im Erdgeschoss, damit niemand durch die Terrassentür oder ein Fenster einsteigen konnte. Dazu ein Schnitt, der es ermöglicht, sie gut zu verteidigen, und ein Bad mit stabiler Tür, an die ich ein weiteres Schloss angebracht habe. Perfekt, um sich im Notfall darin zu verbarrikadieren. Im Badschrank unter dem Waschbecken befindet sich eines von drei Festnetztelefonen auf seiner Ladestation, ebenso wie ein Wegwerfhandy. Ja, mein Leben hat sich verändert, und ich blicke auf mein altes Ich mit einer Mischung aus Verachtung für die Naivität, mit der ich durch das Leben gegangen bin, und Sehnsucht nach diesen unbeschwerten Zeiten.

Manche Menschen bewundern mich für meine Stärke, loben meinen Lebenswillen. Wenn sie die Wahrheit kennen würden, sähen sie es anders. Ich habe damals daran gedacht, mich umzubringen. Mehr als einmal. Wenn man in einer kleinen Zelle sitzt, ohne eine Waffe, ist jede Art von Selbstmord jedoch eine große Herausforderung. David schien an alles gedacht zu haben. Wir hatten keine Bettlaken, aus denen man sich einen Strick hätte binden können. Wir bekamen kein Besteck, Plastiktüten oder irgendetwas, was man gegen sich richten konnte. Und Jasmin? Die konnte ich nicht darum bitten, mich zu töten. Selbstmord war ohnehin der feige Ausweg, die beste Freundin dazu einzuspannen, absolut unmöglich. Jasmin hätte das nie gemacht. Erst recht nicht aus Angst vor der Strafe, die ER ihr zukommen lassen würde. Und sie allein zu lassen war auch unvorstellbar.

Nein, Selbstmord war keine Option, und damit blieb nur noch eines: Überleben.

Wer hätte gedacht, dass mir einst ausgerechnet unsicheres und unterwürfiges Verhalten einmal helfen würde? Also, liebe Eltern, achtet darauf, dass eure Kinder lernen, sich bedingungslos zu unterwerfen, keinen eigenen Willen zu haben und absolut demütig zu sein, damit sie überleben, sollten sie in die Hände eines Irren fallen.

Ich beende meinen Kontrolldurchgang, lege nach einem kurzen Zögern das letzte Messer an sein Versteck. Wie leicht es doch wäre, das alles zu beenden. Ich habe genug über Selbstverteidigung gelesen, um zu wissen, wo ich einen Schnitt ansetzen muss, um innerhalb von Sekunden bewusstlos zu werden und zu verbluten. Aber noch bin ich nicht bereit aufzugeben, nicht nach all dem, was ich getan habe, um wieder hier zu sein.

40

In einem anderen Leben

Tessa wusste nicht, wie viele Wochen inzwischen vergangen waren. Es mussten viele sein.

So schrecklich das Leben auch war, so folgte es einer fast

schon beruhigenden Routine mit strengen Regeln und harten Konsequenzen für jeden Fehltritt. Man musste nicht nachdenken. Nur existieren. Manchmal gab Tessa diesem äußerlichen Zwang nach, indem sie einfach aufhörte nachzudenken und ihren Verstand in ein dunkles, unerreichbares Verlies sperrte. Wie bei einem rein instinktgesteuerten Tier verstrich so ein Tag nach dem anderen. Doch dann war da eine innere Stimme, die sie wachrüttelte, daran erinnerte, dass sie nicht aufgeben durfte.

Sie bekamen Essen, gerade genug, um zu überleben. Wurst, Käse, Brot und an manchen Tagen, von denen sie glaubte, dass es Sonntage sein könnten, gab es eine warme Mahlzeit. Früher hätte sie sich zwingen müssen, eine Nudelsuppe aus der Dose zu essen. Jetzt hingegen erinnerte sie sich voller Sehnsucht an den Tag, an dem sie diese bekommen hatte. Wann immer sic daran dachte, lief ihr das Wasser im Mund zusammen.

Zu trinken gab es in Plastikflaschen. Sie wurden an dem Wasserhahn an der gegenüberliegenden Wand aufgefüllt. Dort hing auch der Gartenschlauch, mit dem sie und die Käfige regelmäßig abgespritzt wurden. Es gab nicht mehr viel, das sie von Tieren unterschied.

In unregelmäßigen Abständen kam David. Nur selten ließ er sie sein Gesicht sehen. Meistens verhüllte er sich. Entweder mit einer Kapuze, oft mit schauerlichen Horrormasken. Hin und wieder bekamen sie Nahrung und Wasser für mehrere Tage. Beim ersten Mal hatten sie noch den Fehler gemacht, aus lauter Hunger das Essen in kürzester Zeit zu verschlingen, und dann kam er nicht wieder. Bei seiner Rückkehr hatten sie ihn regelrecht angefleht, ihnen etwas zu essen zu geben.

Jetzt gerade befand sich Tessa in einer der immer seltener werdenden Phasen des Widerstandes.

»Was machst du denn da?«, zischte Jasmin, als die ersten Haarsträhnen fielen. »Hör sofort damit auf.«

Doch Tessa dachte gar nicht daran. Das letzte Mal, als sie sich gegen ihn aufgelehnt hatte, sich geweigert hatte, sich auszuziehen und umzudrehen, damit er sie vergewaltigen konnte, da hatte er sie an ihren langen dunklen Haaren gepackt und über den Boden geschleift. Anschließend hatte er ihr mehrfach in den Unterleib getreten. Jetzt saß sie in ihrer Zelle und riss ihre Haare Strähne um Strähne am Haaransatz aus, sodass ihre Locken zu Boden fielen. Nie wieder würde ihr das passieren. Eine Angriffsfläche weniger. Sie sah Jasmin an, ihre Freundin, die sie kaum noch wiedererkannte. »Du solltest das auch machen. Wenn wir fliehen, sind sie nur hinderlich und bringen uns in Gefahr.«

»Bist du nicht diejenige, die gesagt hat, dass wir ihm gehorchen müssen, uns anpassen, damit wir überleben?«

»Aber nicht um jeden Preis. Als ich das gesagt habe, war ich naiv und habe noch an eine Rettung geglaubt. Inzwischen weiß ich, dass wir selbst dafür sorgen müssen. Wir dürfen uns nicht aufgeben.«

»Hast du schon vergessen, was er mit dir gemacht hat? Was, glaubst du, passiert, wenn er uns bei einer Flucht erwischt?«

Tessa lachte bitter. »Dann darf er uns nicht schnappen.« Sie deutete auf ihre Narben, ihre verstümmelte Brust. Statt einer Brustwarze befand sich da nur von Schorf überzogene, runzelige Haut. »Ich werde das nie vergessen, und er wird dafür bezahlen.«

»Ich will das nicht. Ich habe Angst. Solange wir mitspielen, behandelt er uns gut.«

Tessa spuckte in ihren Nachttopf. Das also nannte Jasmin inzwischen eine gute Behandlung. Sie sah auf ihre blauen Flecken von den Schlägen, die Brandnarben von den Zigarettenstummeln, die er auf ihr ausdrückte. Nicht zu vergessen der wunde Intimbereich. Er bevorzugte Jasmin, aber ab und an vergriff er sich auch an ihr, als wollte er ihren Widerstand brechen.

Sie sah auf den kümmerlichen Rest ihrer Lebensmittelvorräte. Bald würde er zurückkommen, und auch wenn es verrückt klang, aber etwas in ihr freute sich darauf. Manchmal brachte er ihnen kleine Geschenke mit. Schokolade, Gummibärchen oder Seife. Das war aber nicht der einzige Grund, warum sie hoffte, dass er zurückkehren würde. Ab und an hatte sie den Eindruck, dass seine Quälereien das Einzige waren, was sie noch mit Jasmin verband. Wann immer Tessa schreiend auf dem Boden lag, sah sie das Mitleid in den Augen ihrer Freundin. Waren sie alleine, nur mit den eigenen Gedanken in dieser trostlosen Welt beschäftigt, dann spürten sie, wie groß die Kluft zwischen ihnen war.

Der Wandel war schleichend vor sich gegangen. Zuerst mit den immer wiederkehrenden Qualen, denen sie wegen Jasmins unbeherrschtem Verhalten ausgesetzt war. Schließlich hatte sich bei Tessa die Erkenntnis festgesetzt, dass niemand kommen würde, um sie zu retten. Sie waren auf sich allein gestellt. Während Jasmin nach und nach an der Situation zerbrach und ihren Widerstand aufgab, erwachte in Tessa ein Kampfgeist, von dem sie nicht gedacht hatte, dass er in ihr steckte.

»Wir müssen alles dafür tun, dass wir hier lebend rauskommen.«

»Genau das mache ich«, zischte Jasmin. »Überleben. Und du hältst mich nicht davon ab.«

Tessa hörte ein Rumpeln im Haus. War er wieder da? Manchmal glaubte Tessa, dass er Besuch hatte oder noch ein anderer Mensch hier lebte. Sie war sich nicht sicher, aber je mehr sie darauf achtete, desto mehr sprach in ihren Augen dafür. Auf der anderen Seite konnte es ebenso gut ein Haustier sein, eine Katze oder ein Hund.

Sie sah zu Jasmin, die leise stöhnte. Ihr Gesicht war kreidebleich. »Was ist mit dir?« Hoffentlich wurde sie nicht krank. Ein Arzt würde hier sicher nicht herkommen.

»Mir … O Gott …« Sie sprang auf und übergab sich in den Nachttopf.

41

Alexis, Oliver und Linda trafen sich mit Sven Berger auf der Polizeistation in der für den Mühlsteinhof verantwortlichen Kleinstadt Wermaden. Sie hatte sich auf keine Diskussion mit dem Mann eingelassen, sondern das Gespräch nach der Mitteilung, dass sie kommen würden, direkt beendet. Sie verstand, dass er sich davon persönlich angegriffen fühlte. Es war ja auch tatsächlich so, dass sie unter anderem deshalb kamen, um seine Arbeit zu überprüfen. Zudem brauchten sie natürlich dringend die Akten, und Alexis wollte auch ein Gefühl für die Gegend, die Ereignisse auf dem Hof bekommen. Sie vertraute bei Ermittlungen auf ihren Instinkt, aber der musste zuvor ausreichend mit Eindrücken gefüttert werden.

Bei ihrem Empfang machte der Polizist seine Ablehnung umso deutlicher. »Ich dachte, Sie haben eine Mordserie in Mannheim, um die Sie sich kümmern sollten, anstatt in der Gegend herumzureisen. Wenn Sie Urlaub machen wollen, kann ich Ihnen ein paar schöne Gasthöfe empfehlen.«

»Wenn Sie uns Ihre Akten hätten zukommen lassen, dann hätten wir uns das sparen können.«

»Wie ich sagte, die verantwortliche Beamtin ist in Urlaub, und ich wüsste nicht, was Ihnen die weiterhelfen sollte. Kunze ist tot. Die Sache ist abgehakt.«

Alexis war sich nicht sicher, ob der Mann so dumm war, grundsätzlich ein Arschloch oder mit Frauen ein Problem hatte. Als Linda sich vor ihm aufbaute und er sie voller Verachtung von unten bis oben musterte – angefangen bei den schicken Manolos an ihren Füßen, über den Bleistiftrock zur Seidenbluse –, war ihr klar, dass es am Geschlecht lag. Die Staatsanwältin ließ sich davon jedoch nicht beirren. »Herr … Sperber? Oder wie war noch gleich Ihr Name?«

»Sven Berger.«

»Ihr verantwortlicher Staatsanwalt ist mit einer meiner ehemaligen Kommilitoninnen verheiratet. Wenn wir die Unterlagen nicht bis zu unserer Abreise sowohl digital als auch in Papierform erhalten, werde ich Anklage wegen Behinderung der Polizei erheben, und glauben Sie mir, niemand wird sich schützend vor Sie stellen.«

Berger zögerte einen Moment, man sah regelrecht, wie es hinter seiner Stirn arbeitete, dann knickte er ein. »Ich sehe zu, was ich machen kann. Gehen Sie zum Parkplatz vor, ich hole Sie in zwei Minuten ab.«

Der Weg zum Mühlsteinhof führte sie im strahlenden Sonnenschein vorbei an Wanderern, Kindern und Hunden, die auf Wiesen spielten in der herrlichen Idylle der Schwäbischen Alb. Alexis spürte eine Sehnsucht danach, die bewaldeten Berge und satten grünen Täler zu erkunden oder die Donau, die noch nichts von ihrer späteren Größe erahnen ließ, entlangzuwandern.

Der Hof selbst lag unweit vom Fluss am Ende eines abgeschiedenen Tales. Die Zufahrt bestand aus einer einspurigen Schotterpiste, die sie durch ein Hoftor führte, an dessen Seite der Briefkasten geschraubt worden war. Einen halben Kilometer folgten sie dem Weg durch ein kleines Waldstück, bis sie um eine Kurve kamen und sich eine Lichtung, in dessen Mitte sich der Hof befand, vor ihnen auftat. Alexis hatte sich immer wieder gefragt, wie es hatte sein können, dass niemandem etwas aufgefallen war. Warum niemand bemerkt hatte, dass auf dem Mühlsteinhof zwei Frauen über Monate gefangen gehalten und gefoltert worden waren. Jetzt, da sie dessen Lage kannte, wunderte sie sich nicht mehr. Nur selten dürfte sich ein Wanderer dahin verirren, und der verwahrloste Zustand der Gebäude und der angrenzende Bauerngarten luden nicht gerade zum Verweilen ein. Dazu keine Nachbarn, die sich gegenseitig im Auge behielten, rein gar nichts.

Als sie näher herangingen, entdeckte Alexis keinen Hinweis darauf, dass hier in den letzten Jahren Vieh gehalten worden war. Nur ein rostiger Traktor samt einer Vorrichtung, um Bäume aus dem Wald zu ziehen, und ein Stapel Holz zeugten davon, wie Kunze sich über Wasser gehalten hatte.

Alexis hatte gelesen, dass der Hof sich im Besitz der Eltern befunden hatte und nach deren Tod an ihren Sohn übergegangen war. Sie hatten jedes Schlupfloch ausgenutzt, damit ihre Tochter nur einen winzigen Betrag bekam und David Kunze den gesamten Rest. Ein weiterer Grund, warum Alexis nicht glaubte, dass die Schwester in die Morde verwickelt war. Sie hatte offenbar kein gutes Verhältnis zu ihrer Familie gehabt und dementsprechend keinen Grund ihren Bruder zu rächen. Laut Alexis' Unterlagen war die Schweser bereits als junges Mädchen nach Pforzheim gezogen, um eine Lehre zu machen. Sich in einer WG mit sieben Leuten von einem Lehrlingsgehalt über Wasser zu halten war sicher nicht einfach gewesen. Ihr Wunsch von der Familie wegzukommen musste entsprechend groß gewesen sein.

Die Versiegelung an der Tür war noch intakt. »Ist niemand gekommen, um nach dem Rechten zu sehen oder auszuräumen?«

Berger zuckte mit den Schultern. »Kunze hatte nicht viele Freunde, und nach dem, was hier passiert ist, wollte keiner in Verbindung mit ihm gebracht werden. Die Schwester hat das Erbe noch nicht angetreten und alles einem Anwalt übergeben. Kunze hatte Schulden, und wer wird diesen Hof noch kaufen nach der ganzen Geschichte? Das kann sich ewig ziehen.«

Sie brachen die Versiegelung und betraten das Wohngebäude. Neben diesem gehörten noch ein ehemaliger Stall, eine Scheune und ein Geräteschuppen zum Mühlsteinhof. Jedes in noch schlechterem Zustand als das andere. Hinter dem Hauptgebäude lag der Bauerngarten, von dem aus ein Weg in den Wald hinein in Richtung Donau führte.

Das Innere des Hauses empfing sie mit einem schmalen Flur, der seit wenigstens dreißig Jahren nicht mehr renoviert worden war. Sie gingen an vergilbten Tapeten und staubigen Bildern mit Jagdszenen vorbei in die Wohnstube, an der die Küche angrenzte. Linda verzog das Gesicht. In dem Raum stand von Schimmel überzogenes Geschirr, und in den Ecken klebte eine schwarze Dreckkruste auf den Fliesen.

Alexis sah zu Berger hinüber, entdeckte das amüsierte Grinsen in seinem Gesicht. Er hatte offenbar seine Freude an ihrer Reaktion.

Plötzlich erklang ein Poltern. Sofort waren alle Animositäten vergessen. Alexis zog wie die anderen ihre Waffe, stellte sich schützend vor die Staatsanwältin. »Was war das?«, fragte sie leise.

»Wir sind auf dem Land.« Berger wirkte nicht übermäßig besorgt. »Vielleicht ist ein Marder über das Dach gelaufen.«

»Nein, das war im Haus. Es kam von oben. Bleiben Sie mit Landgraf hier, wir schauen uns das an.«

»Sie glauben doch nicht im Ernst, dass …«

»Doch«, schnitt Alexis ihm das Wort ab. »Genau das tue ich, und nun seien Sie still. Oliver und ich sind seit Jahren Partner. Die Staatsanwältin braucht Schutz, also tun Sie Ihre verdammte Pflicht.«

»Na schön«, gab er nach. »Stellen Sie sich in diese Ecke«, wies er Linda an.

Zufrieden registrierte Alexis, dass er offensichtlich nicht ganz unfähig war. Seine Wahl war gut durchdacht. Linda war dort weitgehend sicher vor Querschlägern, befand sich nicht in Sichtweite eines Fensters oder bot sonst eine Angriffsfläche.

42

Alexis gab Oliver einen Wink, und sie schlichen zurück in den Flur und folgten dem Gang zu einer Treppe. Das Geräusch hatte geklungen, als wäre es von oben gekommen. Also stiegen sie langsam die Stufen hoch. Oliver sicherte nach hinten, Alexis nach vorne. Das obere Stockwerk bot nicht viel Platz. Ein zentraler Gang, von dem drei Räume abzweigten. Die Tür zum ersten stand offen. Ursprünglich war es wohl ein Kinderzimmer gewesen. Inzwischen war er mit Ramsch und Dingen, die sonst in einen Keller gehört hätten, zugestellt. Alexis ging hinein, während Oliver die Tür im Auge behielt. Es dauerte nicht lange, da hatte sie die Gewissheit, dass sich in diesem Chaos niemand versteckte.

Der Raum zu ihrer Linken war das Schlafzimmer gewesen. Ein Doppelbett, Klamotten auf dem Boden und ein rustikaler Holzschrank dominierten das Bild. Am Fenster hing eine gelbliche Spitzengardine.

Blieb die Tür am Ende des Flurs. Kaum hatten sie diese geöffnet, hörten sie auch schon das Fauchen. »Schnell.« Oliver zog sie hinein, schaltete das Licht an – immerhin hatte noch niemand den Strom abgestellt – und schloss die Tür hinter ihnen.

Nur die hinter einer dichten Reihe an Regalen liegende Tapete ließ erahnen, dass auch das einst ein Kinderzimmer gewesen war. Auf den Regalbrettern standen eingemachte Früchte, Zwiebeln, Gurken und anderes Gemüse, und in einer Ecke kauerte eine abgemagerte, getigerte Katze, die sie mit weit aufgerissenen Augen anstarrte.

Alexis sah sich um. »Wie ist die hier reingekommen?« Das dreckverkrustete Fenster war geschlossen.

»Die sitzt schon eine Weile fest. Sieh sie dir doch an.« Er deutete auf zwei leere Plastikschalen. Ein Blick zur Decke offenbarte, dass es offenbar hereinregnete und diese zum Sammeln des Wassers dienten. »Sie hat das Regenwasser getrunken. Wir müssen sie zu einem Tierarzt bringen«, sagte Oliver. »Hol einen Karton aus dem Nebenraum und irgendwelchen Stoff.«

Sie folgte seinen Anweisungen, kippte einen Karton voller alter Kleidung aus, nahm ihn und ein paar Sweatshirts und brachte sie zu ihrem Partner. Er hatte es inzwischen geschafft, sich dem verschreckten Tier bis auf wenige Meter zu nähern. Nur ab und an erklang ein Fauchen, während die Katze regelrecht in der Wand zu verschwinden suchte.

Er umwickelte seine Arme mit zwei Shirts. »Ich schnappe mir das Tier, und du hältst dich mit dem Karton bereit.«

Die Vorsichtsmaßnahme erwies sich jedoch als unnötig. Wie so viele andere hatte auch dieses Tier Vertrauen zu Oliver gefasst oder war zu geschwächt, um Gegenwehr zu leisten. Behutsam setzte er es in den Karton und schloss den Deckel. »Es ist ein Kater. Ich bringe ihn zum Tierarzt. Du kommst doch alleine klar, oder?«

»Natürlich.« Sie wusste, dass sein tierliebes Herz es nicht zulassen würde, den Kater weiter ohne Nahrung und frisches Wasser zu lassen. Ihres zugegebenermaßen auch nicht.

Er zückte sein Handy. »Mist, kein Empfang. Ob dieser Berger weiß, wo einer ist?«

Sie gingen zurück, berichteten, was vorgefallen war. Erstaunlicherweise erhob auch Berger keine Einsprüche. Er hatte zwei Dobermänner und beschrieb Oliver den Weg zum Tierarzt, der sich sofort mit seinem Auto auf den Weg machte. Berger würde Linda und Alexis zurück zur Polizeistation mitnehmen.

»Wie lange das Tier hier wohl gefangen war?«, sinnierte Linda. »Wann wurde das Haus das letzte Mal betreten?«

»Vor drei Wochen oder einem Monat. So genau weiß ich das nicht mehr.«

»So lange hat der Kater sicher nicht durchgehalten. Irgendjemand muss in der Zwischenzeit hier gewesen sein.«

»Es war doch versiegelt«, wandte Berger ein. »Vielleicht hat sich das Viech durch ein Loch im Dach oder ein kaputtes Fenster reingeschlichen, wer weiß. Die Tür kann es selbst zugestoßen haben.«

»Oder es war doch ein Mensch, der nach etwas gesucht haben könnte.«

»Was soll denn das gewesen sein?«, schnappte Berger. »Hier gibt es nichts. Will das nicht in Ihren Schädel?«

»Es könnte ein Journalist oder Blogger gewesen sein, der ein paar Fotos machen wollte. Nur wie ist die Person reingekommen?« Sie sah Berger auffordernd an.

Der hob die Hände. »Schon gut. Ich werde ein paar Beamte vorbeischicken, die Fenster und den Rest des Gebäudes nach Einbruchspuren absuchen, auch wenn es nichts bringt.«

»Wir werden sehen. Falls jemand hier eingedrungen ist, will ich es wissen. Es könnte unser Täter sein.«

»Ach, jetzt hören Sie doch auf. Kunze war ein durchgeknalltes Arschloch. Er hat der Welt einen Gefallen getan, als er sich umgebracht hat. Damit ist der Fall abgeschlossen.«

»Das ist er für Thimo Sattler nicht.«

»Für wen?«

»Der Wanderer, dessen Frau erschossen wurde.«

»Ach der.« Berger seufzte. »Ja, der hat viel Trara gemacht. Es hat ihn gewurmt, dass die ganze Aufmerksamkeit dieser Tessa galt und der Tod seiner Frau kaum Erwähnung fand. Nur, was glaubt der, was wir machen? Dieses ganze Pressetamtam hat dem Tourismus in der Gegend gar nicht gutgetan und seltsame Vögel angezogen. Dabei sind wir auf diese Einnahmequelle angewiesen. Wir müssen an die Menschen hier denken, die Lebenden, und nicht nur an die Toten.«

Alexis verstand seine Argumentation, aber das änderte nichts an der Tatsache, dass durch seine Fahrlässigkeit vielleicht weitere Menschen gestorben waren. Noch gab es darauf jedoch keinen Hinweis. »Lassen Sie uns in den Keller gehen. Dort wurden die Frauen doch gefangen gehalten, oder?«

Es lag eine Bösartigkeit in diesem Raum, die ihnen bereits beim Weg die Treppen hinunter entgegenschlug. Mit jedem Schritt wurde es kälter und dunkler, bereitete sie so auf das vor, was sie unten erwartete. Es war das eine, von den Folterungen und Lebensumständen zu lesen, und etwas anderes, es mit eigenen Augen zu sehen. Die Käfige, die Ketten an den Wänden, der Gartenschlauch, mit dem die Frauen abgespritzt worden waren. Alexis malte sich aus, wie es sein musste, so zu leben. Wie ein Tier behandelt zu werden. Konnte man es Tessa verdenken, dass sie auf andere Menschen nicht mehr normal wirkte, dass sie einen Groll gegen die Polizei hegte, die sie nicht rechtzeitig gerettet hatte? Das Misstrauen Fremden gegenüber?

Alexis war sich nicht sicher, ob sie in Tessas Situation überhaupt imstande wäre, ein annähernd normales Leben zu führen. Ihr Blick glitt über die Wände, blieb auf der den Käfigen gegenüberliegenden Seite an einem kleinen Loch unter der Decke hängen. »Was ist das?« Sie trat näher, aber sie war zu klein, um etwas erkennen zu können. Es sah aus wie ein Schacht. Hinten erahnte sie so etwas wie Stromkabel. Ein düsterer Verdacht stieg in ihr auf, den Berger auch bestätigte.

»Er hatte eine Kamera, streamte alles an seinen Laptop.«

»Und das haben Sie nicht für nötig gehalten zu erwähnen?«

»Wozu? Wir haben keine Dateien gefunden. Es diente wohl nur als Überwachungskamera.«

Auf der einen Seite konnte Alexis sich das vorstellen, aber irgendwie empfand sie es als seltsam. Wenn er ohnehin den Aufwand betrieben hatte, warum behielt Kunze dann keine Erinnerungsstücke? Es konnte keine Angst vor irgendwelchen Beweisen sein. Sobald die Polizei die Gefangenen bei ihm gefunden hatte, war die Sache ohnehin gelaufen. Das hatte er offensichtlich gewusst und sich deshalb umgebracht.

»Verfügte er über einen Internetanschluss?«

»Internet, ja, das wurde vor ein paar Jahren gelegt, als ein nahe gelegener Gasthof tief in die Taschen gegriffen hat. Heutzutage kann ja anscheinend niemand mehr ohne.«

»Wurde der Laptop forensisch untersucht?«

Berger lachte. »Als wenn wir so etwas hätten. Wir sind keine verbrechensverseuchte Stadt.«

»Deshalb gibt es die Labors des LKA. Warum hat sich niemand von denen darum gekümmert?«

»Wie ich schon sagte, war auch denen klar, dass der Fall abgehakt ist.«

Alexis ahnte, wie das abgelaufen war. Der Bürgermeister und Politiker hatten ein paar Anrufe getätigt und die Ermittlungen lahmgelegt. Wen interessierten schon ein paar Perverse, die sich möglicherweise im Netz kranke Videos ansahen, wenn es um das Geld ging, das der Tourismus einbrachte. Bloß keine weitere negative Publicity. Wie sie diese Mechanismen hasste. »Wir brauchen alles. Laptop, Kamera, USB-Sticks …«

Weitere Erkenntnisse gewann sie an diesem Ort nicht. Dennoch bereute Alexis den Besuch nicht. Vielleicht brachte der Laptop weitere Hinweise. Falls Kunze seinen Stream mit anderen kranken Geistern geteilt hatte, dann fanden sie dort gegebenenfalls ihren Täter. Zudem hatte sie nun ein genaueres Verständnis von Tessas Psyche. Vielleicht half es ihr, weiter zu der Frau vorzudringen.

Oliver wartete bereits auf der Wache. Die Katze miaute

leise in einer Transportbox, die er sich vom Tierarzt geliehen hatte.

»Wie geht es dem Patienten?«

»Du meinst Lucky?«

Linda lachte. »Du nimmst ihn mit zu dir.«

»Du kennst mich doch. Ich kann den kleinen Racker nicht ins Tierheim stecken, und er hat weder Tätowierung noch Chip. Er hat so viel durchgemacht und braucht ein anständiges Zuhause.«

»Dann wird er wieder gesund?«

»Er ist halb verhungert, stark dehydriert, aber mit etwas Pflege wird es wieder. Er hat sich an ein paar Stellen das Fell rausgerissen. Das Eingesperrtsein muss ihn halb wahnsinnig gemacht haben.«

Nicht nur ihn, dachte Alexis. Dieser Hof hatte etwas Böses an sich. Gab es das? Gebäude, die böse waren? In diesem Fall konnte man es fast glauben.

Auf dem Heimweg, im Kofferraum befanden sich Kisten mit den Akten, beauftragte sie telefonisch einen Polizisten damit, das Internet und Zeitungsarchive nach Bildern vom Inneren des Hofes zu durchforsten, deren Herkunft nicht geklärt werden konnte. Sollte die Theorie stimmen, dass der unbekannte Eindringling nur ein Journalist oder Blogger gewesen war, dann müssten sie etwas finden.

43

Obwohl immer wieder Wolken die Sonne verdeckten und eine kühle Brise über das Wasser wehte, genoss Denise es, auf ihrem SUP-Board zu liegen, sich von der sanften Strömung des Kiefweihers vorantreiben zu lassen und den

Alltagsstress zu vergessen. Vor ein paar Jahren noch hatte sie mit Wassersport, eigentlich Sport im Allgemeinen, und Einsamkeit nicht viel anfangen können. Nachdem sie kurz vor einem Burn-out stand, hatte sie sich selbst diese Auszeit verordnet. Die kleine Marketingagentur, für die sie arbeitete, hatte in den letzten Jahren beachtliche Erfolge erzielt, und nach einer kürzlich abgeschlossenen Kampagne gönnte sie sich nun ein paar freie Nachmittage.

Als ihre Pulsuhr klingelte und das Ende ihrer Pause verkündete, richtete sie sich auf, ergriff ihr Carbonpaddel und stellte sich auf das himmelblaue Board. SUP, Stand-Up-Paddling, entwickelte sich immer mehr zu einer Trendsportart, was sie voll und ganz nachvollziehen konnte. Selbst in Städten konnte man dieser Sportart mit einer zwar nicht ganz billigen Ausrüstung nachgehen und sich für ein paar Stunden in die Natur zurückziehen. Das körperliche Training war da ein positiver Nebeneffekt.

Sie tauchte das Paddel ein, drückte gegen den Wasserwiderstand und schoss nach vorne. Heute war wenig los, so gut wie keine Boote und Spaziergänger ließen sich blicken.

Sie steuerte die Verbindung zwischen See und Rhein an. Das Gelände ihres Rudervereins lag einen halben Kilometer flussaufwärts auf der anderen Seite. Sie hatte sich dieses Stück für den Schluss aufgehoben, um sich noch einmal richtig auszupowern. Kaum war sie auf den Fluss eingebogen, setzte sie ihre gesamte Kraft in ihre Züge und kämpfte sich gegen die Strömung vorwärts. Sie beschloss, auf dem Heimweg beim Asiaten vorbeizufahren, um für Leander, seinen kleinen Sohn und sie etwas zu essen mitzubringen. Sie wusste immer noch nicht, wie sie plötzlich in der Rolle der Ersatzmama gelandet war – ein Leben, das so gar nichts mit dem glamourösen Leben einer erfolgreichen Geschäftsfrau in einer Großstadt zu tun hatte, wie sie es sich immer erträumt hatte. Ihr früher auf Hochglanz polierter Steinboden war nun bedeckt von Spielzeug, ihr Lieblingsteppich hatte Saftflecken, und ihr riesiger, begehbarer Kleiderschrank war einem Kinderzimmer gewichen. Was als Übergangslösung begonnen hatte, nachdem die Frau ihres Bruders bei einem Autounfall ums Leben gekommen war, war zum Dauerzustand geworden. Aber was sollte sie auch machen? Leander und sie hatten keine Eltern mehr, die nächsten Verwandten lebten in Köln, und ihr Bruder hatte sich schon immer schwergetan, sich im Leben zurechtzufinden. Mit seinem kleinen Gehalt als Buchhalter in einer kurz vor der Pleite stehenden Firma konnte er sich und seinen Sohn kaum über Wasser halten. Das Geld, das er dadurch sparte, dass er bei ihr lebte, investierte er in die Betreuung von Jasper.

Mit jeder Minute, die sie an ihre häusliche Situation dachte, wurden ihre Bewegungen kraftvoller, bis der Schweiß ihr unter dem dünnen Neoprenanzug den Rücken hinunterlief. Sie versuchte ihre Gedanken unter Kontrolle zu bringen und war dabei so abgelenkt, dass sie den Jetski erst bemerkte, als er nur noch ein paar Dutzend Meter von ihr entfernt war. Sie stellte sich etwas breitbeiniger auf das Brett, um die aufgeworfenen Wellen besser ausbalancieren zu können, und ärgerte sich bereits, weil der Fahrer offensichtlich nicht daran dachte, einen Bogen um sie zu fahren. Es war nicht das erste Mal, dass sie Ärger mit Jetskifahrern hatte. Als er näherkam, erkannte sie, dass es sich um einen breit gebauten Kerl in verwaschenem T-Shirt und einer Baseballmütze auf dem Kopf handelte. Er hatte die Kappe so tief ins Gesicht gezogen, dass kaum etwas von seinen Zügen zu erkennen war.

Für einen Moment dachte sie, dass er direkt auf sie zuhalten würde, machte sich bereit, sich mit einem Sprung ins Wasser in Sicherheit zu bringen. Ihr Herzschlag beschleunigte sich, als das Adrenalin in ihre Adern schoss.

In letzter Sekunde drehte der Jetski ab, fuhr so dicht an ihr vorbei, dass die Bugwellen sie beinahe vom Board geworfen hätten.

Zorn stieg in ihr auf. »Du elendiger Flachwichser«, brüllte sie ihm hinterher. Sie hatte schon immer ein hitziges Temperament gehabt.

Denise wartete, bis sich die Wasseroberfläche beruhigt hatte, dann bewältigte sie die letzten Meter bis zu ihrem Ziel. Am sicheren Ufer beugte sie sich vor, stützte die Arme auf die Beine und zwang sich durchzuatmen. Das war kontraproduktiv gewesen, aber noch war der Tag nicht verloren. Sie würde dem Kleinen wieder einen Glückskeks mitbringen. Er verstand zwar noch nicht, was auf den kleinen Zetteln stand, aber er liebte es, die Kekse zu knacken. Sein fröhliches Glucksen würde sie für dieses unschöne Ereignis entschädigen.

Der Weg zum Vereinsgelände war mit dem unhandlichen und schweren Board äußerst mühsam, aber sie war es mittlerweile gewohnt und freute sich auf das kühle Radler, das sie sich in einer Thermotasche mitgebracht hatte.

Das zweistöckige Gebäude bestand im Untergeschoss aus den Lagerräumen für SUP-Boards und Kanus. Sie hatte den Schlüssel für eine der zweiflügeligen Türen, fischte ihn mitsamt der Kette, an der sie ihn befestigt hatte, unter ihrem Neoprenanzug hervor und sperrte auf. Nachdem sie sich geduscht und umgezogen hatte, setzte sie sich mit ihrem Radler auf die Bank an der Rückseite des Raumes. Sie nahm einen Schluck, schloss die Augen und genoss die

Ruhe. Ein Blick auf die Reihe der SUP-Boards hatte ihr verraten, dass Michi, ihr Vereinskollege, noch unterwegs war. Deshalb dachte sie sich auch nichts dabei, als draußen Schritte zu hören waren. Erst als sie näherkamen, bemerkte sie, dass sie viel zu leicht und lautlos waren, um zu dem massiven Michi zu passen.

Sie öffnete die Augen, aber da war es bereits zu spät. Sie sah nur noch eine dunkle Gestalt, als Nächstes spürte sie den Kontakt mit den Drähten des Elektroschockers, der ihr einen Stromstoß verpasste und sofort bewegungsunfähig machte.

44

Karen sah auf die Uhr und beschloss, tatsächlich ihre Sachen zu packen. Früher hätte sie niemals um diese Uhrzeit Feierabend gemacht, wenn sie einen Fall bearbeitete. Sie hätte Louise abgesagt und vielleicht sogar in ihrem Büro geschlafen. Mit Merles Einzug hatte sich auch das verändert. Auf der einen Seite fand sie es gut, dass die Arbeit nicht mehr ihr ganzes Leben beanspruchte, auf der anderen Seite liebte sie diese. Dazu kam, dass sie sich überrumpelt fühlte, auch wenn es ihre eigene Entscheidung gewesen war. In ihrer Vorstellung hätte es ein natürlicher Prozess sein sollen. Der ideale Mann, wegen dem sie freiwillig die Arbeit hintanstellte, dann irgendwann Kinder. Aber alles in ferner Zukunft und in schrecklich verklärten Visionen.

Wenigstens fühlte sie sich heute nicht ganz so schuldbewusst, weil sie frühzeitig aufhörte. Sie hatten den Rüsselkäfer, der mit dem komplexen Zyklus in Verbindung stand, der möglicherweise das Leuchten auslöste, in ausreichenden Mengen im Raum Mannheim gefunden. Leider war er wirklich so weit verbreitet, dass er kaum Anhaltspunkte für den Tatort lieferte. Die Bakterienkulturen aus den Nematoden, mit denen die Käferart befallen war, befanden sich im Inkubator. Die Untersuchung der Leichen war abgeschlossen, und sie konnte beweisen, dass das von ihr vermutete Leuchtbakterium die Ursache war. Damit hatte sie ihre Theorie, dass die Leichen sich im Lebensraum des Käfers befunden haben mussten, weiter untermauert. Fehlte nur der letzte Nachweis, dass dieses Bakterium tatsächlich in den Würmern vorkam.

Ebenso hatte sie die Diatomeenzählung zum Abschluss gebracht und auch bei der zweiten Leiche eine Zusammensetzung gefunden, die auf Regen- oder Zisternenwasser hindeutete.

Als äußerst interessant hatte sich jedoch die Faser erwiesen, die sie in der Achselhöhle gefunden hatte. Sie war organischen Ursprungs, und nach einigen Untersuchungen war Karen sich sicher, dass sie aus Hanf bestand. Die Faser wirkte jedoch außergewöhnlich, sodass sie einen Kollegen aus der Botanik um Rat gefragt hatte. Dieser würde sich aber erst morgen wieder melden.

Also bitte, schlechtes Gewissen, bleib mir vom Leib. Aktuell kann ich eh nicht viel machen.

Sie sammelte ihre Unterlagen ein und steckte sie in ihre Tasche. Dann fuhr sie den Computer herunter, überprüfte ein letztes Mal, ob es ihren Käfern gut ging, und schloss ihre Räumlichkeiten ab.

Sie war mit Louise in deren Café verabredet, da sie ihr bei den Vorbereitungen für die anstehende Geburtstagsparty ihres Mannes helfen wollte. Wobei Louise ihr dieses Mal nicht die Hölle heißgemacht hatte, weil sie sie nicht so unterstützte, wie sie es eigentlich geplant hatte. Wenigstens ein Vorteil ihres Daseins als Pflegemutter – ihr Schwesterherz war deutlich nachsichtiger.

Merle sollte bereits im Café sein und hoffentlich ihre Hausaufgaben erledigt haben.

Karen parkte eine Ecke weiter in einem Hinterhof. Der Besitzer war ein so großer T1-Fan, dass er sie auf das Auto angesprochen hatte, als sie verzweifelt versucht hatte, sich in eine kleine Parklücke zu quetschen. Seither durfte sie stundenweise bei ihm stehen.

Das Café war gut gefüllt, die Bedienungen hasteten von Tisch zu Tisch, und die Auslagen sahen reichlich dezimiert aus. Louise hatte mit ihrem Geschäft ein gutes Gespür bewiesen. Trotz der vielen Kundschaft nahm sich ihre Schwester die Zeit für eine ausführliche Begrüßung, drückte ihr einen Teller mit Macarons in die Hand und führte sie in das in einem Hinterzimmer gelegene Büro.

»Wo ist Merle?«, fragte Karen.

»Ich habe sie losgeschickt, um ein paar Dekosachen zu besorgen. Sie muss mal rauskommen.«

»Wem sagst du das?«, erwiderte Karen.

»Du bist ihr aber auch kein gutes Beispiel. Du pendelst von deiner Arbeit nach Hause und machst maximal einen Umweg über Merles Schule oder zu mir. Wie wäre es, wenn du mal ausgehst?«

»Ich will sie nicht alleine lassen. Noch nicht.«

»Dann lass sie bei mir. Ich mag sie.«

»Das mache ich doch sowieso zu oft.«

»Es macht mir nichts aus. Wenigstens eine von uns hat ein Kind.« Es war ein Hauch von Bitterkeit in Louises Stimme zu hören. Sie hatte den Tod ihres Babys, das an einer Erbkrankheit gestorben war, nie ganz verkraftet. Sie würde mit ihrem Mann niemals Kinder bekommen können, da eine hohe Wahrscheinlichkeit bestand, dass weitere Nachkommen an derselben Krankheit leiden würden.

»Sie soll ein vernünftiges Vorbild haben und keine Partymaus sein, die ständig neue Kerle datet.«

Louise lachte. »Du klingst wie Oma. Die hat mir auch immer solche Predigten gehalten. Wie wäre es, wenn du mal in diesem Jahrtausend ankommst?«

Karen schluckte den aufkeimenden Ärger hinunter. Sie hatte sich ja auch schon bei dem Gedanken erwischt. »Nach allem, was Merle durchlebt hat, will ich ihr etwas Beständigkeit geben.«

»Ja, aber du musst ihr auch zeigen, wie man das Leben genießt. Ich weiß, darin bist du nicht der Weltmeister. Hast du dir mal überlegt, was für einen Eindruck du bei ihr hinterlässt? Du hast sie gerettet, ihr ein Zuhause gegeben, aber du und Alexis, ihr seid verdammt einschüchternd.«

»Wieso denn das?«

»Weil ihr beide absolute Überflieger seid, nur für eure Arbeit lebt, darin herausragend seid und jede Menge Anerkennung bekommt? Wie soll sie da jemals mithalten? Sie will auch in die Verbrechensbekämpfung, das weißt du.«

Karen zuckte zusammen, nahm einen kleinen Biss von ihrem Macaron. Merle hatte zwar davon erzählt, aber sie hatte es nie wirklich ernst genommen. Offensichtlich ein Fehler.

»Willst du wirklich, dass sie denkt, dass es ein Muss ist, dafür sein Privatleben zu opfern? Merle hat keine nervige kleine Schwester, die sie ständig daran erinnert, dass sie unter Menschen kommen muss.« Louise grinste sie frech an, um ihren Worten die Spitze zu nehmen.

Es half nur geringfügig. Karen fühlte sich unendlich erschöpft und unzulänglich. »Du hast recht, aber ich werde mich ganz sicher nicht bei irgendwelchen Dating-Portalen anmelden.«

Louise lachte herzhaft. »Och, ich richte dir gern ein Profil bei Tinder ein. Das wird sehr unterhaltsam.«

Karen trat ihr leicht gegen das Schienbein und streckte die Zunge heraus. Sie konnte nicht anders, als auf die zwischen ihnen übliche Kabbelei einzusteigen.

»Aber ernsthaft. Geh mal essen, nimm Merle mit. Geht shoppen, auch wenn du das nicht magst. Oder sorg dafür, dass sie Freunde findet.«

»Wie soll ich das anstellen? Ich kann sie schlecht zwingen. Und wundert es dich, dass sie in der Schule von vielen als Freak angesehen wird? Wir haben das meiste aus den Medien raushalten können, aber es ist genug durchgesickert, und egal, wo ich sie hinschicke, in der heutigen Zeit wird es sie immer verfolgen.«

»Dann muss sie außerhalb der Schule Freunde finden.«

»Ich habe versucht, sie dazu zu bewegen, einem Verein beizutreten, einen Tanzkurs zu machen oder sich ein Hobby zu suchen. Ihr fehlt dazu jeder Bezug, und sie hat inzwischen eine große Scheu vor Fremden.«

»Was ist mit Oliver?«

»Er ist zwar etwas mädchenhaft, aber zu alt, um als Teeniemädchen durchzugehen, meinst du nicht?« Karen grinste.

»Du kannst so doof sein. Ich meine natürlich seine Tochter. Lene ist doch in einem ähnlichen Alter.«

»Und lebt in Frankfurt.«

»Genau, und er hat mir neulich erst erzählt, dass sie an den Wochenenden, die sie bei ihm verbringt, oft unglücklich ist, weil ihre alten Freundinnen auf Partys gehen, zu denen sie nicht mehr eingeladen ist, und sie deshalb abends oft alleine ist.«

»Du meinst, wir sollen die Mädels verkuppeln? Alexis hat auch schon so etwas in der Art vorgeschlagen.«

»Warum nicht?« Louise goss sich noch etwas Tee aus einer Thermoskanne ein, die neben ihrem Monitor stand. »Eine Freundin, die sie nur an den Wochenenden sieht, ist besser als gar keine, und mit dem ganzen Social-Media-Kram können sie in Kontakt bleiben. Durch diese Zwangspausen ist es möglicherweise sogar einfacher für Merle, als plötzlich wieder eine Freundin zu haben, die sie jeden Tag sieht.«

Karen ließ sich den Vorschlag durch den Kopf gehen. Im Grunde war es nicht schlecht. Vermutlich auch für Lene. Deren Mutter und ihr neuer Mann, ein reicher Banker, versuchten die Zuneigung des Mädchens zu erkaufen. Der Kontakt zu Merle würde helfen, ihre Perspektive etwas zurechtzurücken. Davon abgesehen war Lene ein liebes Mädchen, sehr lebensfroh und offen. Manchmal erinnerte sie Karen an Louise in ihrer Kindheit, und genau so eine Freundin wünschte sie sich für Merle, die ebenso verkopft war wie Karen.

Sie lehnte ihren Kopf an Louises Schulter. »Du bist die beste kleine Schwester, die man sich wünschen kann. Ich rufe Oliver an.«

Zu ihrer Überraschung verstand Oliver sehr schnell, worauf sie hinauswollte, und war von der Idee sogar begeistert.

»Ich mag Merle und würde ihr gern helfen. Für Lene ist es auch gut. Lass uns ein Treffen am Sonntag arrangieren. Ich habe heute doch den kleinen Kater vom Mühlsteinhof mitgebracht. Merle hilft mir sicher gern, ihn zu pflegen. Lene wäre natürlich rein zufällig auch da. Vielleicht ergibt sich ja etwas.«

Karen grinste. »Wenn das klappt, gründen wir unsere eigene Dating-Seite.«

45

An diesem Morgen fiel es Alexis besonders schwer, aus dem Bett zu klettern. Cookie und Coffee hatten sich auf ihrem Bauch zusammengerollt und den Schnurromaten angeworfen. Es wäre so einfach, sich umzudrehen und weiterzuschlafen. Sie streckte die Hand aus und kraulte ihre beiden Katzen. Mit der anderen nahm sie ihr Handy und tippte ein *Guten Morgen* an Stephan. Anschließend schob sie die beiden Tiere zur Seite und kletterte wehmütig aus dem Bett.

Eine Dusche und einen Kaffee später fühlte sie sich fast wieder wie ein Mensch. Während sie sich anzog, sah sie dennoch neidisch zu ihren beiden Haustigern rüber, die aneinandergekuschelt weiterschliefen.

Mit einem weiteren Kaffee in ihrem To-go-Becher und der Hoffnung, dass dieser sie in einen wachen Zustand versetzen würde, verließ sie das Haus. Der Abend mit Charlie hatte ihr gestern viel zum Nachdenken gegeben, und sie hatte nicht gut geschlafen. Charlie war ein interessanter Mensch, voller Wagemut, der bisher nirgends Wurzeln geschlagen hatte. Sie mochte sie, auch wenn sie noch nicht sagen konnte, wie sehr sie ihr über den Weg traute. Dessen ungeachtet hatte sie sie zu sich nach Hause eingeladen. Es war Unsinn, vor dieser winzigen Person Angst zu haben. Sie war eine ausgebildete Polizistin. Dennoch fand sie es traurig, dass sie dieses Misstrauen überhaupt verspürte.

Auf der Feuerwache erwartete Saskia sie bereits in ihrem Büro. Alexis stellte ihren Kaffee auf den Schreibtisch und sah die Frau überrascht an, die nach außen den Eindruck von Gelassenheit erwecken wollte. An dem nervösen Spielen ihrer Finger erkannte Alexis jedoch, dass sie alles andere als entspannt war. »So früh schon da?«

»Ich habe etwas entdeckt und fand es wichtig genug, um keine Zeit zu verschwenden.«

»Was ist es?« Die neue Beamtin hatte es geschafft, ihre Neugierde zu wecken. Alexis setzte sich ihr gegenüber an den Schreibtisch, nachdem sie ihre Übergangsjacke aufgehängt hatte.

»Ein Video. Ich möchte allerdings vorab sagen, dass ich es für Zufall halte.«

»Ich merke es mir, aber machen Sie es nicht so spannend.« Alexis sah auf ihre Uhr. Sie musste noch Dolce Bericht erstatten, bevor sie zur Schwester von David Kunze aufbrechen würde.

Saskia legte ihr Tablet auf den Tisch. »Es ist ein Ausschnitt aus dem einzigen Interview, das Tessa Maerten gegeben hat. Ich bin da über eine Formulierung gestolpert.« Sie startete das Video.

Man sah darin Tessa Maerten, die von einem bekannten Talkshowmoderator in einem elegant eingerichteten Raum interviewt wurde. Sie war zu dem Zeitpunkt noch deutlich magerer, und auch das Make-up konnte die Augenringe und Schrammen in ihrem Gesicht nicht verbergen.

»Wie ist es wieder zu Hause zu sein?«, fragte der Moderator mit einer Überdosis aufgesetztem Mitgefühl. »In einem eigenen Bett zu schlafen, hingehen zu können, wo man will?«

Tessa ließ sich mit der Antwort Zeit. »Das ist nicht einfach zu beantworten. Auf der einen Seite bin ich dankbar, das erleben zu dürfen.« Sie schluckte. Vermutlich dachte sie an die tote Jasmin. »Im ersten Moment bin ich morgens entspannt, fühle mich heil, doch dann prasseln die Erinnerungen auf mich ein. Es ist, als würde man mein Herz mit Nadeln durchbohren und aus mir herausreißen, wieder und wieder und wieder und wieder und wieder.«

Saskia beendete das Video. »Es kann Zufall sein, oder der

Täter hat das Interview gesehen und kam dadurch erst auf die Idee mit den Nadelherzen.«

Alexis wusste, was sie nicht aussprach. Die Art, wie Tessa gerade bei dieser Passage gesprochen hatte, wirkte schrecklich unnatürlich. Fast als hätte sie es einstudiert. Doch warum sollte sie das tun?

»Sehr gute Arbeit. Das könnte ein wichtiger Hinweis auf die Psyche des Täters sein. Ich werde Norden sofort den Link schicken.«

»Danke. Dann mache ich mich mal wieder an die Arbeit.«

»Wie kommen Sie hier zurecht?«

»Sie meinen, wegen Volkers? Er ist ein alter Griesgram, aber ich kenne Kerle wie ihn. Er hat das Herz am rechten Fleck, es braucht nur eine Weile es zu finden.«

Kurz nachdem Saskia gegangen war, kam Oliver vorbei. Das Gewimmel in einem Termitenbau war ein Witz im Vergleich zu ihrem Büro. »Um wie viel Uhr fahren wir zu Kunzes Schwester?«

»Knappe Stunde. Ich muss nur noch zu Dolce. Wie geht es dem Katerchen?«

»Er hat sich verkrochen und wundert sich, was mit ihm passiert. Nach wochenlanger Einsamkeit ist er überfordert. Aber er frisst und trinkt. Wird also.«

Das Gespräch mit Dolce verlief kurz und knapp. Sie war mit der Koordination einer deutschlandweiten Razzia beschäftigt, sodass sie alles absegnete, was Alexis vorschlug.

Deshalb hatten sie ausreichend Zeit, um einen Schlenker zur Bäckerei Glück zu fahren, in der Louise früher gearbeitet hatte. Sie holten sich ein süßes Frühstück bestehend aus Cappuccino und Nussschnecken.

Die Fahrt über genoss es Alexis, die Augen schließen zu können und Oliver das Steuer überlassen zu haben.

Frida Ritter, geborene Kunze, war eine hagere Frau, die man gut für zehn Jahre älter halten konnte. Ihre schulterlangen, schütteren Haare trug sie lose nach hinten gebunden. Als sie die Tür öffnete, hörte man im Hintergrund das Gekreische eines kleinen Kindes, der Geruch von Kartoffelbrei schlug ihnen entgegen.

»Ja, was wollen Sie?«

Alexis stellte sich vor, wobei sie sich fragte, ob die Frau ihre Verabredung wirklich wieder vergessen hatte.

»Kommen Sie rein, aber Sie verschwenden nur Ihre Zeit. Ich habe mit meinem Bruder seit unserer Kindheit nichts zu schaffen. Das habe ich auch den Aasgeiern von der Presse erzählt.«

Sie gingen in das Wohnzimmer, auf dessen Teppich sich Bauklötze und anderes Spielzeug stapelten. Sie setzten sich auf eine speckige, alte Couch. Auch wenn Unordnung herrschte, merkte man, dass es eher an der Tatsache lag, dass hier kleine Kinder lebten und nicht an dem mangelnden Bemühen der alleinerziehenden Mutter, deren Mann vor einem Jahr gestorben war. Dieser Frau blieb in ihrem Leben nicht viel erspart, dennoch musste Alexis ihre Fragen stellen.

»Hatten Sie davor ein gutes Verhältnis zu Ihrem Bruder?«

»Dem Liebling meiner Eltern, obwohl er zu dumm war, um auch nur richtig schreiben zu lernen? Nein, überhaupt nicht.«

Die Art, wie sie sprach, war so überzeugend, dass Alexis keinen Zweifel hegte, dass sie David Kunze verabscheut hatte. Sie betrachtete die Frau genauer. Die Haare waren offensichtlich blondiert, aber am Ansatz erkannte sie die natürliche hellbraune Farbe. Sie versuchte sich die Frau in jünger vorzustellen und erkannte, dass sie eine gewisse Ähnlichkeit mit der toten Jasmin Harms hatte. War sie der

Auslöser gewesen? Hatte Kunze die Ablehnung durch seine Schwester nie verkraftet und sich stellvertretend an Jasmin gerächt?

»Haben Sie irgendwelche Informationen über Freunde oder romantische Beziehungen?«

Die Frau lachte. »David und Romantik? Das passt gar nicht zu ihm. Wie ich schon sagte, ich hatte keinen Kontakt. Er hat sich immer schwergetan mit Menschen. In der Schulzeit hatte er nur einen richtigen Freund.«

»Haben Sie dessen Namen?«

»Thomas irgendwas. Maurer vielleicht.«

»Hat sich die Freundschaft irgendwann verlaufen?«

»Nicht, als wir noch Kontakt hatten.«

»Wie war es mit Frauen?«

Sie hob genervt die Schultern. »Was soll ich dazu sagen? Er war klein, nicht gerade schlau oder besonders hübsch. Ihn hat keine rangelassen. Das hat ihn ziemlich geärgert.«

Das passte zu dem, was Alexis inzwischen von der Computerforensik erfahren hatte. Kunze musste sich auf Datingwebseiten herumgetrieben haben. Seine ersten Bestrebungen in diese Richtung datierten mehr als fünf Jahre zurück, damals noch sehr intensiv, dann hatte sein Enthusiasmus deutlich nachgelassen. Nach der Entführung von Tessa und Jasmin waren seine Aktivitäten eingeschlafen.

Sie versuchte mehr Informationen aus der Frau hervorzulocken, aber entweder wusste sie wirklich nicht mehr, oder sie weigerte sich beständig, ihnen weiterzuhelfen.

»Hatten Sie damals Nachbarn, zu denen Sie engeren Kontakt gepflegt haben?«

Die Frau dachte einen Moment nach. »Nur die Krügers, da wir bei denen immer vorbeimussten, wenn wir in die Stadt gefahren sind. Da kommt man zwangsweise ins Gespräch.«

Alexis machte sich Notizen, dass sie diese Leute vielleicht noch befragen wollte, sollte sich in den Akten aus der Schwäbischen Alb nichts Weiteres ergeben.

»Hat Ihr Bruder nie versucht, Kontakt aufzunehmen?«

»Er hat alle paar Jahre eine Mail geschrieben.«

»Haben Sie die noch?«

»Kann ich mir nicht vorstellen, aber lassen Sie mich nachsehen.«

Sie stand auf und verschwand in einem angrenzenden Raum, der eine Mischung aus Wäschekammer und Arbeitsplatz darstellte. »Zwei habe ich.«

Alexis und Oliver standen auf und gingen zu ihr. »Können Sie die an uns weiterleiten?«

»Wenn es sein muss.«

»Ich bitte darum.«

Kurz darauf blinkte auf Alexis' Tablet das Zeichen vom Posteingang. Sie überflog die ältere Nachricht, die sich etwas über fünf Jahre zurückdatierte. Genau der Zeitraum, in dem er mit den Dating-Apps begonnen hatte. Dort deutete er an, eine Frau kennengelernt zu haben. Bei der nächsten Mail sprach er nicht mehr von ihr. Was wäre geschehen, wenn es mit ihr funktioniert hätte?, fragte sich Alexis. Hatte sein Scheitern in Liebesdingen erst zu diesem Wahnsinn geführt?

Einige Fragen später verabschiedeten sie sich von der Frau und fuhren zurück. Allerdings nicht nach Mannheim, sondern, da Sonntag war, zu Oliver. Sie würden dort gemeinsam die Akten vom Mühlsteinhof durchgehen. Diesen Luxus wollten sie sich gönnen, und der Ortswechsel würde ihnen beiden guttun.

46

Karen musste sich eingestehen, dass sie die Anspannung eines brisanten Falls vermisst hatte. Die gemeinsamen Anstrengungen, die selbst vor einem Sonntag nicht haltmachten. Neben ihr und Alexis würde auch Chris zu Olivers Hof kommen, um sich die rechtsmedizinischen Unterlagen seines Kollegen anzusehen.

Es war eine der seltenen Gelegenheiten, bei denen Merle vor Freude regelrecht überschwappte. Die Aussicht, Karen zumindest indirekt zur Arbeit zu begleiten und den Kater zu pflegen, lösten einen ungewohnten Begeisterungssturm aus.

»Es ist toll, dass ich mal zu Oliver mitkommen darf«, sagte sie. »Ich habe so viel von seinem Hof gehört, dass ich ganz gespannt bin.«

»Denk aber dran, dass er auch deine Hilfe mit dem Kater braucht.«

»Darauf freue ich mich am meisten. Es ist schön, wenn ich auch mal etwas Gutes tun kann. Ich …«

Sie brach ab. Karen drückte wortlos ihre Hand. Sie wusste, dass sich das Mädchen noch immer Vorwürfe machte, für das, was sie in ihrer Vergangenheit gezwungen gewesen war zu tun.

Olivers Hof lag nur wenige Kilometer von Alexis' Haus entfernt, mitten im Odenwald. Er hatte, zum Ärger seiner Ex, nach der Scheidung von einem fernen Verwandten etwas Geld geerbt und es in diesen Hof investiert. Trotzdem wäre es mit dem Gehalt eines Polizisten eng geworden, alles am Laufen zu halten, aber ein Tierschutzverein beteiligte sich, brachte Notfälle bei Oliver unter, und ein ehrenamtlicher Mitarbeiter half täglich aus.

Am Hoftor wurden sie bereits von einer fröhlich kläffenden Meute Hunde begrüßt. Das Hauptgebäude bestand aus einem alten Fachwerkgebäude, auf dessen Fensterbänken Blumenkästen mit Geranien standen.

Oliver umarmte sie zur Begrüßung und brachte sie anschließend zu dem Quarantäneraum, den sie in einem Teil der Scheune eingerichtet hatten.

Lene, die die langen Beine und blonden Haare von ihrer Mutter geerbt hatte, saß auf der Rückseite des Raumes an die gekachelte Wand gelehnt und hielt ein Katzenspielzeug in Händen. Das Handy lag neben ihr. »Lucky ist super fotogen«, sagte sie, ohne sie anzusehen. Erst als sie alle den Raum betraten, bemerkte sie, dass Oliver nicht alleine gekommen war. Überraschung zeichnete sich auf ihrem Gesicht ab. »Außerdem lernt er schnell. Hört mal. Wie geht es dir, Lucky?« Als Antwort erfolgte ein leises Miauen.

Karen musste kurz suchen, wo das Geräusch herkam, dann entdeckte sie den Kater in einer Höhle des großen Kratzbaums.

»Ich habe ihn fotografiert und die Bilder auf Instagram hochgeladen, samt einem Link zum Verein. Cool, oder? Es gab schon sechzig Likes, der Kleine hat Starpotenzial.« Lene war der Inbegriff eines Sonnenscheins, der durchaus mal zickig sein konnte, aber nie, wenn es um Tiere ging. Diesen Teil ihrer Persönlichkeit hatte sie von ihrem Vater geerbt.

Sie begrüßte zuerst Karen, dann Merle, die sich von der ganzen Energie offensichtlich eingeschüchtert fühlte.

Lene schien es nicht zu bemerken, sondern stellte sich in einer Fortsetzung ihres Redeflusses vor. »Du musst Merle sein. Oliver hat mir von dir erzählt.«

Auf dem Gesicht von Karens Pflegekind zeichnete sich Verunsicherung ab, doch Lene ließ sich nicht beirren. Sie hob ihr Handy auf. »Soll ich dir die Bilder zeigen? Da sind ein paar richtig lustige dabei. Wenn Lucky gähnt, könnte man ihn für einen Tiger halten.«

Merle ließ sich nach erstem Zögern schließlich von Lenes Enthusiasmus mitreißen, und kurz darauf waren die Mädchen am Kichern.

Karen und Oliver wechselten einen zufriedenen Blick. Mit etwas Glück ging ihr Plan auf. »Geh du zu den anderen«, sagte er. »Sie sitzen im Wohnzimmer. Ich versorge das Katerchen und zeige den Mädels, was sie noch erledigen können. Auf einem Hof gibt es genug zu tun.«

Alexis und Chris saßen in der ganz im Stil eines Bauernzimmers eingerichteten Wohnstube an einem großen rustikalen Holztisch, dessen Platte fast so dick war wie Karens Unterarm. »Habt ihr etwas Wichtiges entdeckt?«, fragte sie nach der Begrüßung.

»Bisher leider nichts. Es sieht so aus, als hätte Berger recht gehabt, dass es keine Auffälligkeiten gab. Sie haben zwar nicht alle Ermittlungsmöglichkeiten ausgeschöpft, aber unter den Umständen bin ich mir nicht sicher, ob wir viel mehr getan hätten. Auf den ersten Blick ergibt sich ein rundes Gesamtbild der Situation, und es gibt ein überlebendes Opfer, das alles bestätigt. Der Täter ist tot. Fall abgeschlossen.«

»Da ist trotzdem etwas«, sagte Karen, die ihre Freundin gut genug kannte.

»Oliver hat sich doch um die Vermisstenmeldungen gekümmert. Auch dort scheint es vordergründig nichts Auffälliges zu geben. Ein knappes Dutzend vermisster Personen aus dieser Region, von denen ein Teil wieder aufgetaucht ist.«

»Wo bleibt das aber?« Karen ging zu dem aus Weichholz bestehenden Buffetschrank, nahm sich eine Tasse aus dem Schrank und goss sich Kaffee aus der bereitstehenden Thermoskanne ein.

»Es sind eben nicht alle zurückgekehrt, und stimmen in Alter und Geschlecht mit Tessa und Jasmin überein. Die Anzahl ist für das ländliche Gebiet bemerkenswert, dennoch gering genug, dass sie gerade noch so an der statistischen Obergrenze entlangschrammen und deshalb keinen Alarm ausgelöst haben. Nimmt man allerdings zwei Wanderinnen dazu, die eine aus Freiburg, die andere aus Stuttgart, die im Laufe von zwei Jahren verschwunden sind, ergibt sich ein anderes Bild. Ihre Akten wurden jedoch in ihrer Heimat geführt, da niemand sicher war, ob sie jemals auf der Schwäbischen Alb angekommen sind. Entsprechend lösten auch sie keinen Alarm aus.«

»Dann glaubst du die Theorie, dass unser aktueller Täter auf der Schwäbischen Alb unbemerkt sein Unwesen treibt?«

»Das, oder Kunze hat mehr Gefangene gehabt, als wir bisher dachten. Das hat mich an dem Gespräch mit der Schwester gestört. Die Käfige waren laut Tessa bereits da, als sie ankam, dabei beschreibt ihn Frida Ritter nicht unbedingt als einen intelligenten, vorausschauenden Mann, sondern als dumm, träge und leicht zu manipulieren. Der ganze Mühlsteinhof schreit nach Vernachlässigung, aber er soll so weit planen, dass er eine Folterkammer einrichtet? Das ergibt keinen Sinn.«

»Wurde der Hof denn nicht abgesucht?«

»Doch, und man hat nichts gefunden, aber ihr beide wisst am besten, dass man Leichen auch verschwinden lassen kann.«

»Vielleicht solltet ihr dem Ort noch einen Besuch abstatten«, sagte Chris plötzlich. »Zumindest eine Leiche muss dort liegen.«

»Was hast du entdeckt?«

Er hob die Akte mit dem Obduktionsbericht von Jasmin Harms. »Sie hat entbunden, und in ihrer Zeit vor dem Hof gibt es keinen Hinweis auf eine Schwangerschaft.«

»Du meinst, dass dort ein Kind auf die Welt gekommen ist?«

Er schüttelte den Kopf. »Da gebe ich meinem Kollegen recht. Es ist unwahrscheinlich, dass das Kind unter diesen Bedingungen und ohne medizinische Versorgung überlebt hat. Eine Totgeburt ist sehr wahrscheinlich. Dennoch müsste irgendwo die Leiche des Säuglings sein.«

Alexis lehnte sich auf ihrem Stuhl zurück und verschränkte die Arme vor der Brust. »Warum hat Tessa uns nichts davon erzählt? Was verschweigt sie noch?«

»Hat Norden nicht gesagt, dass sie aus unbewusstem Selbstschutz Dinge verdrängen könnte?«

»Aber eine gesamte Schwangerschaft und Geburt? Was war da noch, was wir nicht wissen?«

»Ich kann noch mal mit ihrer Mutter sprechen. Vielleicht weiß sie inzwischen mehr.« Karen nahm die Unterlagen der rechtsmedizinischen Untersuchung, der Tessa direkt nach der Rettung unterzogen wurde. Es gab seitenweise medizinische Berichte, in denen sämtliche Spuren der Misshandlungen beschrieben wurden, alle Narben und ihre möglichen Ursachen waren festgehalten worden. Es las sich fast wie der Bericht eines KFZ-Gutachters, der versuchte herauszufinden, welche Schäden auf den aktuellen Unfall zurückzuführen waren und welche aus der Vergangenheit stammten. Ein Bild von Tessas Beinen ließ Karen stutzen. »Gibt es das auch in digitaler Form?«

Alexis öffnete eine Datei auf ihrem Tablet und schob es ihr zu. »Was hast du entdeckt?«

»Ich bin mir nicht sicher, aber was hat Tessa gesagt, wie die Rettung abgelaufen ist? Wo hat sie sich aufgehalten?«

»Sie hat nur vage Angaben gemacht. Angeblich hat sie sich im Haus versteckt, nachdem David Thimo Sattler niedergeschlagen und die beiden anderen Frauen in seine Gewalt gebracht hat.«

»Sie muss das Haus verlassen haben.«

»Wie kommst du darauf?«

»Seht ihr das hier in dem Dreck?« Sie zeigte auf etwas, das an Tessas Fußballen haftete. »Ich muss das Bild vergrößern, nachbearbeiten und dann genauer untersuchen, aber das scheinen Tannennadeln zu sein.«

»Könnten die nicht ins Haus getragen worden oder nach ihrer Rettung dorthin gekommen sein?«

Karen wiegte den Kopf. »Möglich, aber an dem anderen Fuß gibt es Spuren von Harz. Zudem sind ihre Fußsohlen durch den langen bewegungsarmen Aufenthalt in dem Käfig empfindlich geworden, und es finden sich zahlreiche Kratzer in ihnen. Die zieht man sich nicht in einem Haus zu, und die Beamten haben sie sicher nicht barfuß durch die Gegend stolpern lassen. Ich werde mir die Abstriche besorgen, die gemacht worden sind, aber ich vermute, dass wir daran Pollenspuren und andere Dinge finden werden, die beweisen, dass sie sich kurzzeitig im Freien aufgehalten haben muss.«

»Dann fährst du?«, fragte Chris und stand auf.

Sie nickte. »Ich will mich sofort darum kümmern. Ich muss nur noch Merle fragen, ob sie hierbleiben will.«

»Nimmst du mich mit?«, fragte er. »Ich sollte in die Rechtsmedizin, um zu versuchen, meinen Kollegen aus der

Schwäbischen Alb zu erreichen. Vielleicht weiß er mehr über diese Schwangerschaft.«

Zwanzig Minuten später parkte Karen auf dem leeren Parkplatz des rechtsmedizinischen Instituts. Merle hatte sich zu ihrer Freude dazu entschieden, bei Oliver und Lene zu bleiben. Karen hoffte so sehr, dass ihr Plan aufging und sich das Mädchen ein wenig aus ihrem Schneckenhaus wagen würde.

»Es ist schön, wieder mit dir zu arbeiten«, sagte Chris und riss sie damit aus ihren Gedanken. »Mir hat die vergangenen Monate etwas gefehlt.«

»Ich habe diese Arbeit auch vermisst.«

Er drehte sich halb auf dem Sitz um, sodass er ihr zugewandt saß. »Ich bin eigentlich kein sehr risikobereiter Mensch, aber lass mich etwas versuchen.« Er beugte sich vor und gab ihr einen Kuss.

Zuerst war Karen wie erstarrt, doch dann begann ihre ganze Haut zu kribbeln, und sie legte einen Arm um seine Schulter, erwiderte den Kuss. Ihre Gedanken gerieten in ein heilloses Durcheinander. Sie löste sich von ihm. »Was? … Warum jetzt?«

»Sobald der Mörder gefasst ist, bekomme ich dich wieder nicht zu sehen.«

»Es gibt Telefone.«

»Willst du wirklich darüber diskutieren oder endlich einsehen, dass du mir die Chance auf ein Date geben solltest?«

Karen zögerte, erinnerte sich an Louises Worte, aber auch an ihre eigenen Zweifel, was den weiteren Ablauf ihres Lebens anging.

»Mein Gott, ich habe dir keinen Heiratsantrag gemacht.« Chris lachte etwas gezwungen.

»Ich will unsere Freundschaft nicht riskieren.«

»Denkst du ernsthaft, dass eine Verabredung sie kaputt machen könnte?«

Er hatte recht. Was hatte sie zu verlieren? Es war nicht so, als wären sie und Chris seit Jahrzehnten eng befreundet, und egal wie es mit ihnen weiterging, sie waren Profis genug, um dennoch zusammenarbeiten zu können. Zudem konnte sie ohnehin nicht so tun, als wäre nichts geschehen. Von diesem Kuss gab es kein Zurück mehr. *Dann kann ich das auch nutzen*, dachte sie und drückte ihre Lippen erneut auf seine. Es war viel zu lange her, dass sie die Nähe eines Mannes gespürt hatte. Und wie ein Teenie im Auto zu knutschen hatte seinen ganz eigenen Charme, der sie für einen Moment die schrecklichen Details ihres Falls vergessen ließ.

47

In einem anderen Leben

Jetzt wusste sie, wozu die Haken und Ösen an der Wand neben dem Gartenschlauch waren. Die Konstruktion erinnerte an eine von den Fotohalterungen, bei denen gespannte Gummibänder dazu dienten, Fotos zu befestigen. Nur dass in diesem Fall sie das Foto war und Metallketten und Seile die Gummis ersetzten, die sie an die Wand pressten.

»Tu ihr weh! Tu ihr richtig weh!«, hörte sie Jasmin noch immer kreischen. David hatte dieser Aufforderung nur zu gern Folge geleistet, wovon die Striemen und neuen Brandwunden an ihrem Rücken zeugten.

Tränen rannen über Tessas Gesicht. In dem Moment, in

dem sie es getan hatte, hatte sie bereits gewusst, dass es ein Fehler gewesen war. Eine wilde Mischung aus Schuldgefühlen und Trotz durchflutete sie. Sie hatte es wenigstens versuchen müssen. Die schlafende Jasmin packen, sie ans Gitter ziehen und ihr dreimal kräftig in den Bauch treten. Es war ihre einzige Chance gewesen, hier wieder lebend rauszukommen. Für sie und Jasmin. Ein Leben als echte Menschen. Genau davon entwickelte sich ihre Freundin weg, seit sie wusste, dass sie schwanger war. Das Baby musste weg. Das hatte Tessa sofort begriffen. Es machte sie schwach und angreifbar. Zudem: Was für eine Zukunft hatte ein Kind in diesem Umfeld?

Tessa musste zugeben, dass ihr auch die Tatsache Sorgen machte, dass sich ein Band zwischen Jasmin und ihrem Entführer entwickelte. Seit er wusste, dass sie schwanger war, bekam sie mehr Nahrung von besserer Qualität und sogar Nahrungsergänzungsmittel für Schwangere. Im Gegenzug sprach sie auf einmal von David und nicht mehr von dem Monster.

Um Jasmin zu schonen, musste immer öfter Tessa seine Gelüste befriedigen. Es gelang ihr dabei immer besser, ihren Verstand auf Reisen zu schicken. Sie zog sich in ihre eigene Gedankenwelt zurück, verabschiedete sich von der Realität, in der ihr Körper geschändet wurde. Oft fiel es ihr schwer, aus der Traumwelt zurückzukehren. Sie malte sich ein besseres Leben aus, lebte genau so, wie sie es sich als Studentin erträumt hatte.

Dabei gelang es ihr, auch die Schmerzen auszublenden. Ein Umstand, mit dem David nicht glücklich war. Weder wollte er aktiven Widerstand noch eine leblose Puppe. So fing er an, sie zu verprügeln und zu verbrennen, bis die Schmerzen so heftig wurden, dass sie sie in die Realität zurückzwangen. Erst, wenn sie sich wehrte, kam er zum Höhepunkt. Eine erschreckende Tatsache, die immer mehr zur Gewohnheit wurde.

Dieses Baby war an allem schuld. Sie brauchte Jasmin, ihre Freundin – nicht die willfährige Sklavin. Nur zu zweit konnten sie entkommen. Mit jedem Tag, der verstrich, wurde ihr bewusster, dass ihre Zeit ablief. Noch benötigte er sie. Sobald das Baby da war, hätte David Jasmin völlig unter Kontrolle, und Tessa würde nur noch stören. Die Geburt war zudem auch etwas, was Tessa Angst machte. Es konnte so viel schiefgehen, und sie würden keinen Arzt bekommen. Sie wollte ihre Freundin nicht sterben sehen. Nicht wegen eines Babys, das noch nicht viel mehr als ein Zellklumpen war. Nicht wegen *seines* Kindes.

Obwohl Jasmin sich verändert hatte, liebte Tessa sie weiterhin. Sie konnte ihr den Wandel nicht verdenken, selbst wenn sie manchmal so etwas wie Verachtung spürte. Tessa gab sich die Schuld an ihrer Situation. Hätte sie nicht so ein Drama aus der Trennung gemacht, wären sie niemals in die Schwäbische Alb gefahren. Jasmin war nur wegen ihr hier. Sie musste sie wieder rausbringen. Egal, was es kostete.

An manchen Tagen war es allerdings schwierig. So wie heute. Sie versuchte das Kreischen »Tu ihr weh! Tu ihr richtig weh!« zu vergessen, aber das war nicht so einfach. Wie rettete man jemanden, der zum Gegner wurde?

Sie sah zu Jasmin hinüber, die ihren Bauch umklammerte, sich dabei ständig vor- und zurückwiegte. »Es ist ihr nicht gelungen. Es ist ihr nicht gelungen. Es ist ihr nicht gelungen.« Diesen Satz wiederholte sie ständig wie von Sinnen. Für Jasmin war das Baby Erlösung. Seit sie schwanger war, ging es ihr besser, und die Hormone erledigten den Rest.

Jasmin sah auf und blickte ihr direkt in die Augen. Was sie darin sah, war reiner Hass.

»Du wirst ihm nichts tun. Das schwöre ich dir.«

48

Das kalte Wasser riss Denise aus ihrer Ohnmacht. Japsend, nackt und orientierungslos richtete sie sich auf. Wo war sie? Sie erinnerte sich, auf dem Rhein zum Stand-Up-Paddling gewesen zu sein, an den Idioten auf dem Jetski und dann …

Die Erinnerung an den Schmerz, das Gefühl, die Kontrolle über ihren Körper zu verlieren, überrollte sie. Für einen Moment kauerte sie sich in Embryonalstellung auf dem Boden zusammen. Jemand hatte ihr einen süßlich riechenden Lappen auf Mund und Nase gedrückt. Danach war da nichts mehr gewesen.

Ihr erster Impuls war, einfach liegen zu bleiben, über sich ergehen zu lassen, was auch immer ihr Entführer mit ihr vorhatte. Bei Horror- und Weltuntergangsfilmen hatte sie noch nie nachvollziehen können, warum die Protagonisten stets weiterkämpften. Wozu, wenn man bereits verloren hatte und es einfach hinter sich bringen könnte?

Hier, im Dunkeln, erwachte dann doch der Kampfgeist in ihr, als sie an ihren Bruder und seinen kleinen Sohn dachte. Sie brauchten sie, würden vermutlich nach ihr suchen. Es gab eine Chance – die gab es immer.

Sie setzte sich auf, krabbelte auf allen vieren vorwärts. Der Untergrund war glatt, fast schon rutschig, und erinnerte an Plastik. Sie erreichte die Wand in kürzester Zeit – sie konnte keinen Meter davon entfernt gelegen haben. Sie war ebenso glatt wie der Boden. Die folgenden Minuten verbrachte sie mit der Erkundung ihres Gefängnisses. Ihre Augen hatten sich an die Dunkelheit gewöhnt, sodass sie nicht mehr von absoluter Schwärze, sondern einem dunklen, konturlosen Grau eingehüllt war, was ihre Situation noch unheimlicher gestaltete. Der Raum war winzig, quadratisch und gerade breit genug, dass sie sich hinlegen konnte. An einer Seitenwand hatte sie so etwas wie eine Tür entdeckt, die jedoch weder Knauf noch Griff aufwies. Sie trat mehrfach erfolglos dagegen.

Dann ging schlagartig das Licht an. Es kam direkt von oben, war furchtbar grell und machte es ihr unmöglich hineinzusehen. Trotzdem versuchte sie nach oben zu klettern, indem sie sich mit dem Rücken an der einen Seite und den Beinen auf der anderen abstützte, doch die Oberfläche war zu glatt, und sie rutschte nach wenigen Schritten nach unten. Egal, in welcher Variante sie es versuchte, sie schaffte es nicht. Sie saß in diesem Käfig fest, konnte nur grobe Konturen von dem erspähen, was sich außerhalb befand.

Plötzlich ergoss sich ein Schwall kalten Wassers über sie. Dann noch einer, ging in einen steten Strom über.

Wo kam das her? Sie suchte nach seinem Ursprung, aber er musste weiter oben liegen, dort, wo sie wegen des Lichts nichts erkennen konnte.

Voller Entsetzen bemerkte sie, dass das Wasser in dem Käfig anstieg, der Untergrund dadurch spiegelglatt wurde. Sie musste sich an der Wand abstützen, um nicht das Gleichgewicht zu verlieren. Was hatte sie nur verbrochen, dass sie das verdient hatte?

Das Wasser stieg unbarmherzig weiter an, spülte ihre Panik mit sich nach oben, bis sie rasend vor Angst war. Sie schlug gegen die Wände, die vermeintliche Tür, bis ihre Hände aufplatzten, und schrie ihre Panik hinaus, doch niemand reagierte.

Schließlich musste sie anfangen zu schwimmen, und nun endlich konnte sie auch die Decke erkennen. Doch bei ihrem Anblick verlor Denise beinahe den Verstand. Es gab kein Entkommen – ein letzter Funke Hoffnung hatte bis zu diesem Augenblick in ihr gelebt. Jetzt wurde sie immer höher zur Plastikdecke emporgeschoben. Und diese Decke war mit ellenlangen Klingen gespickt, die tückisch im Licht funkelten. Wenn das Wasser hoch genug stieg, würden sie sie durchbohren. Ein neuerlicher Schrei drang über Denise' Lippen, als sie realisierte, was das für sie bedeutete: Entweder sie ertrank oder würde sich selbst an den Klingen aufschlitzen.

Bitte nicht! Sie tauchte ab, umweht von den Schlieren ihres eigenen Blutes, suchte einen Ausweg. Sie trat gegen den Boden, bis ihr die Luft ausging. Ein letztes Mal tauchte sie auf. Nur noch wenige Zentimeter trennten sie von den Klingen, dann tauchte sie ab. Niemals brächte sie es fertig, sich in die Messer zu stürzen.

Die Zeit dehnte sich, während sie im grauen Nichts des Wassers spürte, wie ihr nach und nach der Sauerstoff ausging. Das Licht an der Decke half ihr, nicht die Orientierung zu verlieren. Sie spürte die Verwirbelungen des hereinströmenden Wassers auf ihrer Haut.

Das war das Ende. So unbegreiflich es auf der einen Seite war, so sicher war sie sich dessen. Ihre Augen weiteten sich vor Überraschung, als sie sich dessen bewusst wurde. Sie hatte die letzten Jahre in der vollen Überzeugung gelebt, dass ihr Leben gerade erst begann. Und nun war es vorbei? Die Verwunderung darüber vertrieb für einen Moment die Angst. Doch es hielt nur kurz an. Dann fing ihre Lunge an zu stechen, als die Luft knapp wurde. Sie krümmte sich unter Wasser, als der Trieb aufzutauchen immer stärker wurde.

Nur noch ein wenig durchhalten, dann wäre es überstanden. Doch nein, sie konnte es nicht! Der Drang einzuatmen wurde übermächtig, während zugleich die Überlebensinstinkte sich weigerten, freiwillig diesen letzten Schritt in die ewige Dunkelheit zu tun. Nein, es musste noch einen Ausweg geben!

Ihr Verstand war nur noch ein schwaches Glimmen, als ihr Körper die Herrschaft übernahm und die letzten Kräfte mobilisierte, um aufzutauchen. Sie stieß sich mit voller Kraft vom Boden ab, schnellte nach oben und direkt in die Klingen, die ihr in Gesicht, Auge und Brust fuhren. Die neue Schmerzensnote in ihrer Sinfonie des Leidens ließ sie unwillkürlich aufschreien, und in diesem Zug drang ein Schwall Wasser in ihre Lungen.

Während sie ertrank, zuckte ihr Körper weiter und schnitt sich an den Messern auf, bis auch der letzte Lebensfunke aus ihr gewichen war.

49

Ich mag den Geruch von frischem Schweiß auf meiner Haut. Früher habe ich ihn verabscheut, wie Sport im Allgemeinen. Damals hatte die Welt für mich keine Schrecken beherbergt – wie hatte ich nur so dumm sein können?

Ich trage noch meine Trainingskleidung. In dem Sportstudio, in dem ich trainiere, gibt es nur eine Sammeldusche, und um nichts in der Welt werde ich meinen verstümmelten Körper jemandem zeigen. Es genügt, dass ich Kopfschütteln ernte, weil ich bei diesen Temperaturen in langer Kleidung Sport treibe.

In einem Ohr habe ich einen Bluetooth-Kopfhörer, auf dem ich ein Survival-Buch höre. Mit dem anderen lausche ich den Schritten eines Mannes, der mir seit hundertdreiundsechzig Metern folgt.

Ich greife in meine Jackentasche, hole meinen Haustürschlüssel heraus, fasse ihn so, dass seine Spitze zwischen meinen Fingern hervorschaut. Es kommt auf den Überraschungseffekt an, das habe ich am eigenen Leib erfahren. Ein gezielter Schlag ins Auge, und der Kerl würde mich in Ruhe lassen, doch dann bleibt er vor einem Mehrfamilienhaus stehen und klingelt.

Erst jetzt bemerke ich, wie angespannt ich war. Ich rufe mir die Übungen meiner Meditations-DVD in Erinnerung, die mir Meike gegeben hat. Meditation ist so gar nicht meins – zu langsam, zu viel Stillstand, zu viel Gelegenheit über das eigene Leben nachzudenken. Das tat mir nicht gut. In dieser Situation war es allerdings hilfreich, um mich zu beruhigen.

Endlich komme ich an meiner Wohnung an. Es ist ein langer Fußmarsch, den ich mit dem Bus abkürzen könnte, aber ich schaffe es einfach nicht, mich in größere Menschenmengen zu begeben. Dazu die Beengtheit, die mich direkt wieder in den Keller, den Käfig katapultiert.

Eine meiner ersten Bitten an Meike war gewesen, mich zu hypnotisieren und meine gesamten Erinnerungen zu löschen. Damals hatte ich noch im Krankenhaus gelegen und wollte alles vergessen. Natürlich war sie dazu nicht bereit gewesen. Sie wollte das genaue Gegenteil von mir. Jedes Detail wissen, erfahren, was ihrer Schwester widerfahren war. Das würde ich niemals zulassen. Manche Dinge musste ich hinter mir lassen.

Ich schließe die Tür auf und erkenne bereits an der Tatsache, dass ich den Schlüssel nicht zweimal umdrehen muss, dass meine Mutter bei mir ist. Ich hätte ihr niemals den Haustürschlüssel geben sollen. Selbstverständlich bin ich vorsichtig, habe meine Waffen gut verborgen, ebenso wie die Bücher über Selbstverteidigung und Sicherheitstechnik, aber sie putzt gern, und ich mache mir immer Sorgen, dass sie darüber stolpern könnte.

»Mom?«, rufe ich, während ich meine Schuhe abstreife und den Schlüssel auf der Kommode ablege. Aus dem Radio plärrt eine Volksmusikballade. Noch etwas, was ich nicht mehr mag. Musik. Sie übertönt alle Geräusche, macht es einem Angreifer viel zu leicht, sich unbemerkt zu nähern.

Ich finde sie leise summend in der Küche, in der sie Lebensmittel in meinen Kühlschrank räumt. Auf einem Teller steht ein halber selbst gebackener Apfelkuchen, daneben eine Schale Obst und Süßigkeiten.

Sie sieht auf und strahlt mich mit der Liebe an, zu der nur Mütter fähig sind. »Dein Kühlschrank war wieder leer«, sagt sie mit leichtem Vorwurf in der Stimme. »Eigentlich wollte ich dir nur den Kuchen vorbeibringen, aber dann habe ich das Trauerspiel gesehen und bin kurz in den Supermarkt gesprungen.«

Das ist eine glatte Lüge, wie ich an den Einkaufstaschen erkenne. Sie sind neu und stammen aus keinem Laden, den es in der Nähe gibt. »Danke, aber das wäre nicht nötig gewesen.«

»Du isst nicht genug. Die Ärzte haben gesagt, dass du ordentlich essen sollst.«

Das hatten sie, aber nur bis ich mein Normalgewicht erreicht haben würde, und davon war ich nicht weit entfernt. Meine Mutter trieb bei ihrer Fürsorge ein anderer Wunsch an. Sie wollte ihre Tessa zurückhaben, das Mädchen, das sie weinend angerufen hatte, wenn sie Liebeskummer hatte, das mit ihr am See spazieren gegangen war und zusammen mit ihr Weihnachtskekse gebacken hatte. Doch dieses Mädchen ist tot. Irgendwann in den Monaten im Keller ist es gestorben. So irrational es auch ist, fühle ich mich deswegen schuldig. Ich liebe meine Mutter, aber ihre Gegenwart verursacht bei mir auch ein Unwohlsein. Ich kann ihr nicht geben, was sie sich wünscht, kann nichts hervorzaubern, was nicht mehr existiert. Daran würden auch ein paar zusätzliche Kilos nichts ändern.

»Bei mir waren Polizeibeamte«, sagt sie betont beiläufig. »Muss ich mir Sorgen machen?«

Ich zwinge mich zu einem unbeschwerten Lächeln. »Nein, sie haben mir ein paar Fragen gestellt. Scheint reine Routine zu sein.« Ich mag nicht viel für meine Mutter tun können, aber wenigstens das. Sie soll nicht erneut in Angst leben.

50

In einem anderen Leben

Dieser Tag verlief anders.

Jasmin hatte in den vergangenen Wochen mehr und mehr Privilegien erhalten und durfte sich ab und an außerhalb des Kellers aufhalten. Zuvor erinnerte David sie allerdings daran, dass Tessa sterben würde, sollte sie zu fliehen versuchen. Tessa glaubte jedoch nicht mehr daran, dass sie das stoppen würde, wenn sie damit ihr Baby oder sich retten könnte. Nur schien Jasmin den Gedanken an Flucht aufgegeben zu haben. Sie himmelte ihren Entführer regelrecht an. Tessa entsann sich dunkel, dass sie schon von diesem Phänomen gehört hatte. Stockholm-Syndrom. Es war wie mit Tieren. Wenn sie auf einen Menschen angewiesen waren, der ihnen Futter, Unterkunft und Sicherheit bot, dann vergaßen sie oft die Schläge und Misshandlungen.

Eine simple, instinktive Reaktion, die durch extreme Anpassung das Überleben sichern sollte.

Tessa wünschte sich fast, dass sie dieselbe Verhaltensänderung an sich feststellen könnte, aber in ihr stieg immer weiter der Hass an. Sie verbrachte einen Teil ihrer Zeit mit Krafttraining, joggte auf der Stelle, um ihre körperliche Belastbarkeit zurückzugewinnen.

Heute war David nicht nur mit den üblichen Wasserflaschen und Essen gekommen. Stattdessen hatte er weitere Decken und ein Kissen in Jasmins Zelle geworfen.

Es fiel Tessa weiterhin schwer abzuschätzen, wie viel Zeit verging. Sie hätte vermutet, dass zwei Stunden verstrichen waren, aber es konnte auch mehr gewesen sein. Ihr einziger Anhaltspunkt war das Schlagen ihres Herzens. Jedenfalls öffnete sich da erneut die Kellertür, und David schleppte einen großen, schwarzen Sack in den Raum herein und brachte ihn in Jasmins Zelle. »Kümmert euch drum«, brummte er.

Jasmin kauerte mit weit aufgerissenen Augen in der Ecke und rührte sich auch nicht, als er längst gegangen war.

»Jetzt mach das Ding auf«, herrschte Tessa sie ungeduldig an. Etwas regte sich in dem Sack. Jasmin kreischte auf.

Tessa riss der Geduldsfaden. Sie griff durch die Stäbe hindurch, bekam einen Teil des Plastiks zu greifen und zog daran. Das Material riss, und zum Vorschein kam eine wilde Flut hellbraunen Haares. Eine Frau!

Sie mussten eine Weile warten, bis sie zu Bewusstsein kam. Tessa versuchte, die Aufmerksamkeit der Fremden auf sich zu lenken. »Wer bist du?«

»Jenny«, murmelte die Frau, ohne sie wirklich wahrzunehmen. Sie torkelte zu den Gitterstäben, suchte nach einem Ausweg, den es nicht gab.

Erst jetzt rührte sich Jasmin und zeigte das, was Tessa sich nach Kräften bemühte nicht mehr zuzulassen: Verständnis für die Schwäche eines anderen.

Tessa verstand, was die Anwesenheit dieser Frau bedeutete: David wollte, dass das Baby überlebte. Jenny sollte sich um Jasmin kümmern. Und Tessa wurde nicht mehr länger benötigt.

Für die nächsten Stunden lauschten sie dem abwechselnden Toben und leisen Weinen der Frau, während sie versuchte, ihre neue Situation zu begreifen. Noch hoffte Tessa, aus ihr eine Verbündete machen zu können, dann sah sie ihr in die Augen. Sah das Mitgefühl, die Schwäche in ihnen. Nein, sie war nicht so weit. Sie war nicht bereit, das zu tun, was nötig war, um zu entkommen, um zu überleben. Dieser Prozess würde zu lange dauern. Bis dahin wäre Tessa schon tot. Sie wusste, dass ihre Zeit ablief. Es gab keinen Grund, drei Frauen zu behalten. Vor allem nicht, wenn eine Probleme bereitete. Nur zu oft hatte sie sich schon gefragt, ob Jasmins Strategie nicht doch die bessere war, aber dann stellte sie sich ein ganzes Leben in diesem Keller vor und wusste, dass sie lieber sterben würde. Ein Gedanke, der ihr vor einigen Monaten niemals gekommen wäre.

51

Karen drehte sich auf ihrem Laborstuhl zum dritten Mal im Kreis. Sie hatte die Untersuchungen zur Bestimmung des Todeszeitpunkts abgeschlossen, und ihre Ergebnisse stimmten mit denen von Chris überein. Die Bakterienkulturen wuchsen weiterhin, aber immer mehr deutete darauf hin, dass der Überträger tatsächlich der Käfer war. Nur wie brachte sie das weiter? Sie konnte dadurch nur sagen, dass die Leichen irgendwann im eher ländlichen Raum um Mannheim gewesen waren. Die Innenstadt konnten sie weitgehend ausschließen. Dazu noch die Resultate der Diatomeen-Untersuchung, die sie jedoch auch nicht viel weiterbrachte.

Blieb die Faser, die sie gefunden hatte und die immer interessanter wurde. Es stand inzwischen fest, dass sie aus Hanf bestand und vermutlich zu einem Seil gehört hatte. War die Frau damit gefesselt geworden? Sie wusste, dass sie Chris einfach anrufen und fragen könnte, trotzdem beschloss sie, bei ihm vorbeizufahren. Vordergründig natürlich, da es besser war, wenn sie die Leiche noch einmal gemeinsam auf Fesselspuren hin untersuchten. Insgeheim wollte sie ihn schlicht wiedersehen. Nach dem überraschenden Kuss hatte sie in der Nacht keinen richtigen Schlaf gefunden. So hatte sie sich seit Jahren nicht mehr gefühlt.

Sie packte ihre Sachen und verspürte ein leichtes Kribbeln bei dem Gedanken, gleich Chris gegenüberzustehen. Keiner von ihnen hatte sich in den letzten Stunden gemeldet. Sie ahnte, dass es an ihr war, den nächsten Schritt zu wagen – Chris war mehr als einmal über seinen Schatten gesprungen, aber ihn einfach anzurufen fiel ihr schwer.

Draußen auf dem Flur kam ihr jedoch eine vertraute Person entgegen. Angelika Maerten. Karen sah ihr am aufgewühlten Gesicht an, dass dies kein einfaches Gespräch werden würde. Angelikas Augen waren gerötet, ebenso wie die Nase, auch wenn sie versucht hatte, das mit einer dicken Schicht Puder zu kaschieren.

Sie umarmten sich kurz zur Begrüßung, dann führte Karen sie in ihr Büro. Sie bot Angelika einen Stuhl an, schob einen Stapel Papier zur Seite und setzte sich auf ihren Schreibtisch. »Wie kann ich dir helfen?«

»Schwebt Tessa in Gefahr? Ich habe heute mit ihr gesprochen, und sie verheimlicht mir etwas.«

Wusste Angelika, wie viel sie mittlerweile mit ihrer Tochter gemeinsam hatte?, fragte sich Karen. Tessa war nicht die Einzige, die sich durch die Ereignisse verändert hatte. War Angelika bei ihrem ersten Treffen noch eher mütterlich und sanft erschienen, so hatte sie sich nun in ein Raubtier gewandelt, das seinen Nachwuchs um jeden Preis schützte.

Was sollte Karen antworten? Ihre Bekannte anlügen, obwohl die Basis ihrer Beziehung das Vertrauen war, das man sich in Selbsthilfegruppen entgegenbrachte, oder ihr die Wahrheit sagen und damit möglicherweise den Fall torpedieren? »Du solltest das Alexis Hall fragen. Sie leitet die Ermittlungen – ich bin nur Kriminalbiologin.«

»Ach, erzähl mir keinen Mist. Du hast genug von deiner Arbeit gesprochen, dass ich weiß, dass du in jedes Detail eingeweiht bist.«

Karen nahm sich eine Limoflasche aus dem Regal und trank einen Schluck. Schließlich hatte sie eine Entscheidung getroffen. Alexis mochte deshalb wieder sauer werden, aber Tessa erwies sich weiterhin nicht als kooperativ. Da konnten sie es sich nicht auch noch leisten, ihre Mutter gegen sich aufzubringen. »Das bleibt unter uns. Tessa hat uns ausdrücklich darum gebeten, dir nichts zu sagen.«

Angelika presste ihre Lippen aufeinander, verschränkte ihre Arme vor der Brust. »Sie vertraut mir nicht mehr.«

»Das ist Unsinn, und das weißt du.« In den folgenden Minuten berichtete Karen ihr in groben Zügen von den Ereignissen der letzten Tage. Sie bemühte sich, so oberflächlich wie möglich zu bleiben, auch wenn sie keine Angst haben musste, dass Angelika die Presse einweihen würde.

»Dann hat der Mörder es auf sie abgesehen?«

Karen schüttelte den Kopf. »Er scheint auf sie fixiert zu sein«, erwiderte sie mit betont ruhiger Stimme. Es war wichtig, dass Angelika nicht in Panik geriet. »Allerdings wirkt es so, als wenn er stellvertretend für Tessa Rache nehmen würde. Bea Krause ist einer der Hauptgründe, warum deiner Tochter wehgetan wurde, warum sie überhaupt mit ihrer Freundin zum Wandern ging. Das andere Opfer hat sich im Internet über sie ausgelassen.«

Angelika stand auf, ging in dem kleinen Raum auf und ab, folgte dabei denselben Pfaden, die Karen schon so oft abgelaufen war. »Wieso tut ihr denn nichts? Wollt ihr wieder warten, bis es zu spät ist?«

»Wir geben alles, um den Täter zu finden. Du kennst mich, ich würde niemals zulassen, dass ein Mörder unnötig lang auf freiem Fuß ist. Die Polizei will Tessa unter Polizeischutz stellen, aber sie verweigert es.«

»Sie glaubt, dass sie sich selbst schützen kann«, antwortete Angelika nachdenklich. »Sie wälzt ständig heimlich diese Zeitungen über Waffen und Sicherheitstechnik, geht joggen, macht Selbstverteidigungskurse. Sie ist kaum wiederzuerkennen.«

Das konnte Karen nachvollziehen. Wenn man sich in der Gewalt eines anderen Menschen befunden hatte und erneut bedroht wurde, ergab es Sinn, wenn man alles dafür tat, dass das nicht wieder geschah. Es war zwar nur eine

Illusion von Sicherheit, aber die war besser als nichts. »Wir überprüfen Tessas Umfeld und das der Opfer. Fällt dir irgendjemand ein, der zu solchen Taten fähig wäre oder auch nur einen Grund hat?«

In erster Reaktion schüttelte Angelika abwehrend den Kopf, dann runzelte sie nachdenklich die Stirn. »Nein, so etwas würde niemand machen.«

»Ich sehe doch, dass du an jemanden gedacht hast«, erwiderte Karen.

»Ich will ihr keine Schwierigkeiten bereiten, und es ist absurd. Sie wäre niemals zu so etwas in der Lage.«

»Das habe ich auch schon mal gedacht, und ich lag schrecklich falsch. Wenn du dich irrst, wird der Person nichts geschehen, versprochen.«

Nach weiterem Zögern gab Angelika nach. »Meike Harms«, sagte sie leise.

»Jasmin Harms' Schwester?«

Angelika nickte, zupfte nervös an ihrer Bluse. »Ich traue ihr nicht. Manchmal, wenn sie sich unbeobachtet fühlt, sehe ich, dass sie Tessa mit regelrechtem Hass anschaut.«

»Hast du Tessa das gesagt?«

»Sie hört nicht auf mich. Ich glaube, Tessa denkt, dass sie es nicht anders verdient, da sie überlebt hat.«

»Das ist doch Unsinn.«

Angelika warf die Arme in die Luft und nahm ihr unruhiges Tigern wieder auf. »Wem sagst du das? Die Beziehung der beiden ist vollkommen verkorkst. Angeblich will Meike ihr helfen, aber sie will doch nur Antworten auf ihre Fragen bekommen, dabei sollte Tessa mit der Entführung abschließen und endlich wieder anfangen zu leben. Dieser Kunze hat ihr so viel geraubt, und ich habe Angst, dass Meike ihr auch noch den Rest nimmt.«

»Ich kümmere mich darum, dass sie genauer unter die Lupe genommen wird, das verspreche ich dir.«

»Danke. Ich würde es nicht ertragen, wenn Tessa erneut etwas zustößt. Sie ist doch immer noch mein kleines Mädchen.« Angelika verbarg ihren Kopf in den Händen.

Karen hörte sie schluchzen, ging zu der Frau und nahm sie in die Arme.

»Ich sollte sie bedingungslos lieben, und das tue ich auch, aber ich wünsche mir mein Mädchen zurück. Das Kind, das ich großgezogen habe. Wer auch immer nun in ihrer Haut steckt, manchmal erkenne ich sie nicht wieder. Es ist schrecklich, so etwas auch nur zu denken.«

Karen legte einen Arm um ihre Schultern. »Dafür sind wir doch hier, um zu reden. Ich verstehe dich.« Gleichzeitig dachte sie an Merle und fragte sich, wie das Mädchen sich entwickelt hätte, wenn ihre Kindheit nicht die Hölle gewesen wäre. Was würde geschehen, wenn sie heilte? Würde sie sich dann verändern und sie ihr Mädchen ebenfalls nicht wiedererkennen?

Nach einigen Minuten hatte sich Angelika etwas beruhigt und verabschiedete sich hastig. Offenbar war ihr der Gefühlsausbruch peinlich.

Sobald sie gegangen war, wählte Karen Alexis' Nummer. »Tessas Mutter war gerade hier«, sagte sie.

»Was wollte sie?« Alexis' Stimme verriet, dass sie schon ahnte, was kommen würde.

»Wissen, ob ihre Tochter in Gefahr ist. Tessa scheint keine sehr gute Schauspielerin zu sein.«

»Und du hast es ihr verraten?«

»Was hätte ich denn sonst machen sollen? Sie war kurz vor dem Durchdrehen.«

»Tessa war bisher ohnehin nicht hilfreich. Wir müssen sehen, wie sich das entwickelt. Danke für die Warnung.«

»Das war noch nicht alles«, sagte Karen schnell, bevor ihre Freundin auflegte. »Ich habe sie gefragt, wer in ihren Augen ein Motiv hat. Sie war sich ziemlich sicher, dass es Meike Harms sein könnte.«

»Jasmin Harms' Schwester?«

Karen realisierte mit einer gewissen Belustigung, dass Alexis dieselbe ungläubige Frage stellte wie sie auch. »Ihre Argumente sind durchaus schlüssig. Sie hat ihre kleine Schwester verloren, und es liegt nahe, Tessa daran die Schuld zu geben. Sie macht es einem nicht leicht, sie zu mögen, wenn man mit ihr zu tun hat.«

»Das angespannte Verhältnis zwischen den beiden ist mir auch schon aufgefallen. Aber eine Frau, die so brutal mordet, und dann ausgerechnet dieses zarte Persönchen. Hat sie überhaupt die Kraft, eine Leiche zu bewegen, geschweige denn auf so ein Gerüst zu hieven?«

»Ich weiß es nicht, aber ich kann Chris fragen. Ich bin ohnehin auf dem Weg zu ihm.«

»Mach das. Ich werde veranlassen, dass man unauffällig ihr Alibi überprüft.« Alexis machte eine Pause. »Sei mir nicht böse, aber ich kann morgen nicht auf Merle aufpassen.«

»Das hatte ich gar nicht erwartet. Der Fall ist zu wichtig.«

»Das ist nicht der einzige Grund. Hast du vielleicht Zeit, dich heute Abend mit mir zu treffen?«

»Ich komme bei dir vorbei. Merle ist ohnehin bei Oliver auf dem Hof, um sich um Lucky zu kümmern. Ich fürchte fast, dass ich bald einen Kater haben werde.«

»Es gibt Schlimmeres.« Karen konnte Alexis' Grinsen förmlich hören. »Bis später dann. Ich hole uns Pizza und Bier.«

Endlich verließ Karen ihre Laborräume und machte sich auf den Weg zur Rechtsmedizin. Das freudige Kribbeln war inzwischen jedoch weitgehend verflogen und kehrte erst wieder, als sie nur noch wenige Gänge von Chris' Büro entfernt war. Es kam selten vor, dass sie ihn dort aufsuchte, sodass sie ab und an stehen bleiben musste, um sich zu orientieren. Sie erinnerte sich noch an die ersten Semester ihres Studiums draußen im Neuenheimer Feld, als sie sich mit Plänen bewaffnet dennoch ständig in den komplexen Gebäuden der Universität verlor. Unter den Erstis kursierten Gerüchte, dass jedes Jahr Studenten in dem Labyrinth verschollen gingen und man Jahre später ihre Überreste fand. Natürlich nur ein dummer Scherz, aber wenn man sich im Theoretikum des Neuenheimer Felds versuchte zurechtzufinden oder gar im unterirdischen Gangsystem, dann erschien es einem plötzlich nicht mehr so unwahrscheinlich.

Chris' Büro war klein, mit neutralen Möbeln eingerichtet und so vielen Pflanzen, dass man den Eindruck hatte, einen Dschungel zu betreten. Seine Tür war nur angelehnt, und er hatte sie noch nicht bemerkt. Für einen Moment beobachtete sie ihn, wollte Mut sammeln, um endlich das Date auszumachen, das sie so lange ausgeschlagen hatte. Dann entdeckte sie eine typische Juwelier-Schatulle mit einer Halterung für einen Ring auf seinem Schreibtisch. Ihr Blick flog zum Ringfinger seiner rechten Hand. Daran prangte ein Ehering aus Platin, den er mit routiniertem Griff abzog.

Einen Moment war sie wie erstarrt. Chris war verheiratet? Eine leichte Übelkeit erfasste sie, dann zwang sie sich zur Professionalität. Sie hatte sich geschworen, dass nichts, was zwischen ihr und Chris geschah, Auswirkungen auf ihre Arbeit haben sollte.

Sie klopfte an und rief eine Begrüßung. Rasch stopfte Chris den Ring in die Schatulle, klappte sie zu und ließ sie in einer Schublade verschwinden.

»Komm rein«, sagte er mit einem unsicheren Lächeln. Sie sah ihm an, dass er hoffte, sie habe es nicht bemerkt.

Für einen Moment schwieg sie. Der Ring ging ihr nicht aus dem Kopf, aber jetzt war nicht der Zeitpunkt für eine Konfrontation.

52

Alexis pfefferte ihre Jacke in die Ecke, als sie zusammen mit Oliver ihr Büro betrat. Dieser Tag war einfach nur frustrierend. Sie kamen von der Befragung von Emma Frieds Freunden zurück. Die Frau hatte zu Lebzeiten ihren Hass im Netz verbreitet. Dabei war nicht nur Tessa zu ihrem Ziel geworden, nein, diese Frau hatte an nahezu jedem Shitstorm im Internet teilgenommen und mehr als einmal versucht, einen neuen loszutreten. Das Durcharbeiten der Hunderten von Seiten, die allein ihre Posts der letzten Wochen umfassten, hatte Alexis ebenso wenig weitergebracht wie die Befragungen in Emmas Umfeld. Es waren unerfreuliche Gespräche gewesen. Die freundlichsten Personen hatten ihren Argwohn zumindest noch zu verbergen versucht, während der Rest seine Feindseligkeit offen zur Schau gestellt hatte. Trotz allem glaubte Alexis ihnen, dass sie keine Ahnung hatten, wer Emma etwas antun würde.

»Ich bin gleich wieder da«, sagte Oliver und verschwand. Alexis nutzte die Gelegenheit, um Charlie anzurufen und ihr Treffen vorzuverlegen. Eigentlich waren sie für den nächsten Tag verabredet, aber Alexis hatte das Gefühl, dass sie da nicht dazu kommen würde. Das nächste Nadelherz war überfällig, und es war außergewöhnlich, dass sich das Tötungsintervall so deutlich verlängerte. Sie rechnete jeden Morgen damit, dass sie die Benachrichtigung erhielt. Oder ging noch etwas anderes vor, von dem sie keine Ahnung hatten?

Kurz nachdem sie aufgelegt und sich an ihrem PC angemeldet hatte, kam Oliver mit zwei Eisbechern von Alexis' Lieblingsmarke zurück.

»Einmal Cookie Dough für dich und Strawberry Cheesecake für mich.«

»Du bist mein Held«, sagte Alexis lächelnd und legte die Füße auf ihren Schreibtisch. »Was denkst du, wie wir weiter vorgehen sollen? Momentan treten wir auf der Stelle.«

»Gute Frage.« Er lehnte sich gegen die Wand und fuhr sich durch seine dunkelblonden Haare. »Nach allem, was wir bisher wissen, denke ich, dass tatsächlich alles seinen Ursprung in der Schwäbischen Alb genommen hat. Es gibt zu viele Frauen, die in der Region verschwunden sind. Das halte ich nicht für einen Zufall. Vielleicht sind die Nachbarn, die Kunzes Schwester erwähnt hat, durchgedreht, oder Norden hat recht, und Tessa hat den Ehrgeiz eines anderen Killers in der Region auf sich gezogen, oder Kunze hat mehr Dreck am Stecken, als wir bisher angenommen haben.«

Damit hatte Oliver zwar nur wiedergegeben, was sie bereits besprochen hatten, aber es half ihr, ihre Gedanken in geordnete Bahnen zu lenken. Bei der Unzahl an Personen, die sie befragt hatten, drohte sie den Überblick zu verlieren. Sie hatten selbst beim Fernsehsender angerufen, über den das Interview mit Tessa Maerten geführt wurde, um sich Kopien von Mails und Briefen zusenden zu lassen, die in irgendeinem Bezug zu ihr standen. Ein paar waren überprüft worden, bisher jedoch ohne eine verwertbare Spur zu bringen. »Du hast recht, wir müssen uns mehr mit dem Mühlsteinhof und der gesamten Region beschäftigen. Da ist immer noch die Frage, was mit dem tot geborenen Baby geschehen ist.«

»Glaubst du ernsthaft, dass Kunze ihm ein richtiges Begräbnis hat zukommen lassen?«

»Warum nicht? Es scheint ihm etwas daran gelegen zu haben. Er hatte Jasmin in der Gewalt, hat nicht vor den verschiedensten Brutalitäten zurückgeschreckt, trotzdem hat er die Schwangerschaft nicht frühzeitig beendet.«

Oliver tippte und wischte auf seinem Tablet. »Das Suchraster bei der Untersuchung des Hofs auf versteckte Leichen war nicht sehr gründlich.«

»Überrascht dich das?«, fragte Alexis.

»Wann fahren wir also?«

Alexis massierte sich die Schläfen. »Ich weiß es nicht. Ich will da sein, wenn wir das nächste Nadelherz erhalten.«

»Mit der Taktik werden wir nie dorthin kommen. Nach dem Herz folgt die nächste Leiche, der nächste Schwung Befragungen.«

»Okay, dann morgen. Ich will, dass diese Anja Stein mit Tessa spricht und noch einmal versucht, sie davon zu überzeugen, unseren Schutz anzunehmen.«

»Das war die befreundete Polizistin?«

»Genau, sie wollte doch bei uns mitmischen. Jetzt hat sie die Gelegenheit dazu. Stell ihr ruhig in Aussicht, dass ich sie in Zukunft unterstützen werde, sollte es ihr gelingen. Ein wenig Motivation hat noch nie geschadet. Ich habe Angst, dass der Killer eskaliert. Er war Tessa beim letzten Mal bereits verdammt nahe.«

»Nehmen wir Karen mit zum Hof?«

»Klar, das hätte ich schon beim ersten Mal machen sollen. Als Biologin sieht sie die Welt mit anderen Augen als wir. Ich gehe zu Bauwart, Volkers und Saskia, um ihnen Instruktionen zu geben, wie sie vorgehen sollen, falls in unserer Abwesenheit das nächste Herz zugestellt wird.«

»Läuft es inzwischen mit den dreien?«

»Es knirscht ganz gewaltig im Getriebe, aber Volkers gewöhnt sich allmählich daran, und sie lässt sich nicht unterkriegen.« Alexis warf ihren leeren Eisbecher in den Müll. Sie hasste es zu warten. Es war an der Zeit, dass sie dem Täter einen Schritt vorauskamen. »Ruf bei sämtlichen Polizeiwachen in der Region an und frage konkret nach, ob jemand eine junge Frau als vermisst gemeldet hat oder es tun wollte.«

»Du meinst, für den Fall, dass sie genauso sorgfältig arbeiten wie unser Kollege auf der Schwäbischen Alb?«

Sie zuckte mit den Schultern. »Es kann immer etwas untergehen.«

Volkers und Bauwart nahmen ihre Ankündigung, dass sie ihnen morgen die Organisation der Soko überlassen würde, positiv auf. Sie rief sich in Erinnerung, dass sie ihnen auch in Zukunft mehr Verantwortung übertragen sollte. Sie neigte viel zu sehr dazu, alles selber erledigen zu wollen.

In einer knappen Stunde war sie mit Dr. Norden in seiner Praxis verabredet. Sie beschloss, Saskia mitzunehmen.

Während der Fahrt versuchte sie aus der Kollegin herauszubekommen, wie sie die Arbeit und vor allem ihre neuen Kollegen fand. Entweder war Saskia eine herausragende Schauspielerin oder sie störte sich tatsächlich nicht an Volkers' ablehnendem Verhalten. Als sie sie darauf ansprach, erwiderte sie nur: »Im Vergleich zu den Leuten, mit denen ich am Anfang meiner Laufbahn gearbeitet habe, ist er regelrecht handzahm. Ein paar Vorurteile, zusammen mit sexistischen Kommentaren – damit kann ich umgehen.« Nach kurzem Schweigen fuhr sie fort. »Ich weiß die Sorge wirklich zu schätzen, aber das ist nicht nötig. Ich sehe, mit welchem Respekt von Ihnen und Dolce gesprochen wird. Wenn ich meine Arbeit gut mache, komme ich da auch hin.«

Alexis hob eine Augenbraue. Volkers, der alte Griesgram, der immer noch lieber mit ihr als mit Oliver sprach, verfluchte sie nicht hinter ihrem Rücken? Diese Nachricht freute sie mehr, als sie zugeben wollte.

Kurz darauf parkten sie auf einem der drei Parkplätze, die zu Dr. Nordens Praxis in der Neckarstadt-West gehörten.

Er begrüßte sie wie üblich unterkühlt, bot ihnen allerdings Tee und Gebäck an. Nachdem Alexis ihn auf den neuesten Stand gebracht hatte, runzelte er die Stirn. »Sind Sie sich sicher, dass es sich bei Kunze um einen Einzeltäter handelte? Gab es keine anderen Personen auf dem Mühlsteinhof?«, fragte Dr. Norden.

»Wieso fragen Sie das?«

»Ich habe mir die Unterlagen angesehen, die Sie mir geschickt haben, und ein paar eigene Nachforschungen angestellt. Vorab: Das ist keine gesicherte Diagnose, aber es gibt Hinweise, dass er an FAS oder zumindest FAE gelitten hat.«

»Können Sie das übersetzen?«, fragte Saskia mit einem frechen Grinsen, das an Norden jedoch abprallte.

»FAE, Fetale Alkoholeffekte, sind eine schwächere Ausprägung von FAS, dem Fetalen Alkoholsyndrom. Darunter fallen alle Schäden, die ein Kind erleidet, wenn die Mutter während der Schwangerschaft Alkohol getrunken hat. Die Liste der Symptome ist lang, reicht von Wachstumsstörungen über Herzfehler, Skoliose, Entwicklungsretardierung bis hin zur Aggressivität und destruktivem und dissozialem Verhalten.«

Alexis schluckte. Natürlich wusste sie, dass bereits geringe Mengen Alkohol schreckliche Auswirkungen auf das Ungeborene haben konnten, aber diese Auflistung klang wie das perfekte Rezept, um einen Verhaltensgestörten zur Welt zu bringen. »Wie kommen Sie auf die Idee, dass Kunze dieses FAS hatte?«

»Ich habe seinen ehemaligen Kinderarzt erreicht, der noch immer eine Praxis in der Region betreibt, nachdem ich in den Unterlagen von Kunzes Autopsie gelesen habe, dass bei ihm als Kind eine Gaumenspalte operativ behandelt wurde. Dazu hatte er einen geringen Kopfumfang und kleine Zähne. Alles Hinweise auf FAE oder FAS. Der Kinderarzt hat mir bestätigt, dass er diesen Verdacht ebenfalls hatte. Kunzes Mutter war allerdings nicht oft bei irgendwelchen Untersuchungen.«

»In Ordnung«, sagte Saskia. »Gehen wir davon aus, dass er an FAS litt. Wie sollte uns das weiterhelfen? Dass er ein krankes Arschloch war, wussten wir bereits.«

Dr. Norden quittierte ihre Frage mit einem herablassenden Lächeln. Amüsiert beobachtete Alexis, wie Saskia sich in die Handflächen kniff, um nicht die Beherrschung zu verlieren.

»Ich war noch nicht fertig. Ich habe mich anschließend an seine ehemaligen Lehrer gewandt. Alles Aufgaben, von denen ich erwartet hätte, dass sie die dortige Polizei längst erledigt hat, aber offenbar haben sich nur ein paar Vertreter von den Medien dafür interessiert.«

»Die Beamten dort sind eher um den Erhalt des Tourismus besorgt und sahen nach Kunzes Tod keinen Anlass, weitere Nachforschungen anzustellen.«

»Das hätten sie lieber machen sollen. Seine Lehrer beschrieben ihn als geistig schwerfällig, impulsiv und jemand, der die Hauptschule nur mit Mühe geschafft hat.«

»Das passt zu dem erbärmlichen Zustand von seinem Hof«, sagte Alexis. »Ich verstehe aber immer noch nicht, worauf Sie hinauswollen.«

»Wenn ich ein Profil von einem Täter gebe und ihn als impulsiv, von niedriger Intelligenz und leichter Ablenkbarkeit gebe, erwarten Sie dann jemanden, dem es gelingt, alles vorzubereiten, um zwei Frauen über ein Jahr lang gefangen zu halten? Jemand, der offenbar genug technisches Verständnis hat, um Videokameras zu installieren und deren Bilder ins Netz zu streamen?«

»Gibt es nicht so etwas wie Inselbegabungen?«, fragte Saskia und goss sich noch eine Tasse Tee ein.

»Das könnte gut möglich sein, ebenso wie eine so starke Fixierung auf seine krankhaften Fantasien, dass es ihn tatsächlich angetrieben hat, planvoll vorzugehen, aber ich halte das für relativ unwahrscheinlich.«

»Dann wollen Sie andeuten, dass er nicht alleine gearbeitet hat?«

»Das, oder Frau Maerten und Frau Harms waren nicht seine ersten Opfer, sodass er bereits Übung hatte.«

Der Verdacht mit den vorherigen Opfern kam nicht zum ersten Mal auf, wodurch allerdings die Theorie, dass auf der Schwäbischen Alb ein anderer Killer gewütet hatte, der erst durch Tessas Entkommen auf sie aufmerksam wurde, zerschlagen würde.

»Tessa müsste doch mitbekommen haben, dass es mehr

als ein Täter war«, sprach Saskia einen anderen Gedanken von Alexis aus.

»Sie hat ausgesagt, dass Kunze oft verhüllt oder mit Masken zu ihnen gekommen ist. Wer weiß, wer sich wirklich darunter verbarg. Zudem könnte es gut sein, dass sich die andere Person nie gezeigt hat, sondern ausreichend Befriedigung aus den Videos gezogen hat.«

»Eine Art Puppenspieler im Hintergrund«, murmelte Alexis. Das würde einiges erklären, aber wie sollten sie ein Phantom fangen?

53

Vor dem Treffen am frühen Abend mit Charlie war Alexis so nervös, dass sie zwei Tassen Tee runterkippte und eine halbe Tüte Gummibärchen verdrückte.

Oliver betrachtete sie amüsiert. »Du bist die einzige Frau, nein, der einzige Mensch, den ich kenne, der die berüchtigtsten Mörder stellt, aber vor einem Treffen mit seiner Cousine halb ohnmächtig wird.«

»Tja, wie viele Leute mit Serienkillern in der Verwandtschaft kennst du?«

»Du weißt, was ich von dem Unsinn mit dem vererbten Bösen halte. Mit aller Wahrscheinlichkeit ist sie genauso wenig ein Monster wie du.«

»Falls ich morgen nicht auftauche, weißt du ja, wo du suchen musst«, witzelte Alexis, bevor sie ihre Jacke nahm und sich verabschiedete.

Sie war mit Charlie auf der Thingstätte in Heidelberg verabredet. Zu Hause wollte sie sich nicht mit ihr treffen. Das war ihr immer noch zu persönlich. Als Charlie sie gebeten hatte, etwas zu wählen, bei dem sie mehr von der Stadt kennenlernen könnte, war ihr direkt das Bauwerk auf der nördlichen Seite des Neckars auf dem Heiligenberg eingefallen. In der Frühzeit war auf dem Berg bereits eine keltische Zwingburg entstanden, später hatten Mönche ein Kloster gebaut. Diesen geschichtsträchtigen Ort hatte das Dritte Reich genutzt, um seine Stärke durch Aufmärsche und Veranstaltungen mit einer Thingstätte inmitten des Waldes zu demonstrieren. Heute dämmerte die Anlage ihrem Verfall entgegen, diente aber immer noch als beliebtes Ausflugsziel und Treffpunkt von Studenten.

Während der Fahrt rief sie noch einmal Karen an und fragte sie, ob Chris ihr hatte weiterhelfen können. Ihre Freundin antwortete ihr mit seltsam belegter Stimme. Sie würde sie am Abend unbedingt aushorchen müssen, ob etwas vorgefallen war.

Viele Neuigkeiten hatte Karen nicht. An den Leichen waren keine Fesselspuren zu erkennen, was aber nicht viel bedeuten musste. Wenn die Frauen nicht zu intensiv versucht hatten, sich zu befreien, oder noch eine Polsterung unter dem Seil gewesen war, dann konnten sie keine Spuren finden. Chris war sich allerdings sicher, dass eine sportliche Frau durchaus in der Lage sein müsste, eine Leiche auf dem Gestell zu positionieren. Es gab Hinweise in Form von Kratzspuren, dass die Leichen mühsam in Position gezogen worden waren, ob von einem Mann oder einer Frau, konnte er allerdings nicht sagen, ebenso wenig wie er einschätzen konnte, ob Meike Harms als Täterin infrage kam. Balletttänzerinnen sind filigran und haben dennoch erstaunlich viel Kraft. »Der Körperbau allein verrät mir nichts über die körperlichen Fähigkeiten«, zitierte Karen ihn.

Alexis bedankte sich und legte auf. Nächste Sackgasse.

Also mussten sie Meike im Auge behalten und unauffällig ihr Alibi überprüfen. Sie verfluchte die Tatsache, dass die besonderen Umstände Feingefühl verlangten, sodass sie sie nicht einfach zu einer Vernehmung einbestellen konnte.

Charlie wartete unten an der Bushaltestelle auf sie und stieg mit einem zurückhaltenden, aber gut gelaunten »Hallo« ins Auto. Die letzten Meter Fahrt verbrachten sie mit belanglosem Small Talk über die Pension, in der Charlie wohnte, und Heidelberg an sich. Die Sonne hatte sich zwischen den Wolkenbergen durchgekämpft, und der Wind war zu einer lauen Brise abgeklungen, sodass sie sich nach einem kurzen Rundgang auf eine der mittleren Zuschauerreihen des an ein griechisches Theater erinnernden Bauwerks setzten. Voll besetzt konnte die Thingstätte bis zu zwanzigtausend Personen fassen.

»Ich habe hier etwas, was ich dir schon längst hätte geben sollen«, sagte Charlie und holte ein billig aussehendes Notizbuch hervor, dessen Einband starke Gebrauchsspuren aufwies. An einer Stelle musste Kaffee über das Buch gelaufen sein und hatte das Papier wellig und verfärbt zurückgelassen. »Es ist das Tagebuch meiner Mutter aus der Zeit, als deine Eltern getötet wurden.«

Alexis zögerte, danach zu greifen. Ihre Zweifel, ob sie wirklich mehr über ihre Mutter und ihren Vater erfahren wollte, wurden immer größer. Selbst wenn es auch amüsante Anekdoten gab, würde es stets auf die eine große Frage hinauslaufen: Warum waren sie zu Mördern geworden? Wollte sie das tatsächlich wissen? Wäre es nicht schöner, die verklärten Erinnerungen, die ihr aus der Kindheit erhalten geblieben waren, zu behalten? »Hast du es gelesen?«

Charlie lächelte. »Es steht nichts Schreckliches drin. Meine Mutter mochte ihre Schwester nicht sonderlich.

Das merkt man, aber sie schreibt nichts davon, dass sie in ihrer Jugend kleine Tiere gequält hat oder so ein Schwachsinn.«

»Wie war es für dich, mit dem Wissen aufzuwachsen, was Sarah und Loyd getan haben?«

»Ich habe sie nie kennengelernt, und in der Familie wurde nicht darüber gesprochen. Ab und an haben ein paar andere Kinder mich damit ärgern wollen, aber das haben sie schnell aufgegeben. Irgendwann war einfach Gras über die Sache gewachsen.«

Alexis zog ihre Beine hoch, öffnete eine der beiden Flaschen alkoholfreien Radlers, die sie mitgebracht hatte, und reichte sie Charlie, bevor sie sich die andere nahm. »Hast du keine Angst gehabt, mich kennenzulernen? Nachdem hier bekannt wurde, wer meine Eltern waren, haben mich die Menschen behandelt, als könnte ich jeden Moment ausrasten.«

Charlie hob ihre Flasche, um mit ihr anzustoßen. »Wenn man den größten Teil seiner Kindheit in einem Waisenhaus aufwächst, trifft man auf allerhand schreckliche Menschen. Die Wahrscheinlichkeit, dass du als bekannte Polizistin gefährlich bist, halte ich dagegen für vergleichsweise gering.«

Alexis fand Charlies rationales Herangehen erfrischend und erkannte sich in dieser Denkweise wieder. Wie viele Dinge sie noch gemeinsam haben mochten?

»Möchtest du das Tagebuch nun haben oder nicht?« Charlie hielt es in die Luft. »Ich verstehe, wenn du es nicht lesen willst. Nach dem Tod meiner Eltern habe ich den Fehler gemacht und mit dem ersten Tagebuch angefangen. Manche Details brauche ich echt nicht von ihr wissen. Sie hat mit dem Schreiben begonnen, als sie eine Affäre hatte, um sich das schlechte Gewissen von der Seele zu kritzeln.

Das hat mir dann gereicht. Erst als ich von dir erfahren habe, habe ich dieses Tagebuch rausgekramt und durchgeblättert.«

»Es gibt noch mehr?«

»Ja, aber die sind in einem Lager in England. Ich schleppe ja keine Kiste Bücher mit mir rum.«

Alexis dachte noch einen Moment nach, dann nahm sie das Notizbuch. Früher oder später hätte ihre Neugierde ohnehin gesiegt, da konnte sie auch gleich nachgeben. Sie traute sich dennoch nicht, es sofort aufzuschlagen, das hob sie sich für später mit einem großen Glas Wein auf.

»Wir haben so viel über mich gesprochen, nun erzähl von dir«, forderte Charlie sie auf. »Du bist nicht verheiratet, aber da gibt es doch sicher einen Kerl?«

Kurz flammte in Alexis das alte Misstrauen auf. Warum wollte sie das wissen? Dann schob sie das Gefühl zur Seite. Sie waren Verwandte, die sich gerade erst kennenlernten. Da waren das normale Fragen. Oder nicht?

Nach ihrem Treffen setzte Alexis Charlie wieder an der Bushaltestelle ab. Sie hatten sich lose für die nächsten Tage verabredet. Alexis wollte ihr bei der Suche nach einer günstigen Wohnung helfen, da sie beabsichtigte, wenigstens einige Monate in Heidelberg zu bleiben. Sie hatte eine Anstellung in einer Studentenkneipe gefunden.

Was Kaspar wohl dazu sagen würde? Vorerst hoffte sie, dass er nichts von Charlie erfahren würde.

54

Sie entschied sich spontan gegen Pizza und holte stattdessen eine Auswahl an Wraps, Sandwiches und als Dessert Cookies. Zu Hause begrüßte sie ihre Katzen, legte ihre

Sachen ab und stellte die Tüte mit dem Essen auf die Arbeitsfläche der Küche. Karen würde in wenigen Minuten da sein, also schenkte sie zwei Gläser eines leichten Weißweines ein. Anschließend nahm sie eines der Sandwiches, das sie vor allem für ihre maunzenden Plagegeister gekauft hatte, und kratzte etwas Thunfisch ab, den sie ihnen in ihre Futterschalen gab.

Sie trank zwei Schluck Wein, dann holte sie das Tagebuch aus ihrer Handtasche und blätterte es auf dem Weg ins Wohnzimmer durch. Es war alt, daran bestand kein Zweifel. Die Handschrift war klein, unordentlich und schwierig zu lesen. Sie platzierte es auf dem Couchtisch, legte eine Schallplatte von Elvis Presley auf und kehrte in die Küche zurück, um das Essen auf Platten anzurichten. Nach den Schrecken, die die Arbeit derzeit für sie bereithielt, wollte sie wenigstens etwas Schönheit in ihrem Leben haben.

Kurz darauf tauchte Karen auf, doch sie war nicht allein, sondern kam in Begleitung von Linda Landgraf.

»Ich hoffe, du hast nichts dagegen, dass ich so unerwartet hier auftauche. Karen und ich haben eben noch miteinander telefoniert, und da hat sie mich eingeladen.«

»Wir haben viel zu lang nicht mehr zusammengesessen«, ergänzte Karen.

Alexis nahm Linda ihren schicken Mantel ab. »Du bist mir immer willkommen. Ich freue mich, dass du da bist.« Karen hatte recht. Sie drei hatten sich in den letzten Monaten viel zu selten getroffen. Ihre Freundschaft war unter der Arbeit und den vielen Veränderungen in ihren Privatleben immer mehr zurückgedrängt worden. Es war an der Zeit das zu ändern.

Nachdem sie den beiden jeweils ein Weinglas in die

Hand gedrückt hatte, gingen sie mit dem Essen ins Wohnzimmer und kuschelten sich auf die Couch. Cookie legte sich bei Karen auf den Bauch, während Coffee sich zwischen Alexis und Linda einrollte.

»So wie wir aussehen, könnten wir uns als Zombies für den Dreh von *The Walking Dead* bewerben«, witzelte Karen. »Harte Nacht gehabt?«, fragte sie Linda mit einem Grinsen.

Die Staatsanwältin zuckte mit den Schultern. »Es wurde etwas spät.«

»Was Ernstes oder triffst du dich wieder mit Sabrina?«

Sabrina war Lindas Ex-Freundin. Sie waren bereits ein Paar gewesen, als Alexis Linda kennengelernt hatte. Umso mehr hatte es sie geschockt, als die beiden sich getrennt hatten, weil es die deutlich jüngere Sabrina nach Freiheit verlangte.

Linda schüttelte den Kopf. »Nein. Ich kenne sie kaum.«

Alexis hob eine Augenbraue. Das sah Linda, der knallharten Staatsanwältin, die sonst alles kontrollierte und plante, gar nicht ähnlich.

»Sag nichts.« Sie seufzte. »Ich hasse es, in meine leere Wohnung nach Hause zu kommen. Du hast Merle, und Alexis hat wenigstens ihre Katzen, so klischeehaft das auch sein mag, und inzwischen Stephan. Auf mich wartet niemand. Mir ist nie zuvor aufgefallen, wie wenig ich von meinem Leben gehabt habe.« Sie schüttelte den Kopf. »Kein Wunder, dass Sabrina gegangen ist. Ich bin langweilig geworden. Entweder habe ich gearbeitet oder meine Zeit mit Sabrina verbracht. Dabei war ich so erschöpft, dass ich selten etwas unternehmen wollte, oder ich stand auf Abruf bereit. Ich bin so uninteressant geworden.«

Alexis legte den Kopf schief. Langweilig war so ziemlich

das Letzte, was sie Linda genannt hätte, aber sie hatte auch nicht mit ihr zusammenleben müssen. Schuldbewusst dachte sie an ihr eigenes Leben. War da wirklich ein Unterschied? Sie und Stephan lebten beide für die Arbeit und redeten selbst in der gemeinsamen Zeit oft darüber.

»Wenn ich mir das anhöre, kann ich wohl froh sein, dass es mit mir und Chris schon vorbei ist, bevor es auch nur angefangen hat.«

»Ihr habt etwas am Laufen gehabt?«

»Wieso ist es aus?«

Karen lachte bitter. »Er hat mich am Sonntag geküsst.«

»Und was ist schiefgelaufen? Ist er so ein schlechter Küsser?«, fragte Alexis halb im Scherz. Karen hatte schon die seltsamsten Gründe angeführt, um keine ernste Beziehung mit Männern einzugehen. Bisher hatte sie sich stets als Freigeist gegeben, der seine Ungebundenheit ausnutzen wollte, aber nicht erst seit Merle war Alexis aufgefallen, dass sich ihre Freundin langsam änderte.

»Er hat einen Ehering.«

»Vielleicht ist er geschieden. Das ist nichts, mit dem die Leute üblicherweise hausieren gehen.«

»Und dann würdest du ihn heimlich tragen und ihn verstecken, sobald jemand den Raum betritt?«

»Wenn ich diesen Jemand seit Langem um ein Date anbettle … Du solltest ihm wenigstens eine Chance geben, sich zu erklären.«

Karen schüttelte den Kopf. »Ihr habt es nicht gesehen. Selbst wenn ihr recht habt und er geschieden ist, so hängt er offensichtlich an dieser Frau. Ich will kein Trostpflaster sein.«

»In dem Fall würde er dir nicht seit Monaten hinterherrennen.«

»Dann hat er den Ring für einen Kumpel gekauft, er gehörte seinen Eltern, seinem verstorbenen Bruder …«, listete Linda auf. »Mir fallen zig Gründe ein, warum er diesen Ring bei sich hatte.«

»Machen wir es doch ganz einfach«, grätschte Alexis dazwischen, bevor Karen antworten konnte. »Ich überprüfe es. In wenigen Minuten kann ich herausfinden, wie sein Familienstand ist.«

»Ist das legal?«

»Willst du es wissen?«

»Und dann? Soll ich ihm sagen, dass ich ihn überprüft habe? Ich muss mit ihm zusammenarbeiten.«

»Machen wir uns darüber doch erst Gedanken, wenn wir wissen, was Sache ist.«

»Alexis hat recht, auch wenn ich das als Staatsanwältin natürlich nicht gutheißen kann«, sagte Linda augenzwinkernd. »Wir brauchen dich, da kannst du mit deinen Gedanken nicht woanders sein.«

Schließlich stimmte Karen zu. Alexis verabschiedete sich für einige Minuten, ging in einen Nebenraum und loggte sich mit ihrem Pad im Portal ihrer Dienststelle ein und fragte die Daten aus dem Melderegister ab. »So ein verfluchter Arsch«, murmelte sie.

Ihre Freundin sah ihr das Ergebnis bereits am Gesichtsausdruck an, als sie zurückkehrte. »Er ist verheiratet«, sagte sie tonlos.

Alexis nickte. »Zieh keine voreiligen Schlüsse. Vielleicht gibt es eine vernünftige Erklärung.«

»Du meinst so etwas wie eine Scheinehe, die er nur eingegangen ist, um eine arme Frau zu retten?«, fragte Karen verächtlich. »Ich habe ihm angesehen, dass er etwas für diese Frau empfindet.«

Alexis tat es weh, Karen so verletzt zu sehen. Am liebsten hätte sie Chris in diesem Moment eine runtergehauen. Wie hatte er sie alle so täuschen können? Auf sie hatte er immer einen aufrichtigen Eindruck gemacht, und das Knistern zwischen ihm und Karen war nur zu offensichtlich gewesen.

»Ich brauche mehr Wein«, sagte Karen.

»Gern, aber nur wenn du hier schläfst.«

»Soll mir recht sein. Merle bleibt heute eh bei Louise.«

Alexis ging in die Küche und holte die angebrochene und eine weitere Flasche Wein. Sie spürte bereits die Wirkung von dem einen Glas.

»… scheiß auf Beziehungskisten«, hörte sie Karen sagen, als sie zurückkam. »Mit Merle brauche ich nicht noch einen Menschen, um den ich mich kümmern muss. Ich bin alleine immer gut zurechtgekommen.«

Alexis setzte sich zu ihren Freundinnen auf die Couch und hörte zu, wie sie über ihr Leben und potenzielle Partner lamentierten, und schickte nebenbei Stephan eine Nachricht. Sie hatte ihn diese Woche viel zu wenig gesehen. Insgeheim musste sie lächeln. Wer hatte gedacht, dass sie und Linda einst die Rollen tauschen würden, bei der Alexis diejenige mit der glücklichen Beziehung war.

»Genug von uns«, sagte schließlich eine deutlich angeheiterte Karen. »Was wolltest du mir erzählen? Jetzt sag bitte nicht, dass es zwischen dir und Stephan auch kracht.«

Alexis beschloss, den Wein unauffällig durch Eistee zu ersetzen. Sie wollte morgen zum Mühlsteinhof fahren, da musste Karen fit sein. »Ich habe eine Cousine«, eröffnete sie und berichtete ihren Freundinnen im Folgenden alles, was sich in den letzten Tagen ereignet hatte.

Karen nahm das Notizbuch in die Hände. »Das ist das Tagebuch?«

»Ja, und es sieht echt aus.«

»Wenn Stephan sie nicht überprüft hätte, würde ich sie ja für eine seltsame Art von Hochstaplerin halten, aber so … Hast du es schon gelesen?«

Alexis schüttelte den Kopf. »Ich habe mich nicht recht getraut. Was, wenn ich noch mehr schreckliche Dinge erfahre?«

»Schlimmer als Eltern, die junge Frauen ermordet und ihnen Eisennägel in den Schädel geschlagen haben?«

»Eltern, die mich nicht geliebt haben. Eltern, die mich misshandelt haben, und ich habe es nur verdrängt, es als Kind nicht so wahrgenommen. Ihr wisst, wie grauenvoll und schwierig dieses Thema ist.«

»Du wolltest die Wahrheit wissen«, sagte Linda. »Sich vor ihr zu verstecken wird dich nicht glücklicher machen. Sollen wir es zusammen lesen?«

Alexis dachte einen Moment über das Angebot nach, dann stimmte sie zu. Es war irgendwie beruhigend, ihre Freundinnen an ihrer Seite zu haben.

Zwei Stunden später spürte sie eine Mischung aus Erleichterung, Enttäuschung und Freude. Sie wusste nun, dass ihre Mutter ebenso wie sie ein Fan von Elvis Presley gewesen war, während sie wohl ihr Temperament von ihrem Vater hatte. Genau diese Art von Informationen hatte sie sich immer gewünscht. Viel mehr Neuigkeiten gab das Tagebuch aber nicht hier. Die Schwester ihrer Mutter, Mollie, hatte die Ehe nie gutgeheißen und entsprechend abfällig über Sarah und ihren Mann geschrieben. Erst recht, nachdem sie gestorben waren. Für Alexis war es allerdings interessant zu lesen, dass Mollie einen Artikel über die Ironcrown-Killer aufbewahrt hatte, in dem Loyd als eine Art Monster dargestellt wurde, das seine Frau unterdrückt und zu den schrecklichen Taten gezwungen hatte. Sie hatte in dicken roten Lettern *bollocks* – Schwachsinn – danebengeschrieben. In ihren Aufzeichnungen bestätigte sie das Bild, das auch die Nachbarin ihrer Eltern gezeichnet hatte, indem sie ihre Mutter als die dominante Person in der Beziehung beschrieben hatte. Loyd hatte wohl alles für sie getan, und Sarah war angeblich schon immer gut im Manipulieren von Menschen gewesen.

Nachdem sie mit dem Lesen fertig waren, herrschte Schweigen, und auch danach kam das Gespräch nur schleppend wieder in Gang. Sie hatten alle genug, über das sie nachdenken mussten.

55

Noch bevor sie am nächsten Morgen Mannheim verließen, begann die erste Diskussion. Karen bestand darauf ihren VW-Bus zu nehmen, da sie damit problemlos ihre Gerätschaften transportieren konnten. Oliver lachte nur. »Ich will heute ankommen. Wie schnell fährt die alte Mühle? Achtzig?«

»Hey, sag nichts gegen meinen Bulli.« Es gab wenige Dinge, mit denen man die Biologin so ärgern konnte wie mit verächtlichen Kommentaren über ihren T1. »In eure Autos passt kaum etwas rein.«

»Was erwartest du denn, dort zu entdecken? Wir wollen uns angesichts der neuen Infos nur umschauen. Offensichtlich waren die Ermittlungen auf der Schwäbischen Alb nicht sehr gründlich.«

»Und genau deshalb will ich meine Untersuchungssets mitnehmen.«

»Die Sache ist für mich glasklar«, sagte Oliver. »Wir nehmen meinen Hybrid. Geräumig genug, um ein paar Sachen von dir mitzunehmen, schnell und umweltfreundlich.«

»Mit dem MiTo sind wir noch schneller, und die Polizisten vor Ort nehmen uns vielleicht ernst, wenn wir nicht mit einer Öko-Schaukel ankommen.«

»Mir ist das zu blöd«, unterbrach Karen die Diskussion. »Lasst uns das wie erwachsene Menschen mit Schnick, Schnack, Schnuck lösen.«

»Das kann nicht dein Ernst sein«, protestierte Oliver. »Wir sind keine kleinen Kinder.«

»Wir streiten gerade darüber, wer das bessere Spielzeug hat. Ich würde das bestenfalls als Ansichtssache deklarieren.«

Alexis lachte. »Karen hat recht. Lasst uns keine Zeit mehr verschwenden.«

Am Ende gewann Oliver.

Rasch luden sie ein paar von Karens Kisten in sein Hybridauto und fuhren los.

Alexis konnte nicht behaupten, dass sie sich auf den neuerlichen Besuch auf dem Hof freute. Noch immer erschütterte sie die Erinnerung an ihren ersten Aufenthalt. Die Käfige, in denen sie kein Tier eingesperrt sehen wollte und erst recht keinen Menschen. Die Vorstellung, dass auf diesem Hof zwei Frauen gestorben waren. Die Folter, die Tessa und Jasmin erdulden mussten. Dabei war noch immer die Frage offen, was genau ihnen angetan worden war. Die Ärzte hatten Dehydrierung, Unterernährung, Verbrennungen, Spuren von Vergewaltigungen, Schnitt- und

Platzwunden dokumentiert, aber solange Tessa nicht sprach, konnten sie kaum etwas anderes feststellen. Es deutete alles darauf hin, dass sie es am schlimmsten erwischt hatte, aber das waren nur die körperlichen Male. Was man ihrer Psyche angetan hatte, darüber schwieg sie sich aus.

Als sie nach einer weitgehend schweigsam verlaufenen Fahrt in die schmale Zufahrtsstraße zum Hof einbogen, lief es Alexis kalt den Rücken hinunter. Am Horizont waren bereits die Umrisse der Gebäude zu erkennen, die auf sie zu lauern schienen. Es mochte Einbildung sein, aber sie hatte wieder das Gefühl, dass das Böse, das sich an diesem Ort zugetragen hatte, in Gemäuer und Boden eingedrungen war und es für immer verdorben hatte. Noch vor wenigen Kilometern waren sie an auf Wiesen herumtollenden Kindern und Hunden vorbeigefahren, an Wanderern, die das herrliche Wetter ausnutzten. Wie konnte die Idylle so trügen?

Hatten Spaziergänger den Hof passiert? Womöglich sogar mit David Kunze gesprochen, während im Keller seine Opfer auf Hilfe hofften? Es stimmte wohl: Egal wie viele Menschen es gab, am Ende war man doch allein.

»Was machen wir jetzt?«, fragte Oliver. »So ganz klar ist es mir noch nicht.«

»Aber vorhin groß Reden schwingen«, murmelte Karen.

»Es hat hier alles seinen Anfang genommen«, erläuterte Alexis. »Es dreht sich alles um Tessa, wir wissen nur nicht warum.«

»Du glaubst an einen zweiten Täter vom Mühlsteinhof?«

»Irgendwie schon, aber wie kann das sein, ohne dass Tessa etwas davon mitbekommen hat? Falls sie es jedoch weiß, wieso hat sie es von Anfang an der Polizei verschwiegen? Warum kooperiert sie nicht?«

»Stockholm-Syndrom?«, fragte Oliver, öffnete die Autotür und stieg aus.

Alexis folgte seinem Beispiel, holte sich eine Strickjacke aus dem Kofferraum. »Das passt nicht. Dann müsste sie doch Kontakt zu diesem Mann suchen. Zudem scheint sie David aufrichtig zu hassen – wieso sollte dieser andere Täter davon ausgenommen sein?«

»Ich weiß es doch auch nicht. Noch nie haben sich Ereignisse so zusammenhanglos angefühlt.« Oliver schlug die Autotür ungewohnt schwungvoll zu.

»Wie ein Puzzle, bei dem man nur die Hälfte der Teile hat«, ergänzte Karen.

Sie standen einander gegenüber, verbunden durch das Gefühl der Ratlosigkeit und der Angst, dass ihr Versagen schon bald das nächste Menschenopfer kosten könnte.

»Deswegen sind wir hier«, sagte Alexis. »Lasst uns reingehen. Vielleicht fällt uns mit unserem neuen Wissen etwas auf, oder wir entdecken zumindest etwas, was uns helfen könnte, zu Tessa durchzudringen. Ich habe Dr. Norden versprochen, Filmaufnahmen zu machen, damit er einen genaueren Eindruck von den Umständen hier gewinnen kann. Zudem hat er in einem Punkt recht: Falls Kunze alleine gehandelt hat, spricht vieles dafür, dass Tessa und Jasmin nicht seine ersten Opfer waren. Irgendwo müssen die Leichen sein.«

Zuerst gingen sie in das Hauptgebäude hinein. Noch immer war niemand gekommen, um etwas auszuräumen. Auch Davids Schwester nicht, aber wer konnte es ihr verdenken? Sie hatte sich von ihm losgesagt, ein neues Leben angefangen. Sie wollte mit Sicherheit nicht an die Gräueltaten ihres Bruders erinnert werden oder sich ein Erinnerungsstück mitnehmen.

Es fühlte sich ein wenig an, als beträten sie ein Museum, in dem einzelne Räume aus vergangenen Jahrzehnten nachgebildet waren, um das Lebensgefühl dieser Zeit einzufangen. Dabei fehlte das, was das Gefühl von Bewohntsein und Heimeligkeit ausmachte.

Nach einer schnellen Kontrolle gingen sie in den Keller. Das Stockwerk, in dem die Maske der Normalität zerfiel. Die Käfige, der Wasserschlauch an der Wand, die Eimer – alles befand sich noch dort, wo es zurückgelassen worden war.

»Ich nehme einige Proben aus den Käfigen«, sagte Karen und holte sterile Tupfer, die in Plastikröhrchen steckten, hervor. »Sollte es einen zweiten Täter geben, muss er irgendwo Spuren hinterlassen haben.«

Keiner sprach aus, was sie alle dachten. Womöglich fanden sie auch die DNA von weiteren Opfern. Was würde das für ihre weiteren Emittlungen bedeuten? Nicht zum ersten Mal verfluchte Alexis die schlampige Arbeit der Kollegen.

»Die Toilette«, sagte Alexis. »Niemand hat sich die Mühe gemacht, dort DNA-Proben zu nehmen, aber jeder muss mal pinkeln, und beim Reinigen wird sie gern vergessen.«

»Ich ahne schon, was jetzt kommt.« Oliver seufzte.

»Hey, du rühmst dich immer mit deinen handwerklichen Fähigkeiten.«

Bei der Sicherung der Spuren kam es nicht nur auf die Toilettenschüssel an, sondern auch den Abfluss. Fanden sich dort Kotreste, konnte es bereits für eine Identifizierung ausreichen.

»Ist schon gut. Ich mache mich an die Arbeit. Irgendwo wird es sicher Werkzeug geben.«

»Hätten wir meinen Bus genommen, wäre alles da.« Karen konnte sich den schnippischen Kommentar nicht verkneifen. »Nimm gleich ein paar Tupfer mit und vergiss auch den letzten Winkel nicht.«

Oliver murmelte ein paar unflätige Kommentare, bevor er sich in die oberen Stockwerke zurückzog. Ab und an hörten sie ihn fluchen, bis er endlich mit den Proben zurückkam.

Nachdem Karen und Oliver fertig waren und Alexis die Räumlichkeiten gefilmt hatte, gingen sie nach draußen, um die Suche dort fortzusetzen.

56

»Wurde das Grundstück abgesucht?«, fragte Karen.

»Ja, das immerhin haben sie erledigt, sogar mit einem Bodensuchgerät, aber außer zwei Katzenskeletten und einem toten Hund haben sie nichts gefunden.«

»Von hier aus ist es nicht weit bis zum Seitenarm der Donau. Lasst uns dahin gehen«, forderte Karen sie auf.

»Warum das?«

»Unsere Mannheimer Opfer wurden ertränkt. Der Hof liegt an einem Fluss. Wer weiß, was wir da finden.«

»Dann stimmst du der Zwei-Täter-Theorie zu?«

»Das nicht, aber als Wissenschaftlerin muss ich alle Optionen in Betracht ziehen. Und du hast recht. Tessa verhält sich selbst für ein Opfer seltsam. Angelika kann davor vielleicht die Augen verschließen, weil sie ihre Tochter zurückmöchte, den Menschen, der sie früher war. Ich nicht.«

Ein unbefestigter Weg führte hinter dem Haus über die

Wiese in Richtung Donau. Er war breit genug, dass darauf ein Auto fahren konnte, und wenn sie die Spuren richtig deutete, war er vor einiger Zeit auch zu diesem Zweck genutzt worden. Inzwischen gewann jedoch die Natur die Oberhand, und hohe Gräser und Brombeerranken erschwerten ihr Vorwärtskommen. Nach einigen Minuten öffnete sich der Wald, und sie kamen zu einer Wiese, hinter der das Wasser einer kleinen Flussaue im Sonnenschein glitzerte.

Alexis folgte dem Pfad bis ans Ufer und sah auf den grünlich schimmernden Fluss hinab. Das Wasser strömte nur träge, erinnerte ein wenig an einen See. »Hast du nicht gesagt, dass die Frauen in Zisternenwasser gestorben sind?«, fragte sie Karen.

»Das stimmt. Falls der Mörder Tessa nach Mannheim gefolgt ist, wäre es aber nicht verwunderlich, wenn er seine Methodik geändert hat, nachdem man ihn seines heimischen Reviers beraubt hat.«

»Mag sein. Seltsam finde ich es dennoch. Mit Rhein und Neckar haben wir genug Auswahl an Gewässern.«

»Es ist allerdings auch mehr los«, warf Oliver ein. »Wir haben noch immer keine genaue Vorstellung, wie die Frauen sterben, aber schnell geht es sicher nicht. Da wäre das Risiko erwischt zu werden ungleich höher.«

»Dann halten wir also fest: Sollten wir es mit einem Täter zu tun haben, der Tessa gefolgt ist, dann muss er planvoll und analytisch vorgehen.«

Alexis drehte sich im Kreis, nahm die gesamte Umgebung auf. Sie liebte die Stille. Einer der Gründe, warum sie nicht in Mannheim lebte und den langen Anfahrtsweg in Kauf nahm. Die Schwäbische Alb mit ihren weitläufigen Wäldern, der frischen Luft und rauen Natur übte einen ganz eigenen Reiz auf sie aus.

Der Weg, der sie vom Hof an die Flussaue gebracht hatte, gabelte sich an dieser Stelle und verlief in seinem weiteren Verlauf parallel zur Donau. »Lasst uns die Gegend erkunden.« Sie nahm den östlichen Pfad, der allerdings schon bald an einem Holzlager endete.

Also drehten sie um und probierten den anderen. Er führte tief in den Wald hinein, verließ das Ufer, bis sie nur noch dunkle Tannen umgaben, die das Sonnenlicht weitgehend schluckten. Nach einiger Zeit gaben sie die Suche in dieser Richtung auf. Im direkten Umkreis des Hofs gab es nichts Auffälliges. Für alles andere brauchten sie konkrete Hinweise und die Unterstützung einer großen Gruppe von Beamten.

Zurück an der Weggabelung musterte Karen die Umgebung. »Irgendetwas übersehe ich. Gebt mir einen Moment.« Sie begann, das Gebiet spiralförmig abzulaufen, bis sie zum Waldrand kam und diesen entlanglief. Sie war nur noch ein kleiner Fleck am Horizont, als ihre Stimme erklang. »Kommt her! Ich habe etwas gefunden!«

Alexis und Oliver liefen zu ihr. Karen hatte eine kleine Lichtung entdeckt, die umgeben von hohen Tannen im Halbschatten lag. An den feuchteren, moosigen Stellen wuchsen Pilze, ansonsten summten Bienen fröhlich um die bunten Wiesenblumen. »Schön ist es hier, aber bringt uns das weiter?«

»In der Gegend habe ich nur vereinzelt Pilze gesehen. Hier häufen sie sich jedoch, und das, obwohl es kein typisches Biotop für sie ist.«

»Ist es bereits die Jahreszeit für Pilze?«

»Ja, die meisten Speisepilze findet man im Herbst, aber es gibt viele Arten, die schon im März gedeihen, und erfahrene Sammler finden bis auf die Wintermonate das ganze Jahr über Pilze.«

»Dann enthält der Boden scheinbar die richtigen Nährstoffe. Was ist daran so spektakulär?«

»Genau das ist der Punkt.« Karen ließ sich von Alexis nicht aus dem Konzept bringen. »Seht euch die Verteilung an.«

Erst jetzt schenkte Alexis den Pilzen mehr Aufmerksamkeit. Bisher hatte sie sie als gewöhnlichen Bestandteil der Umwelt wahrgenommen. Tatsächlich. Sie wuchsen auf Flächen, die an Rechtecke erinnerten. Dazwischen lagen jeweils mehrere Meter.

»Pilze sind keine Pflanzen«, erläuterte Karen. »Sie betreiben keine Fotosynthese, sind näher mit Tieren als Pflanzen verwandt und beziehen ihre Nährstoffe oft von verrottendem Material.«

»Oder Leichen«, sagte Oliver leise, der verstanden hatte, worauf die Biologin hinauswollte.

»Man hat festgestellt, dass manche Pilzarten besonders gut gedeihen, wenn etwas unter ihnen verwest. Das gibt den idealen Nährstoffcocktail.«

»Wie sicher bist du dir?«

Karen zuckte mit den Schultern. »Keine Zweifel bei den biologischen Fakten, aber ich habe keine Ahnung, was wir unter der Erde finden.«

»Ich hole Schaufeln«, sagte Oliver.

»Handschuhe und Tyvek-Anzüge brauchen wir ebenfalls. Sollten wir auf etwas stoßen, müssen wir sichergehen, dass man uns keine Fehler anlasten kann.«

Während Oliver zum Hof zurückkehrte, gingen Karen und Alexis die Lichtung ab, fotografierten sie mit ihren Handys und zeichneten in Karens Notizbuch eine grobe Karte. Waren die Pilzrechtecke zum Waldrand hin noch gut zu erkennen, fransten sie weiter aus, je näher sie der sonnenverwöhnten Mitte kamen.

Am Ende entschieden sie sich nach Olivers Rückkehr für das erste Feld direkt am Wald, um ein kleines Loch zu graben. Sie zogen die Schutzkleidung an, breiteten Plastikplanen aus und reinigten die beiden Schaufeln, bevor sie begannen, die obere Schicht Pilze und Gras zu entfernen. Diese legten sie separat auf die Plane, damit Karen sie bei Bedarf später gesondert untersuchen konnte. Die darauf folgende Erde häuften sie einfach auf. Sie musste gesiebt werden, um nach Fasern, kleinen Knochenstücken, Haaren und sonstigen Hinweisen zu suchen.

Bei der Arbeit hatte Alexis das Gefühl, dass hier tatsächlich bereits gegraben worden war. Vor allem die abgestochenen Rasenplatten saßen irgendwie locker. Sie hielt inne und rief nach Karen, die detaillierte Fotos von den Pilzen und darauf gefundenen Insekten machte, und teilte ihr ihren Verdacht mit.

Die Biologin nahm einen Ballen in die Hand und untersuchte ihn. »Du hast recht.« Sie brach ein Stück der Erde ab und deutete auf die freigelegte Stelle. »Da kann man nahezu verrottete Halme erkennen. Die sind nicht freiwillig unter die Erde gewachsen, und kein Tier hätte sie senkrecht hineinbohren können. Das muss ein Spaten gewesen sein. Später wurden sie ähnlich wie Rollrasen zurückgesetzt.«

Sie fuhren fort, ungefähr die Hälfte des von Pilzen markierten Rechtecks auszugraben. Sie mussten nicht tief gehen, dann trafen sie auf das, was sie befürchtet hatten. Ein menschlicher Fuß. Schmal, ein kleines Herzchentattoo am Knöchel in der sich ablösenden Haut.

Alexis kletterte aus der Grube und nahm ihr Handy. Die drei Freunde verloren kein Wort über ihren Fund. Sie wussten alle, was das bedeutete. »Ich informiere Linda und Dolce, veranlasse, dass uns alles gebracht wird, was wir benötigen.

Chris soll auch kommen. Das hier überlasse ich nicht diesen Hinterwäldlern.«

Alexis war froh, dass sie sich auf Dolce und Linda verlassen konnte, die alles Nötige veranlassten, während sie am Fundort und Hof warteten. Sie ließ den Blick über die Lichtung schweifen, die inzwischen nicht mehr so friedlich und idyllisch wirkte.

»Wie viele Leichen hier wohl liegen?«

»Fünf«, sagte Alexis, ohne zu zögern.

»Wie kommst du darauf?«

»Erinnerst du dich an das Interview mit Tessa? *Es ist, als würde man mein Herz mit Nadeln durchbohren und aus mir herausreißen, wieder und wieder und wieder und wieder und wieder.* Deshalb hat sie so komisch gesprochen. Sie wusste es. Sie wusste von den Toten.«

57

Es dauerte bis tief in die Nacht, um die Leichen zu bergen. Volkers, Bauwart, Saskia und Anja waren in Mannheim geblieben, da Tessa um die Mittagszeit erneut ein Päckchen zugestellt worden war. Dieses Mal waren sowohl Tessas Mutter als auch Meike anwesend, aber ein aufmerksamer Beamter hatte den elfjährigen Jungen, der für zwanzig Euro den Botenjungen gespielt hatte, bemerkt und abgefangen.

Es brachte sie allerdings nicht viel weiter, da der Junge wiederum von einem anderen Jungen angeheuert worden war, den sie höchstwahrscheinlich niemals finden würden. Alexis gab dennoch in Auftrag, dass man die Aufzeichnungen sämtlicher Videokameras in der Umgebung auswerten sollte. An der Stelle des Entführers hätte sie den ersten Boten im Auge behalten, bis sie sich sicher sein konnte, dass er das Geld nicht einfach selbst einsteckte. So schlau, wie der Täter war, ging sie jedoch davon aus, dass die Suche in den Videos nicht von Erfolg gekrönt sein würde.

Als es dunkel wurde, sah Alexis auf die Uhr. Morgen würden sie vermutlich die nächste Leiche ohne Herz finden. Bis dahin musste sie wieder in Mannheim sein, ebenso wie Chris, der die Untersuchung des Herzens an einen Kollegen übergeben hatte.

Alexis hatte zwar traurige Erfahrung mit solchen Leichenfunden wie hier am Mühlsteinhof, dennoch war es weiterhin eine schreckliche Arbeit. Die Leichen datierten nach der ersten Einschätzung von Chris und Karen auf fünf Jahre zurück, die jüngste lag erst wenige Monate dort. Die Schlussfolgerung, die sie daraus ziehen mussten, war erschreckend.

»Dann war noch jemand auf dem Hof gefangen? Zur gleichen Zeit wie Tessa und Jasmin?«, fragte Alexis.

»Keine voreiligen Schlüsse, bitte«, sagten Karen und Chris fast gleichzeitig. Er sah mit einem Lächeln zu der Kriminalbiologin, doch sie ignorierte ihn und fuhr mit der Erläuterung fort.

»Auf den ersten Blick scheint es so zu sein, aber vielleicht stoßen wir auf etwas, was erklären könnte, warum die sterblichen Überreste so gut erhalten sind. Von natürlichen Umständen abgesehen, könnte sie auch einfach eingefroren gewesen und erst später begraben worden sein.«

»Warum sollte er so etwas tun?«, fragte Alexis. Ihre Zweifel an Tessa und ihrer Geschichte wurden immer größer. Erst die Schwangerschaft, die sie nicht erwähnt hatte, und jetzt das.

»Wir wissen nicht, ob das andere Opfer überhaupt in dem Käfig war. Vielleicht war sie eine Komplizin«, gab Karen zu bedenken. »Oder etwas ging bei der Entführung schief, und er hat sie direkt getötet.«

Alexis musste unweigerlich an ihre eigenen Eltern denken, die ebenfalls als Team gearbeitet hatten. Es würde einiges erklären, wenn hinter David eine Frau gestanden hatte, die ihn lenkte. Noch immer passte für sie das Bild, das Norden und Kunzes Schwester gezeichnet hatten, nicht zu dem Mann, dem es gelang, zwei Frauen über so lange Zeit festzuhalten. War er nur das ausführende Organ gewesen? »Die Proben aus dem Käfig haben doch ebenfalls ergeben, dass noch jemand dort festgehalten wurde«, sagte Alexis. Sie hatte einen Beamten mit den ersten Proben vor ein paar Stunden zurückgeschickt.

»Es war ein Schnelltest, durchgeführt von meiner Studentischen Hilfskraft. Darauf kann man sich nicht verlassen. Ich habe dir erklärt, dass der Fehler einer Beamtin ausgereicht hätte, um die DNA dort zu platzieren. Die Arbeitsweise der hiesigen Polizei war alles andere als sorgfältig. Zudem glaubst du, dass jemand zwischenzeitlich in das Haus eingedrungen ist. Vielleicht war es eine Journalistin, und sie hat den Ort verunreinigt.«

Das waren alles gute Argumente, aber seit Alexis die Ergebnisse der vorläufigen Analyse kannte, glaubte sie nicht mehr an alternative Erklärungsansätze. Ihr Gefühl sagte ihr, dass Tessa mehr vor ihnen geheim gehalten hatte, als sie bisher angenommen hatten.

Alexis ging ein paar Meter abseits und rief Volkers an. Er mochte schwierig sein, aber er war vertrauenswürdig und nahm seine Arbeit ernst. Sie schilderte ihm die Lage und bat ihn stillschweigend zu überprüfen, wo Tessa sich zum

Zeitpunkt der Morde aufgehalten hatte. Hatte sie sich möglicherweise selbst die Herzen geschickt? War alles nur Show gewesen und sie in der Gefangenschaft zur Komplizin von David geworden, hatte sein Wahnsinn sie angesteckt und sie nahm nun Rache an all den Menschen, denen sie auf die eine oder andere Weise die Schuld gab?

Ein Beamter der Spurensicherung kam mit gesenktem Kopf zu ihr. Was kam jetzt?, fragte sie sich. Noch eine Leiche?

»Wir haben die Umgebung untersucht und auf der anderen Seite der Lichtung ein weiteres Grab gefunden. Jemand muss darauf sogar Waldblumen gepflanzt haben.«

Vielleicht war es Kunzes erstes Opfer gewesen. Nicht selten hatten Mörder einen besonderen Bezug zu ihrer ersten Tat.

»Es ist die Leiche eines Babys.«

58

In den frühen Morgenstunden fuhr Alexis zusammen mit Chris zurück nach Mannheim. Sie hatte den Leichenfundort an Oliver übergeben, und Karen musste noch weitere Proben sammeln, bevor sie in ihr eigenes Labor zurückkehren konnte.

Dieser Fall entwickelte sich zu einem logistischen Albtraum. Zwei weit auseinanderliegende Regionen, eine hohe Anzahl an Leichen, eine Überlebende, die sie an der Nase herumführte, und Gerangel um die Zuständigkeiten. Sven Berger war spätabends empört zum Mühlsteinhof gekommen und hatte angedroht, sich wegen ihr zu beschweren und dafür zu sorgen, dass sie abgesetzt wurde. Sie hatte nur müde gelächelt und ihn an Linda verwiesen.

Deutlich schwieriger war das Gespräch mit Thimo Sattler. Zuerst hatte sie ihn persönlich sprechen wollen, aber der heutige Tag war so voller Termine, dass sie nicht wusste, wie sie auch noch für ihn Zeit finden sollte. Dabei hatte sie bisher keine Minute Schlaf gefunden. Da es nicht mehr lange dauern würde, bis die Medien von den Toten vom Mühlsteinhof erfahren würden, beschloss sie, ihn anzurufen.

Er nahm die Nachricht deutlich gefasster auf, als sie gedacht hatte. »Dann untersuchen Sie endlich, was wirklich auf dem Hof geschehen ist? Überprüfen die Aussagen von dieser Tessa Maerten?« Fast wirkte er erfreut über den neuerlichen Leichenfund.

Alexis blieb nur, ihm erneut zu versichern, dass sie ihr Bestes geben würde. In Details durfte sie ihn nicht einweihen, vor allem nicht jetzt, bevor sie ihre Pressestrategie geplant hatten.

Alexis tippte nervös auf dem Lenkrad des Polizeiwagens, den man ihr gebracht hatte. Das Auto fuhr ihr viel zu langsam, und trotz der frühen Stunde füllte sich bereits die Autobahn, die zahlreichen Baustellen, auf denen nie jemand zu arbeiten schien, machten es nicht einfacher.

»Ist mit Karen alles in Ordnung?«, fragte Chris sie unvermittelt. »Sie wirkt heute anders.«

Na toll, dachte Alexis. Das hatte ihr gerade noch gefehlt. »Der Fall ist frustrierend, und die meisten ihrer Untersuchungen führen ins Nichts oder lassen auf sich warten.«

»Man muss es dir fast schon hoch anrechnen, dass du so schlecht im Lügen bist«, sagte Chris mit einem Seitenblick auf Alexis.

Am liebsten hätte sie ihm die Wahrheit gesagt und zumindest einen Teil ihres Frusts an ihm ausgelassen. Es hatte ihr wehgetan, ihre Freundin so verletzt zu sehen. Das stand ihr jedoch nicht zu. »Rede mit ihr.«

»Nun gut«, murmelte er. »Also ist etwas im Busch.«

»Was kannst du mir bisher zu den Leichen sagen?«, wechselte Alexis das Thema.

»Das jüngste Opfer vom Mühlsteinhof ist auf jeden Fall anders gestorben als unsere Mannheimer Opfer, auch wenn ihnen allen das Herz fehlt. Der Tod erfolgte durch mehrere Schussverletzungen, die ihr mit zeitlicher Verzögerung beigebracht wurden. Die älteren Toten weisen dagegen zahlreiche Schnittspuren an Knochen und Gewebe auf, ähnlich dem, was wir hier haben.«

»Dann muss unser Mannheimer Mörder in Kontakt zu Kunze gestanden haben«, schlussfolgerte Alexis.

»Vorerst solltest du davon ausgehen. Es könnte natürlich Zufall sein. Es gibt mehr als genug Mörder, die mit scharfen Klingen morden. Solange ich nicht weiß, ob auch sie ertrunken sind oder zumindest kurz davorstanden, kann man das nicht ausschließen.«

Chris hatte zwar recht, aber was sie bisher von den Leichen gesehen hatte, sah nach einem Täter aus, der im Laufe der Jahre sein Vorgehen optimiert hatte. Zuerst ein vergleichsweise einfacher Mord, dann immer ausgereifter, bis er seine ganz eigene Handschrift entwickelt hatte. Bei Alexis' Eltern war es ähnlich, aber nicht ganz so ausgeprägt gewesen. Die Anemonen, mit denen ihre Mutter die Leichen geschmückt hatte, mussten aus einer spontanen Eingebung heraus von ihr verwendet worden sein.

»Rätselhaft bleibt die Tatsache, dass das neueste Mordopfer am Mühlsteinhof offensichtlich erschossen wurde.«

Alexis sah auf. »Da bist du dir sicher? Die Frau, die zur

gleichen Zeit wie Tessa und Jasmin auf dem Hof war? Sie wurde erschossen?«

»Es ist eindeutig. Entweder wollte der Schütze sie quälen, oder er war schrecklich schlecht im Zielen. Es gibt wenigstens drei Treffer. Einen in den Oberschenkel, einen in den Bauch und einen in den Kopf.«

»Okay, das ergibt gar keinen Sinn. Was ist mit dem toten Baby?« Alexis nahm eine Hand vom Steuer und massierte ihre Kopfhaut. Sie brauchte dringend eine Kopfschmerztablette.

»Es deutet alles auf eine Totgeburt beziehungsweise eine Frühgeburt hin. So genau kann ich das noch nicht sagen. Da der Körper in eine Decke aus Synthetikfasern eingehüllt war, ist er jedoch sehr gut erhalten. Möglicherweise kann eine Obduktion klären, woran das Baby gestorben ist, aber ich würde mir keine zu großen Hoffnungen machen. Die Ursachen können vielfältig sein.«

Am liebsten hätte Alexis angehalten und Chris das Steuer überlassen, um für einige Momente die Augen zu schließen und die Informationen zu verarbeiten. Sie verlangsamte die Fahrt etwas und rekapitulierte, was sie bisher wussten. Vor etwa fünf Jahren waren die ersten Morde auf dem Mühlsteinhof geschehen. Vor etwas mehr als einem Jahr waren Jasmin und Tessa Maerten entführt worden. Jasmin wurde schwanger und hatte ein Kind geboren, offensichtlich das tot geborene Baby, dessen sterbliche Überreste sie gefunden hatten. Vor einigen Wochen hatten Thimo Sattler und seine Frau Zuflucht auf dem Hof gesucht und waren auf die beiden Frauen gestoßen. Thimo wurde niedergeschlagen, und als er wieder aufwachte, waren seine Frau, Jasmin und Kunze tot. Tessa schwieg sich darüber aus, was genau vorgefallen war. Die Polizei konnte nur noch die Leichen bergen. Eine Unbekannte, deren Leiche sie gerade geborgen hatten, war zur gleichen Zeit wie die beiden Studentinnen auf dem Hof gewesen. Ihre Leiche fand sich bei den anderen, nur dass sie im Gegensatz zu allen anderen Opfern erschossen worden war.

Wenige Wochen nach der Rettung von Tessa begann ein Unbekannter, ihr Nadelherzen zuzustellen. Die dazugehörigen Leichen wurden jeweils am folgenden Tag entdeckt. Leuchtend, aufgespießt und mit Schnittwunden übersät, die aber nicht immer zum Tod geführt hatten, stattdessen waren die Frauen ertrunken. Sie alle sahen Tessa ähnlich, die für jeden einzelnen der Mannheimer Morde ein Motiv hatte.

So oft sie die Fakten auch in ihrem Kopf durchging, hatte sie nicht das Gefühl, dem Täter auch nur einen Schritt näherzukommen.

Zurück im Präsidium traf sie sich mit Volkers, Bauwart, Saskia und Anja in einem größeren Raum im Erdgeschoss der ehemaligen Feuerwache. An den Wänden hingen Bilder von Feuerwehrmännern und ihren verschiedenen Einsätzen. In einer Ecke stand eine Sammlung alter Feuerlöscher. Sie setzten sich an zwei an Schulbänke erinnernde Tische, jeder hatte eine Tasse Kaffee oder in Anjas Fall Tee mitgebracht.

»Was könnt ihr mir bisher über das neue Nadelherz verraten?«, eröffnete Alexis das Gespräch.

»Wie immer keine verwendbaren Spuren. Der Täter geht weiterhin sorgfältig vor«, sagte Volkers.

»Auch die Auswertung der Videokameras in der Umgebung hat nichts ergeben«, ergänzte Saskia. »Dafür konnten wir die Tote mit hoher Wahrscheinlichkeit identifizieren. Denise Tempe, alleinstehend, lebte mit ihrem Bruder und dessen kleinem Sohn zusammen. Achtundzwanzig Jahre alt, Marketingexpertin, die geholfen hat, geschmacklose T-Shirts mit Bezug auf Tessa Maerten in Umlauf zu bringen. So Sachen wie das Logo verschiedener Fußballvereine und daneben jeweils Tessas Bild mit der Unterschrift ›Neue Trainerin Tessa Maerten – Sie weiß, wie man aus dem Keller kommt.‹ Die Sprüche wurden teilweise im Internet übernommen und zu Memes umgestaltet. Es läuft ein Gerichtsverfahren dagegen, der Schaden ist allerdings bereits entstanden, und Denise' Karriere hat es tatsächlich geholfen.«

»Kurz gesagt: Tessa Maerten oder ein durchgeknallter Fan hatte ein Motiv«, sagte Volkers.

»Sie verdächtigen Tessa?«, fragte Anja Stein. »Diese Shirts fand sie nicht toll, aber sie verbringt nicht viel Zeit im Internet und hat deshalb kaum Berührung damit gehabt. Das Verfahren hat sie nur ihrem Bruder und ihrer Mutter zuliebe angestrebt, weil es die beiden sehr verletzt hat.«

»Es gibt dennoch diverse Ungereimtheiten, für die wir eine Erklärung benötigen. Wir dürfen keine Möglichkeit außer Acht lassen«, erwiderte Alexis.

»Sie hat so viel durchgemacht, da ist es doch verständlich, dass sie sich nicht mehr an alles erinnern kann«, wandte Anja ein. »Ich kann sie gern erneut befragen. Vielleicht ist irgendein Fragment zurückgekehrt.«

Obwohl es sie freute zu sehen, dass Anja anfing, etwas Selbstvertrauen zu zeigen, wollte Alexis zuerst ablehnen, doch dann meldete sich Volkers zu Wort.

»Möglicherweise ist das gar keine so dumme Idee. Unter Freundinnen verplappert sie sich eventuell.«

»Das haben wir bereits versucht«, lehnte Alexis ab.

»Damals hatte ich aber auch nichts, mit dem ich sie konfrontieren konnte«, wandte Anja ein. »Jetzt kann ich sie auf konkrete Probleme ansprechen.«

Schließlich stimmte Alexis zu und beauftragte Saskia, Anja bei den Vorbereitungen des Gesprächs zu helfen. Sie glaubte nicht an einen Erfolg. Warum auch immer Tessa Geheimnisse für sich behielt, so leicht würde sie nicht mit der Wahrheit rausrücken. Anjas Fragen würden sie aber eventuell so weit aus dem Konzept bringen, dass sie später einen Fehler beging. Zudem hoffte sie, dass sie die Genehmigung erhalten würde, Tessa bald offiziell vernehmen zu dürfen. Da konnte es hilfreich sein, wenn Anja schon Vorarbeit geleistet haben würde.

59

In einem anderen Leben

Als der Nebel der Bewusstlosigkeit sich lichtete, stellte Tessa fest, dass sie gefesselt war. Seit Jasmin schwanger war, wurden sie nicht mehr mit Gas betäubt. Stattdessen hatte er ihren Arm durch das Gitter hindurch gepackt und ihr eine Spritze hineingejagt. Im ersten Reflex hatte sie ihm die Spritze entwenden und gegen ihn einsetzen wollen, aber ihre Angst vor den Konsequenzen eines Scheiterns war zu groß. Erst recht, da er dann zwar bewusstlos sein mochte, aber der Käfigschlüssel befand sich auf der anderen Seite. David machte auf sie keinen besonders hellen Eindruck, aber er war vorsichtig.

Sie hielt die Augen geschlossen, um den Moment der Strafe hinauszuzögern. Warum hatte er ihr nicht aus Versehen eine Überdosis verpasst? Sie ertrug dieses Leben nicht mehr. Ihr Körper war eine einzige Wunde, und Jasmin war schuld daran. Seit Tessa sie angegriffen hatte, ließ sie ihrer Wut regelmäßig freien Lauf, warf Gegenstände nach David oder verfluchte ihn. Die Strafe folgte auf den

Fuß, und Tessa litt, wie sie es nie für möglich gehalten hatte. Was als Mittel gedacht gewesen war, um sie unter Kontrolle zu halten, setzte Jasmin inzwischen als Waffe gegen Tessa ein.

Jasmin hingegen wurde nicht mehr bestraft, dazu musste nun Jenny herhalten. Es war ihr Glück, dass Tessa inzwischen gelernt hatte, sich zu beherrschen, mitzuspielen und insgesamt zu entkräftet war, um noch aufzubegehren. Ob Jenny litt oder nicht, konnte ihr dagegen nicht gleichgültiger sein. Sie war nicht dumm, das konnte man nicht sagen. Sie hatte schnell begriffen, wie sie sich Vorteile verschaffen konnte, aber sie war nicht durch die Hölle gegangen, war nicht bereit, bis zum Äußersten zu gehen.

Ganz im Gegenteil zu Tessa. Sie blinzelte, sah zu Jasmin hinüber. Ihre Blicke trafen sich.

»Ach, da ist jemand wieder wach«, kreischte sie so laut, dass David es im oberen Stockwerk hören musste.

Wie Tessa sie hasste und doch liebte. Hass. Liebe. Hass. Liebe. Es brodelte in ihr, drohte überzukochen.

Kurz und heftig schlug sie ihren Kopf auf den Boden, spürte den Schmerz, der das innere Chaos zurückdrängte.

Es war nur ein weiterer Schritt in Richtung Wahnsinn.

In dem Moment schrie Jasmin auf, krümmte sich.

Die Wehen hatten eingesetzt.

60

Die dritte Leiche wurde am späten Nachmittag erneut in der Nähe des Industriehafens in einem provisorischen Schuppen gefunden, in dem eine in Insolvenz befindliche Firma ihre defekten Baufahrzeuge untergebracht hatte.

Karen war fast schon froh, dass sie so viele Leichen in unterschiedlichen Verwesungsstadien hatten. Durch ihre Arbeit, die Bestimmung des Todeszeitpunkts und Analyse der DNA würden sie die Toten identifizieren und ihren Familien endlich Frieden schenken können. Wenigstens ein Beitrag, den sie leisten konnte. In ihrem Labor wuchsen die Fliegenlarven in ihren Brutkammern. Erst als erwachsene Tiere, der Imago, würden sie zweifelsfrei zu bestimmen sein.

Auch von den Pilzen hatte sie Proben genommen, um sie auf ihre Bestandteile zu analysieren. Vielleicht fand sie interessante Rückstände in ihnen. Immerhin hatten sie die Verstorbenen *gefressen* und somit aufgenommen, was auch immer sich in deren Körper befunden hatte.

Während sie zu dem neuen Leichenfundort fuhr, rief sie erneut bei der Firma an, von der sie inzwischen wusste, dass sie das Seil hergestellt hatte, dessen Faser sie an der Leiche von dem zweiten Opfer gefunden hatte. Zumindest wollte sie anrufen, aber ihre billige Freisprecheinrichtung verband sich einfach nicht mit dem Handy. Sie fluchte, fuhr bei nächster Gelegenheit auf einen Parkplatz. Das war wichtig. Sie wartete immer noch auf eine Liste der Firmen und Personen, die das Seil gekauft hatten.

Der Mann, mit dem sie das dritte Mal sprach, bekam die volle Wucht ihres Frusts zu spüren. Hoffentlich brachte es wenigstens etwas, dachte Karen mit einem gewissen Schuldgefühl.

Als sie eine Weile später den Schuppen mit der Leiche betrat, unterdrückte sie ein Schaudern und setzte ihre übliche fröhliche Maske auf. Die junge Beamtin Anja Stein half ihr beim Tragen ihrer Ausrüstung. Dabei plapperte die Frau ohne Unterlass darüber, wie dankbar sie war, dass sie die Chance bekam, in der Soko mitzuarbeiten.

Denise Tempe bot keine Überraschungen. Sie war wie ihre Vorgängerinnen auf einem Metallgestell aufgespießt worden, übersät mit Schnittwunden, und sie leuchtete im Dunkeln. Wenn Karen sich nicht täuschte, war das Leuchten bei ihr intensiver. Vermutlich waren die wärmeren Temperaturen der letzten Tage nahe dem Idealbereich, den das Bakterium für seine Vermehrung benötigte. Sie machte Fotos und nahm ihre Proben. Dabei lief sie Chris in die Arme, der gerade die erste, äußere Leichenschau beendet hatte.

Sie bemühte sich um eine neutrale Miene, auch wenn es ihr schwerfiel. Immer wieder kochte der Zorn in ihr auf. Sie hatte sich über Monate gefragt, ob es nicht ein riesiger Fehler gewesen war, das Date damals mit ihm abgesagt zu haben, und nun stellte sich heraus, dass er verheiratet war. Er hatte in all der Zeit niemals etwas erwähnt. Am liebsten hätte sie ihn sofort damit konfrontiert, aber der Fall hatte Priorität.

»Ist alles in Ordnung?«, fragte Chris.

»Ich bin todmüde. Die Nacht war hart.«

Sie sah ihm an, dass er ihr nicht glaubte, ließ ihm jedoch keine Gelegenheit etwas zu sagen. »Ich habe meine Proben. Wir sehen uns später in der Rechtsmedizin.« Damit ergriff sie die Flucht und kehrte in ihr Labor zurück. *So viel zum Thema: Was auch immer geschieht, es wird unsere Zusammenarbeit nicht beeinträchtigen.*

Sie machte nur um die Mittagszeit eine kurze Pause, um mit Merle etwas essen zu gehen. Das Mädchen erzählte ihr begeistert, dass sie am Wochenende mit Lene verabredet war. Erst auf Olivers Hof, um bei der Versorgung der Tiere zu helfen, und später wollten sie Eis essen gehen.

Karen umarmte Merle zum Abschied. »Ich bin stolz auf

dich. In ein paar Tagen sind wir im Urlaub, und dann habe ich ganz viel Zeit für dich.«

»Mach dir um mich keine Sorgen. Es mag nicht immer so wirken, aber ich bin so glücklich wie noch nie in meinem Leben.«

Karen wischte sich verstohlen eine Träne aus den Augen. Wenigstens etwas, was sie hoffentlich richtig machte.

Die verbleibenden Stunden bis zu ihrem Termin in der Rechtsmedizin verbrachte sie mit der Vorbereitung der diversen Analysen, bis sie mit einem leichten Anflug von Frustration feststellte, dass ihr nun nur noch eines blieb: Warten. Die PCRs waren am Laufen, die Larven wuchsen, und das alles würde Stunden dauern. Keine Ausrede also, um sich vor dem Wiedersehen mit Chris zu drücken.

Die Obduktion von Denise Tempe hatte Vorrang, weshalb Chris die Untersuchung der Leichen von der Schwäbischen Alb, die zu ihm überstellt worden waren, unterbrach. Linda grinste nur süffisant, als Karen die Staatsanwältin danach fragte, wie sie das erreicht hatte. »Sven Berger wird einige Fragen beantworten müssen.«

Alexis verbrachte die meiste Zeit im Nebenraum und telefonierte. Das Opfer, das erschossen worden war, konnte inzwischen identifiziert werden. Jennifer Kopaski, vierundzwanzig, mit einer verblüffenden Ähnlichkeit zu Jasmin. Diese Tatsache bestärkte die Theorie, dass Tessa die Aufmerksamkeit eines anderen Killers auf sich gezogen hatte, warum sonst sollte sich mit den Morden in Mannheim das Beuteschema geändert haben?

Am Ende der Obduktion hatten sie keine hilfreichen Erkenntnisse gewonnen. Das Opfer war ebenfalls ertrunken, laut Chris war dies allerdings eine Frage von Sekunden gewesen. Kurz darauf wäre sie an einer der tiefen

Stichwunden verblutet. Noch immer hatten sie keine konkrete Vorstellung davon, wie das Vorgehen des Mörders war. Auch bei ihr waren keine Fesselspuren zu finden. Das toxikologische Gutachten hatte jedoch keinen Hinweis auf ein Betäubungsmittel gegeben.

Das einzig Neue waren ein angebrochenes Handgelenk und Platzwunden, die darauf hindeuteten, dass die Frau auf etwas Hartes eingeschlagen hatte. Ein endgültiges Resultat würden sie erst erhalten, nachdem Chris die Bruchstelle genauer untersucht hatte. Er würde bei den beiden anderen Mannheimer Toten die Hände erneut untersuchen. Da dieser Bereich zu denen gehörte, die am stärksten von Schnittwunden übersät waren, konnte es sein, dass eine Platzwunde übersehen worden war.

Karen wollte sich zusammen mit den anderen verabschieden, doch Chris hielt sie auf. »Ich würde gern mit dir reden«, sagte er leise.

Alexis nickte ihr im Vorbeigehen zu, ergriff dabei unauffällig ihre Hand und drückte sie kurz. Karen war für diese kleine Geste dankbar. Sie wusste, dass sie es nicht fertigbringen würde, ihm erneut vorzuspielen, dass alles in Ordnung war.

Sie gingen in den Nebenraum, wo sich Chris einen Kaffee nahm und ihr ebenfalls einen anbot.

»Habe ich etwas falsch gemacht?«, fragte er. »Und jetzt sag nicht, dass alles in Ordnung ist. Ich verdiene zumindest die Wahrheit.«

Du verdienst so viel mehr, dachte Karen. Ihre Wut kochte wieder hoch. So verletzt hatte sie sich selten gefühlt. Sie hatte geglaubt, Chris zu kennen, einen Freund in ihm gesehen – das machte es für sie doppelt so schlimm.

»Du bist verheiratet«, entfuhr es ihr.

Er zuckte zusammen. In seinem Gesicht arbeitete es. »Offiziell ja.«

»Aber ihr lebt in Trennung, und sie bedeutet dir nichts mehr«, schnappte Karen. »Erspar mir das Gerede. Warum hast du nie etwas gesagt?«

»Bindest du jedem gleich deine gesamte Lebensgeschichte auf die Nase?«

»Das nicht, aber weshalb küsst du mich, ohne mir etwas von deiner Ehefrau zu erzählen? Weiß sie von mir?«

»Nein, aber …«

»Ich gehe jetzt«, sagte sie tonlos. Sie wollte nicht, dass er ihre Tränen sah. *Scheiße.* Sie mochte den Kerl wirklich.

»Es tut mir leid. Ich hätte es dir sagen sollen.«

»Ich will es nicht hören, wirklich nicht.«

»Und trotzdem wirst du mich anhören. Du bedeutest mir etwas, das musst du mir glauben. Ich habe das seit Jahren nicht mehr zu einer Frau gesagt.«

Karen verkniff sich einen bitteren Kommentar, warum er dann noch an seiner Ehe festhielt. Wie konnte er glauben, dass sie sich wegen dieses Geredes auf ihn einließ? Wenn er seine Ehefrau so behandelte, wieso sollte er nicht eines Tages genauso mit ihr umgehen? Sie sah ihn an und fühlte einen Stich in ihrem Herzen. Er wirkte aufrichtig verletzt und traurig.

»Verdammt«, rief er. »Kann denn nie etwas einfach sein?« Er wollte nach ihrer Hand greifen, aber sie wich ihm aus.

Karen war sich nicht sicher, ob sie an ihrem Entschluss festhalten könnte, sollte er sie berühren. Sie hatte zuvor bereits Affären mit in Trennung lebenden Männern gehabt, aber sie hatte nie für einen von ihnen etwas empfunden.

Da Chris seit über einem Jahr in Heidelberg lebte, konnte sie ihm auch nicht glauben, dass er sich scheiden lassen wollte, selbst wenn er das beteuern würde. Dafür war zu viel Zeit vergangen.

»Ich möchte dir etwas zeigen. Gib mir bitte wenigstens diesen Vertrauensvorschuss.«

Sie zögerte, wollte sich nicht einwickeln lassen. Merle wartete auf sie, die Arbeit. Es war ohnehin eine schwachsinnige Idee, sich in der Situation auf einen Mann einzulassen.

»Ich weiß, dass du lieber ins Labor möchtest, aber das ist mir wichtig. Stell bitte einmal dein eigenes Leben nicht hinten an.«

Schließlich nickte Karen, doch nicht aus dem Grund, aus dem er glaubte. Sie würden tatsächlich weiter zusammenarbeiten müssen. Irgendwie mussten sie ihre persönlichen Probleme lösen.

Er führte sie aus dem Gebäude. »Wir müssen ein Stück fahren.«

»Ich folge dir.« Um keinen Preis wollte sie jetzt mit ihm in einem Auto sitzen.

Er presste die Lippen aufeinander. »In Ordnung.«

Ihr Ziel lag am Rand von Leimen, einer nur sieben Kilometer von Heidelberg entfernt liegenden Stadt. Als sie auf dem Parkplatz einer Pflegeeinrichtung hielten, sah Karen sich verwundert um. Sie parkte neben Chris und stieg aus. »Was machen wir hier?«

»Ich möchte dir jemanden vorstellen.«

Die Frau am Empfang grüßte Chris mit einem Lächeln und Kopfnicken, während sie sich weiter mit einem Pfleger unterhielt.

Sie gingen zum Aufzug, er drückte die Taste für das Stockwerk, und der Aufzug fuhr mit einem Ruck los. Als sich die Tür öffnete, führte er sie nach links. Es wirkte, als wäre er diesen Weg schon hundertmal gegangen. Erneut wurde er von einer Angestellten wie ein alter Bekannter begrüßt.

Er brachte Karen in ein Zimmer, in dem eine hagere Frau in den Dreißigern reglos mit geschlossenen Augen in einem Bett lag. Diverse Schläuche von Infusionen und eine Magensonde führten in ihren Körper. Das weiße Nachthemd ließ sie noch blasser und verhärmter wirken. Die Haare waren dunkel und schulterlang. Chris ging auf die Frau zu, beugte sich vor und gab ihr einen Kuss auf die Stirn, bevor er ihr sanft über die Wange strich. »Das ist meine Frau Ines. Sie hatte früher ewig langes Haar, aber das mussten sie ihr abschneiden.«

Karen stand wie versteinert und beobachtete die Szene.

»Meine Frau liegt seit drei Jahren im Koma. Ein Autounfall.«

Unwillkürlich streckte sie ihre Hand nach seiner aus und drückte sie. »Das tut mir leid. Warum hast du nie etwas gesagt?«

»Es ist kein Thema, über das ich gern spreche. Vor allem nicht mit einer Frau, die mich so beeindruckt wie du.«

Noch mehr widerstreitende Gefühle. Als wenn Karen davon nicht schon genug hätte. Es berührte sie zu sehen, wie liebevoll Chris mit seiner Frau umging, auf der anderen Seite zeigte er ihr damit einen Platz in seinem Herzen, den sie nie würde einnehmen können.

»Ich möchte, dass du verstehst, dass es für Ines keinen Weg zurück gibt. Sie wird immer meine Frau bleiben, und ich werde stets für sie da sein. Aber die Ärzte sagen, dass sie niemals wieder aufwachen wird und selbst wenn, dann nicht mehr als die Frau, die sie war.«

Karen sah ihn schockiert an. »Was, wenn sie uns hören kann?«

»Laut ihren Gehirnaktivitäten ist das nicht der Fall. Und selbst wenn … Ich kenne sie. Sie würde nicht wollen, dass ich den Rest meines Lebens alleine bin.«

Karen trat einen Schritt zurück. Das war zu viel für sie. Die Entschlossenheit, mit der er sprach. Die Frau, die so früh aus dem Leben gerissen worden war, der sie nun dabei war den Mann zu stehlen.

»Tu das nicht«, sagte Chris leise. »Ich lebe seit Jahren alleine, bin nicht ausgegangen. Ich kann so nicht weitermachen.«

Karen sog scharf die Luft ein. Dann war sie die erste Frau, die er um ein Date bat? Sollte sie sich nun freuen oder sich vor der Verantwortung verkriechen?

»Ich sehe es doch in deinem Kopf rattern«, sagte Chris. »Dabei will ich nur ein Abendessen.«

»Und warum dann das alles?« Karen deutete in den Raum.

»Weil du nie zugestimmt hättest, wenn du dich nicht mit eigenen Augen von Ines' Zustand hättest überzeugen können.«

Karen sah zu Boden. »Es tut mir leid. Das alles ist zu viel für mich.« Sie spürte förmlich, wie ihr Herz brach, aber in diesem Augenblick fühlte sie sich zu keiner anderen Entscheidung in der Lage.

61

Alexis saß Dolce gegenüber und legte ihr dar, was sie bisher wussten. Sie hatten sich dazu in einen nahe gelegenen kleinen Park zurückgezogen, damit niemand dieses brisante

Gespräch belauschen konnte. Auf dem Picknicktisch zwischen ihnen dampften zwei Becher mit Kaffee. In Alexis' Augen war es nicht Öl, das die Gesellschaft antrieb, sondern diese ebenso schwarze Flüssigkeit.

»Karen hat bestätigt, dass die DNA, die sie im Käfig auf dem Mühlsteinhof gefunden hat, zu der jüngsten Leiche passt. Wir haben sie inzwischen identifiziert. Jennifer Kopaski, von allen Jenny genannt. Sie verschwand ebenfalls bei einer Wanderung und muss zur gleichen Zeit wie Tessa und Jasmin auf dem Hof gewesen sein.«

Dolce trank einen Schluck. Man sah ihr das Missfallen deutlich an. Nicht aufgrund von Alexis' Arbeit, sondern wegen dem, was es für sie bedeutete. »Es sind allmählich recht viele Dinge, die dieser Frau Maerten passenderweise entfallen sind. Die Schwangerschaft und jetzt noch die Anwesenheit einer dritten Frau? Das Problem ist nur, dass uns das alles nicht weiterbringt. Ein Anwalt wird behaupten, dass sie in der Zeit bewusstlos war oder dass die DNA durch Übertragung dahin gekommen ist. Kunze bringt die Frau um, hat noch Blut oder Speichel an den Händen, die er an die Gitterstäbe überträgt.«

»Aber Sie stimmen mir zu, dass es hier nicht mit rechten Dingen zugeht?«

»Natürlich, etwas ist faul, aber wir brauchen Beweise. Sie war eine Gefangene auf dem Hof. Die ersten Frauen hat Kunze offensichtlich bereits Jahre vor der Entführung von Jasmin und Tessa ermordet.«

»Vielleicht wurde Tessa von ihm abhängig und leidet immer noch an einer Art Stockholm-Syndrom? Oder sie hat einen Teil ihrer Menschlichkeit auf dem Hof gelassen und wurde selbst zur Mörderin, weil sie die schrecklichen Erlebnisse nicht verkraftet. Alle bisherigen Opfer haben ihr auf die ein oder andere Weise geschadet. Es spricht alles für Rache. Sie hat auch kein Alibi.«

»Dann bringen Sie mir Beweise. Finden Sie den Tatort, an dem die Frauen hier in Mannheim ermordet wurden. Dort gibt es sicherlich Spuren.«

»Karen ist dran, aber es ist schwierig. Sie hat etwas von einem Seilrest erzählt, aber mehr haben wir nicht. Und ich würde Tessa Maerten gern offiziell befragen.«

»Als Verdächtige? Die Medien zerreißen uns, wenn das herauskommt. Erst recht, wenn wir falschliegen.«

Alexis verkniff sich einen Kommentar. *Wir liegen nicht falsch. Tessa hat Geheimnisse.* »Nein, nur unter dem Vorwand, dass sie eine Zeugin sein könnte und wir die Morde auf dem Hof aufklären müssen. Ich beabsichtige, nichts von Jenny oder der Babyleiche zu erwähnen.«

»Passen Sie auf, dass Sie diese Grenze nicht überschreiten, ansonsten bekommen wir richtige Probleme.«

Bevor Alexis jedoch aufbrechen konnte, klingelten gleichzeitig die Handys von ihr und der Chefin. Es war die Zentrale, die sie darüber informierte, dass man wieder eine Leiche gefunden hatte, erneut ohne Herz, leuchtend und auf einem Metallgestänge drapiert.

»Kein Nadelherz?«, fragte Dolce, und die Sorge stand ihr ins Gesicht geschrieben.

Das Vorgehen des Täters hatte sich geändert, wenn er darauf verzichtete, Tessa ein Herz zustellen zu lassen. Oder hatte sie eines erhalten und es verschwiegen?

»Ich fahre sofort zu Tessa Maerten«, sagte Alexis. »Entweder hat sie die Maske fallen gelassen, weil sie weiß, dass wir nach allem, was wir auf dem Mühlsteinhof gefunden haben, die Wahrheit herausfinden, oder der wahre Mörder gibt sein Spielchen auf.«

Sie rannte los, rief dabei Oliver an, damit er sie bei Tessa treffen sollte. Bauwart, Volkers und Saskia beorderte sie zum Leichenfundort.

Sie verfluchte den dichten Verkehr in Mannheim, durch den sie sich mühsam kämpfen musste. Tessa nahm an ihrem Festnetzanschluss nicht ab, und das Handy war ausgeschaltet. *Scheiße.*

In Alexis' Gedanken wollte sich kein schlüssiges Gesamtbild einstellen. Die Computerforensik hatte nachgewiesen, dass noch jemand diesen Stream aus den Kellerräumen erhalten hatte. Wer war das gewesen? Nur ein Perverser? Falls Tessa die Mörderin war, warum hatte sie es ihnen vergleichsweise einfach gemacht, auf ihre Spur zu kommen? Hatte sie wirklich geglaubt, dass die Leichen niemals gefunden werden würden? Hatte sie sich die Herzen geschickt, um wieder im Rampenlicht zu stehen? Falls sie nicht die Mörderin war, warum hatte sie dann ihre Ermittlungen boykottiert und so viele Geheimnisse vor ihnen bewahrt?

Was auch immer sich Alexis für ein Bild zusammenzuzimmern versuchte, es blieb schief.

Als niemand Tessa Maertens Wohnungstür öffnete, fackelte Alexis nicht lange und brach sie auf. Es überraschte sie, dass das so einfach möglich war, stellte dann aber fest, dass die meisten Sicherungsmechanismen ausgeschaltet waren. *Ein beschissen schlechtes Zeichen.* Das Fluchen half Alexis, auch wenn es nur in ihren Gedanken erfolgte.

Kurz darauf keuchte Oliver die Treppen nach oben.

»Ich kapier das alles nicht«, sagte er außer Atem. »Kannst du mir erklären, was hier abgeht?«

»Noch nicht, aber das werde ich. Darauf kannst du dich verlassen. Es fehlen nur ein paar Details, damit sich das Puzzle zusammenfügen kann.«

Sie beorderte einige Beamte her, die Tessas Wohnung absperren sollten, bis die Spurensicherung mit der neuen Leiche fertig war und hier auf die Suche gehen konnte. Alexis glaubte jedoch nicht, dass sie etwas Wichtiges finden würden. Es gab keine Anzeichen eines Kampfes oder Einbruchsspuren. Es hatte den Anschein, als hätte Tessa die Wohnung freiwillig verlassen.

Sie warteten auf das Eintreffen der Streife, als sie Schritte die Treppe heraufkommen hörten, und als sie die Person sah, wünschte Alexis sich an jeden anderen Ort. Angelika. Sie trug zwei Einkaufstaschen mit Lebensmitteln, die sie absetzte. Anstatt sie zu begrüßen, wanderte ihr Blick zur aufgebrochenen Tür. Tonlos begann sie zu sprechen. »Ich wollte ihr etwas zu essen vorbeibringen, sie ist immer noch so mager. Manchmal koche ich ihr eine Kleinigkeit und stelle es in den Kühlschrank.« Sie redete weiter, wollte so offensichtlich den Moment hinauszögern, in dem ihre Welt erneut zerbrechen würde.

»Sie können leider nicht in die Wohnung«, sagte Alexis behutsam.

»Ist … Ist ihr etwas zugestoßen? Sie haben mir versprochen, auf mein Mädchen aufzupassen!«

»Ich weiß nicht, wo sie ist, aber ich muss dringend mit Ihrer Tochter sprechen.«

»Ich rufe sie an.« Angelika nestelte ihr Handy hervor. Alexis ließ sie gewähren. Die Frau musste etwas tun, hätte ihr ohnehin nicht geglaubt, dass ihre Tochter nicht erreichbar war.

»Hat sie jemand entführt? Ist es dieser Mörder?«

»Darauf gibt es keinen Hinweis. Es gibt keine Einbruchsspuren, keine Anzeichen von einem Kampf. Machen Sie sich keine Sorgen. Es deutet alles darauf hin, dass sie freiwillig gegangen ist.«

»Aber warum sollte sie das tun? Sie weiß, dass ich mir Sorgen mache, und hat ihr Handy immer eingeschaltet. Selbst wenn sie mal nicht rangeht, ruft sie immer zurück. Sie ist eine gute Tochter.«

»Das bezweifle ich nicht. Es scheint aber, dass sie uns nicht die ganze Wahrheit gesagt hat. Wissen Sie, warum das so sein könnte?«

»Sie hat immer einen guten Grund. Mirko, ihr Bruder, war als kleiner Junge ein echter Rabauke und hat ständig Unsinn gemacht. Sie hat immer die Schuld für seine Untaten auf sich genommen, um ihm Strafe zu ersparen. Sie würde alles tun, um andere zu beschützen.«

Alexis schüttelte unmerklich den Kopf. Das brachte sie nicht weiter. Wen sollte Tessa schützen? Ihre beste Freundin war tot. War da doch ein zweiter Mörder auf dem Hof gewesen, und sie hatte sich mit ihm verbündet, war ihm hörig? Aber wozu dann die ganze Show mit den Nadelherzen?

Sie übergab Angelika der Obhut der Beamten, sobald diese eintrafen. Sie hatte auch Dr. Norden informiert, und der Mann war tatsächlich über seinen Schatten gesprungen und hatte sich bereit erklärt, mit der Frau zu sprechen, die glauben musste, dass sich ihr schlimmster Albtraum wiederholte. Alexis fühlte sich unendlich schuldig, als hätte sie versagt, als sie Angelika verließ und zum neuen Leichenfundort fuhr.

Dort erwartete sie keine Überraschung. Wieder eine Frauenleiche, wieder mit einer gewissen Ähnlichkeit zu Tessa. Ihre Fingerabdrücke waren bereits in der Datenbank. Eine ehemalige Klassenkameradin von Tessa.

Alexis rief bei Angelika an, erkundigte sich nach ihr. »Katrin? Ja, an die erinnere ich mich. Es gab niemanden, dem diese Frau das Leben nicht schwergemacht hat. Tessa war so froh, als sie diese Person nie wiedersehen musste.«

Erneut jemand, bei dem Tessa allen Grund hatte, die Person zu hassen. Aber woher wusste der Täter von diesem lange vergangenen Ärger? War es möglicherweise doch Tessa, die mordete oder sich einen Partner gesucht hatte?

Alexis dachte an ihre eigenen Eltern. Ihr Vater hatte nach allem, was sie mittlerweile wusste, nur die Anweisungen ihrer Mutter befolgt. War das hier auch geschehen, und Tessa hatte Kunzes Partner für sich gewonnen?

62

Alexis saß auf einem Drehstuhl in Karens Labor und drehte sich im Kreis.

»Du weißt, dass du mich damit wahnsinnig machst«, sagte Karen.

»Es hilft mir beim Denken.«

»Die Fahndung nach Tessa läuft. Sie hat kein Alibi für die Morde. Es tut mir für Angelika schrecklich leid, aber es scheint, als wäre sie in der Gefangenschaft völlig zerbrochen und als wahnsinnige Mörderin zurückgekehrt.«

»Das glaube ich nicht«, widersprach Alexis. »Ihre Mutter sagt, dass sie alles tun würde, um andere zu beschützen. Da steckt mehr dahinter. Hast du mehr Hinweise darauf, wo unser Tatort sein könnte? Solange wir den nicht haben, können wir den Fall niemals wirklich zu einem Abschluss bringen.«

Karen deutete auf eine überdimensionale Karte von

Mannheim und Umgebung, die bei ihr an der Wand hing. »Ich habe mit der Stadtverwaltung gesprochen, und mit viel Arbeit haben wir alle bekannten Gebiete rausgesucht, in denen Rhododendren gepflanzt wurden oder die bevorzugte Nahrung von dem Rüsselkäfer angebaut wird. Das ist diese grün schraffierte Fläche.«

»Das ist verdammt viel.«

»Ja, aber wir können alles streichen, was in der Stadt liegt oder in einer dicht besiedelten Wohngegend. Da liegen keine Leichen unbemerkt rum. Bleiben also nur die Parkanlagen, Felder und Wälder um Mannheim herum.«

»Wie gesagt, das ist eine riesige Fläche.«

»Meine Güte, Süße, du bist so negativ. Entspann dich. Wir werden das schon finden. Biologie braucht einfach Zeit.«

»Was für eine tolle Idee hast du denn gehabt?«

»Zum einen wird der Täter ein größeres Gebäude benötigen, vermutlich eines, das ursprünglich landwirtschaftlichen Zwecken gedient hat oder immer noch dient.«

»Wegen dem Brunnen- oder Zisternenwasser?«

»Richtig. Erinnerst du dich noch an die Faser, die ich an Emma Fried gefunden habe?«

»Die von dem Hanfseil?«

»Wieder richtig. Ab und an kommt es vor, dass Firmen minderwertige Qualität verarbeiten. Das war auch hier der Fall. Das Seil ist leider schon alt, aber ich hatte einen Verdacht und habe mich schlaugemacht. Du weißt ja, dass auch Pflanzen DNA haben und man auch von ihnen eine Art genetischen Fingerabdruck erstellen kann.«

Alexis verlangsamte ihre Umdrehungen. »Und?«

»Also heutzutage führt man bei solchen Ereignissen eine DNA-Analyse durch und kann so genau sagen, ob ein Seil aus einer minderwertigen Ladung gefertigt wurde oder nicht. Geschieht das, kommt es zu Rückrufaktionen.«

»Und das Seil gehörte zu einer Rückrufaktion?«

»Das sage ich dir in dreißig Minuten. Es ist so alt, dass diese Technik damals noch nicht angewendet wurde. Ich habe aber alte Proben von Seilen besorgen können, die zu der fraglichen Zeit eine Rückrufaktion ausgelöst haben.«

»Wenn die DNA übereinstimmt, weißt du also, von wo das Seil stammt.«

»Und mithilfe der Liste der Personen und Firmen, an die der Rückruf rausging, können wir zumindest die Verkaufsstelle, wenn nicht sogar den Endabnehmer, ausfindig machen.«

»Du bist so genial!«, rief Alexis aus.

Karen grinste. »Ich weiß.«

Dennoch ließ es Alexis keine Ruhe, dass sie immer noch das Gefühl hatte, etwas zu übersehen. Einer plötzlichen Eingebung folgend, öffnete sie auf ihrem Tablet die Unterlagen von dem Leichenfundort am Mühlsteinhof. »Was wissen wir von dem Baby, das dort gefunden wurde?«

»Das von Jasmin? Noch nicht viel.«

»Wie lange ist es dort begraben?«

Karen öffnete nun ihrerseits ein Dokument. »Da warte ich auf einige Ergebnisse. Ich kann das noch nicht wirklich sagen. Es war so dicht in eine Decke aus Kunstfaser eingewickelt, dass der natürliche Verwesungsprozess zum Erliegen gekommen ist.«

»Aber Chris ist sich sicher, dass es eine Totgeburt war?«

»Ja, aber ich kann ihn noch mal anrufen.«

»Nicht nötig. Wie sieht es mit der DNA-Analyse aus? Es wurde doch eine gemacht?«

Karen öffnete ein paar weitere Unterlagen. »Die Analysen sind durch. Es fehlt nur noch die Auswertung.«

»Kannst du das machen?«

»Worum geht es dir?«

»Mach es bitte einfach.«

Einige Minuten später starrte Karen sie entsetzt an. »Woher hast du das gewusst?«

»Nur geahnt. Jasmin ist nicht die Mutter, richtig? Und auch keine von den anderen toten Frauen.«

»Stimmt. Dann hatte Kunze also eine Partnerin? Denn das Kind ist laut Analyse von ihm.«

»Das vermute ich, und ich denke, dass Jasmins Baby noch lebt. Die Mutter des toten Kindes hat das Kind entführt. Darum ging es Tessa die ganze Zeit. Sie will das Baby retten.«

»Was für eine …« Karen ballte ihre Fäuste. Im ersten Moment konnte man Tessa tatsächlich für reichlich dämlich halten, aber wenn man sich genauer in sie hineinversetzte … Was für eine Alternative hatte sie gehabt? Der Polizei vertraute sie nicht mehr. »Dann suchen wir also eine Frau.«

»Es ist nur eine Theorie.«

»Ich habe allerdings eine Ahnung, wer es sein könnte«, sagte Karen. »Ich hätte da schon früher darauf kommen können.«

»Wer?«

»Gib mir einen Moment. Ich will keine Anschuldigungen erheben, die ich später bereuen könnte.«

Sie öffnete die Datenbank der Polizei.

»Eine von uns?« Alexis sah sie fassungslos an.

Zehn Minuten später hatten sie das Ergebnis vorliegen. Ihre schlimmsten Befürchtungen hatten sich bestätigt.

»Tessa ahnt nicht, dass sie in eine Falle tappt. Sie hält sich für die Jägerin, dabei ist sie die Beute. Sie hat keine Ahnung, dass die Mörderin sie die ganze Zeit manipuliert.«

»Wir müssen den Tatort finden! Jetzt.«

Alexis' Puls raste. Dieser Verrat wog schwer, machte sie zornig und zugleich schuldbewusst. Wie sollte sie das Tessas Mutter erklären?

Sie tätigte eine Reihe von Anrufen, bat Dolce und Linda darum, eine Fahndung nach der Person einzuleiten, während Karen sich weiter mit der Analyse des Seils beschäftigte.

»Ich habe das Ergebnis«, rief sie schließlich. »Das Seil war tatsächlich von einer Rückrufaktion betroffen. Nur sieben Betriebe sind ihr nicht in vollem Umfang nachgekommen und haben es weiterhin verwendet.«

Sie trat an die Karte, markierte verschiedene Orte. Nur zwei waren in der grün schraffierten Fläche. »Ich tippe auf die ehemalige Gärtnerei. Dort braucht es viel Wasser, und es ist perfekt für Käfer.«

»Dann los!«

63

In einem anderen Leben

Das Baby schrie. Es schrie so laut, als würde es abgestochen werden, weil es zurück zu seiner Mutter wollte.

Sie waren eine kleine Gruppe, die draußen vor dem Haupthaus stand. Wäre sie nicht gefesselt, hätte Tessa diesen Moment genossen. Das erste Mal wieder frische Luft atmen; den Sternenhimmel sehen; Bäume, die sich vor dem Mondlicht abzeichneten. Für einen Moment gab sich Tessa der Herrlichkeit hin, dann konzentrierte sie sich darauf, sich alles genau einzuprägen. Das war ihre Chance zu fliehen.

Seit der Geburt von Jasmins Tochter hatte sich erneut alles geändert. Die Schonzeit ihrer ehemals besten Freundin war vorbei, und Davids Gelüste auf sie waren ins Unermessliche gestiegen. Dennoch schien er sich eine Art perverser Zuneigung für sie erhalten zu haben. Das alles konnte Jasmin jedoch nicht über die Tatsache hinwegtrösten, dass man ihr die kleine Tochter immer wieder wegnahm und sie sie manchmal nur zum Stillen halten durfte.

Jasmins endloses Schluchzen drang selbst in Tessas erkaltetes Herz. Jenny hingegen streichelte der jungen Mutter nur hilflos über den Rücken.

Als sie vorwärtsgetrieben wurde, merkte sich Tessa die Anzahl der Schritte, wägte im Kopf ab, wie lange sie für welche Distanz benötigen würde. Sie hatte keinen Zweifel daran, dass sie heute Nacht sterben würde, falls ihr nicht die Flucht gelang.

Neben ihr ging Jenny, nicht annähernd so akribisch verschnürt, wie es Tessa war, daneben Jasmin mit nur einem Seil um die Hände. Das Baby, das in den Armen der in Schwarz gehüllten Person lag, war Fessel genug.

Daneben ging David. In dieser Nacht hatte sich bewahrheitet, was Tessa lange vermutet hatte: Er handelte nicht allein.

Tessa blieb testweise stehen, bereute es aber in der Sekunde, in der das Seil, das von der Fesselschlaufe, die ihr nur kleine Schritte erlaubte, zu Davids Händen verlief, unter Spannung geriet und sie die Balance verlor. Gefesselt, wie sie war, konnte sie sich nicht abfangen und prallte schmerzhaft auf ihren geschundenen Körper. Zur Strafe trat er ihr obendrein zweimal in den Bauch, bevor er sie auf die Beine zerrte.

Fieberhaft analysierte ihr Verstand die Situation. Wie konnte sie entkommen? Unbemerkt versuchte sie das Klebeband an ihren Handgelenken zu lockern, aber es war aussichtslos.

Sie sah zu Jasmin hinüber, deren Gesicht aschgrau war. Kehrte endlich ein Teil ihrer Persönlichkeit zurück, war da wenigstens noch ein Funke von Zuneigung in ihr verblieben?

Schließlich kamen sie ans Flussufer. Die vereinzelten Primeln, die am Wegrand blühten, verrieten Tessa, dass sie fast ein Jahr in Davids Gewalt verbracht hatten. Tränen liefen ihr unkontrolliert die Wangen hinunter. Ein Jahr ihres Lebens war ihr gestohlen worden, und nun würde es so enden. Warum hatte sie so lange gekämpft?

Sie hätten am Anfang versuchen sollen zu fliehen. Mit etwas Glück wäre wenigstens eine von ihnen entkommen, hätte in die Normalität zurückkehren können. Dieser Weg war ihnen inzwischen verwehrt.

Das Baby hatte in der Zwischenzeit aufgehört zu schreien, fügte sich wie seine Mutter in sein Schicksal.

Tessa begehrte noch einmal auf, als David sie auf der Wiese am Flussufer aufforderte, in die Knie zu gehen. Prompt riss er an dem Seil, und sie stürzte erneut. Anschließend nahm er zwei Metalldorne mit einer Öse am Ende, schlug sie in die Erde und knotete ihr Seil daran fest. »Beweg dich, und ich schlag dich tot.«

Mach doch, du Schwein, dachte Tessa. *Du elender Scheißkerl.* Sie sprach es allerdings nicht aus, sondern taxierte die Umgebung. Nachdem David sich abgewandt hatte, zog sie testweise an dem Seil. Die Metallhaken saßen fest, viel zu fest, um sich mit einem Satz loszureißen.

Sollte sie es trotzdem versuchen? War es nicht besser,

im Kampf zu sterben, anstatt aufzugeben? Nur wenige Schritte von ihr entfernt lag ein Stein, gerade groß genug, um ihn als Waffe verwenden zu können. Ein gezielter Schlag, und sie könnte David ausschalten. Blieb nur noch die vermummte Person mit dem Baby. *Scheiße! Hätte ich damals fester zugetreten.* Der Unbekannte hatte damit ein Druckmittel. Würde sie es fertigbringen, das Leben dieses unschuldigen Mädchens zu riskieren? Ihr wurde bei dem Gedanken daran schlecht. Es war Jasmins Kind, das Kind ihrer besten Freundin, die sie in dem Keller verloren hatte.

Sie wurde erst aus ihren Gedanken gerissen, als David Jenny neben ihr platzierte und sie ebenfalls an einen Pflock fesselte. Dann ging er zu der in Nacht und Schwärze gehüllten Person mit dem Baby, nahm einen Gegenstand von ihr entgegen und drückte ihn Jasmin in die Hand. Er führte sie zu Tessa und Jenny zurück. In drei Meter Abstand kamen sie zum Stehen.

Tessa sah nicht auf, blickte über das im Mondschein glitzernde Wasser in die Ferne. Sie wollte nicht in das Antlitz ihrer einstigen Freundin blicken. Den Menschen, der ohne Aufbegehren zu ihrer Hinrichtung gekommen war. Früher hatte sie Jasmin für ihre Stärke bewundert, inzwischen kannte sie die Wahrheit. Wahre Stärke zeigte sich erst in dem Feuer, in dem sie geschmiedet wurde.

»Töte sie.«

»Was? Ich …«, stammelte Jasmin.

Erst jetzt sah Tessa zu ihnen auf. Das konnte nicht Davids Ernst sein. Jasmin sah ihn ebenso fassungslos an.

»Entscheide dich. Erschieß sie, oder ich töte dein Baby und anschließend dich.«

Jenny schluchzte auf, krümmte sich und riss an ihren

Fesseln. Erst jetzt verstand Tessa, dass David nicht auf sie gezeigt hatte. Jenny sollte sterben.

»Bitte nicht«, bettelten die beiden Frauen zeitgleich, schluchzend.

Jasmin hielt die Pistole in ihren zittrigen Händen.

Knall David ab, flehte Tessa sie in Gedanken an. *Schieß und renn. Ich helfe dir.*

Aber natürlich tat Jasmin nichts dergleichen. Vermutlich kam ihr nicht mal die Idee. Zu sehr war sie auf Unterwerfung konzentriert und von der Angst um ihr Baby beherrscht.

Die verhüllte Gestalt trat vor, gerade so, dass sie in Sichtweite von ihnen war. Etwas Silbriges schimmerte in ihrer Hand. Ein Messer!

»Bitte, tut meinem Baby nichts«, quiekte Jasmin.

»Die Entscheidung liegt ganz bei dir.«

Fieberhaft suchte Tessa nach einem Ausweg. Sie ahnte, dass Jasmin unwiderruflich verloren war, sollte sie die Frau töten, die sich die letzten Monate um sie gekümmert hatte. Es war keine Freundschaft, die sie verband – so etwas entstand unter diesen Bedingungen nicht, dafür hatten David und sein Komplize gesorgt. Dennoch würde Jasmin damit eine Grenze überschreiten, von der es kein Zurück mehr gab.

Sie spielte ein Szenario nach dem anderen durch, doch sie alle endeten mit dem Tod. Nicht nur ihrem, sondern auch dem von dem Baby und Jasmin. Ihr wurde übel, als sie erkannte, dass es keine Rettung für die beiden Frauen gab. Ihr blieb nur eines: Lange genug überleben, um später mit dem Baby zu fliehen. Das Mädchen war unschuldig, das Einzige, das von ihrer einstigen Freundin überdauern konnte. *Wenigstens etwas Gutes, das aus diesem Horror hervorgehen könnte*, dachte sie. Sie selbst war ohnehin verloren.

Jasmins Hände zitterten so stark, dass sie die Waffe nicht ruhig halten konnte. Ihre Tochter schrie lauthals in den Armen des Unbekannten. »Tu es«, sagte David mit fiebriger Stimme. »Tu es für uns.«

Jennys Gesicht war von Panik gezeichnet, die Augen weit aufgerissen, Rotze und Speichel liefen ihr über das Kinn. »Was habe ich denn getan? Nicht schießen. Bitte, bitte.« Sie heulte auf.

Ein Schuss löste sich, traf Jenny im Oberschenkel, woraufhin sie sich schreiend nach hinten warf. Erneut spürte Tessa einen Anflug von Verachtung. Nach all der Zeit sollte Jenny gelernt haben, sich zu beherrschen, stattdessen lieferte sie den beiden Monstern genau das, was sie sich wünschten. Tessa sah zu Jasmin. Überraschung zeichnete sich auf deren Gesicht ab.

»Weiter.« Davids Stimme war von einer Eindringlichkeit, die selbst Tessa packte. »Bring es zu Ende.«

»Ich kann nicht.« Nun fing auch Jasmin zu weinen an. Still und lautlos. Das Zittern verstärkte sich.

»Bring die verdammte Hure um«, brüllte nun die dunkel verhüllte Gestalt. Ihre Stimme musste durch irgendein technisches Gerät verzerrt werden. Es klang, als spräche der Teufel persönlich. »Töte sie, oder ich schlitze dein Blag auf!«

»Töte sie«, fiel David in den Chorus ein.

Immer und immer wieder brüllten sie auf Jasmin ein, bis sie zitternd und wimmernd erneut abdrückte und noch einmal, bis Jenny schließlich reglos und blutüberströmt zu ihren Füßen lag.

Davids Gesicht war von reinster Freude gezeichnet. Er umarmte Jasmin. »Ich wusste, dass du das kannst.«

»Mein Baby«, sagte sie leise. »Gebt mir mein Baby.«

Einen Augenblick zögerte die fremde Person, dann reichte sie es ihr.

Zurück in der Zelle begann Tessa, ihre Situation neu zu analysieren. Es waren zwei Menschen, die sie gefangen hielten, und spätestens seit dieser Nacht war klar, dass sie nicht mehr lange leben würde. David hatte, was er wollte. Er hatte Jasmin. Endgültig. Tessa würde nicht mehr länger benötigt werden. Dennoch gab es einen Vorteil: Zwei Menschen konnte man immer gegeneinander ausspielen. Das musste Tessa sich zunutze machen, wenn sie entkommen wollte.

Sie hatte ein neues Ziel: Sie mochte zerbrochen sein. Nicht so wie Jasmin, aber sie wusste, dass sie ebenfalls niemals heilen würde. Sie war verloren. Das Baby nicht. Jasmins Tochter. Würde es irgendwann das Lachen ihrer Mutter haben, ihr Temperament und ihre frühere Tollkühnheit?

Sie wollte es herausfinden. Es gab nur noch eine Aufgabe in ihrem Leben: dieses junge Leben beschützen.

64

Alexis sah zu Karen und Oliver hinüber. »Was machen wir? Es dauert mindestens eine Viertelstunde, bis Verstärkung da ist.« Sie wollte die Meinung der anderen einholen, auch wenn sie am Ende die alleinige Verantwortung tragen würde.

»Wir müssen Tessa helfen. Sie hat keine Ahnung, dass sie in eine Falle läuft«, sagte Oliver. »Ich bin nicht Polizist geworden, um abzuwarten, während jemand möglicherweise ermordet wird.«

»Keine Frage«, erwiderte Karen. »Wie soll ich ihrer Mutter jemals wieder in die Augen sehen, wenn ich ihrer Tochter jetzt nicht helfe, nachdem sie bereits so viel durchgemacht haben?«

Alexis sah zum Wald hinüber, vor dessen dunkler Kulisse sich schwach die Gebäude der verlassenen Gärtnerei abzeichneten. Warum konnten sie nie die ausschlaggebenden Hinweise am frühen Morgen entdecken? Warum musste es immer Dämmerung oder Nacht sein? Sie versuchte, ihre abschweifenden Gedanken zu sortieren. Für solche philosophischen Fragen war keine Zeit. Sie musste eine Entscheidung treffen. Ein Fehler, und jemand würde heute Nacht sterben. Ärger wallte erneut in ihr auf. Tessa und ihr Wunsch nach Rache hatten sie in diese unglückliche Situation gebracht. Sollte sie wirklich das Leben ihrer Freundin und ihres Partners riskieren? Ihr eigenes?

»Wir gehen rein.« Sie beugte sich vor, schob ihr Hosenbein hoch und holte eine kleine Pistole aus dem versteckten Holster. Sie wandte sich an Karen. »Kannst du damit umgehen?« Es würde sie Kopf und Kragen kosten, wenn Dolce das erfuhr, aber auf keinen Fall wollte sie Karen unbewaffnet da reingehen lassen. Das wäre ihr in der Vergangenheit beinahe zum Verhängnis geworden, und sie kannte die Biologin gut genug, um zu wissen, dass sie niemals zurückbleiben würde. Die Mörderin war eine ausgebildete Polizistin. Sie hatte in ihrer Akte gelesen, dass sie obendrein seit ihrer Jugend eine ambitionierte Schützin war. Das war kein normaler Killer, der leicht aus der Fassung zu bringen war, sondern ein Profi.

»Es ist zwar schon eine Weile her, aber ich erinnere mich noch an das Training auf dem Schießstand, zu dem du mich mitgenommen hast.« Sie nahm die Pistole und überprüfte sie. Zögerlich, aber Alexis registrierte zufrieden, dass sie tatsächlich wusste, was zu tun war. Wenigstens zu etwas war ihre ständige Sorge um die Freundin gut gewesen. Sie reichte ihr ein weiteres Magazin. »Halt dich zurück. Denk an Merle. Sie darf nicht noch mehr Leid erfahren.«

»Ich weiß.«

»Dann los«, sagte Oliver und ging mit gezogener Waffe geduckt voraus.

Sie hielten sich am Waldrand, blieben unten, um nicht aufzufallen. Das Restlicht spendete gerade genug Helligkeit, dass sie größere Hindernisse sahen, die in ihrem Weg lagen. Trotzdem stolperte Oliver in eine flache Grube, die von einer dünnen Schicht Äste verdeckt gewesen war. »So ein Mist«, fluchte er und rieb seinen Knöchel.

»Geht es?«, fragte Alexis im Flüsterton. Es war seltsam, wie man in solchen Situationen automatisch leise sprach, dabei waren sie so weit entfernt, und der Wind toste so heftig in den Bäumen, dass niemand sie in ein paar Metern Entfernung noch hören konnte.

Er nickte und gab Handzeichen weiterzugehen.

Als sie das Hauptgebäude erreicht hatten, umrundeten sie es geduckt, immer darauf bedacht, dass sie durch einen zufälligen Blick aus einem der Fenster nicht gesehen werden konnten. Ab und an spähte Alexis vorsichtig in die dahinterliegenden Räume, sah aber nichts außer Dunkelheit. Da war niemand. Waren sie doch am falschen Ort? Ihre Kehle schnürte sich bei dem Gedanken zu, dass Tessa ahnungslos in Anjas Falle tappte und sie ihr möglicherweise nicht helfen konnten. Sicher, es war Tessas eigene Entscheidung gewesen, sich dieser Gefahr auszusetzen, aber wie sehr musste sie es schmerzen, nach allem, was sie durchgemacht hatte, nun auch noch von jemandem verraten zu werden, den sie für eine Freundin hielt? Konnte man es ihr verübeln, dass sie so kurz nach ihrer eigenen Rettung nicht ganz rational handelte?

Karens Gesicht war das Spiegelbild von Alexis' Sorgen. Die Freundschaft zu Angelika führte ihr noch mehr vor Augen, was alles auf dem Spiel stand. Nie zuvor hatte ihnen ein Fall so deutlich gezeigt, wie viele Menschen unter einem einzelnen Gewaltverbrechen litten. Es waren nicht nur die direkten Opfer – zu jedem gehörten Freunde und Angehörige.

Sie kauerten sich dicht aneinander auf den Boden, damit ihre Stimmen nicht ins Gebäude dringen würden, sollte sich doch jemand da drin aufhalten. »Hier sind sie nicht«, sagte Alexis.

»Vielleicht in einem der alten Gewächshäuser, die dort hinten stehen«, erwiderte Karen. »Die Spuren deuten ganz eindeutig auf diesen Ort hin. Das Wasser wird aber auch eher in den Gewächshäusern benötigt worden sein und weniger hier in den Büros und Verkaufsräumen.«

»Also gut. Weiter.«

Alexis kämpfte sich durch den Sturm. Obwohl die Sonne noch nicht untergegangen war, verschluckten die Wolken das Licht und tauchten die Welt in ein düsteres Zwielicht.

Schon aus hundert Meter Entfernung sah sie, dass ein Teil der Glasfront des Gewächshauses von innen mit Zeitungspapier verklebt war. Durch die Ritzen drang ein schwacher Lichtschein. Die andere Seite des Gebäudes war durch einen umgestürzten Baum zerstört. Dessen Stamm war zwar einige Meter abseits gefallen, doch seine Äste hatten die Scheiben zerschlagen und einen Teil des darunterliegenden Gerüstes zerschmettert und verbogen.

Als sie sich näherten, hörten sie Stimmen herausdringen.

Alexis gab Oliver ein Handzeichen, damit er von hinten einen Eingang suchte, während sie sich zusammen mit Karen einen Weg durch die durchbrochene Rückseite suchte. »Zögere nicht zu schießen, wenn du in Gefahr gerätst«, flüsterte sie ihr zu. Es wäre ihr viel lieber gewesen, wenn die Biologin draußen gewartet hätte, aber sie wusste, dass sie nicht auf sie hören würde. Zudem hatten sie noch keine exakte Vorstellung, was vor sich ging, sondern nur eine vage Idee. Sollten sie falschliegen, konnte Karen draußen ebenso gut in Gefahr geraten. Da war es Alexis lieber, sie in ihrer Nähe zu wissen, wo sie sie beschützen konnte.

Sie kämpften sich durch die Zweige hindurch, an denen grüne, nur leicht welke Blätter hingen. Vermutlich hatte ihn der Sturm erst vor Kurzem gefällt.

Jeder Schritt musste mit Bedacht gesetzt werden, damit sie sich nicht an den Glasscherben verletzten oder durch zersplitterndes Glas ihre Anwesenheit verrieten.

Im Inneren des Gewächshauses standen noch immer die Hochbeete, in denen einst Blumen und Gemüsepflanzen für den Verkauf gezogen worden waren. In manchen befand sich sogar noch Erde, und wilde Pflanzen wuchsen darin. Karen sah sich den Wildwuchs genauer an. »Hier wachsen auch Erdbeeren. Das könnte wirklich unser Tatort sein.«

»Er ist es«, erwiderte Alexis leise. Sie war einige Schritte weitergegangen und stand vor den aufgestapelten Überresten mehrerer Hochbeete, von denen das Metallgestänge entfernt worden war, um es an anderer Stelle zu verbauen. Bei der Konstruktion handelte es sich um einen riesigen Kubus aus Plexiglasscheiben, der durch eine winzige Tür begehbar war. Offenbar hatten sie das Mordwerkzeug gefunden.

Karen sog scharf die Luft ein, als sie nach oben sah und

das Gitter, an dem unzählige Klingen in unterschiedlicher Länge befestigt waren, entdeckte. »Das ist so krank«, murmelte sie.

Sie hatten lange gegrübelt, was genau den Frauen zugestoßen war, nun hatten sie die Antwort, und die war noch schlimmer, als sie geahnt hatte. Was für Qualen sie erlitten haben mussten.

Karen deutete auf den Schlauch, der oberhalb der Messer in die Todeszelle führte. »Sie hat es ganz langsam ansteigen lassen, damit ihre Opfer Zeit hatten, um zu verstehen, was mit ihnen geschieht, und in Panik verfielen. Es ist perfide. Eine unglaublich brutale Methode, um zu töten, und dennoch so einfach in der Umsetzung. Sie brauchte nicht übermäßig viel Kraft. Das Schwierigste dürfte es gewesen sein, die ohnmächtigen Frauen zu bewegen.«

Alexis schloss die Augen, bemühte sich, das Bild der Frauen zu verdrängen, die sich zwischen einem Tod durch Ertrinken oder aufgespießt von unzähligen Messern entscheiden mussten.

65

»Wir müssen weiter«, sagte Alexis. »Wer weiß, was sie Tessa antut, wenn sie die anderen Frauen schon so gequält hat.«

»Ich verstehe immer noch nicht, warum Tessa versucht hat, den Killer allein zu fassen.«

Nach einigen Metern hörten sie gedämpfte Stimmen. Alexis hob die Hand und sie gingen lautlos weiter.

»Mit dir will ich etwas Neues versuchen«, hörten sie die Mörderin. Alexis bedeutete Karen zurückzubleiben, während sie sich vorsichtig durch mehrere Planen kämpfte, die provisorisch an der Decke befestigt waren. *Wie in einer Schlachterei,* dachte Alexis. Sie spähte um die Ecke. Tatsächlich. Da stand sie: Anja Stein.

Hinterhältige Schlange. Alexis verfluchte sich, weil sie die Polizistin in ihr Team aufgenommen hatte.

»Die anderen sind zu schnell gestorben. Bei dir werde ich mir mehr Zeit lassen«, gellte Anjas Stimme dumpf durch den Raum.

»Was hast du mit Jasmins Baby gemacht?« Tessas Stimme klang eher wütend als verängstigt. »Lebt die Kleine noch?«

»Niemand wird sie finden.«

»Aber sie ist nicht tot?«

»Hältst du mich für ein Monster?« Anja klang aufrichtig entrüstet. Es war nicht das erste Mal, dass Alexis dieses Phänomen beobachtete. In ihrer eigenen Welt handelte diese Art von Irren vollkommen rational.

»Sie wird es gut haben. Besser als sie es je bei ihrer Hure von einer Mutter gehabt hätte. Die Welt ist besser dran ohne sie.«

»Du bist nichts weiter als eine eifersüchtige Schlampe. Konntest den Kerl nicht halten, und nun bringst du Frauen aus lauter Verzweiflung um.«

Anja lachte. Alexis nutzte die Gelegenheit, um kurz um die letzte Plane herumzuspähen und die Situation zu erfassen. Tessa war mit Klebeband und Kabelbindern an einen Stuhl gefesselt. Keine Chance, sie schnell zu befreien. Die gesamte Fensterfront und auch die Tür auf der gegenüberliegenden Seite waren mit Zeitung verklebt. Sobald Oliver es auch nur wagte, die Tür einen Spalt zu öffnen, hatte Anja freie Schussbahn. Sie hatte ihre Waffe zwar nicht gezogen, aber Alexis war sich sicher, dass sie sie bei sich trug. Im Moment bewegte sich die Polizistin unruhig im Raum auf und ab.

»Du weißt es besser. David war ein Trottel, aber ein sehr nützlicher.« Die Verachtung in ihrer Stimme wirkte unecht. Es war offensichtlich, dass sie für ihn tatsächlich etwas empfunden hatte.

Ob es bei Alexis' Eltern ähnlich gewesen war? Ein Mann, der für seine von Eifersucht zerfressene Frau alles getan hatte? Alexis versuchte, sich auf die Situation zu konzentrieren. Sie war kurz davor das Gebäude wieder zu verlassen und auf das SEK zu warten. Mit Anja so dicht an der gefesselten Tessa war die Chance die Gefangene zu retten gering. Auf Ablenkungsmanöver würde die Polizistin nicht hereinfallen. Es würde nur ihre Anwesenheit verraten.

»Ich habe die Herzen«, sagte Tessa unvermittelt. »Ohne mich wirst du sie nie finden.«

»Hältst du mich immer noch für eine kranke Irre, die alles für ihre Trophäen tun würde?«, höhnte Anja. »Ich habe die ganze Zeit mit dir gespielt. Du bist so bereitwillig auf mich hereingefallen. *Oh bitte, Anja. Wir müssen Jasmins Baby retten. Du bist Polizistin, mit dir an meiner Seite kann ich es schaffen*«, äffte Anja sie nach.

Alexis hatte sich endgültig für den Rückzug entschieden, dann sah sie jedoch eine Bewegung auf der anderen Seite in Anjas Rücken. Oliver! An einen Rückzug war in diesem Moment nicht mehr zu denken. Sie verfluchte, dass sie sich getrennt hatten, ohne über eine Möglichkeit zur Kommunikation zu verfügen. So nah, wie Oliver war, würde Anja das Funkgerät sofort hören. Keiner von ihnen konnte jetzt noch gehen, um den anderen nicht schutzlos zurückzulassen. Was nun? Sie sah zu Karen hinüber. Die Entscheidung fiel ihr schwer, aber es war die einzige Option. Sie bedeute ihr näherzukommen und gab ihr mit Handzeichen und einzelnen Worten, die sie in den Staub malte, zu verstehen, dass sie zu Oliver gehen sollte, um ihn zum Rückzug zu veranlassen.

Sorgenvoll sah sie ihrer Freundin hinterher. Karen war Zivilistin. In was für eine unmögliche Situation waren sie nur wieder geraten? Sie atmete bewusst ein. Es würde alles gut gehen. Es musste.

Plötzlich war da eine Bewegung auf der rechten Seite des Raumes. Alexis sog scharf den Atem ein. War noch jemand hier, oder hatte Oliver unbemerkt einige Meter zurückgelegt?

Tessa musste auch etwas gesehen haben. Ihre Augen weiteten sich, was wiederum Anja bemerkte. Hastig drehte sie sich um, zog ihre Waffe. »Wer ist da?«

Oliver trat mit ebenfalls gezogener Waffe zwischen den Planen hervor. Das Versteckspielen war vorbei. »Legen Sie die Waffe weg, Anja. Es ist aus.«

Sie lachte. »Das denken Sie ... Gegenvorschlag: Sie entladen Ihre Pistole, werfen sie in die eine Richtung, das Magazin in die andere. Anschließend legen Sie sich auf den Boden.« Sie trat einen Schritt zur Seite, richtete ihre Waffe auf Tessa. »Ansonsten erschieße ich sie.«

Nun war es an Alexis zu handeln. Noch hatte Anja sie nicht gesehen, aber die Frau war nicht dumm. Sie musste wissen, dass Oliver nicht alleine da war. Dennoch zuckte sie zusammen, als Alexis ebenfalls vortrat und sie ins Visier nahm. »Sie wissen ebenso gut wie ich, dass Sie hier nicht rauskommen.«

Anja lachte mit einer erschreckenden Zuversicht. »Wie falsch Sie doch liegen. Ich habe das Baby.«

»Gehen Sie einfach«, meldete sich Tessa das erste Mal zu Wort. »Ich habe etwas, was sie haben will.«

»Du glaubst immer noch, dass ich die Herzen will?«

Anja grinste hämisch. »Du bist so eine dumme Kuh, viel zu vertrauensselig. Ich habe dein Versteck gefunden. Es war nicht so schwierig, mir heimlich Abdrücke von deinen Schlüsseln zu machen und danach zu suchen.«

»Sie waren nicht in meiner Wohnung!«

»Nein, aber der Verlauf deines Browsers hat mir verraten, wo ich suchen musste. Es war zugegebenermaßen mühsam, aber es hat sich gelohnt.«

Endlich setzte sich für Alexis das Puzzle zusammen, das sie so lange versucht hatte zu enträtseln. Der Mörder vom Mühlsteinhof war tatsächlich Anja gewesen und nicht David. Die Herzen gehörten Anja! Tessa musste sie in den Minuten, die sie nie hatten rekonstruieren können, genommen und versteckt haben, um ein Mittel zu haben, Anja zu erpressen. Deshalb auch das seltsame Interview. Es war ihre Variante, um mit Anja Kontakt aufzunehmen und ihr zu sagen, dass sie die Herzen hatte. Ein Killer war oft bereit, viel für seine Trophäen herzugeben. Tessa musste gehofft haben, dass sie ihr wichtiger waren als das Baby. Aber sie hatte nicht mit Anjas Skrupellosigkeit gerechnet, die sich ihr als Freundin genähert hatte. Die Listenreiche war ausgetrickst worden.

Eine normale Frau wäre an dieser Stelle wohl in Tränen ausgebrochen. Tessa nicht. Ihr Gesicht verzerrte sich in Hass. »Mach mit mir, was du willst, aber sag mir, wo du Viola versteckst.« Sie wandte sich an Alexis. »Bitte, lassen Sie sich auf diesen Deal ein. Mein Leben endete an dem Tag meiner Entführung, Viola dagegen hat noch eine Chance.«

Alexis verstand ihren Wunsch, hätte in derselben Situation vermutlich nicht anders gehandelt. »Das kann ich nicht. Das wissen Sie.«

Da standen sie nun. Eine Pattsituation, in der Anja die

Überhand hatte. »Was kann ich Ihnen anbieten, damit Sie die Waffe niederlegen?«, begann Alexis die Verhandlungen, die vermutlich Stunden dauern würden. Doch es kam anders.

Ein Schuss erklang, traf Anja mitten in die Brust. Während sie zu Boden ging, drückte sie ebenfalls ab. Blut spritzte. Schreie.

66

In einem anderen Leben

Als sie die fremden Stimmen hörte, dachte Tessa zuerst, dass sie träumen würde.

Sie kniff sich in den Oberschenkel. Nein, das war real. Da waren Menschen vor der Tür. Sie zögerte, sich bemerkbar zu machen. Jasmin schlief in der Zelle neben ihr auf weichen Decken. Sie war nicht mehr oft hier unten, immer wieder nahm David sie mit nach oben. Was dort genau geschah, wusste Tessa nicht. Sie und Jasmin redeten nicht mehr miteinander, und an den meisten Tagen hielt sie es für gut. Sie wollte die neue Jasmin nicht kennenlernen, sondern an ihrer alten Freundin festhalten. Nur manchmal, wenn die Einsamkeit sie überwältigte, sprach sie Jasmin an, erhielt jedoch nie eine Antwort.

Jetzt waren da Fremde. War es eine Falle? Ein weiterer Blick zu Jasmin. Sie könnte sich jetzt einfach hinlegen und so tun, als wäre nie etwas geschehen. Kein Risiko eingehen. In ihrer Brust verkrampfte sich etwas, als sie sich die Strafe ausmalte, die sie erwarten würde, wenn es nur ein weiterer von Davids Tests war und sie versagte. Schlafen. Vergessen.

Sie war dabei sich einzurollen, als die Stimmen leiser

wurden. Einen Moment zögerte Tessa noch, dann begann sie zu rufen. Sie würde so oder so nicht mehr lange leben. Lieber wollte sie bis zur letzten Minute kämpfen.

Zuerst war ihre Stimme nur ein heiseres Krächzen. Zu lange war es her, dass sie andere Laute als qualvolle Schreie von sich gegeben hatte. Sie rief um Hilfe, auch als Jasmin erwachte und sie anbrüllte, ruhig zu sein.

Das Rütteln an der Tür wurde stärker, schließlich krachte es, als sich jemand mehrfach gegen sie warf, bis sie endlich aufsprang.

Halb hatte Tessa erwartet, David dort stehen zu sehen, aber er war es nicht. Jedoch auch nicht die Polizisten, auf die Tessa gehofft hatte, sondern ein großer, kräftiger Mann mit hellbraunen Haaren, hinter dem eine schmale, völlig durchnässte Frau stand.

»Hier!«, rief Tessa. »Bitte machen Sie den Käfig auf!«

Das Paar sah sie fassungslos an, blickte sich im Raum um und … sie taten nichts. Wie gelähmt standen sie an der Tür.

»Bitte«, versuchte Tessa zu ihnen durchzudringen. Sie hatten keine Zeit für Gefühle. Sie selbst schob aus Angst sonst zusammenzubrechen alle Emotionen von sich. Sollte David sie hier erwischen, würde er mit dem Paar kurzen Prozess machen. Sie hätten keine Chance gegen ihn. Und Jasmin? Tessa hatte keine Ahnung, was Jasmin tun würde.

Endlich kam Bewegung in die beiden, und Tessa navigierte sie zu dem Käfigschlüssel, der an der Wand hing, während Jasmin zusammengekauert in der Ecke sitzen blieb.

Für einen Moment wäre Tessa beinahe schwach geworden und zu ihr gegangen, nachdem ihr Käfig offen war. Um sie in den Arm zu nehmen und zu versprechen, dass alles wieder gut werden würde, dann schob sie es weit von sich. Nichts würde jemals wieder gut werden, und zuerst mussten sie überleben.

»Sie brauchen Kleidung«, sagte Thimo, und erst da realisierte Tessa, dass sie nackt war und das für einen Menschen nicht normal war.

»Kleidung?«, kreischte seine Frau. »Hast du sie nicht alle, Thimo? Wir müssen hier raus. Weg von der kranken Scheiße. Irgendwohin, wo unsere Handys funktionieren.«

So panisch diese Frau auch war, so hatte sie doch recht. »Oben muss ein Telefon sein«, sagte Tessa. Sie hatte es ab und an klingeln hören. »Wir müssen es suchen und dann verschwinden.«

Sie sah zu Jasmin rüber. Was sollten sie mit ihr machen? »Können Sie sich um sie kümmern?«, fragte sie Thimo und gab vor zu geschwächt zu sein. In Wahrheit befürchtete sie, dass Jasmin versuchen würde, ihr die Augen auszukratzen, sollte sie sich ihr nähern.

Sie kamen bis zum Wohnzimmer, dann hörten sie durch das Prasseln des Regens und die Donnerschläge ein Auto näherkommen. »Scheiße«, fluchte Tessa. »Er kommt zurück.«

»Wir müssen weglaufen«, rief die Frau.

»Und wohin, Melanie? Dem Kerl direkt in die Arme?«

In dem Moment erkannte Tessa, dass die beiden nutzlos waren. Sie waren noch weich, schwach und unentschieden. Früher war sie das auch gewesen, doch jetzt nicht mehr. »Ich werde ihn ablenken. Findet das Telefon. Er hat es sicher irgendwo weggeschlossen.«

»Sie sind viel zu schwach«, wandte Thimo ein. »Ich übernehme das.«

Am liebsten hätte Tessa zugestimmt, aber sie wusste, dass Thimo keine Chance haben würde. Wenn sie hier rauskommen wollte, musste sie das Risiko eingehen. »Ich kenne mich auf dem Hof aus«, log sie. »Helft Jasmin und sucht ihr Baby.«

»Hier gibt es ein Baby?«, rief Melanie.

»Ja, und jetzt los.« Für Erklärungen blieb keine Zeit.

Tessa überlegte, ob sie eine Hintertür suchen sollte, wollte es dann aber doch nicht riskieren. Sie musste raus, bevor David das Haus betrat. Also schob sie ein Fenster auf und kletterte nach draußen. Ihre nackten Füße landeten im Schlamm eines verwilderten Beetes. Ein Dorn stach ihr in den Fuß, aber sie ignorierte es. Sie war andere Schmerzen gewohnt.

Mit unsicheren Schritten wankte sie in Richtung der Scheinwerfer, die ihren Lichtkegel durch die regengeflutete Nacht sandten. Immer wieder blitzte es, und Donnerschläge ließen den Boden erzittern.

Showdown, dachte Tessa. Dieses Mal würde sie sich nicht lebendig fangen lassen. Sie rechnete sich kaum Chancen aus, aber vielleicht würden die anderen überleben. Und vor allem: das Baby.

Sie hielt sich dicht am Haus, versuchte sich trotz der Dunkelheit zu orientieren und einen Fluchtweg zu suchen. Der Wald. Ihr blieb keine andere Wahl. Auf dem offenen Feld würde er sie in ihrem geschwächten Zustand schnell einholen, und auf dem Weg würde er sie mit seinem Auto über den Haufen fahren.

Sie musste nur lange genug durchhalten, dass die anderen das Telefon finden konnten. Dann wäre David aufgeschmissen, und Tessa würde zumindest das eine bekommen, nach dem sie sich so lange gesehnt hatte: Rache.

Sie sammelte sich ein letztes Mal, dann trat sie aus ihrem Versteck, mitten in die Scheinwerfer. Sie sah Davids Umrisse, Zigarettenqualm, der aus einem Fensterspalt nach draußen drang. »Fick dich, du Arschloch«, brüllte sie, bevor sie ihm den Mittelfinger zeigte und losrannte.

Sie hörte die Autotür aufgehen, ein Fluchen und Schritte, woraufhin sie sich zwang, schneller zu werden. Nach wenigen Metern jedoch merkte sie bereits, wie ihre Kräfte erlahmten. Die Zeit in der Gefangenschaft hatte sie ihrer Kondition beraubt, auch wenn sie versucht hatte, sie sich zumindest teilweise zu erhalten. Auf das war sie nicht vorbereitet.

Doch sie würde nicht aufgeben. Immer wieder trat sie auf Steine und Dornen. Ihre Füße mussten inzwischen blutig sein. Sie fokussierte sich, blendete die Schmerzen, die Warnsignale ihres Körpers aus und trieb sich weiter voran. Erst als sie den Waldrand erreicht hatte und in den Schutz der ersten Bäume abtauchte, wagte sie einen Blick nach hinten.

Da war niemand.

Scheiße! Keuchend blieb sie stehen. Hatte er sie gar nicht verfolgt, sondern war direkt ins Haus gerannt, um nach Jasmin zu sehen?

Noch wagte sie es nicht, aus der Deckung zu kommen, aber die Sekunden verstrichen, und es war weiterhin nichts zu hören oder zu sehen.

Angst schnürte ihr die Kehle zu. Was mochte in dem Haus geschehen? Kurz erwog sie, einfach abzuhauen. Vielleicht würde sie es bis in ein Dorf schaffen. Aber nein, sie sah auf ihre blutigen Füße hinab, die abgemagerten Beine. Sie hatte keine Chance. Nicht, nachdem sie so lange in einem Käfig gesessen hatte und keinerlei Orientierung hatte. Nicht bei Regen und Kälte.

Sie musste zurück zum Hof und sich David stellen. Wenn

sie schon sterben musste, dann wenigstens im Kampf. Und irgendwo war da noch ein Funken Hoffnung, Jasmins Baby retten zu können. Das war es, worauf es wirklich ankam.

Der Rückweg fiel ihr noch schwerer. Immer wieder musste sie stehen bleiben und nach Luft ringen. Es flackerte vor ihren Augen, und trotzdem versuchte sie irgendwelche Geräusche durch das Tosen des Unwetters zu hören. Lief sie in eine Falle? Hatte David damit gerechnet, dass sie umkehren würde?

Endlich traten ihre Füße auf den ersten Pflasterstein. Dieses Mal entschied sie sich tatsächlich, zuerst nach einer Hintertür zu suchen. Sie stützte sich an der Hauswand ab, um ihre Kräfte zu schonen und ein wenig Schutz vor dem Sturm zu finden. Sie kam an dem Fenster vorbei, aus dem sie vorher gekrochen war. Vorsichtig spähte sie hinein, aber der Raum lag in Dunkelheit. Sollte sie ihr Glück hier wagen? Nein. In ihrem Zustand wäre sie völlig erschöpft, wenn sie da durchgeklettert war, und zudem wehrlos. Tessa ging weiter und stieß auf der Rückseite des Hauses auf eine winzige Tür. Zu ihrem Glück war sie nicht abgeschlossen, sodass sie sie leise öffnete und in die dunkle Waschküche schlich. Nun, da der Sturm ausgesperrt war, hörte sie aufgeregte Stimmen. Sie waren nicht weit weg, vermutlich im selben Stockwerk.

Rasch griff sie sich eine Eisenstange, die neben einer schwarz verkrusteten Waschmaschine stand, und schleppte sich, eng an die Wand gedrückt, in Richtung der Geräusche. Sie hörte Melanie weinen und David brüllen. Sie musste sich beeilen.

Sie gab alle Vorsicht auf und eilte vorwärts. Kurz bevor sie das Zimmer erreichte, erklang ein Schuss.

Sie kam gerade rechtzeitig, um zu sehen, wie Melanie

über dem am Boden liegenden Thimo zusammenbrach. Auf ihrer Jacke breiteten sich blutige Flecke aus, wo die Schrotkugeln in ihren Körper eingedrungen waren. Für einen Moment blieb Tessa wie erstarrt stehen, registrierte die Platzwunde an Thimos Kopf, das Telefon, das er noch immer in Händen hielt, aus dem eine Frauenstimme drang, Jasmin, die zusammengekauert in einer Ecke saß.

Das war es, realisierte Tessa. Was auch immer mit ihr geschah. David würde niemals wieder jemandem etwas zuleide tun. Die Polizei war auf dem Weg, und sie war bereit zu sterben.

Ihre Blicke trafen sich. In dem Moment erkannte sie ihren Fehler. Er hatte noch einen Trumpf.

Tessa hechtete nach vorne, versuchte, ihn irgendwie zu erreichen, aber es war zu spät. Wie in Zeitlupe sah sie ihn die Waffe anlegen und Jasmin wie eine Schaufensterpuppe in sich zusammenfallen.

Tessa merkte erst, dass sie schrie, als ihr die Luft ausblieb. Nein, das durfte nicht sein! In ihr zerbrach auch der letzte, heimlich gehegte Hoffnungsschimmer, ihre Freundin zurückgewinnen zu können, sich gemeinsam in ein normales Leben zurückzuarbeiten.

Vergessen war David, als sie zu Jasmin eilte, sie in die Arme nahm und den letzten, röchelnden Atemzügen lauschte.

Das Spiel war aus.

Sie hörte David nachladen, doch es war ihr egal. Der Kampf war aussichtslos, und sie konnte einfach nicht mehr. Sie legte ihren Kopf an die Wange ihrer sterbenden Freundin, trauerte dem nach, was sie einst gehabt hatten, wer sie gewesen waren, während sie auf ihren Tod wartete.

Zuerst ereilte er Jasmin. Ein leises Zittern durchlief ihren Körper, dann wurde sie ganz schlaff.

Tessas Kehle verkrampfte sich, aber es kamen keine Tränen. Sie schloss die Augen, hörte den Schuss, wartete auf den Schmerz. Er kam nicht.

Stattdessen prallte ein schwerer Körper gegen einen Tisch, riss ihn um, bevor er zu Boden sackte. David hatte sich selbst erschossen. Sie war ihm keine Kugel wert gewesen.

Tessa sah sich um, nahm Davids zuckenden Leib, Melanies und Thimos leblose Körper wahr und presste die viel zu stille Jasmin an sich.

War das Davids letzte Strafe, seine perfide Methode, sie zu quälen? Sie als Einzige diesen Albtraum überleben zu lassen, der sie niemals wieder loslassen würde?

Sie biss die Zähne zusammen. Nein, das würde sie nicht zulassen. Sie rappelte sich auf. Sie musste Jasmins Baby finden und ihren anderen Folterknecht.

Da fiel ihr Blick auf ein Holzkästchen, das neben dem umgefallenen Tisch auf dem Boden lag. Sein Inhalt lag lose verstreut auf dem muffigen Teppich.

In diesem Moment begann sich ein Plan in Tessas Kopf zu manifestieren. Sie sah nach draußen. Ihr blieb nur noch wenig Zeit, bis die Polizei kommen würde.

67

Sie waren nicht allein! Alexis suchte nach dem Schützen, der sich an der Stelle versteckt haben musste, an der sie zuvor Oliver vermutet hatte. Was für ein Irrtum!

Es war Thimo Sattler, der nun aus den Schatten hervortrat, seine Pistole weiter auf Anja gerichtet. Seine Hände zitterten, und unerfahren mit Waffen, wie er war, hatte er sich die Hand verletzt. Es roch nach verbranntem Fleisch, aber er schien es vor lauter Aufregung, Entsetzen und Freude über seine Tat nicht zu bemerken.

»Polizei! Waffe runter!«, rief Alexis.

Oliver trat zeitgleich vor. Doch Thimo reagierte nicht, zielte auf den Kopf der reglos am Boden liegenden Anja, deren Blick starr zur Decke ging.

Alexis' Puls raste. Hatte sie vorhin noch eiserne Ruhe beherrscht, so überwog nun die Panik. Blut schoss aus Tessas Schulter. Sie musste dringend ärztlich versorgt werden. Solange Thimo Sattler, halb dem Wahnsinn nahe und bewaffnet, vor ihnen stand, war es jedoch nicht möglich, sich um die Frau zu kümmern. Sie hatte Angst vor dem, was er nun tun würde. Sich selbst richten? Sie möglicherweise zwingen, ihn zu erschießen? Ein leider immer häufiger vorkommendes Ereignis, dass Menschen Suizid mit der unfreiwilligen Hilfe der Polizei begingen.

»Bitte nehmen Sie die Waffe runter. Es ist vorbei. Sie ist tot. Sie haben Ihre Frau gerächt.«

Sein irrer Blick ging durch den Raum, blieb auf Tessa hängen, die trotz der Schmerzen vergleichsweise ruhig wirkte.

Alexis hörte Schritte näherkommen. Aus den Augenwinkeln entdeckte sie Karen, die nur wenige Meter entfernt stand. Sie wollte zu Tessa eilen.

»Bleib zurück«, fauchte Alexis sie an, und zu ihrer Überraschung gehorchte sie.

»Es ist in Ordnung«, meldete sich zum ersten Mal Tessa zu Wort. »Es ist ein Durchschuss, keine Arterie wurde getroffen.«

Nun richtete Thimo seine Waffe auf Tessa. »Wegen dir ist meine Frau tot. Du hast mit dem Mörderpack zusammengearbeitet!«

Tessa lachte, zog an ihren Fesseln. »Sieht so gutes Teamwork für Sie aus?«

Die Frau konnte offensichtlich nichts mehr erschüttern, zeigte endlich das wahre, neue Gesicht der Tessa Maerten, das sie unter der Maske verborgen hatte, die sie der Welt gezeigt hatte. Verblüfft stellte Alexis fest, dass ihr der Mensch gefiel, den sie darunter entdeckte. Sie war anders, als sie es erwartet hatte, dafür tougher, kompromissloser und mit einem verqueren, aber starken Gerechtigkeitssinn ausgestattet.

Man sah Thimo an, wie seine Gedanken rasten, wie er versuchte, die Situation zu erfassen. Waren es zwei Killer, die zusammengearbeitet hatten, oder war Tessa tatsächlich ein Opfer? Dazu das nachlassende Adrenalin, das seine Hände zittern ließ, ebenso wie die Erkenntnis, dass er einen Menschen getötet hatte und es vermutlich nicht noch einmal fertigbrachte. Dennoch war er eine tickende Zeitbombe.

»Hören Sie mir zu«, sagte Alexis und steckte nach einem schnellen Blickwechsel mit Oliver die Pistole weg. »Ich war immer ehrlich zu Ihnen. Wenn Sie die Waffe jetzt weglegen, werde ich für Sie aussagen. Sie haben eine Mörderin gerichtet, die ihr Werk vollenden wollte. Die Strafe wird mild ausfallen, wenn Sie überhaupt eine erhalten.«

»Was interessiert mich das? Mein Leben ist mit meiner Frau gestorben.«

Alexis rief sich all das in Erinnerung, was sie über den Mann wusste. Er war mit seiner Frau wandern gewesen, damit sie nach einer neuerlichen Fehlgeburt wieder zueinanderfinden konnten. Das war der Schlüssel. »Sie könnten das Kind aufwachsen sehen, das nur wegen Ihnen und Ihrer Frau eine Chance auf ein normales Leben hat.«

Thimo sah auf. Sie hatte ihn. »Welches Kind?«

»Jasmin …« In Tessas Stimme schwang all der Schmerz mit, den der Verlust der Freundin ausgelöst hatte. Sämtliche Traumata, die sie durchlitten hatte. »Sie wurde schwanger, bekam ein Baby. Anja hat es ihr weggenommen. Ich wollte Viola zurückholen.«

»Wo ist es?«

»Das wissen wir nicht. Anja hat es versteckt, aber wir werden das Baby finden.«

Thimo zitterte, fing an zu schluchzen und sank zu Boden, die Waffe locker in den Händen.

Alexis und Oliver stürzten zeitgleich zu ihm, entwanden ihm die Pistole. Auf Handschellen verzichteten sie. Eine Gefahr ging von dem Mann nicht aus. So wie er bebte, brauchte er eher einen Arzt. Währenddessen eilte Karen zu Tessa, schnitt sie los und untersuchte die Wunde.

»Wie schlimm ist es?«, fragte Alexis.

»Nicht dramatisch, aber es blutet stark. Gib mir dein Hemd, Oliver. Ich muss sie verbinden.«

Während die beiden sich um die Verletzte kümmerten, stellte sich Alexis neben Thimo und holte ihr Handy heraus, um Dolce und die Zentrale zu benachrichtigen. Da stieß Tessa plötzlich einen Schrei aus. »Wo ist sie?«

Alexis fuhr herum. Es dauerte ein paar Sekunden, bis sie begriffen hatte, was geschehen war. Anja war weg. An ihrem Platz lag nur eine platt gedrückte Patrone. »Scheiße«, fluchte sie. »Sie muss eine schusssichere Weste getragen haben.«

Was für ein eiskaltes Aas, dachte Alexis. Anja hatte die Geistesgegenwart besessen, sich tot zu stellen, und sie waren von Thimo und Tessa so abgelenkt gewesen, dass sie es nicht überprüft, sich nicht gewundert hatten, warum da kein Blut war. *Dämlicher Anfängerfehler.* Anja konnte jedoch nicht weit sein, und die Weste mochte ihr das Leben gerettet haben, aber sie musste eine schwere Prellung erlitten haben, die ihr Vorankommen verlangsamen würde. »Bleibt bei den beiden, bis das SEK eintrifft. Ich nehme die Verfolgung auf.«

»Bist du wahnsinnig?«, herrschte Oliver sie an. »Du kannst nicht alleine gehen.«

»Wir haben keine andere Wahl. Wer weiß, was Anja dem Kind antut, oder ob wir sie jemals wiederfinden, wenn sie untertaucht. Du musst bei der Verletzten bleiben und das SEK einweisen.«

»Lass uns warten. Auf die Minuten kommt es auch nicht mehr an.«

»Das weißt du besser.« Sie würde lügen, wenn sie behaupten würde, dass ihr der Gedanke keine Angst machte, aber der Wunsch Schlimmeres zu verhindern, war stärker als der Respekt vor der gut ausgebildeten Anja. »Ich darf keine Zeit verplempern. Ich halte dich über das Funkgerät auf dem Laufenden.«

Karen erhob sich, nahm die Waffe, die sie außer Reichweite von Tessa und Thimo abgelegt hatte. »Die Wunde ist versorgt. Ich komme mit.«

»Vergiss es.«

»Versuch doch mich aufzuhalten. Ich dachte, wir dürfen keine Zeit verschwenden. Ich lasse dich ganz sicher nicht alleine hinter der Irren herjagen.«

Alexis stöhnte auf, wusste aber, dass sie jetzt keine Chance hatte, Karen umzustimmen.

»Dann los.« Sie spurtete in die Richtung, in der Anja verschwunden war. »Du folgst ohne Widerworte meinen Anweisungen. Baust du auch nur einmal Mist, lege ich dir Handschellen an und lasse dich zurück.«

68

Sie traten aus einer Tür, die auf der gegenüberliegenden Seite zu der Stelle lag, an der sie das Gewächshaus betreten hatten. Draußen schaltete Alexis die Taschenlampe in ihrem Handy ein. Auf dem weichen Boden waren deutlich frische Fußabdrücke zu sehen. »Hier entlang.«

Wenige Meter später trafen sie auf Reifenspuren. »Scheiße«, fluchte sie. »Wir müssen zum Auto.«

Zumindest waren sie dieses Mal mit ihrem MiTo gefahren. Sie rannte so schnell es ging. Erholen konnte sie sich immer noch, wenn sie im Wagen saß. Dabei hängte sie Karen ein Stück ab, die zwar auch fit war, aber nicht so regelmäßig wie Alexis trainierte.

Im Rennen drückte Alexis auf den Schlüssel in ihrer Hosentasche, um das Auto zu entriegeln und durch die angehenden Lichter eine bessere Sicht zu haben. Sie ließ den Wagen an, während sie auf Karen wartete, die nur wenige Sekunden später auf ihren Sitz hechtete. Mit durchdrehenden Reifen rasten sie los.

»Hast du eine Ahnung, wo sie sein könnte?«, keuchte Karen.

»Hier gibt es nur eine Straße, und durch die Prellungen, die sie sich durch den Treffer zugezogen hat, muss sie langsam sein. Mit etwas Glück haben wir sie in ein paar Metern eingeholt.« Erst jetzt schnallte sich Alexis an. »Halt die Augen offen, nicht dass sie in einer Nische im Wald parkt und wir an ihr vorbeirasen. Anja ist nicht dumm.«

Es herrschte angespannte Stille, während sie durch die Dunkelheit brausten. Alexis hatte die Scheinwerfer nicht eingeschaltet, um der Fliehenden keinen Hinweis auf ihr Nahen zu geben. Die Fahrt wurde dadurch noch gefährlicher, bei jedem Schlagloch wurden sie durchgeschüttelt, und Alexis leistete ihrem Auto in Gedanken Abbitte. Nach einem Kilometer fuhren sie in ein schmales Waldstück hinein, das kurz darauf zu ihrer Rechten einer Reihe von Feldern wich. Ein letztes Waldstück, dann rasten sie auf das Wasserwerk zu, wo sich die Straße gabelte. »Siehst du sie?«, rief Alexis über das Rumpeln des Autos hinweg.

»Rechts, fahr nach rechts! Ich sehe Rückleuchten!«

Das genügte Alexis. Sie riss das Lenkrad herum. Sie schlitterten um die Kurve, rutschten beinahe in den Graben, bevor sich das Auto wieder gefangen hatte. Nur noch wenige Meter, dann würde der Weg in die Stadt führen und Anja die Gelegenheit bieten unterzutauchen. Oder im Stau stecken zu bleiben. Alexis wagte nicht darauf zu hoffen. Zu was mochte eine bewaffnete und verletzte Anja in der Lage sein, wenn man sie in die Enge trieb? Sie mussten sie erreichen, bevor sie in die Nähe von anderen Menschen kam.

Alexis beschleunigte auf der Geraden. Die Lichter von Anjas Passat kamen näher. Eine Linkskurve, dann querten sie die A6 über eine Brücke. Inzwischen waren sie so nah, dass ein Verstecken sinnlos war. Alexis schaltete die Scheinwerfer an. »Hinter deinem Sitz befindet sich das Blaulicht. Bring es auf dem Dach an.«

Als Karen das Fenster öffnete, schlug ihnen die empfindlich kalte Nachtluft entgegen. Eine Bodenwelle ließ Karen die Leuchte an der falschen Stelle auf das Dach setzen, sodass sie nur zur Hälfte darauf lag. Mühsam löste sie den Magneten. Beim nächsten Versuch gelang es ihr jedoch, sie in der Mitte zu platzieren. Hastig steckte sie das Kabel in den Zigarettenanzünder und schloss das Fenster. Das Blaulicht tauchte die vorbeifliegenden Büsche und Bäume in ein gespenstisches Licht.

»Verdammter Mist!« Alexis riss das Steuer herum. Anja hatte die breite Straße verlassen und war in einen Waldweg eingebogen. Mit halsbrecherischer Geschwindigkeit rasten sie den einspurigen Weg entlang. Sie konnten nur beten, dass ihnen niemand entgegenkam. Wieder einmal hatte Anja ihre Intelligenz bewiesen. In der vor ihnen liegenden Wohnsiedlung hätte ein ausparkendes Auto sie jederzeit stoppen können. Hier auf dem schmalen Weg war Alexis gezwungen, hinter ihr zu bleiben. »Nimm mein Funkgerät und gib Oliver unseren Standort durch. Wir brauchen Unterstützung. Wenn ein Hubschrauber verfügbar ist, sollen sie ihn losschicken. Gib eine Beschreibung des Autos durch.«

Immer wieder sah sie Wildtiere verschreckt im Wald Zuflucht suchen. Ein Fuchs konnte sich in letzter Sekunde retten. Sie sah auf ihr Navi. Sie fuhren mehr oder weniger parallel zur A6. Wo wollte Anja hin? Sie zoomte heraus. Vor ihnen lag der Rangierbahnhof, und von dort war es nicht weit bis zur Autobahn. Sie dort noch zu stoppen, ohne Zivilisten zu gefährden, wäre nahezu unmöglich. Sie musste vorher eingreifen.

Wie erwartet bogen sie auf den Hallenweg. Der war etwas breiter, aber Anja fuhr Schlangenlinien, weshalb sie sie nicht überholen konnte. Zu ihrer Rechten flogen die Güterwaggons vorbei, die auf dem Rangierbahnhof warteten, zu einem Zug zusammengestellt zu werden. Scharf links, eine lang gezogene Kurve, dann fuhr der Passat, ohne die Geschwindigkeit zu verringern, auf die Wachenburgstraße. Reifen quietschten, als andere Autos auswichen. Alexis hielt den Atem an, aber sie kamen heil davon. Sie sah in den Rückspiegel. Zwei Autos standen quer, aber es war zu keinem Unfall gekommen.

Inzwischen fuhren sie über die Kloppenheimer Brücke, die über den Rangierbahnhof führte. Ein Auto kam ihnen entgegen, dann war da eine Lücke. »Beug dich vor, berge deinen Kopf zwischen den Armen und halt dich fest«, rief sie Karen zu.

Sie scherte aus, gab Vollgas. Der MiTo jaulte auf. Mit seiner Beschleunigung konnte der alte Passat nicht mithalten. Alexis zog auf gleiche Höhe zu Anja. Für einen Augenblick trafen sich ihre Blicke. Die emotionslose Kälte in Anjas Augen ließ Alexis schaudern. Dann riss sie das Lenkrad herum. Die Autos prallten mit voller Wucht gegeneinander. In der letzten Sekunde, bevor sie die Kontrolle über das Fahrzeug verlor, dachte Alexis an Merle und hoffte, dass sie ihr mit dieser Aktion nicht auch noch die Pflegemutter genommen hatte. Die Autos gerieten ins Schleudern, umkreisten einander wie Tänzer, bevor es bergab ging, während die Insassen von den Kräften in die Sitze gepresst wurden. Sie mussten das Ende der Brücke bereits erreicht haben, denn Alexis sah statt der Gleise Bäume und Büsche auf sich zurasen.

Der Aufschlag war heftig, presste ihr sämtliche Luft aus der Lunge. Etwas Spitzes bohrte sich in ihren Oberarm, ihre Beine wurden gequetscht. Nach einer Schlitterpartie kamen sie abrupt zum Stehen. Ihr Blick umnachtete sich für einige Sekunden. »Karen«, krächzte sie.

Keine Antwort. Sterne in ihrem Blickfeld. »Karen.« Das Krächzen wurde zu einem Kreischen.

»Ich …« Ein Würgen. »Ich bin da.«

Alexis' Blick klärte sich, die Orientierung kehrte zurück. Das Auto lag auf dem Dach, und sie hing in den Gurten, wodurch ihr die Luft abgeschnürt wurde und das Blut schmerzhaft in den Kopf stieg. Sie wollte sich bewegen, doch die Schnauze des Autos war eingedrückt und ihr Unterkörper dadurch eingequetscht. Sie drehte den Kopf. Karen blutete aus unzähligen Schnitten im Gesicht, die ein Ast, der durch das Seitenfenster eingedrungen war, wie Peitschenhiebe hinterlassen hatte.

»Bist du verletzt?«

»Ich weiß nicht. Es tut weh.« Karen löste ihren Gurt, plumpste nach unten. Stöhnen, dann trat sie die Tür auf und kroch nach draußen. Einen Moment blieb sie liegen und tastete sich ab. »Nichts Ernstes. Warte, ich hole dich raus.«

»Informiere erst Oliver. Er muss wissen, wo wir sind.«

Widerstrebend gehorchte Karen ihrer Anweisung, dann ging sie um das Auto herum.

»Siehst du Anja?«

»Nein, aber ich kann durch die Bäume nicht weit sehen.«

»Halt die Augen offen.« Alexis biss sich auf die Lippen, um die Schmerzen in den Beinen für einen Augenblick auszublenden. Sie fuhr mit der freien Hand an ihre Hüfte zu ihrer Pistole und zog sie unter schmerzhaften Verrenkungen aus dem Holster. So eingequetscht fühlte sie sich wehrlos, wie ein Opfer auf der Schlachtbank. Für Anja wäre es kein Problem, Karen auszuschalten. Sie spürte ihr Herz pochen. »Hol mich hier raus.«

»Ich bin dabei.« Karen zerrte an der Fahrertür, doch sie war verklemmt.

Alexis versuchte erneut, sich selbst herauszuziehen, aber die Schmerzen raubten ihr fast die Besinnung.

»Wo ist dein Wagenheber?«

»Kofferraum«, presste Alexis leicht benommen hervor.

Kurz darauf war Karen zurück, bewaffnet mit der Stange, die sie als Brecheisen an der Tür ansetzte und sie so öffnete.

»Gute Idee.« Alexis nickte der Freundin zu, als sie sich in das Innere des Wagens beugte und sich die Situation ansah. »Das Gleiche hier noch mal.« Sie deutete auf eine Stelle, die als Ansatzpunkt geeignet war, um ihre Beine zu befreien.

»Das wird wehtun«, warnte Karen sie vor.

»Mach einfach.«

69

Die Biologin sog die Luft tief ein, dann setzte sie die Stange an. Die Schmerzwellen, die Alexis durchfluteten, erweckten in ihr den Wunsch zu sterben. Es fühlte sich an, als würde man ihr die Beine ausreißen. Sie schrie, dann war sie frei und rutschte weiter nach unten, bis der Gurt ihr erneut Halt gab. Blut tropfte in ihr Gesicht.

»Sind sie frei?«

Alexis stöhnte, nahm all ihren Mut zusammen und bewegte testweise einen Fuß. »Ich denke.«

»Ich entferne den Gurt. Keine Angst. Ich habe den Erste-Hilfe-Kasten da und kann die Blutungen sofort stoppen.«

»Beeil dich. Anja könnte jeden Augenblick kommen, um uns den Rest zu geben.«

Instinktiv sah Karen sich um, bevor sie sich wieder auf Alexis konzentrierte, den Anschnallgurt öffnete und sie herauszog. Die Hosenbeine fühlten sich nass von Blut an, aber eine erste Untersuchung zeigte nur ein paar tiefe, aber ansonsten harmlose Fleischwunden und Quetschungen.

Da sah Alexis eine Bewegung aus den Augenwinkeln. »Runter«, brüllte sie, brachte die Waffe zum Anschlag und schoss, sobald sich Karen zu Boden geworfen hatte.

Sie verfehlte Anja knapp, die sich daraufhin abwandte und zur Flucht ansetzte. »Wir müssen hinterher.«

»Du bist verletzt!«

»Das habe ich bemerkt.« Alexis verzog das Gesicht. »Hilf mir auf.«

Gemeinsam rappelten sie sich auf. Alexis ging testweise ein paar Schritte, dann beschleunigte sie. Es tat weh, aber es war auszuhalten. »Bleib hier.«

»Vergiss es.« Karen schloss zu ihr auf, hielt ihre eigene Pistole in Händen.

Anjas Gestalt war schemenhaft zu erkennen, wie sie an den Bäumen vorbeihuschte. Als sie auf den Rangierbahnhof kamen, hechtete sie hinter einen Waggon voller neuer weißer BMWs und verschwand so aus ihrem Blickfeld.

Alexis warf sich zu Boden, um unter dem Güterwagen durchzusehen. Bei dem Anblick, der sich ihr bot, fluchte sie unterdrückt. Anja rannte zwar geradeaus weiter, aber direkt auf die nächste Gruppe von Schienenfahrzeugen zu. Reihe folgte auf Reihe, bot der Flüchtenden jede Menge Möglichkeiten sich zu verstecken und sie in einen Hinterhalt zu locken.

»Bleib hier«, keuchte Alexis. »Dieses Mal meine ich es wirklich ernst. Wenn ich mich um dich kümmern muss, bringst du uns beide noch um. Behalte das Funkgerät und halte Oliver auf dem Laufenden. Hast du dein Handy dabei?«

Karen nickte. Alexis sah ihr an, wie schwer es ihr fiel, ihren Anweisungen zu gehorchen, aber sie war Profi genug, um zu erkennen, dass sie nur noch hinderlich war.

»Ich rufe dich an, wir halten die Verbindung. Dadurch kannst du verfolgen, was geschieht.« Nachdem die Leitung stand, steckte Alexis das Handy in ihr Holster. »Hilf mir auf den Waggon.«

Karen faltete ihre Hände zu einer Räuberleiter. Alexis holte Schwung, bekam den oberen Rand des Wagens zu packen und zog sich trotz der Schmerzen in Schulter und Beinen mit Karens Unterstützung hoch. *Scheiße, ist das hoch.* Mit Höhe war Alexis noch nie gut zurechtgekommen, doch dafür war keine Zeit. Sie musste Anja fassen, bevor sie dem Baby oder einem anderen Menschen etwas antat.

Sie nahm Anlauf, sprang auf den nächsten Hänger. Von dort hielt sie Ausschau, entdeckte jedoch keine Spur von Anja. Weiter. Sie überquerte zwei weitere Reihen, beim letzten wäre sie beinahe zu kurz gesprungen, da sie sich zu sehr darauf konzentrierte, möglichst lautlos zu sein.

Sie unterdrückte einen Fluch. Der nächste Güterwagen war rund und zum Transport von Flüssigkeiten gedacht. Wo mochte Anja sein? Immerhin spendeten die dreiseitigen Peitschenlampen ausreichend von ihrem gelblichen Licht, um fast so weit zu sehen wie am Tag. Sie glaubte, zu ihrer Rechten eine Bewegung auszumachen. Sie rannte geduckt weiter, sprang geräuschlos auf den Waggon zu ihrer Linken. Je näher sie ihrem Ziel kam, desto sicherer war sie, dass dort ein Mensch war. Nur noch drei Güterwagen trennten sie, dann wäre sie auf gleicher Höhe. Sie machte sich so klein wie möglich, bekam kaum Luft, weil sie sich so sehr krümmte. Auf dem letzten legte sie sich flach auf den Boden, wartete, bis sich ihre Atmung beruhigt hatte. Sie legte sich auf den Rücken, nahm das Handy, schoss ein Foto von der Umgebung und schickte es Karen. Sie hatte GPS eingeschaltet, sodass sie ihre Koordinaten bekommen würden. Sollte sie nun sterben, wüssten sie zumindest, wo ihre Leiche war, von wo die Suche aus weitergehen könnte. Im Geiste bat sie Kaspar, Oliver und alle

Menschen, die ihr etwas bedeuteten, um Verzeihung. Was sie nun machen würde, war im besten Fall waghalsig.

Sie sicherte ihre Waffe, sprang auf, nahm Anlauf und hechtete auf den runden Waggon, hinter dem sie Anja vermutete. Auf der gebogenen Oberfläche rutschten ihre Füße weg, sie schlug hart auf und schlitterte nach unten. Doch sie war weit genug gesprungen, dass sie der Schwung auf die richtige Seite trug. Sie versuchte sich zu orientieren, sah ein weißes Gesicht unter sich aufblitzen. Im Sturz drehte sie sich, stieß sich an der Außenfläche ab und traf Anja seitlich, sodass sie gemeinsam zu Boden gingen.

Trotz Alexis' Vorteils gelang es Anja, sich unter ihr wegzudrehen und sich aus ihrem Griff zu lösen. Beim Aufprall bohrte sich ein Stein schmerzhaft in die Wunde an Alexis' Bein. Für den Bruchteil einer Sekunde verschwamm alles vor ihren Augen. Ausreichend Zeit für ihre Kontrahentin sich aufzurichten. Anjas Pistole lag nur wenige Meter entfernt, Alexis hatte ihre aus den Augen verloren. Bei dem Sturz hatte sie sie verloren. Die Schmerzen brachten sie fast um den Verstand, dennoch warf sie sich nach vorne, umklammerte Anja und brachte sie so zu Fall. »Geben Sie auf. Das SEK ist jeden Moment da.«

Die Frau dachte gar nicht daran, und Alexis hatte auch nicht damit gerechnet. Sie war niemand, der das Risiko oder den Tod scheute, das hatte sie mit dem perfiden Spiel, das sie mit Tessa getrieben hatte, bewiesen. Niemals würde sie sich ergeben.

Anja robbte weiter. Ihre Kraft war unglaublich. Alexis zog sich an ihr hoch und griff in dem Moment nach ihrem Handgelenk, in dem sie die Pistole zu fassen bekam. Sie rollten durch den Staub, rangen um die Waffe. Anja schmetterte Alexis ihren Ellenbogen ins Gesicht. Blut schoss aus ihrer Nase. Ein Tritt in die Magengrube, und Alexis konnte den Lauf in Anjas Richtung drehen. Diese hatte zwar noch die Weste an, aber der Aufprall der Kugel würde sie dennoch kurzzeitig außer Gefecht setzen.

Anja trat ihr gegen die verletzten Beine, umklammerte zugleich mit beiden Händen die Pistole. Die Schmerzen wollten Alexis in die Besinnungslosigkeit treiben, aber noch hielt sie durch. Es würde aber nicht mehr lange dauern, bevor sie unterliegen würde. Anja war stärker, jünger und hatte den Unfall offenbar nahezu unverletzt überstanden. Alexis bog ihren Kopf nach hinten, schmetterte ihn dann mit voller Kraft in Anjas Gesicht. Sie hörte es knirschen, als deren Nase brach. Sie setzte nach, biss ihr in die Wange. Der Überraschungseffekt genügte, um kurzzeitig die Kontrolle über die Pistole zu erlangen. Sie lenkte sie nach unten, in die Leibesmitte, wo die Weste war, und drückte ab. In letzter Sekunde riss Anja jedoch in einer instinktiven Abwehrbewegung die Arme nach oben, lenkte so den Schuss um. Die Kugel trat oberhalb des Schlüsselbeins ein. Sofort sprudelte das Blut, und ihr Körper erschlaffte.

Alexis entwand ihr die Waffe, während sich ihr beinahe der Magen umdrehte. Sie drückte auf Anjas Wunde, doch da war viel zu viel Blut. Sie musste eine Arterie getroffen haben. Alexis rief nach Karen, hoffte, dass das Handy noch funktionierte oder ihre Stimme weit genug trug, dabei wusste sie, dass auch sie nicht würde helfen können. Alexis krümmte sich bei dem Gedanken, erneut einen Menschen getötet zu haben. Anja war fraglos ein Monster, aber Alexis war Polizistin geworden, um anders als ihre Eltern zu sein, um Menschen zu schützen und nicht unter dem Deckmantel der Rechtschaffenheit zu töten.

»Wo ist das Baby?«, fragte Alexis die Sterbende.

Anja sah ihr in die Augen, ein hämisches Lächeln auf den Lippen. Sie hustete, Blut quoll über ihre Lippen, trat schwallartig aus der Wunde.

Sie hörte Schritte näherkommen, dann warf sich Karen neben ihr auf den Boden. Die Biologin drängte sie sanft zur Seite. »Ich übernehme. Du zitterst.« Sie drückte auf die Verletzung, doch das Blut floss weiter. »Das wird jetzt wehtun.« Sie bohrte zwei Finger in das Loch. Anja schrie auf. »Halt sie fest«, rief Karen.

Alexis bemühte sich, alle Emotionen wegzuschieben, wie eine Maschine zu reagieren, anstatt sich vom Grauen übermannen zu lassen. Das hatte sie angerichtet. Die Schmerzen, den Tod. Sie legte sich halb auf Anja, um sie am Boden zu halten. Karens Finger fuhren tiefer in die Schussverletzung. »Ich spüre den Riss, aber ich bekomme die Ader nicht richtig zu fassen.« Sie presste die Lippen so fest aufeinander, dass sie zu zwei schmalen Strichen wurden. »Jetzt! Ich habe sie!«

Anjas Gegenwehr war inzwischen erlahmt. Offenbar hatten sie nun doch die Kräfte verlassen. Die Blutung hatte sich verlangsamt, aber sie war nicht ganz zum Erliegen gekommen.

»Fühl ihren Puls«, wies Karen sie leise an.

Alexis tastete nach dem Handgelenk. Die Halsschlagader kam in dieser Situation nicht infrage. Der Herzschlag war nur schwach zu spüren. Sie schüttelte den Kopf.

»Anja, hören Sie mich?« Karen gab der Frau mit der freien Hand einen Klaps auf die Wange.

Anja öffnete die Augen. Ihr Blick irrte einen Moment umher, bevor er auf Karen haften blieb.

»Ich weiß, dass Sie Viola lieben. Sie ist Ihr Kind, das Sie

immer wollten. Ihr eigenes Baby hat nicht überlebt, aber dieses Kind hat noch eine Chance.«

Anjas Augen füllten sich mit Tränen. Das erste Mal, dass sie vermutlich eine aufrichtige emotionale Reaktion bei ihr sahen.

»Ich sterbe«, sagte sie leise.

Alexis' spontane Reaktion war, das abzustreiten, aber Karen kam ihr zuvor. »Wahrscheinlich. Ich versuche Sie zu retten, aber es sieht nicht gut aus.«

Ein Ächzen kam über Anjas Lippen.

»Sie werden niemals mehr ein eigenes Kind bekommen, aber da ist ein Mädchen, das Sie braucht. Sie werden für immer in ihr weiterleben. Sie wird mit Ihrer Geschichte aufwachsen. Sie wird immer ein Teil von Ihnen sein. Dafür müssen Sie mir aber helfen, sie zu finden.«

Auf Anjas Gesicht zeigten sich widerstreitende Gefühle. Der Widerwille, sich die endgültige Niederlage einzugestehen, Angst vor dem Tod, Trauer um all das, was sie nie in ihrem Leben gehabt hatte, und tatsächlich: Liebe.

Wie bei Alexis' Eltern war auch diese Mörderin zu menschlichen Gefühlen fähig.

70

Alexis liefen lautlos die Tränen die Wangen hinunter, als sie zurück zur verlassenen Gärtnerei fuhren. Ein Großaufgebot an Polizei sperrte das Gebäude ab, während weiß gewandete Beamte der Spurensicherung ihrer Arbeit nachgingen. Unzählige Blau- und Flutlichter rissen das Gelände aus der wohltuenden Dunkelheit ins grelle Licht, das all die Gräuel enthüllte, die hier geschehen waren.

Alexis saß neben Karen im Heck von Olivers Auto, auf dem Arm den einzigen Lichtblick an einem grausamen Tag. Anja war noch am Rangierbahnhof gestorben. Ihr starrer, anklagender Blick hatte sich für immer in Alexis' Erinnerung eingebrannt.

Die Psychologen würden noch lange darüber streiten, was die Frau angetrieben hatte. Für Alexis war klar, dass sie schon immer das Bedürfnis nach Macht in sich getragen hatte. In David hatte sie einen willfährigen Mann gefunden, der alles für sie tat. Die unselige Beziehung war erst aus den Fugen geraten, als Jasmin schwanger wurde. Anjas eigenes Baby, das Kind von ihr und David, war Jahre zuvor tot geboren worden. Offenbar war es ihr danach nicht mehr möglich gewesen, schwanger zu werden. Für David Kunze war Jasmin dagegen durch ihre Schwangerschaft und ihr unterwürfiges Verhalten zur perfekten Partnerin geworden. Während Anja ihn dominiert haben musste, konnte er sich bei Jasmin wohl als ganzer Mann fühlen.

Zugleich fraßen sich in Anja Hass und Neid fest. Es war schwierig zu erfassen, wie die Beziehung der beiden funktioniert hatte. Hatte Anja ihn wirklich geliebt, oder war er nur ein nützliches Werkzeug gewesen, um ihre eigenen Fantasien ausleben zu können?

Eine Konkurrentin wie Jasmin war Anja jedenfalls nicht bereit gewesen zu dulden, dabei wollte sie jedoch zugleich das Baby für sich haben.

Anjas Hass auf Tessa lag hingegen bereits in ihrer Jugend begründet. Angelika hatte Karen verraten, dass die beiden in der Schulzeit alles andere als befreundet gewesen waren. Obwohl Anja aus gutem Haus kam, hatte sie sich mit den falschen Leuten abgegeben und Teile ihrer Klasse tyrannisiert. Einzig Tessa hatte sich ihr nicht gebeugt, weshalb es immer wieder zu Streitereien gekommen war, die einmal sogar mit einer Todesdrohung von Anja endeten. Es hatte Angelika dementsprechend überrascht, dass Anja vorgab, Tessa zu helfen. Angesichts der Umstände und der Tatsache, dass Anja Polizistin war, hatte sie es jedoch nicht weiter hinterfragt und war davon ausgegangen, dass die beiden Frauen nach all den Jahren den alten Zwist begraben hatten.

Die Ankündigung auf Instagram, dass Tessa wandern gehen würde, musste Anja damals wie eine Einladung erschienen sein. Das war das erste Mal gewesen, dass sie und Kunze von ihrem Schema abwichen. Nicht nur eine Frau, sondern gleich zwei. Keine Unbekannte, sondern eine ehemalige Klassenkameradin. Der Beginn vom Ende.

Alexis beugte sich vor und strich dem leise glucksenden Baby über die Wange. Sie hatten es bei einer Art Tagesmutter gefunden, die nicht viele Fragen gestellt hatte, als Anja ihr das Baby gebracht hatte, um darauf aufzupassen. Das Geld und die Polizeiuniform hatten ausgereicht, um alle Zweifel zu ersticken. Mit ihren letzten Worten hatte Anja ihnen verraten, wo sie das Baby finden konnten.

Viola war ein fröhliches Kind und laut dem Arzt, der sie untersucht hatte, in bester Verfassung. Tessa und Thimo würden vorerst in Gewahrsam genommen werden, bis Linda entschieden hatte, ob und in welchen Punkten sie gegen sie Anklage erheben würde. Bis dahin würden sie ihre Aussagen aufnehmen und ihre Wohnungen durchsuchen.

So sehr Alexis ihre Taten auch verurteilte, konnte sie sie auf der menschlichen Ebene nachvollziehen. Deshalb hatte sie auch veranlasst, dass eine Streife Meike Harms abholte und zur Gärtnerei brachte. Sie, Tessa und Thimo hatten es verdient zu sehen, dass es der Kleinen gut ging. Dass wenigstens etwas Gutes aus all dem Grauen erwachsen war.

Tessa und Thimo saßen, bewacht von zwei uniformierten Beamten und in Handschellen, in der Hecktür eines Rettungswagens. Tessas Schulter war bandagiert, und ihr Arm steckte in einer Schlinge.

Als Alexis zusammen mit Karen und dem Baby im Arm ausstieg, schluchzte sie auf.

»Nehmen Sie ihnen die Handschließen ab«, wies Alexis die Polizisten an. »Jetzt machen Sie schon«, blaffte sie, als die beiden zögerten.

»Darf ich sie halten?«, fragte Tessa.

Alexis legte ihr das Baby in die Arme. »Sie haben eine ganze Reihe von falschen Entscheidungen getroffen, aber dass Viola zu ihrer Familie zurückkehren kann, verdankt sie auch Ihnen.«

Thimo schluckte schwer. Er sah mitgenommen aus, umgetrieben von seinen inneren Dämonen und dem Wissen, dass er beinahe einen Menschen getötet hatte, auch wenn er es noch so sehr verdient hatte.

»Was wird aus ihr?« Tessa wiegte Viola sanft in den Armen. »Sie hat die Augen ihrer Mutter. Jasmin sah genauso als, als sie ein Baby war.«

»Meike ist gleich hier.«

»Das ist gut. Sie liebt Kinder.« Sie schluchzte auf, reichte Alexis das Kind, bevor sie sich krümmend zu Boden sank.

Karen ging ebenfalls neben ihr nieder und zog sie in ihre Arme. »Es wird alles wieder gut.«

»Das wird es niemals. Ich … Ich bin so kaputt. Meine Mutter … Sie wird immer ihre Tochter zurückwollen, aber die gibt es nicht mehr.«

Sie ließen sie reden. Mit Violas Befreiung brach der Damm, hinter dem sie all die Wochen ihre Gefühle verborgen hatte, um funktionsfähig zu bleiben und ihre Mission, die Rettung des Babys, zu erfüllen. Tessa musste sich ein weiteres Mal neu erfinden, erkunden, wer sie nun wirklich war. Von der arglosen Studentin war nicht viel übrig, aber zu wem würde Tessa Maerten nun werden?

»Werden Sie weiter untersuchen, was auf dem Mühlsteinhof geschehen ist?«

»Ja, aber machen Sie sich keine Sorgen. Was auch immer da passiert ist, dafür erwartet Sie keine Strafe.«

»Das ist es nicht.« Tessa senkte ihre Stimme zu einem Flüstern. »Jasmin … Es hat sie verändert und mit der Schwangerschaft …«

»Sie hat alles getan, damit sie und das Baby überleben«, half ihr Alexis weiter. »Das ist menschlich.«

»Sie hat Jenny getötet, und wegen ihr wurde ich …« Sie schluckte. »Meike darf das nicht erfahren. Sie hat ihre kleine Schwester geliebt. Und Viola … Wie soll sie damit umgehen, wenn sie erfährt, dass ihre Mutter für sie getötet hat?«

Alexis' Haut kribbelte unangenehm. Sie hatten gewusst, dass schreckliche Dinge auf dem Mühlsteinhof vor sich gegangen waren, aber die Ausmaße waren offenbar noch schlimmer, als sie bisher gedacht hatten. »Ich sehe keinen Grund, warum wir Frau Harms von den Details erzählen sollten«, sagte sie schließlich, nachdem sie sich die schweigende Zustimmung von Karen und Oliver eingeholt hatte. Sie alle brauchten diese Lüge. Das Grauen musste sein Ende finden, sich nicht in die nächste Generation übertragen.

71

Ein paar Tage später fuhr Karen in die Gerichtsmedizin. In drei Tagen würde sie mit Merle in Urlaub fliegen, doch zuvor wollte sie noch etwas erledigen.

Die vergangenen Abende hatte sie sich Vorwürfe gemacht, Chris einfach so stehen gelassen zu haben. Nachdem sie Merle davon erzählt hatte, hatte diese ihr auf den Kopf zugesagt, dass sie bescheuert sei. Die Freundschaft zu Lene hatte sie deutlich selbstbewusster werden lassen, vielleicht schon etwas zu sehr, aber Karen freute sich, diese Entwicklung zu beobachten.

Karen war sich bewusst, dass sie sich zu viele Gedanken machte. Sie sprang gleich hundert Meter nach vorne, anstatt nur einen Schritt zu gehen.

Chris saß in seinem Büro und arbeitete sich durch seine Aufzeichnungen. Vor ihm lag ein Stapel Akten. Er sah übernächtigt aus, aber bei ihrem Anblick hellte sich seine Miene schlagartig auf. »Karen. Mit dir hatte ich nicht gerechnet.«

»Ich auch nicht«, scherzte sie und fand die Worte bereits unpassend, als sie über ihre Lippen kamen.

»Was kann ich für dich tun? Neue Erkenntnisse habe ich nicht vorzuweisen. Das Labor arbeitet noch, und ich erledige vorerst nur den Papierkram.«

»Ich bin wegen dir hier.«

Er hob überrascht eine Augenbraue.

Sie lächelte etwas verlegen. »Hast du Lust mit mir essen zu gehen?«

Sein Strahlen ließ sie ihre Zweifel sofort vergessen. Er stand auf. »Natürlich. Wann soll ich dich abholen?«

»Morgen um neunzehn Uhr.«

»Darf ich dir gleich jetzt noch ein paar Minuten deiner Zeit stehlen?« Er kam näher. Sie konnte den Duft seines Aftershaves riechen, sah die Stoppeln seines Bartes.

»Ein paar Minuten kann ich erübrigen«, sagte sie mit einem Lächeln. Ihre Knie fühlten sich weich an.

Er umfasste ihren Kopf, zog sie an sich und küsste sie. Für einige Augenblicke vergaß Karen die Welt um sich herum. Da waren nur noch Chris, seine Lippen und die Zärtlichkeit, mit der er sie berührte.

An diesem Abend saß Karen zusammen mit Alexis in der geöffneten Schiebetür von ihrem Bulli. Offiziell waren sie unterwegs, um ein paar Sachen für die Geburtstagsparty von Louises Mann zu besorgen, die bereits im vollen Gange war. Inoffiziell hatten sie das Bedürfnis ein letztes Mal miteinander zu quatschen, bevor Karen mit Merle nach Madagaskar aufbrach. Alexis würde in der Zeit ebenfalls für ein paar Tage verreisen. Paris mit Stephan und Chloé.

»Die ganzen Morde nur wegen ein paar vertrockneter Herzen?«, fragte Karen.

»Ich denke, dass Anja das nur vor sich selbst als Vorwand genommen hat. Sie hat David vielleicht nicht im klassischen Sinn geliebt, aber es hat sie dennoch tief getroffen, als er starb. Schuld daran war Tessa, eine Frau, die sie schon während der Schulzeit beneidet hat. Sie wollte sie quälen, ihr Hoffnung geben, um sie am Ende völlig zu vernichten.«

»Was hat in Anja nur diese Mordlust ausgelöst? Ohne die Entführung von Tessa und Jasmin hätten sie und David möglicherweise noch jahrzehntelang unschuldige Frauen entführt und ermordet.«

»Kann man das jemals genau sagen?« Alexis musste an

ihre eigene Mutter denken. Bis jetzt hatte sie auch keine Antwort darauf gefunden, wie sie zur Mörderin geworden war. »Anja hat eine Jugendstrafakte, die inzwischen geöffnet wurde. Sie muss schon recht früh auf die falsche Bahn geraten sein und war nach der damaligen Strafe einfach schlau genug, sich nicht noch mal erwischen zu lassen. Norden geht davon aus, dass Anja und David so gut als Team funktioniert haben, weil David Vergnügen an dem Brechen der Frauen durch Folter fand. Sobald sie ihn langweilten oder ihm klar wurde, dass sie nicht die Gefährtin waren, nach der er sich sehnte, gestattete er Anja, sie zu töten.«

»Bis Jasmin kam und schwanger wurde.«

»Genau. Da kippte das Gleichgewicht, weil David nicht bereit war, sie sterben zu lassen.«

»Schließlich wurde Tessa gerettet, während Anja nicht auf dem Hof war, sondern ihrem Dienst nachging.« Karen dachte einen Moment nach. »Es war ja auch Tessa, die auf die Idee kam, die Herzen gegen das Baby einzutauschen. Da wusste sie gar nicht, dass sie es mit einer Frau zu tun hatte, die Jasmin dafür gehasst hat, dass sie Kinder bekommen konnte und sie nicht.«

»Richtig. Jasmin war in dem Moment tot, als sie schwanger wurde. David hätte sie nicht ewig beschützen können.«

»Als Tessa die versteckte Botschaft an den Entführer des Babys geschickt hat, ist Anja unter dem Vorwand eingestiegen, dass sie wirklich das Tauschgeschäft will. Dabei ging es ihr die ganze Zeit einzig und allein um Rache. Sie hat sich das Vertrauen von Tessa erschlichen, vorgegeben, ihr bei ihrem gewagten Plan zu helfen, während sie zur gleichen Zeit deren Ermordung plante.«

»Und Tessa glaubte eine Polizistin an ihrer Seite und hat

deshalb unsere Hilfe abgelehnt, nachdem sie mehrfach schlechte Erfahrungen gemacht hatte.«

»Was wird eigentlich aus Thimo Sattler?«

»Das ist noch nicht geklärt, aber ich denke, dass ein Anwalt ihn raushauen kann. Maximal eine Bewährungsstrafe. Er befand sich in einer Ausnahmesituation und hat am Ende niemanden ernsthaft verletzt.«

»Ich hoffe es für ihn. Auch, dass er Frieden findet.«

»Meike Harms will Tessas Versprechen einlösen und zulassen, dass er das Baby ab und an sieht. Es ist das einzig Gute, das aus dieser traurigen Geschichte hervorgegangen ist.« Alexis senkte den Kopf, versank einen Moment in ihren eigenen Gedanken.

»Bei dir ist es doch genauso.« Karen legte einen Arm um ihre Schulter. »Für deine leiblichen und deine Adoptiveltern wirst du auch immer das Gute sein, das entstanden ist. Wie geht es eigentlich Charlie? Nähert ihr euch an?«

»Ja, sie will vorerst in Deutschland bleiben. Anscheinend hat sie es noch nie lange an einem Ort ausgehalten. Sie hat sich einen Job als Bedienung in einem Nachtklub gesucht.«

»Das freut mich für dich. Endlich hast du das, was du immer wolltest. Echte Familie. Mit allem, was an Problemen dazugehört. Womit wir beim Thema wären. Lass uns zurück zur Feier gehen, bevor Louise mir den Kopf abreißt.«

Alexis setzte sich im Café im Schneidersitz neben Chloé und nahm einen Plüschhasen in die Hand.

Das blonde Mädchen sah kurz auf, und seine grauen Augen erinnerten Alexis so sehr an seinen Vater. Mit einem Mal waren alle ihre Ängste verflogen. Das war Stephans Kind. Wie hatte sie nur daran zweifeln können, dass sie es lieb haben könnte? »Bist du eine Freundin von Papa?«

»Genau, und hoffentlich können wir auch Freunde werden. Was meinst du?«

Das Mädchen schob die Unterlippe vor. »Kannst du Geschichten erzählen?«

»Was magst du denn hören?«

»Nichts mit Prinzessinnen. Die sind langweilig.«

Alexis lachte. »Weißt du, was dein Vater den Tag über macht?«

»Er fängt böse Menschen.«

»Stimmt, aber in Wirklichkeit ist es noch viel besser«, sagte Alexis. »Das ist aber ein Geheimnis. Kannst du das für dich behalten?«

Das Mädchen beugte sich vor. »Papa sagt oft, dass ich nichts verraten darf. Immer, wenn wir vor dem Schlafengehen noch ein Eis essen.«

»Genau. Du darfst es niemandem verraten.«

Chloé bekam große Augen. »Was macht er denn?«

»Weißt du, er hat mich zum Beispiel gerettet. Ich fange auch Bösewichte, aber wenn ich in Schwierigkeiten gerate, dann kommt er und rettet mich.«

»Echt?«

»Klar, und dabei hat er ganz tolle Sachen. Er kann mit seinem Auto sprechen, und dann sagt es ihm, wo jemand ist. Er kann sogar direkt mit der Kanzlerin sprechen.«

»Boah.« Nun hatte sie Chloés volle Aufmerksamkeit und spann eine Geschichte für das Kind, in dem sein Vater zum Superhelden wurde.

Ein paar abschließende Worte

Wer meine ersten beiden Thriller gelesen hat, weiß möglicherweise bereits, dass ich Danksagungen zwar liebe, es aber furchtbar schwierig finde, sie zu schreiben. Dennoch möchte ich es mir auch dieses Mal nicht nehmen lassen.

Ich vermute, die meisten fragen sich, ob das Phänomen der leuchtenden Leichen tatsächlich schon mal aufgetreten ist. Da muss ich Sie leider enttäuschen – mir ist jedenfalls kein Fall bekannt. Allerdings gab es schon leuchtende Menschen. Okay, das ist etwas übertrieben, aber in der Tat bin ich durch einen wissenschaftlichen Artikel auf die Idee gekommen. Darin wurde das im Roman beschriebene Phänomen der leuchtenden Soldaten im amerikanischen Bürgerkrieg geschildert, und diese Tatsache hat mich so fasziniert, dass ich sie in meinem nächsten Thriller verwenden wollte. Die benötigten Organismen (Käfer, Nematode und Bakterium) existieren auch in Deutschland. Interessanterweise wird dieser Nematode sogar eingesetzt, um einen Befall mit den entsprechenden Käfern zu beseitigen. Trotzdem wurde das Phänomen der leuchtenden Leichen bisher nicht beobachtet – vermutlich, weil die Bedingungen sehr speziell sein müssen.

Wie immer war es mir wichtig, dass die wissenschaftlichen Arbeitsmethoden und Fakten so weit wie möglich korrekt dargestellt werden. Natürlich musste ich Abstriche zugunsten der Dramaturgie machen – manche Untersuchungen lassen sich nicht in wenigen Tagen erledigen, und auch die notwendigen Formalitäten habe ich oft abgekürzt.

~

Zum Abschluss möchte ich einer ganzen Reihe von Personen danken. An erster Stelle Ihnen. Ja, genau, Sie sind gemeint! Vielen Dank, dass Sie das Buch gelesen haben. Ganz besonders möchte ich auch allen Lesern danken, die mir Mails, Nachrichten oder Briefe geschrieben haben. Ich freue mich über jeden einzelnen von ihnen.

Meinem Lebensgefährten Markus Wetzel, meinen Eltern und den Hesselmännern möchte ich für ihre Unterstützung danken.

Ohne meine Testleser wäre ich aufgeschmissen. Ein gewaltiges Dankeschön geht entsprechend an Kathrin Pohl, Petra Schmidt, Katharina Greiffenberg, Helgrid Sautter und Sandra Denz.

Ragna möchte ich für ihren Beitrag im Musenbrunnen danken und den »Jungs«, Jörg Keicher, Thomas Dauenhauer und Dennis Jandt, für die vielen hilfreichen Diskussionen bei gemütlichen Grillabenden.

Natürlich möchte ich auch meinem wunderbaren Agenten Bastian Schlück und dem Team vom Diana Verlag für die großartige Unterstützung danken.

Weiterhin möchte ich meinem virtuellen Wohnzimmer, dem TiZi-Fantasyautorenforum, danken. Ihr seid super!

Zum Abschluss noch ein Dankeschön an alle Buchhändlerinnen und Buchhändler, Vertriebsmitarbeiter*innen, Bibliothekarinnen und Bibliothekare!

Wer mir gerne schreiben möchte, erreicht mich unter:
corbin@julia-corbin.de
Ich freue mich über jede Zuschrift!

Auf ein baldiges Wiederlesen
Ihre Julia Corbin